SPEED

Ancienne psychologue scolaire, BB Easton a décidé de quitter son emploi pour se consacrer à l'écriture. Ses romans, inspirés par son passé punk et sa vie sexuelle, ont été adaptés par Netflix en une série intitulée *Sex/Life*.

Paru au Livre de Poche :

Sex/Life
4 hommes en 44 chapitres
Skin

BB EASTON

Speed

TRADUIT DE L'ANGLAIS (ÉTATS-UNIS) PAR ARNOLD PETIT

HACHETTE ROMANS

Titre original :
SPEED

Speed est une œuvre de fiction inspirée de personnages et d'événements tels qu'ils sont décrits dans l'autobiographie de BB Easton, *4 hommes en 44 chapitres*. Bien que de nombreuses situations décrites dans ce livre soient purement authentiques, certains personnages ont vu leur nom et leurs caractéristiques physiques modifiées afin de préserver leur anonymat. Toute ressemblance avec une ou des personnes existantes serait purement fortuite.

Pour cause de vulgarité, de violence et de scènes de sexe explicites, ce livre ne convient en aucun cas aux lectrices de moins de dix-huit ans – il devrait même leur être strictement interdit.

ISBN : 978-2-253-26282-4 – 1re publication LGF

Ce livre est dédié à mes parents.
Considérez ce roman comme une excuse
pour le jour où, âgée de seize ans seulement,
j'ai invité à notre table un ex-taulard de vingt-deux ans
avec un tatouage sur la tête... Une excuse que jamais
je ne vous autoriserai à lire. Jamais de la vie.

Introduction

Il y a deux types de personnes en ce monde : celles qui ont lu mon autobiographie, *4 hommes en 44 chapitres*, et celles qui ne l'ont pas lue. Quel que soit votre cas, vous êtes ici la bienvenue. Sauf s'il s'avère que vous appartenez à l'une de ces catégories et que votre nom de famille est Bradley ou Easton. Dans ce cas précis, les probabilités que nous soyons vous et moi liés par le sang ou le mariage sont bien trop élevées et je vous prierais de ne pas aller plus loin. Je vous en prie, madame Bradley, posez ce livre et éloignez-vous lentement. Quant à vous, monsieur Easton, faites-moi confiance. C'est dans votre intérêt.

En revanche, si vous n'êtes ni une Bradley ni une Easton et que vous n'avez pas encore goûté à Harley James, accrochez vos ceintures : c'est le rebelle ultime ! Un beau gosse à gueule d'ange qui m'a emmenée dans une sacrée chevauchée. *Sans aucun jeu de mots !* Le personnage d'Harley est librement inspiré d'un de mes ex, mais son nom et ses caractéristiques physiques ont été modifiées et sa personnalité a été exagérée, au point que même sa mère ne le reconnaîtrait pas. Enfin, disons qu'elle nourrirait probablement quelques soupçons mais resterait incapable de prouver quoi que ce soit.

Si vous faites partie de la première catégorie de personnes, Harley James vous est déjà familicr – en fait, vous le connaissez sous deux identités : celle d'un abruti attachant que j'ai fidèlement décrit dans les pages de mon journal intime, et celle du séducteur que j'ai créé de toutes pièces dans un faux journal à l'intention de Ken, mon mari. Eh bien, je suis ravie de vous annoncer que ce séducteur de fiction est l'un des protagonistes de cet ouvrage, dont l'intrigue, le contexte et la période sont principalement authentiques. J'ai essayé de vous offrir le meilleur des deux mondes. D'un côté, un héros sexy, tatoué et dangereux. De l'autre, la vérité crue, réaliste et sordide.

Comme *Skin*, ce livre relate une vérité *personnelle* – pas *la vérité* objective.

(Dans ce cas précis, on parle plutôt d'une vérité pure à soixante-cinq pour cent. Soixante-quinze, maximum.)

Profitez de la balade !

1

Juin 1998

Le matin de mes seize ans, je ne bondis pas du lit pour aller chercher mon permis de conduire. Je ne pensai même pas au rendez-vous que j'avais pris pour aller acheter ma voiture dans l'après-midi – une voiture pour laquelle j'avais économisé depuis mon quinzième anniversaire, l'âge légal pour travailler. Je n'en avais rien à foutre d'aller au centre commercial, d'ouvrir des cadeaux ou de manger une putain de part de gâteau. La seule chose que je voulais pour mon anniversaire, c'était dormir jusqu'au lendemain. Car, quand je m'éveillais, la souffrance écrasante qui me rongeait l'âme s'éveillait aussi. Je pouvais la sentir se frayer un chemin dans mon ventre à coups de dents, dévorer ma personnalité autrefois pétillante, pompant mon énergie jusqu'à la moelle et engloutissant ma volonté de vivre. Être dévorée vivante, ça faisait mal. Se réveiller faisait mal. Dormir faisait mal.

À contrecœur, j'ouvris les yeux et je portai mon regard vers la table de nuit. Sur le cadran de mon réveil, les chiffres rouges m'indiquèrent que j'avais encore dormi jusqu'à midi passé. À côté, un muffin aux myrtilles au sommet duquel trônait une bougie plantée à la va-vite m'informa que ma mère avait dû entrer dans la chambre et tenter de me réveiller. Les volets grands ouverts, qui laissaient se déverser un trop-plein de soleil estival, me firent savoir qu'elle avait essayé plus d'une fois. Quant au petit cachet blanc et au verre d'eau posés sur la table de nuit ? Eh bien, ça me faisait juste enrager.

Je me redressai dans mon lit et j'examinai tout ce bordel en plissant les yeux jusqu'à distinguer mon paquet de Camel Light. Puis je basculai mes maigres jambes pour m'asseoir au bord du matelas, j'ignorai la bouffe et la flotte et je tendis la main pour m'emparer de mon poison favori. J'allumai une cigarette et j'attendis que les vertus apaisantes et réconfortantes de cette première bouffée fassent leur effet, mais même cloper ne m'apportait plus aucune joie. Comme tout le reste, c'était devenu un automatisme.

Porter la main à la bouche.

Inspirer.

Expirer.

Recommencer.

Je tapotai la cendre au-dessus d'une boîte de pastilles mentholées vide posée sur la table de nuit et j'observai la gélule que ma mère m'avait laissée – un minuscule espoir blanc qui s'était avéré être une autre déception. Je la saisis et l'examinai. S'il n'y avait pas eu le mot « Prozac » inscrit sur ces trucs-là, j'aurais pu les prendre pour de simples Tic Tac.

Cette saleté ne me faisait aucun effet. Rien à part mettre en sourdine les couleurs vives de mon monde, qui devenait alors gris et morne. Alors que mes sentiments auraient dû être une violente révolution de rouges furieux et amers, de bleus écrasants et bouillonnants et de signaux clignotants jaunes, mon univers était aussi grisâtre que le nuage de fumée qui stagnait dans ma chambre à un mètre vingt au-dessus du sol et un mètre sous le plafond. Aussi gris que ma peau qui collait à mes côtes, à mes pommettes creuses et pendait sous mes yeux.

Un gris décoloré comme le tatouage de chevalier à l'intérieur de mon annulaire gauche.

Je balançai cette vulgaire pastille à l'autre bout de la pièce, écoutant les *tic, tic, tic* de ses rebonds tandis qu'elle frappait le mur, puis mon « bureau » – deux caissons sur lesquelles ma mère avait posé une vieille porte dégotée chez Goodwill, qu'elle avait peinte avec une bombe de peinture noire – avant d'atterrir sur un tas de fringues en nylon kaki.

Ma poitrine se comprima, comme si quelqu'un s'était immiscé dans mon dos pour serrer brutalement les cordons d'un corset imaginaire. Des larmes me piquaient au coin des yeux tandis que, spontanément, comme des flashes, des images commençaient à s'imposer à eux. L'image d'un type au crâne rasé qui se tenait dans mon dos devant mon casier, passant une petite veste d'aviateur verte sur mes bras et mes épaules constamment gelés. L'image de son sourire lorsqu'il m'avait tournée vers lui pour voir si elle m'allait. Je ne l'avais jamais vu sourire avant. Pas de cette manière. Je voulais le faire sourire à nouveau mais, quand je lui ai dit que je ne pouvais pas garder ce cadeau, il s'était renfrogné. Je l'avais repoussé, comme tous les autres avant moi.

Je fermai bien fort les yeux et les pressai contre mes paumes, tâchant de chasser ce souvenir de ma mémoire. Ces flash-back ne faisaient qu'empirer. Pour les médecins, je n'étais qu'un cas typique d'ado dépressive et ils m'avaient traitée en conséquence. Comme si je n'avais besoin que d'un petit Prozac et de repos pour que tout rentre dans l'ordre. Comme s'il était tout à fait naturel que mon mec, un skinhead psychotique blindé de stéroïdes, ait battu un type à mort juste sous mes yeux. Comme s'il était normal qu'en une seule journée mon plus cher ami depuis l'enfance se soit suicidé et que j'aie dû assister ma meilleure copine en pleine hémorragie pendant son accouchement. Comme s'il était normal que du jour au lendemain mon premier amour se soit engagé dans les Marines, et que j'aie découvert juste après qu'il m'avait probablement trompée avec un homme.

Eh bien, putain, rien de tout cela ne me semblait normal ! C'était pénible. Le poids de tous ces traumatismes combinés me tirait vers le fond et j'étais trop faible, trop épuisée pour remonter vers la surface. Au lieu de me débattre, je restais assise au fond du grand bain à me demander combien de temps je pourrais retenir ma respiration. Et, bien que ce ne fût pas le chlore mais la fumée de cigarette qui me piquait les yeux, entre mes lents efforts pour me mouvoir, le poids qui m'écrasait et mcs accès de panique et de résignation, c'était du pareil au même.

Je me noyais.

Ça prenait juste trop de temps.

Sans réfléchir, j'écrasai mon mégot et je me levai. Des étoiles dansaient devant mes yeux embués de larmes et, pendant un moment, je ne vis plus rien. Mais la souffrance galvanisait ma volonté et je repoussai la sensation de vertige. M'emparant de l'ignoble pâtisserie posée sur la table de nuit, je me rendis dans la salle de bains de mes parents pour y chercher de quoi soulager ma douleur.

Avec des gestes forgés par l'habitude, je réduisis le muffin en miettes et le jetai dans les toilettes avant de tirer la chasse, détruisant toute preuve. Avant, je me privais de manger parce que je voulais être plus mince, plus belle, genre à la Kate Moss. À présent, je ne bouffais plus parce que j'en étais incapable.

C'était moi qui me faisais bouffer.

En pleine frénésie, j'ouvris d'un coup l'armoire à pharmacie du côté de ma mère, prête à avaler tout son contenu pourvu que la douleur s'en aille.

Elle était vide.

D'un coup sec, j'ouvris l'autre côté, celui de mon père, lui aussi équipé d'un miroir. Rien non plus. Tous les opiacés, les anxiolytiques, les médocs et les décontractants musculaires que j'étais certaine de trouver avaient tout simplement *disparu*. Même le paracétamol sans ordonnance et le sirop pour la toux s'étaient envolés. Je fouillai dans les tiroirs, les armoires, les placards, les penderies et ne trouvai rien d'autre que des produits de toilette, du maquillage et des fringues.

Non.

Non.

Non !

Mon cœur s'emballa et la pièce commença à tourner autour de moi. J'avais foncé tête baissée jusqu'ici, m'attendant à y trouver de quoi échapper à mon pire cauchemar, et voilà que je m'y retrouvais prisonnière. Aucune échappatoire possible. Les murs se rapprochaient.

Respirant avec difficulté, j'agrippai les rebords du lavabo et je hurlai :

— Maman ! *Mamaaan !*

Mes genoux me lâchèrent au moment où je l'entendis arriver en haut de l'escalier, dont les marches grinçaient sous ses pas.

— Mon Dieu, BB ! dit-elle en découvrant la silhouette amaigrie de sa fille agenouillée au pied du placard du lavabo, le front plaqué contre la porte. Qu'est-ce qui ne va pas ?

Rien. Rien ne va, putain !

— Je ne trouve pas le Tylenol, dis-je d'une voix étranglée.

— Tu as mal à la tête, ma chérie ?

Elle avait parlé avec cette voix douce et pleine d'empathie qui me donnait immanquablement envie de poser la tête sur ses genoux pour pleurer.

Je fermai les yeux et j'acquiesçai, frottant la tête contre le bois noueux.

— Je suis désolée, mon bébé. C'est une migraine, n'est-ce pas ? Je vais te donner un cachet d'Excedrin.

Au lieu d'un placard ou d'un tiroir, ma mère ouvrit le dressing qui était juste derrière moi. Je me retournai et la vis pousser sur le côté un tas de robes d'été teintes à la main, révélant un petit coffre-fort noir dont elle tourna la molette argentée de gauche à droite. Une fois qu'il fut ouvert, je ne vis plus ce qu'elle faisait mais je reconnus le tintement familier de flacons de pilules qui s'agitaient tandis que maman farfouillait, à la recherche de ce qu'elle pensait nécessaire pour me soulager.

Lorsqu'elle se détourna du dressing, deux petits cachets blancs dans la main, je demandai avec la voix d'une personne trahie et outragée :

— Mais que foutent tous nos médocs *là-dedans* ?

— Eh bien…

Ma mère balaya la salle de bains du regard en tortillant une mèche de ses cheveux roux autour de son index, comme chaque fois qu'elle se sentait mal à l'aise.

Un sourire triste étira ses lèvres. Finalement, elle posa à nouveau sur moi son regard vert foncé et reprit :

— Le psychologue que nous t'avons emmenée voir nous a dit qu'il serait peut-être plus judicieux de mettre nos médicaments sous clé… et nos armes aussi. Tu sais ? Juste le temps que tu ailles mieux.

Ces mots me firent l'effet d'une gifle, renvoyant aussitôt hors de mes poumons le peu d'air que j'étais parvenue à inspirer. Deux larmes coulèrent le long de mes joues pâles et émaciées et je regardai fixement le visage de ma mère. Son sourire, mince et rassurant, dissimulait à grand-peine la souffrance de son regard las. Ce fut alors que je m'effondrai. Tandis que je réalisais la gravité de la situation, mon corps osseux fut secoué par les sanglots.

Ma mère venait tout juste de me sauver la vie.

S'asseyant près de moi sur le sol de la salle de bains, elle m'attira contre elle et fit taire mes pleurs avec des cajoleries.

— Tu sais, commença-t-elle en faisant courir le long mon bras couvert de taches de rousseur sa main façonnée par des dizaines d'années de dessin, de peinture et de sculpture. Je pense que tu devrais arrêter ces médicaments. J'ai fait quelques recherches. Chez les adolescents, les pensées suicidaires sont l'un des principaux effets secondaires des antidépresseurs.

— Sérieux ?

Je tirai sur le col de mon tee-shirt trop grand de plusieurs tailles et m'essuyai les yeux et le nez avec. Pourvu qu'elle ait raison. Pouvoir mettre ça sur le dos des médicaments me faisait me sentir bien moins monstrueuse.

— Oui, ma chérie, c'est sérieux. Je crois que tu as juste besoin d'extérioriser tes sentiments. Veux-tu parler à un conseiller ? Ou peindre ? Tu adorais ça avant. Ou tu pourrais aussi écrire. Tu sais, j'ai lu quelque part qu'écrire une lettre à quelqu'un pour ensuite la déchirer pouvait être une excellente thérapie. À moins que je n'aie vu ça dans l'émission d'Oprah…

Adossée aux portes de la commode, le visage et les genoux enfouis à l'intérieur de ce tee-shirt dans lequel je dormais depuis plusieurs nuits, je hochai la tête.

— J'essaierai, marmonnai-je dans le tissu imbibé de larmes.

Puis je pris une grande inspiration, relevai la tête et me forçai à sourire pour rassurer maman.

— Mais d'abord, on va chercher ma voiture.

*

Bien sûr, avant de pouvoir aller prendre possession de la bagnole, j'avais dû faire la queue pendant deux heures au DMV[1] avant de tenter d'effectuer un créneau – raté – avec le break Taurus de maman sous les yeux d'une employée armée d'un bloc-notes – et, heureusement, complètement je-m'en-foutiste. Puis j'étais retournée dans une file d'attente afin de faire prendre en photo ma tronche décharnée aux yeux creusés et au crâne rasé.

Personne n'aime la photo d'identité sur son permis, mais la mienne était vraiment dure à voir. J'avais l'air d'une cancéreuse. Ou d'une junkie. On aurait dit que j'étais à l'agonie.

Et c'était le cas.

À cause d'un mec.

En fait, tout ce que j'avais fait dans ma vie jusque-là, je l'avais entrepris à cause d'un mec. Un de mes plus vieux souvenirs remontait au temps du jardin d'enfants, quand j'avais laissé un garçon couper une de mes couettes. C'était plutôt prémonitoire vu que, depuis, je n'avais eu de cesse de céder aux garçons des fragments de ma personne. Peut-être était-ce la raison pour laquelle j'accusais un déficit pondéral de quatorze kilos. J'avais fini par trop en donner.

Permis en poche, j'allai à mon rendez-vous pour acheter la Mustang que vendait un particulier. J'étais fan de gros bolides et je n'avais de budget que pour une Ford Escort, mais j'avais trouvé à un prix abor-

1. Organisme d'État délivrant les permis de conduire aux États-Unis.

dable un coupé trois portes Mustang de 1993, équipé d'un moteur de cinq litres et, à mon grand dam, d'un boîtier de vitesse manuel. Je n'avais pas assez d'argent pour me l'offrir mais maman avait accepté de compléter la somme avec ses maigres économies. Je crois qu'elle était encore plus soulagée que moi à l'idée que je n'allais plus dépendre des garçons pour mes déplacements.

Aussi loin que je me souvienne, j'avais toujours voulu avoir une voiture – une *Mustang*, en plus ! J'aurais dû être folle de joie. Mais, alors que j'étais assise derrière le volant de mon nouveau véhicule d'occasion, garé dans l'allée devant chez nous, les grands vides de mon existence me parurent encore plus évidents tandis que je songeais aux visages de celles et ceux que je ne verrais jamais s'asseoir sur le siège passager.

Knight ? À l'armée.

Juliet ? Corvée de bébé.

August ? Mort.

Lance ? Mort à mes yeux.

Avant que mes tourments ne me poussent à faire péter la bière et à lancer une compil, une Toyota Tercel toute poussiéreuse au toit surmonté d'une enseigne de livraison de pizzas déboula dans notre allée longue d'au moins cinq cents mètres. Avec mes parents, nous vivions au beau milieu de la campagne géorgienne, dans une petite maison grise. Ils aimaient cet endroit. Maman pouvait y fumer ses pétards en cachette et papa s'y sentait à l'abri du gouvernement, persuadé que les téléphones étaient sur écoute et que l'on viendrait saisir ses armes à tout moment. Moi, je détestais ce putain d'endroit, car c'était à au moins une demi-heure de là où vivaient mes amis. Du moins à l'époque où j'en avais encore.

Je poussai un soupir las et glissai au fond du siège pour éviter le livreur. Je n'étais pas en état d'échanger avec qui que ce soit.

L'oreille aux aguets, j'attendis qu'il dégage puis j'entendis s'élever la voix de maman qui m'appelait :

— BB ! Bééébééé ! À table, ma chérie !

Putain, elle avait bousillé ma couverture !

Je poussai un nouveau soupir et sortis de la voiture, baissant la tête pour ne pas croiser le regard du livreur de pizzas au moment de passer à côté de lui. Je n'avais aucune envie d'affronter son expression lorsqu'il découvrirait cette petite chose pâle, fragile et androgyne qui venait d'émerger d'une bagnole aux fenêtres fermées alors qu'on était en plein mois de juin. Je savais de quoi j'avais l'air, de Gollum quittant sa caverne pour la première fois. Pas besoin de voir la réaction sur le visage d'un étranger.

Au lieu de l'habituel plateau-télé au salon, je dus m'installer avec mes parents dans la cuisine, sur *l'îlot central* – une table haute bon marché et des tabourets que maman avait achetés chez Walmart – pour endurer tous les trucs obligatoires qu'on fait pour les anniversaires. Après la pizza, que j'avais à peine grignotée, maman me présenta l'un de ses fameux gâteaux maison, difforme et légèrement brûlé. Elle gratta une allumette et la planta dans le glaçage. Fidèles à eux-mêmes, mes drogués de parents n'avaient pas trouvé de bougies. Ils chantèrent *Joyeux anniversaire* et je leur souris poliment, tout en comptant les minutes qui me séparaient du moment où je pourrais enfin monter en vitesse dans ma chambre pour fumer une clope.

Une fois que j'eus repoussé vers le bord de mon assiette les restes de gâteau émietté dont je donnai discrètement plusieurs bouchées à notre golden retriever, papa me tendit une feuille de papier pliée en souriant.

— Joyeux anniversaire, fifille !

Il était au chômage depuis des années, je savais donc que le cadeau était en réalité de la part de maman. Mais le sourire qui fendit son visage d'une oreille à l'autre au moment où j'acceptai la feuille m'informa clairement que c'était lui qui l'avait choisi – quoi que cela puisse être.

Alors que je dépliais la feuille, la curiosité qui plissait mon front s'estompa et mes sourcils remontèrent jusqu'à la racine de mes cheveux : c'était l'image de quatre roues à cinq rayons en alliage – des *ponies* pour Mustang. La caisse que j'avais achetée était équipée de vilains enjoliveurs en plastique – les roues étaient aussi plutôt usées. Mais il ne m'était pas venu à l'esprit de demander à ce qu'on les remplace.

— Ta mère voulait qu'on te fasse poser des pneus plus sûrs, alors je l'ai persuadée d'investir dans une petite mise à niveau, dit-il en m'adressant un clin d'œil. Tu as rendez-vous lundi chez A & J Auto Body pour les faire installer.

La personne qui a dit que l'argent ne faisait pas le bonheur n'avait jamais offert de pneus *ponies* à une fille de prolo fan de bolides le jour de ses seize ans. Je crois bien que c'était la première fois que je souriais depuis des semaines. Juste un sourire ? Non, je criai comme une malade ! Je fis des câlins à mes parents et sautai dans tous les sens.

Puis je montai en courant jusque dans ma chambre, coinçai une Camel Light entre mes lèvres et passai un coup de fil à la seule amie qui me restait pour lui faire part de la nouvelle. Par-dessus les pleurs d'un nouveau-né, Juliet me demanda si mon anniversaire s'était bien passé. Je répondis que oui. Et, à ma grande surprise, il me semble que j'y croyais presque.

2

Évidemment, A & J Auto Body était le garage le moins cher de toute la ville – et on comprenait pourquoi. L'endroit était épouvantablement sale et donnait l'impression que la déco avait été pensée dans les années 1970 par une personne malvoyante. À l'accueil, je fus reçue par un homme trapu et velu qui ressemblait à un troll. On aurait dit qu'on avait coincé une moumoute brune sous le col de sa chemise. Il me salua d'un grognement, prit mes clés et me laissa plantée là.

Sans aucune idée d'où aller, je passai une porte au hasard, sûre de découvrir une salle d'attente aux murs couleur nicotine, mais au lieu de ça je me retrouvai dans le grand atelier. D'ordinaire, j'aurais tourné les talons et rebroussé chemin mais sur un pont élévateur tout proche de moi se tenait une voiture qui accapara toute mon attention.

Ce fut un coup de foudre. Un coupé sport Mustang Fastback de la fin des années 1960, carrosserie et jantes peintes en noir mat, vitres teintées et prise d'air sur le capot. Un engin tout droit sorti de *Mad Max.*

— Je peux te renseigner ?

Je fis volte-face et découvris la gueule d'ange d'un mécanicien large d'épaules dont les yeux bleus m'observaient avec amusement. Sa chevelure blond cendré était coiffée en une banane désordonnée. Ses avant-bras étaient couverts de tatouages de bolides. Sa lèvre inférieure, boudeuse, arborait un piercing. Et, sur le devant de la chemise A & J qui comprimait son torse puissant, on pouvait lire son prénom brodé.

Hellooo, Harley !

— Pardon, dis-je en balbutiant. Je sais que je ne devrais sans doute pas me trouver ici, mais…

Je jetai un œil en hauteur par-dessus mon épaule, vers le superbe engin qui trônait sur son pont élévateur, et, alors qu'un profond désir s'emparait de mon cœur, j'ajoutai :

— J'arrive pas à la quitter des yeux.

Harley – si c'était bien son vrai nom – se mit à ricaner.

— Alors comme ça on est attirée par les dames ?

Je répliquai d'un ton cassant.

— Hein ? Mais pas du tout !

— Nickel.

Le mécanicien m'adressa un sourire et une lueur de malice dans ses yeux bleus me rappela à quel point j'étais attirée par les mecs.

Afin de détourner mes pensées du sujet de mon orientation sexuelle, je tentai de revenir à celui des voitures. Je fouillai les lieux du regard jusqu'à repérer ma Mustang noire à la peinture usée, montée sur un pont à l'autre bout de l'atelier. Je la désignai du doigt.

— J'ai la même en version bébé !

Harley jeta un œil à mon bien le plus précieux et hocha la tête en guise d'assentiment.

— Une 5.0 ? Pas mal. Manuelle ou automatique ?

Je poussai un grognement.

— Manuelle.

— Sans déconner ? Qui t'apprend à la conduire ? Ton mec ?

Je laissai tomber ma mâchoire, feignant d'être offensée.

— Non !

Nouveau hochement de tête d'Harley.

— Ah. Alors, vous vous êtes rencontrés *après* que tu l'as achetée.

Je levai les yeux au ciel.

— J'ai pas de mec !

Bon Dieu, il était craquant ! Le visage de James Dean sur le corps de Dean Cain. Et cet accent ! Dans la région, on entendait des accents du Sud par dizaines, mais celui d'Harley était si discret qu'il en était adorable. Mignon comme tout !

Il m'adressa un petit sourire narquois.

— Ton paternel doit être un accro des bagnoles, pas vrai ?

— Tu as deviné, répondis-je avec un sourire. Je lui pique tous ses numéros de *Muscle Car* depuis que je suis gamine ! Quand j'y trouvais la photo d'une Mustang, je la découpais pour l'afficher dans ma chambre, mais comme le Scotch bousillait le Placo ma mère m'a acheté un de ces rideaux de douche couverts de pochettes en plastique, et alors…

— Là, je t'arrête, dit Harley en levant la main avec un air ravi. Parce que maintenant je ne vois plus que toi sous la douche et je ne crois pas être capable de rester attentif à ce que tu dis.

Oh, mon Dieu !

Sur le point de rougir, je sentis un picotement chaud remonter le long de ma nuque. Cette petite remarque coquine me donnait envie d'afficher un grand sourire idiot et je me mordis l'intérieur des joues pour me retenir. Cet *Harley* devait avoir la vingtaine, il était beau comme un diable et il me draguait, *moi* !

Ne sachant quoi répondre à cela, je changeai *encore* de sujet.

— Et toi ? Qu'est-ce que tu as comme bagnole ?

— Mmm…

Harley inclina la tête et, avec un petit sourire en coin, il ajouta :

— Essaie donc de deviner.

Oh, alors on joue, maintenant ? OK…

Je me tapotai les lèvres du bout du doigt et le dévisageai en gambergeant.

— À te voir, je dirais… une coccinelle Volkswagen !

Il faillit rire mais son visage se renfrogna aussitôt et il essaya d'avoir l'air offusqué.

— Une Pinto woody ?

Harley refréna un sourire en pinçant ses lèvres charnues.

— Non ? Voyons… Oh, je sais ! Une Geo Metro !

Il plissa le nez avec un air horrifié.

— Je sais ! C'était une question piège. C'est une Vespa !

Reniflement méprisant.

Comme j'arrivais à court d'idées, j'observai autour de moi dans l'atelier et repérai une vieille épave : une Impala Lowrider de 1964.

— Oh ! J'ai trouvé ! C'est celle-là, dis-je en la pointant du doigt. Sympa, les jantes dorées. Je parie que tu l'as équipée de suspensions hydrauliques.

Enfin, Harley donna libre cours à son hilarité. Un rire profond et rauque qui fit frémir mes entrailles.

— Tu chauffes, dit-il. En fait, ma voiture est justement en pleine suspension.

D'un index taché de cambouis, Harley désigna un véhicule au-dessus de ma tête : la bombe à la carrosserie noire que j'avais repérée en arrivant.

Du dos de la main, je lui assénai une tape sur le torse et poussai un cri.

— Non ! Tu déconnes !

— Eh ouais, c'est ma bonne vieille dame, dit-il, le visage radieux.

— Oh, mon Dieu ! *La tienne ?* Tu veux dire qu'elle est *à toi* ? Que tu la *conduis ?* Merde, alors ! Elle date de quand ? 1969 ? Quel type de moteur ? Toutes les pièces sont d'origine ?

Harley inclina la tête sur le côté.

— À toi de me le dire. Je croyais que tu étais fan de bolides.

— Oh, merde… voyons voir.

Je me frottai les mains, prête à relever le défi.

— Si c'est bien un modèle de 1969, et c'est ce que je crois, alors il est possible que ce soit une GT, une Mach One ou bien une Boss. Ou une E, sauf qu'elles sont super rares. Les prises d'air sur les capots des GT étaient différentes de celles-là et je suis presque certaine que les Mach One étaient équipées d'une goupille d'arrimage. Donc, c'est sûrement une Boss, pas vrai ? Mais une 302 ou une 429 ? Rah !

Harley laissa s'échapper un sifflement d'admiration et frappa plusieurs fois dans ses mains couvertes d'huile – et de tatouages.

— La vache. Ma belle, si tu étais plus âgée, je te demanderais de m'épouser !

Je ris de sa remarque, mais dans ma tête j'enchaînais les saltos arrière. Ce mec était canon, bien gaulé, tatoué, propriétaire de cette *superbe* voiture et il était en train de me *draguer* !

Incapable de fermer ma grande gueule, je dis :

— Tu sais que l'État de Géorgie autorise qu'on se marie dès l'âge de seize ans, si on fournit un mot signé de la main des parents ?

Harley rigola.

— Ben, dis donc ! On dirait bien que je vais devoir trouver une bague fissa. Il est hors de question que je te laisse filer !

Mon estomac effectua un double salto, fit un tour complet sur lui-même et se réceptionna parfaitement.

Je décidai d'éviter le sujet de nos fiançailles imminentes et revins à la voiture, ne serait-ce que pour m'aider à recouvrer mon sang-froid.

D'un coup de menton, je désignai l'orgasme monté sur roues au-dessus de nos têtes.

— Alors ? C'est une 302 ou une 429 ?

— Il va falloir patienter pour le savoir.

Je poussai un gémissement.

— Oh, sérieux ! Jusqu'à quand ?

— Ce soir.

Tel le diable s'apprêtant à convertir un nouveau pécheur, Harley m'adressa un sourire plein de malice et ajouta :

— Je vous emmène faire un tour, madame.

3

Madame ? Madame. Il m'a appelée MA-DAME !

Sur le chemin du retour, je repassai en boucle ma conversation avec Harley – le mécano à gueule d'ange, bien gaulé et tatoué. Non seulement cela faisait deux jours que je souriais, mais en plus je ne pouvais plus m'en empêcher ! Putain, je conduisais ma propre Mustang – équipée de pneus *ponies* flambant neufs, s'il vous plaît – et j'avais rencard le soir même avec le plus sexy des enfoirés que j'aie vus de ma vie.

Et il m'avait appelée *madame.*

J'aimais bien la sonorité. *Madame.* Cela faisait si adulte. Puissant. Une dame était une personne qui méritait le respect. Knight, lui, ne m'avait jamais appelée comme ça : il m'appelait Punk.

Punk : n. m. – *argot.*

1. Un vaurien, une personne sans importance.
2. Voyou ; loubard.
3. Un jeune sans expérience.
4. Partenaire homosexuel d'un homme plus âgé.
5. *Argot carcéral.* Un garçon.

Très approprié, si l'on considérait que, le jour de l'incorporation de Knight dans les Marines, Lance Hightower – un garçon au look punk-rock pour qui je nourrissais une obsession depuis la sixième – m'avait avoué lui avoir taillé une pipe du temps où nous étions encore ensemble. Donc, Knight m'avait trompée avec un mec. Et pas n'importe quel mec. Celui pour qui je craquais jusqu'à ce que Knight débarque dans ma vie et me chamboule le cœur.

Lance m'avait dit autre chose : que Knight était uniquement attiré par moi parce que je ressemblais à un garçon.

À un petit *punk.*

Je jetai un coup d'œil dans le rétroviseur et poussai un profond soupir en constatant que, depuis cette conversation, aucun miracle n'avait fait repousser mes cheveux d'une cinquantaine de centimètres. À l'automne dernier, dans l'espoir que Lance me remarque, j'avais presque tout rasé. Je n'avais gardé qu'une frange et deux mèches sur les côtés. De toute évidence, mon plan n'avait pas marché des masses.

Au lieu de cela, je fus remarquée par Ronald « Knight » McKnight, le seul skinhead du bahut.

Pendant des mois, il m'avait collé au train, sapé le moral, isolée de mes amis jusqu'à me faire tomber amoureuse de lui. Raide dingue. Et, alors que j'avais été à deux doigts de lui offrir mon amour éternel sur un putain de plateau d'argent, Knight m'avait repoussée. En un claquement de porte, il était passé du statut d'amour de ma vie à celui de bourreau. Il m'avait ignorée, brutalisée, allant même jusqu'à m'agresser physiquement. Puis il s'était repris et avait rejoint les Marines pour me protéger de son manque de self-control.

Cela faisait trois semaines que Knight était parti suivre sa formation élémentaire. Pour moi, cela aurait pu aussi bien remonter à trois jours, ou bien trois décennies. C'était fini et je l'avais accepté. Notre relation avait pris fin bien avant qu'il ne parte en camp d'entraînement. Mais, ce que je n'étais pas parvenue à digérer, c'était cette question qui me rongeait au plus profond de mon esprit : m'avait-il trompée, oui ou non ?

J'aurais aimé savoir ce que j'étais censée ressentir. Devais-je regretter Knight ou bien le haïr ? M'avait-il vraiment trompée, ou bien Lance avait-il tout inventé ? Ce dernier n'était pas tout à fait digne de confiance – bon, soyons clairs, c'était une vraie petite diva revancharde – mais, à dire vrai, j'espérais un peu qu'il ait dit la vérité. Ainsi, je pourrais avoir la haine, pour changer.

Putain, j'en avais marre d'être triste.

Devant le bureau de poste, je me garai près d'une boîte aux lettres bleu métallisé et tirai de mon sac à main informe en fausse fourrure léopard une enveloppe froissée à l'attention de l'engagé Ronald McKnight. Figée par l'indécision, je fixai l'enveloppe posée sur mes genoux. Devais-je la déchirer comme maman l'avait suggéré ou bien me dire « rien à foutre » ? Même si j'avais envie d'en finir, j'étais tout de même terrifiée à l'idée de poster cette lettre. Je savais que les mots qu'elle contenait allaient rendre Knight dingue. Genre fou à lier.

Et, quand Ronald McKnight devenait fou à lier, il y avait des blessés. Des disparus, même.

Des gens se faisaient éclater la tronche à coups de batte de base-ball.

Le bruit d'un klaxon me fit sursauter, poussant mon corps à réagir machinalement. Par la fenêtre côté conducteur, je sortis mon bras gauche et glissai dans la fente de la boîte la bombe à retardement affranchie. Mon pied gauche appuya sur l'embrayage, le droit enfonça l'accélérateur, et mes gestes étaient tellement désynchronisés que la voiture fit une embardée et cala avec un spasme violent.

Exactement comme mon cœur lorsque je réalisai ce que je venais de faire.

À l'attention de l'engagé Ronald McKnight
Centre de recrutement du corps des Marines.
283, boulevard de France,
Parris Island, SC 29905

22 juin 1998,

Cher Knight,

Peg m'a filé ton adresse, j'espère que ça ne te dérange pas.

En fait, j'en ai rien à foutre que ça te dérange ou non. Tu n'es plus là, je n'ai plus peur de toi, putain. Tu t'es barré chez les Marines pour servir ton pays et pour m'éviter d'avoir à passer ma vie auprès d'un psychopathe. C'est ça ? C'est bien ce que tu m'as dit ?

Figure-toi que Lance Hightower m'a raconté une

autre version – elle commence par une pipe qu'il t'a faite sur le parking des étudiants et elle finit par toi qui lui réduis la tronche en bouillie avant de le faire expulser le lendemain. Je t'ai toujours suspecté de l'avoir balancé. Je croyais que tu lui en voulais de m'avoir proposé de la meth, mais cela n'avait rien à voir avec moi, pas vrai ? Tu voulais qu'il gicle du tableau pour ne pas avoir à affronter les conséquences de tes actes.

Au début, je n'ai pas voulu le croire mais plus j'y pense, plus c'est clair. Toutes ces fois où tu as insisté sur le fait qu'il devait être gay, même avant qu'il ne sorte du placard ; la fois où je vous ai surpris tous les deux sur le parking ; la manière dont tu l'as agressé cet après-midi-là ; les stéroïdes que tu prenais, ta camionnette type monster truck et tes tenues de skinhead à la con. Ton enrôlement dans l'armée.

Tu réprimais ton « moi » profond. Tu le cachais derrière tous les clichés de gros dur auxquels tu as pu penser. Et, comme ça n'a pas marché, tu as fui.

Putain, je m'en fous que tu sois gay ou bi ou juste complètement paumé. C'est pas ce qui importe. Quoi que tu puisses être, ce qui importe, c'est que tu me l'as caché. Tu m'as laissée croire que ce qu'il y avait entre nous était réel. Mais tout n'était que poudre aux yeux, pas vrai ? Tu ne m'as jamais aimée. Tu m'as menti. Manipulée. Tu as fait de ma vie un enfer. Et voilà que j'apprends qu'en plus tu m'as trompée ?

Je n'attends aucune explication de ta part. Je n'en ai pas envie. De toute façon, quoi que tu puisses dire, je suis sûre que ce sera encore un putain de mensonge.

Je tiens juste à ce que tu saches que je connais enfin la vérité, à présent.

Peut-être que maintenant je vais enfin arrêter de souffrir.

Belle vie à toi,
BB

4

— Juliet, j'ai un rencard dans deux heures, bordel ! Je ne sais pas quoi me mettre, j'ai besoin de toi !

Mon Nokia à paillettes calé entre la joue et l'épaule, je sautillai sur place pour essayer d'enfiler un pantalon en vinyle moulant à imprimé python.

— Un rencard ? Ça fait deux semaines que tu déprimes trop pour sortir de chez toi et là, sorti de nulle part, t'as un rencard ? Qui t'as invité ? Le postier ? Parce que je suis à peu près persuadée que c'est le seul mec que tu aies croisé depuis le début des vacances scolaires.

Pendant ses bons jours, Juliet était déjà insolente, mais maintenant que son mec était en taule et qu'elle se retrouvait coincée chez elle avec son nouveau-né, ses hormones la transformaient en peste enragée. Mais cela ne me dérangeait pas. Parler avec elle me rappelait que les choses pouvaient être infiniment plus merdiques.

— Tu peux parler, la taquinai-je. Je parie que tu n'es pas sortie de chez toi non plus.

— Je viens d'avoir un bébé, bordel ! J'ai les nichons qui fuient, je porte encore mes fringues de maternité et ça fait quatre jours que j'ai pas pu prendre de douche !

Hilare, je chaussai mes rangers noires tout usées.

— Des excuses, toujours des excuses. Bon, revenons à mes moutons. Je pensais mettre mon pantalon python, mes rangers – évidemment – et peut-être un débardeur noir tout simple. Je voudrais avoir l'air décontractée mais sexy. Ce mec a genre la vingtaine.

— Premier truc : tu sais qu'on est en juin, pas vrai ? Il fait genre un million de degrés dehors. Je ne sais pas comment tu comptes tenir avec ton futal en cuir synthétique et tes écrase-merdes !

— J'ai toujours froid en short ! pleurnichai-je, écartant le portable de mon oreille afin de glisser mon bras tout maigre sous la bretelle de mon débardeur en dentelle.

— Ensuite, est-ce que cet adulte sait quel âge tu as ?

— Qu'est-ce que ça peut faire ? Je suis assez vieille. Seize ans, c'est l'âge légal du consentement en Géorgie. Et puis, ton mec à toi, il a genre... vingt-six ans ? dis-je, avec un peu plus d'aigreur que voulu.

— Mon ex, tu veux dire. Et calmos, Judge Judy[1]. C'était juste par curiosité, nom de Dieu !

— Désolée. Pff. Je flippe à fond. Je n'ai pas envie qu'il me prenne pour une gamine, tu vois ?

Je me positionnai face à mon miroir et me tournai sur le côté. Avec mon eye-liner noir et mon Wonderbra rouge, j'avais presque l'air d'avoir dix-sept ans. Presque.

---

1. Référence à *Judge Judy*, une émission de télé-réalité où une juge règle des litiges réels devant un public.

D'un ton impassible, Juliet demanda :

— Alors, qui est ce salopard de veinard ?

Je poussai un couinement.

— Oh, mon Dieu, Juliet, il est putain de canon, si tu savais ! Il s'appelle Harley. Il est mécano et je l'ai rencontré aujourd'hui, au garage où j'ai fait installer mes pneus neufs. Ses bras sont couverts de tatouages, et il a des lèvres charnues, et c'est un putain de bon dragueur, et il a cette belle chevelure blonde et… oh, mon Dieu, tu sais pas le mieux !

Je repris mon souffle avant de continuer :

— Sa bagnole, c'est une putain de Boss 429 de 1969 ! Enfin, c'est peut-être une 302, mais je suis presque certaine que c'est une 429. En plus, je crois qu'il va me laisser la conduire sur le…

— Harley *James* ? m'interrompit Juliet, nettement moins enthousiaste que je ne l'étais.

C'était en tout cas le nom qu'il avait inscrit sur mon portable avant que je ne quitte l'atelier.

Je demandai :

— Tu le connais ?

— Tout le monde le connaît ! C'était genre le tout premier punk du lycée de Peach State. Tu te rappelles pas ? Il avait les cheveux blonds et hérissés, comme Billy Idol, et il s'est fait virer quand il était en première pour avoir foutu un pain au proviseur ! Oh, et j'ai aussi entendu dire qu'à l'époque il avait déjà couché avec plus de cent nanas.

En effet, je me souvenais de rumeurs de ce genre à propos d'un type, mais on était en, quoi, sixième à cette époque, alors ça ne m'avait pas plus marquée que ça. En plus, j'étais trop accaparée par un certain

Lance Hightower – le dieu au look punk-rock qui était dans ma classe.

— Ah, ouais, dis-je en fouillant dans ma trousse à maquillage, comme si je voyais tout à fait de quoi elle parlait.

— Meuf, tu as intérêt à te protéger, m'avertit Juliet. Ce mec est un queutard !

— OK, *maman*, dis-je en geignant. Dis-moi, les queutards préfèrent le gloss ou le rouge à lèvres ?

— Vu qu'il en aura probablement plein la bite plus tard, tu devrais te contenter du gloss.

— T'es dégueu !

Mon cri strident provoqua chez elle un rire sonore et maléfique. Même si c'était à mes dépens, c'était très agréable à entendre.

— Merde, je crois que j'ai réveillé le bébé, dit-elle après avoir arrêté de caqueter. Beurk ! Voilà une autre raison pour laquelle il faut que tu te protèges ce soir. Ces machins, c'est la plaie !

— Meuf, je t'ai vue le démouler en direct, ton gnard. Fais-moi confiance, je prends la pilule maintenant !

Juliet ricana à nouveau mais je perçus une note de tristesse revenir vers la fin.

— Amuse-toi bien, dit-elle tandis que, derrière elle, les hurlements se changèrent tout à coup en roucoulements et en grognements. Fais gaffe, surtout.

— Tes nichons sont dans la bouche du bébé là ? demandai-je pour détendre l'atmosphère.

— Eh ouais ! Faut pas croire. Par chez moi aussi, il va y avoir du sport !

5

Même en suivant à la lettre les instructions que j'avais griffonnées chez A & J au dos de mon bon de commande, je me trompai trois fois de route. Harley m'avait bien prévenue qu'il n'y aurait aucun panneau indicateur mais il avait oublié de mentionner que la forêt était en train de reprendre ses droits sur la route.

Oh, ça a l'air sûr comme endroit, songeai-je en avançant à deux à l'heure le long de l'allée principale de ce que j'imaginais être un repaire de violeurs. *Un adulte te propose de le retrouver au milieu des putain de bois, sans adresse ni panneau indicateur, et toi tu acceptes juste parce qu'il t'a proposé de conduire sa caisse. Espèce de bouffonne, tu aurais plus vite fait d'accepter des bonbons d'un étranger en camionnette.*

Mais l'agaçante et éternelle optimiste que j'étais refusait de l'entendre et répliqua aussi sec. *Ouais, sauf que j'ai vu le bonbon, et j'ai vu l'étranger. Et ils valent très largement le coup de grimper à bord de cette camionnette.*

À ce moment-là, la rue étroite culmina sur une colline et je fus momentanément aveuglée par le soleil estival de 18 heures. Basculant mes lunettes de soleil en forme de cœur de mon front jusque sur mon nez, je ralentis jusqu'à frôler le point mort et jetai un œil en contrebas vers un cratère de la taille d'un stade. On aurait dit que des promoteurs immobiliers avaient fait creuser la zone pour y bâtir un quartier résidentiel. La rue principale – un simple et grand ovale avec des allées saillantes de-ci de-là – avait été pavée mais aucune maison n'avait été construite. Pas de fosses. Pas de toilettes de chantiers, pas de caravanes ni la moindre trace d'un chantier quelconque. Tout ce qu'il y avait, c'était de la boue, des pavés et la bagnole la plus canon que le genre humain ait jamais produite.

La Boss était garée au bas de la colline et, même si le soleil de juin tapait dessus sans aucune pitié, elle ne scintillait pas et brillait encore moins. La dernière couche de peinture noire capturait le soleil et l'avalait carrément, tel un trou noir monté sur des pneus de la même couleur. Et appuyé dessus – fumant une cigarette et portant un pantalon Dickies noir, des rangers, un portefeuille à chaînette et un tee-shirt NOFX – se trouvait le seul homme à être assez sexy pour la conduire.

Harley James, putain.

Lorsqu'il m'entendit descendre la colline, Harley leva la tête et m'adressa un bref sourire en coin qui me détendit quelque peu. À moins qu'il n'ait augmenté ma nervosité ? Peut-être étais-je moins stressée, mais plus excitée. Quoi qu'il en soit, mon cerveau était complètement embrouillé, car à la seconde où je me garai près de lui je passai en première, je tirai sur le frein à main et j'ôtai mon pied de l'accélérateur… sans couper le moteur. Ma voiture trembla, cracha et cala de manière spectaculaire.

Je poussai un cri strident et j'enfouis mon visage entre mes mains tandis qu'Harley s'avançait vers le côté de la voiture.

Sois cool, BB. Sois cool. T'es une badass, pas vrai ? Alors sois badass ! Que ferait une fille badass après avoir calé devant un mec super canon ?

J'arrachai les mains de mon visage et je lançai des regards désespérés autour de moi à la recherche de mes cigarettes. Les mains tremblantes, j'en allumai une, j'exhalai la fumée et je récitai silencieusement une prière avant d'ouvrir la portière.

L'air épais et humide m'enveloppa, tout comme le vrombissement sonore du rire graveleux d'Harley. Je basculai mes cinq kilos de rangers à talons d'acier hors de la bagnole, m'assis de côté sur le siège et levai les yeux sur la longue silhouette d'Harley. Mon cœur cognait dans ma poitrine et j'avais les joues en feu, mais je soufflai un long filet régulier de fumée, comme si de rien n'était et que je n'avais pas calé devant ce légendaire *bad boy*.

— Salut, dis-je, me forçant à le regarder droit dans les yeux, remerciant Dieu d'avoir inventé les grosses lunettes de soleil en plastique.

Il était encore plus canon que dans mon souvenir. Notre rencontre remontait à seulement quelques heures mais sa tenue de punk décontracté me fit vriller le bout des seins. C'était le type le plus foutrement cool que j'aie jamais rencontré, et il ne se forçait même pas ! Et ce visage. *Baise-moi !*

Harley ricana et me salua en me présentant ses mains, paumes vers le haut.

— Salut.

Je coinçai ma clope entre mes dents et plaçai mes mains entre les siennes, l'autorisant à m'extirper de la voiture. Harley fit courir ses pouces couverts de cals sur le dos de mes mains avant de les relâcher. Cette sensation me fit frémir les entrailles.

D'une voix moqueuse, il ajouta :

— Il y a de meilleures manières de couper son moteur, tu sais ?

De derrière mes lunettes, je levai les yeux au ciel et j'exhalai une nouvelle bouffée de fumée sur le côté.

— Je sais. J'aime soigner mes entrées.

Je me forçai à croiser son regard et ma respiration se bloqua. Bon Dieu de merde. Avec ses yeux bleus de petit chien battu et cette lèvre charnue et percée, même ses sourires semblaient boudeurs.

— L'embrayage des Mustang, c'est de la saloperie, dit-il d'une voix à la fois douce comme du sucre et rêche comme du papier de verre. Tu aurais peut-être dû commencer par conduire une Vespa.

J'émis un ricanement faussement offensé et lui flanquai une tape sur le torse du dos de la main.

Harley rigola en se protégeant avec les siennes, comme pour parer une seconde attaque.

— Meuf ! C'est toi qui l'as dit !

— Ouais, mais c'est toi qui conduis ce truc, dis-je en pointant le pouce par-dessus mon épaule. Je suis certaine que, si on traitait ta mère de Vespa, tu répondrais un truc du genre : « Pardon ? Je ne t'entends pas avec le moteur de ma Boss 429 ! »

Je fermai ma portière et m'appuyai dessus, mes genoux tremblant tellement que la gravité seule ne suffisait pas à me maintenir debout.

Harley me décocha un rictus.

— Je croyais que tu ne savais pas si c'était une 302 ou une 429, dit-il, une lueur de malice brillant dans le bleu de ses yeux.

— Disons que, si tu m'as fait venir jusqu'ici juste pour une petite 302 à deux balles, je vais être foutrement déçue !

Le sourire d'Harley s'étira jusqu'aux oreilles et, pour la première fois, je remarquai qu'il avait les dents du bonheur. Un écart très léger mais qui suffit à me mettre à l'aise. J'avais moi-même les dents un peu écartées. Même après deux ans d'appareil dentaire, l'écart ne s'était jamais complètement refermé. Mais je l'aimais bien. Les gens disaient que cela me donnait des airs de Madonna. Une Madonna toute plate, de quarante kilos toute mouillée et avec un crâne rasé.

— Dans ce cas, débarrassons-nous de ta déception.

Harley me présenta son bras et me guida jusqu'à la portière côté conducteur de cet orgasme monté sur roues. Comme si j'allais tout simplement grimper à bord. Comme si c'était une simple Honda Accord ou une autre merde du genre. Je lâchai son bras et continuai à marcher, faisant un tour de la voiture, puis deux, puis quinze. C'était comme être devant *La Joconde*. Ou le diamant Hope. Pourquoi n'y avait-il pas tout un réseau de rayons lasers autour de cette inestimable œuvre d'art ?

Je levai les yeux sur Harley, clairement amusé par mes rêveries. J'étais absolument certaine que personne dans la banlieue d'Atlanta n'imaginait à quel point cette bagnole était dingue. Dans les émissions d'enchères de voitures qu'on regardait avec papa à la télé, les Boss 429 se vendaient toujours pour une centaine de milliers de dollars. Comment est-ce qu'un jeune en échec scolaire pouvait se payer une telle caisse ?

Il est mécano, insista mon côté optimiste. *Peut-être qu'il l'a entièrement construite. Peut-être qu'il l'a assemblée à partir de pièces détachées et que, maintenant, elle vaut cinq zéros. C'est peut-être un entrepreneur avec un potentiel de revenus ?*

Ou alors il deale de la drogue, surenchérit mon côté rationnel.

Harley inclina la tête sur le côté, plissant les yeux face au soleil de plomb.

— Bon, tu comptes la démarrer ou continuer à la regarder comme si c'était un bout de viande ?

— Serais-tu un féministe, Harley James ? demandai-je avec un rictus tandis qu'il m'ouvrait la portière.

— Ouais. On va dire ça, dit-il tandis que je m'avançais vers lui.

Avant de m'asseoir, j'envoyai valdinguer ma clope sur le pavé – *oh, je dois avoir l'air d'une grosse badass* – et, au moment de passer sous son bras, je réprimai une inexplicable envie de lui enserrer la taille et d'inhaler son parfum. Je me disais qu'il devait probablement sentir la sueur et l'huile de moteur. Moi, en tout cas, j'étais certaine de puer la transpiration. Mon futal python moulant me collait aux cuisses.

Aussitôt mon cul gainé de vinyle posé sur le siège en cuir, je laissai échapper un petit gémissement. C'était plus fort que moi. J'étais assise dans la voiture de mes rêves, et elle sentait le cuir et la testostérone. Si le paradis existait, je devais être assise dedans.

Harley fit le tour du véhicule et s'installa sur le siège passager, laissant les deux portières ouvertes pour qu'on ne meure pas d'asphyxie.

Je fis courir mes mains sur le volant en bois et lui adressai un regard émerveillé.

— Tu as gardé tout l'équipement d'origine, dis-je, ébahie face au tableau de bord en noyer.

Il ricana.

— Sauf les cadrans, les ceintures, les pédales et le levier de vitesses. Mais ouais, j'ai gardé le volant. Ce putain de truc est bien trop cool pour qu'on le remplace. Ça remonte à quand, la dernière fois que tu as vu un volant en bois ?

— Je crois qu'il y en avait un dans la Buick de ma grand-mère !

Harley tendit soudainement la main et désigna ma portière ouverte.

— Fous le camp de ma caisse, dit-il, conservant un air sérieux pendant une demi-seconde avant que son petit rictus ne revienne sur son visage.

Je soufflai de soulagement et flanquai une petite claque sur son bras tatoué aux veines saillantes.

— Enfoiré, me fais pas ça !

Le sourire d'Harley s'étira tant que je crus que sa lèvre inférieure allait éclater autour de l'anneau d'argent qui l'enserrait.

Il fouilla dans sa poche et en tira un jeu de clés. Puis il en mit une sur le contact.

— Bon, vu que tu ne veux pas sortir, voyons ce que tu as dans le bide, dit-il, levant les sourcils et me fixant de son regard bleu de petit chien. Mets un coup de boost et dis-moi avec quoi elle tourne.

Bon Dieu, savais-je au moins démarrer une voiture ? J'avais la mienne depuis moins de vingt-quatre heures.

Bon, d'accord… Pied gauche sur l'embrayage. Le droit sur la pédale de frein. Euh… passage en première ? Première, puis frein à main…

Je regardai la console centrale, là où dans ma voiture se trouvait le frein à main, et ne vit qu'une surface de bois lisse et un paquet de Camel Light.

Fait chier.

Je regardai Harley qui m'observait avec amusement.

— Pardon, mec. Mais on dirait que ta caisse est cassée. On a oublié de te mettre un frein à main.

Il éclata de rire et ce son changea en adoration l'anxiété qui pétillait dans ma poitrine. C'était si difficile de faire rire Knight. Faire sourire ce connard de grincheux était la seule raison pour laquelle je me levais le matin. C'était un défi et, parfois, c'était aussi le seul moyen de l'empêcher de commettre un meurtre. Mais Harley souriait tout le temps pour un rien. Il rigolait, se montrait taquin, joueur, dragueur. La vache, il avait même l'air foutrement heureux.

Moi aussi j'étais heureuse avant que ma vie ne parte en couille. Fréquenter Harley m'aidait à me souvenir de l'effet que cela faisait.

Je commençais à croire qu'Harley et moi étions probablement une seule et même personne. Nous étions aussi semblables que Knight et moi étions différents. Et j'aimais ça.

Harley se pencha jusqu'à ce que son visage soit à quelques centimètres du mien. Puis il s'empara d'une manette située juste derrière le volant qu'il tapota avec deux doigts.

— Presse l'embrayage et le frein en même temps, dit-il. Puis tire là-dessus.

J'obtempérai et il n'y eut plus qu'à mettre le contact. Je pris une profonde inspiration et tournai la clé. Le moteur reprit vie en un rugissement, toute la voiture vrombit autour de nous et, tout à coup, ma culotte s'humidifia.

Par-dessus les ronronnements de cette bombe sexuelle, Harley me hurla des indications :

— Maintenant, mets un peu les gaz, mais ne *retire pas* ton pied de l'embrayage !

Du bout de ma semelle cloutée, je pressai délicatement la pédale d'accélération et vis l'aiguille du compte-tours s'élever en même temps qu'un rugissement assourdissant envahissait la cabine. C'était pas une 302 ! Ma mâchoire se décrocha et je dévisageai Harley avec des yeux grands comme des soucoupes. Il tendit la main vers moi et saisit mes lunettes en forme de cœur qu'il remonta sur mon crâne rasé en souriant.

Il inclina la tête sur le côté.

— Alors ? Tu penses encore être venue jusqu'ici pour rien ?

Bouche bée, je secouai la tête, incapable de trouver quelque chose de malin à rétorquer. Toute mon attitude cool s'effondra complètement.

— Bon, et maintenant, déclara Harley en désignant les pédales, mets un peu les gaz et maintiens la pédale en place tout en relâchant lentement l'embrayage.

Je fis non de la tête.

Harley fonça les sourcils.

— Tu ne veux pas la conduire ?

Nouveau hochement de tête.

— Allez, madame, on ferme cette porte, on place ses mains sur le volant et on retire son pied de cet embrayage.

Oh, mon Dieu, oh, mon Dieu, oh, mon Dieu, oh, mon Dieu…

Comment pouvais-je gérer un putain de jet sur roues alors que j'étais incapable de contrôler mes propres membres ?

Je fermai maladroitement ma portière, plaçai mes mains à 10 h 10 sur le volant – tout comme je le faisais pendant mes leçons de conduite – et pressai doucement l'accélérateur. Tandis que le rugissement s'intensifiait, je déglutis avec difficulté, sortis les épaules et relâchai l'embrayage.

Cale pas, s'il te plaît, cale pas, s'il te plaît, cale pas…

La voiture s'élança comme une fusée et l'arrière de ma tête vint heurter le dossier. Je relâchai l'accélérateur pour ralentir, ce qui, évidemment, était la chose à ne pas faire, car la voiture commença à être agitée de secousses et à sautiller sur place, à l'image du foutu étalon dont elle tirait son nom.

Harley hurla :

— Accélère !

J'enfonçai un peu trop violemment l'accélérateur et la Boss partit rageusement et à pleine puissance dans le premier virage de la rue en ovale.

— Vitesses !

Je passai la seconde, ce qui n'était pas si dur. Cette manœuvre m'était familière.

— Maintenant, tourne en relâchant très légèrement l'accélérateur.

Je m'exécutai et je poussai un soupir de soulagement en constatant que la voiture ne s'agitait pas comme tout à l'heure.

— C'est ça. Maintenant, dès que t'as le coup de main, tu pourras passer en troisième dans les lignes droites. Ensuite tu repasses au point mort dans les virages, puis tu appuies légèrement sur les freins et tu repasses en seconde.

Avec l'adrénaline qui me rendait à moitié sourde, on aurait dit du chinois mais Harley me guida à chaque virage.

Après une dizaine de tours, j'y arrivais toute seule et mes mains avaient suffisamment relâché leur étreinte mortelle sur le volant pour que je sente à nouveau mes doigts. Au bout du quinzième tour, j'avais pris le coup de main. Et, au bout du vingtième, le besoin d'une pause clope se fit sentir.

Je me garai tout près de la version pour pauvre de la bête que je venais de dompter… et calai brusquement.

— Oh, mon Dieu ! criai-je, claquant ma main contre ma bouche. Je suis trop désolée !

Je m'attendais à ce qu'il m'arrache la tête mais Harley se contenta de rire.

— Tu sais, dit-il, tu devrais vraiment essayer de tourner la clé sur la gauche, à l'occasion. Ça marche aussi.

Je l'aimais. Ça y était. J'aimais ce mec.

Je fixai le visage de ce rebelle à la gueule d'ange et fus surprise de le découvrir en train de me regarder avec attention. Soutenir le regard de Knight, c'était comme fixer les yeux d'un zombie. Ses iris étaient pâles. Si froids. Concentrés et inébranlables. Meurtriers et dépourvus de remords. Au contraire, les yeux d'Harley étaient brillants. C'était un regard joueur. *Vivant.* Quand il me fixait, je n'avais pas l'impression d'être étudiée ou en analyse. C'était comme partager une *private joke* avec un ami.

Tandis que mes yeux se gorgeaient de sa chevelure blond cendré en bataille, de ses yeux bleus pleins de malice, de sa lèvre boudeuse et percée et de son aura de plaisantin, je compris qu'Harley James venait de devenir ma personne préférée au monde. Qu'est-ce qu'on s'en foutait, que je ne le connaisse que depuis six heures ? Il était en train de devenir mon nouveau meilleur ami.

Et plus si affinités, espérons-le.

*

Quand on veut essayer de faire connaissance avec quelqu'un au beau milieu de l'été, une voiture noire, dedans, comme dehors, et garée en plein cagnard n'est clairement pas un lieu approprié. Harley mit la climatisation à fond mais rien ne pouvait atténuer la chaleur cumulée de l'énorme moteur Big Block, du soleil de Géorgie et de mes hormones en ébullition. Il me demanda si je voulais qu'on aille se poser dans un endroit au frais, où on pourrait aussi en profiter pour se prendre de quoi dîner. Lorsqu'il mentionna de la nourriture, mon estomac se mit à gargouiller aussi fort que le moteur de sa 429.

Je n'avais encore rien mangé de la journée et il était presque 19 heures. Le mois dernier, on m'avait hospitalisée pour cause d'anorexie. Je m'étais évanouie en salle d'accouchement quand Juliette avait donné naissance à son bébé et cela avait tiré la sonnette d'alarme. Une sonnette qui avait retenti pendant deux jours non-stop.

Il fallait que je mange, je le savais. Je n'en avais juste pas envie. Plus jamais. Les bouillonnements acides de mon estomac me donnaient un tel sentiment d'accomplissement. De contrôle. Et, après la détresse émotionnelle qu'avait occasionnée la perte de tous mes proches en l'espace de quelques semaines, c'était une distraction bienvenue.

Mais être auprès d'Harley était une bien meilleure distraction – au point que, pour faire durer le plaisir de sa présence, j'aurais volontiers dévoré une douzaine de cronuts fourrés au cheese-cake, frits dans la graisse de bacon et roulés dans de la calorie en poudre.

Devant cette comédie gastro-intestinale, Harley

rigola et m'invita à le suivre jusqu'en haut de la rue, où se trouvait le Waffle House.

Ce putain de Waffle House !

Mon premier rencard avec Knight, c'était aussi ici. Merde, je les choisis ou quoi ?

Restituer les clés de sa belle à Harley me brisait le cœur mais, après vingt minutes de lutte avec la Boss, reconduire ma propre voiture me parut un million de fois plus facile. Une fois au restaurant, je me garai près d'Harley sans caler une seule fois. Il le remarqua et applaudit au ralenti pendant que je sortais de voiture.

Il marcha vers moi en s'allumant une clope et parla d'une voix moqueuse :

— T'as essayé de tourner la clé, à ce que je vois ?

— Ouais, mais je préfère ma méthode, dis-je en fouillant dans mon sac en quête de mon propre paquet de cigarettes. C'est plus impressionnant.

Harley s'arrêta net devant moi, son ombre me protégeant du soleil, et il présenta le bout de sa clope juste devant mes lèvres. Une clope qu'il venait de retirer de sa bouche. Mon regard passa de mon sac à ses doigts tachés d'huile, puis à ses bras couverts de flammes et de bolides, et à ses yeux aux paupières tombantes, chargés d'une lueur de défi. L'offre d'Harley était très intime, un peu comme des préliminaires. Il voulait voir l'effet que cela me ferait d'échanger nos salives. Effet garanti et je le lui fis savoir : je pris le filtre entre mes lèvres, j'y plantai mes dents et la lui arrachai des mains.

— Merci.

Harley acquiesça en souriant.

— À ton service.

Ces mots étaient chargés de promesses et mon sexe se crispa.

Il se dégaina une autre cigarette et m'escorta à l'intérieur du restaurant. Le Waffle House était le type d'établissement où on peut s'asseoir où on veut, et Harley s'installa dans un box près de la fenêtre. J'étais presque certaine qu'il avait choisi cette place afin de garder un œil sur sa Boss. Si je me baladais dans cette partie du patelin au volant d'une caisse à cent mille dollars, je voudrais probablement la garder dans mon champ de vision, moi aussi.

— Alors, c'est quoi, cet endroit ? demandai-je en désignant du pouce la direction d'où nous étions venus.

Harley tira un cendrier en plastique au milieu de la table et y tapota sa clope.

— La piste ? Au début il était prévu que ce soit un quartier résidentiel, mais le promoteur a stoppé la construction une fois les routes terminées. Techniquement, c'est toujours une propriété privée mais, comme le proprio qui détient les terres a quitté la ville, personne ne va nous dénoncer. Les flics ne peuvent pas nous coffrer pour des courses de voitures.

— Alors, on y fait des courses ?

— Carrément ! Presque tous les week-ends !

Harley me regarda comme s'il songeait à quelque chose, puis il se mordit le coin de la lèvre et inclina la tête sur le côté. Sa cigarette coincée entre deux doigts, il les pointa vers moi et dit :

— Tu vas faire la course, toi aussi.

Avec un rire nasal, je secouai la tête.

— Carrément pas, dis-je en levant les mains pour faire le signe universel raccroché à l'expression. Je viens d'avoir mon permis.

Cet aveu me fit grincer des dents tandis qu'une serveuse débraillée criait de derrière le comptoir qu'elle serait à nous dans un instant. Harley l'ignora et m'adressa un petit sourire suffisant.

— C'est pour ça que tu vas gagner. Personne ne pariera sur une gamine au volant d'une 5.0 d'occasion.

Une gamine.

Ces mots me piquèrent au vif. Je n'étais pas une gamine. Enfin si, j'en étais une, mais je n'avais aucune envie qu'il me voie de cette manière.

— Amène-moi ta caisse à l'atelier, continua-t-il. Et je te parie que je peux faire grimper ce machin à quatre cents chevaux en un rien de temps ! Les 5.0 ont un sacré putain de couple.

De l'autre côté de la fenêtre, il désigna nos deux Mustang à la couleur noire assortie.

— Vous pourriez vous faire une sacrée montagne de fric avec cet engin, madame.

— T'as qu'à la conduire, alors, dis-je en écrasant ma clope.

Harley haussa ses larges épaules.

— Je ne peux pas. Personne ne parie plus contre moi. Si je ne lance pas de nouvelles courses très bientôt, va falloir que j'aille bosser sur une autre piste.

— C'est comme ça que t'as pu te payer une bagnole pareille ? En faisant des courses ?

La seconde question m'avait échappé. Saisie de regrets, je fermai les yeux. *Merde.* Ce n'était vraiment pas mes oignons.

Harley pinça les lèvres de sa jolie bouche.

— Ouais, dit-il enfin. On va dire ça comme ça.

La serveuse déboula et prit notre commande, sans même dissimuler la contrariété que lui occasionnait notre présence. Nous commandâmes exactement la même chose : leurs fameux *rösti* bien gras, accompagnés d'un café. J'avais horreur du café. Mais c'était ce que buvaient les grands, pas vrai ?

Adultes = café.
Gamines = pas café.
Et donc, BB + café = adulte.

Tandis que je noyais le liquide fumant dégueulasse de ma tasse avec l'équivalent de cinq réservoirs de crème, les glaçons de mon verre d'eau et au moins quatorze sachets de sucre en poudre, je levai les yeux et découvris Harley qui me souriait derrière sa tasse.

— Quoi ? demandai-je sèchement, un peu trop consciente d'être une brèle en préparation de café.

— Rien, dit-il en sirotant ce qui avait l'air d'être de l'encre de pieuvre.

— Tu la bois noire, cette merde ?

Harley haussa les épaules.

— À force de bosser à l'atelier, on s'y habitue. Ces trouducs n'achètent jamais ni sucre ni crème.

Nom de Dieu. Si ça se trouve, il est plus vieux que je l'imaginais.

Avec son visage, on lui aurait donné dix-huit ans, mais ses tatouages un peu usés, ses mains tachées d'huile, ses larges épaules, son aisance, sa caisse qui coûtait la peau du cul et ses goûts hyper matures en termes de café criaient très fort un autre air.

Touillant mon *cafenstein* pour la millionième fois, je ne contins plus ma question :

— Quel âge tu as ?

Harley m'observa avec amusement tout en portant à ses lèvres son sombre et putride breuvage.

— Vingt et un ans, répondit-il.

Je faillis m'étouffer.

Vingt et un ans ?

Putain, c'était officiel : Harley James était parfait.

— Si tu as vraiment vingt et un ans… (Je m'interrompis pour tousser.)… pourquoi est-ce que tu bois du café, putain ?

Portant la main à son portefeuille, Harley rigola.

— Voilà une putain de bonne question, madame !

Il se leva, jeta quelques billets sur la table et tendit vers moi sa main large et crasseuse.

— Tu veux qu'on bouge ?

À la seconde où ma main se glissa dans la sienne, tous mes muscles se crispèrent d'impatience. J'avais l'impression d'être un moteur qu'on venait d'allumer – vrombissant, tournant au ralenti, toute prête à ce qu'Harley me donne son feu vert. Au moment où il me relevait, mon regard s'attarda sur l'anneau d'argent étincelant qui contenait à peine sa lèvre charnue et j'acquiesçai pour répondre à une question que je n'avais pas entendue. Qu'importe ce qu'il venait de me demander : pour Harley, ma réponse serait toujours « oui ».

Oui, oui, oui, oui, oui !

6

Alors que je suivais la voiture et le mec de mes rêves le long d'une douzaine de petites routes sinueuses bordées d'arbres menant Dieu sait où, je commençai à digérer la réalité de ma situation. J'étais non seulement en train d'aller chez un mec – un type majeur que je connaissais depuis moins d'une journée –, mais en plus cela arrivait alors que je n'étais séparée de mon premier amour que depuis un mois. C'était mal. Minable, déraisonnable et mal.

Mais mon indéboulonnable optimisme s'en mêla. *Knight est parti ! Il t'a brisé le cœur, il l'a évidé et s'en est servi comme d'un cendrier avant de foutre le camp. Il t'a bien dit que tu devrais te trouver quelqu'un de mieux, pas vrai ? Eh bien, quoi de mieux qu'un beau gosse tatoué, au volant d'une Boss 429 et qui a l'âge légal pour s'acheter de la picole ? Je vais te le dire : un beau gosse tatoué, au volant d'une Boss 429, qui a l'âge légal pour s'acheter de l'alcool* et *qui a son propre chez-lui.*

Aussitôt convaincue par mon côté positif, je m'engageai à la suite de la Boss sur une allée de gravier menant à un adorable petit bungalow, situé en périphérie d'Atlanta. Sur le côté de la maison, le chemin partait en pente vers l'arrière de la propriété, jusqu'à un vieux cabanon en fer-blanc. Harley se gara à l'intérieur de l'édifice et moi juste à côté, sur une parcelle de pelouse mal entretenue – concentrée à fond afin pour ne pas relâcher l'embrayage avant d'avoir coupé le contact.

J'observai mon reflet dans le rétroviseur, je donnai un peu de volume à ma frange, j'inspirai à fond et je sortis de voiture, à la lueur du soleil couchant.

J'entendis un fracas métallique tandis qu'Harley refermait la porte coulissante du garage, qu'il sécurisa avec un cadenas. Il me regarda et sourit. La lumière du jour était devenue orange et frappait de côté, illuminant tous les petits grains de pollen et les peluches de pissenlit qui flottaient dans l'air entre nous.

— On y est, dit-il en balayant d'un geste le jardin non entretenu, tenant entre ses doigts une cigarette pas encore allumée.

— J'adore !

Cela me rappelait la maison. C'était petit. Isolé. Envahi par la végétation. Sauvage.

Harley alluma sa clope et me la présenta à nouveau. Cette fois-ci, je la pris avec la main et non avec les lèvres, frappée d'une soudaine timidité à l'idée d'une baise potentielle. J'étais chez lui. Je veux dire, j'avais eu envie de venir, mais j'étais chez lui pour de bon, à présent. Là où il y avait son lit, dans lequel il avait couché avec des gamines écervelées qui étaient venues jusqu'ici au seul prétexte de boire une bière.

Nous marchâmes vers l'arrière de la maison sur une pelouse qui nous montait jusqu'aux genoux, gravîmes un escalier en bois, traversâmes une terrasse usée par le temps et, passant une porte, nous entrâmes dans ce que je qualifierais *ad vitam* comme La Piaule de Célibataire la Plus Dégueulasse Que J'aie Pu Voir.

Nous pénétrâmes dans une cuisine jaune moutarde où tout datait des années 1950 : linoléum déchiré, vaisselle sale, cannettes de bière vides, meubles en alu cabossés, ampoules nues et placo percé de trous si gros qu'on pouvait y passer la tête. Bouche bée, je restai plantée là pendant qu'Harley fila droit sur le frigo.

Il en sortit deux Natural Ice[1] et m'en tendit une.

— Désolé, c'est un peu le bordel, dit-il. Mon frangin et ses ploucs de potes ont fait la teuf il y a quelques jours et c'est parti un peu en couille.

Je ris et contemplai le capharnaüm.

— Un peu ?

— Le salon est encore en un seul morceau – en quelque sorte.

Harley me guida dans un couloir, puis dans un salon ne contenant que très peu de mobilier.

En plein centre se trouvaient un canapé convertible en cuir usé et une table basse – clairement dénichés dans des boutiques de seconde main – juste en face d'un gigantesque écran de télé relié à tellement de boîtiers, de consoles, de manettes, de lecteurs DVD, d'enceintes audio et de lecteurs stéréo que les câbles lui donnaient l'air d'une énorme pieuvre électronique. La seule déco apparente, c'étaient des logos de marques de bière en néons, tous disposés sur le mur de gauche et reliés à une seule et même multiprise sur le plancher.

---

1. Bière lager américaine.

Alors que je m'avançais vers ce mur de néons, Harley pressa un interrupteur de l'autre côté de la pièce et je fus presque aveuglée.

— Nom de Dieu, criai-je en protégeant mes yeux contre cette agression multicolore. Où as-tu dégoté tous ces trucs ?

— Je les ai fauchés au débit de boissons où je bossais avant, répondit-il sans la moindre honte. Les fournisseurs n'arrêtaient pas de nous en envoyer mais, parfois, ils arrivaient *abîmés*, alors il fallait les *balancer*, tu vois le genre ?

— Oh, je vois très bien, dis-je en me détournant du mur de watts pour lui faire face. À Pier One, ce genre de merde nous arrive tout le temps. Marrant comme la plupart des trucs *défectueux* finissent *derrière* la poubelle plutôt que *dedans*, ajoutai-je en souriant.

— Tu bosses chez Pier One ? demanda Harley en s'affalant sur le divan avant de vider la moitié de sa cannette en une seule gorgée.

Je sirotai la mienne et contournai le divan pour le rejoindre.

— Ouais. Jusqu'au jour où ils me vireront. Je suis la pire employée au monde. Je me contente de me pointer et de réarranger les rayons. Je ne parle même pas aux clients, parce que selon un de mes managers je suis « intimidante » avec mon crâne rasé.

J'ajoutai des guillemets imaginaires avec mes doigts en prononçant le mot « intimidante » et je levai les yeux au ciel. J'étais tout sauf intimidante.

Harley m'adressa un sourire.

— J'aime tes cheveux. C'est putain de badass.

Badass ?

Non.

Attendez.

Est-ce qu'Harley venait de dire que j'étais badass ?

Je pris place sur le canapé et, pendant une seconde, je scrutai son visage aux yeux de chiot. Putain, c'était qui, ce mec ? Et où était-il avant ? Il était si… sympa. Et canon. Et drôle. Super marrant, même ! Avec tous ses tatouages, ses muscles et son piercing à la lèvre que je rêvais de mordre, Harley avait tout d'un authentique *bad boy*, mais c'était un mec bien. Ça se voyait.

Et, lorsque son frère déboula par la porte de derrière, les bras chargés d'une grande boîte plate en carton et d'un sac de courses, je découvris qu'Harley était probablement trop beau pour être vrai.

Le nouvel arrivant déposa ses courses sur la table branlante dans la cuisine et hurla à son frère au salon :

— Tu me dois trente dollars, espèce d'enculé !

Harley ricana.

— C'est Davidson, mon petit frère.

Je réprimai difficilement un rire.

— Davidson ? dis-je entre mes dents. Votre mère vous a appelés Harley et Davidson ?

La version plouc d'Harley prit une bière au frigo et s'adossa au mur qui séparait la cuisine du salon.

— Techniquement, on a le même âge, dit-il. Et faut m'appeler Dave ! Tu le sais très bien, sale connard.

Je les observai rapidement à tour de rôle.

— Vous êtes jumeaux ?

Si c'était le cas, c'étaient de faux jumeaux. Ils étaient tous les deux mignons, avec les mêmes yeux bleus malicieux, mais Dave était plus petit et il avait les cheveux bruns et courts, fourrés sous une casquette de pêche ornée d'un hameçon sur le devant.

— De faux jumeaux, répondit Dave. Je suis plus jeune de dix mois.

Harley se releva.

— T'en as mis du temps. On crève la dalle.

Il tendit la main vers moi et ajouta :

— Quand on s'est barrés du Waffle House, j'ai appelé *Davidson* ici présent pour lui demander de prendre quelques trucs à bouffer en rentrant du boulot.

Il tourna la tête en direction de la cuisine et éleva la voix.

— Et cette fiotte nous en chie une pendule !

En pénétrant dans la cuisine, je compris de quoi parlait Harley. Là, sur la table, se trouvaient un carton de pizza et un gâteau de chez le pâtissier dont le glaçage rouge disait « Joyeux Anniversaire ». Le souffle coupé, je fis volte-face vers Harley et le fixai avec incrédulité.

Mes yeux me piquaient. Pourquoi est-ce que ça piquait ? Oh, mon Dieu, est-ce que j'allais chialer ? C'était à prévoir. Après la tournure merdique qu'avait prise ma vie ces derniers mois, j'étais habituée à pleurer, mais pas à verser des larmes de joie. La tendresse de cette attention me prit complètement à revers.

Harley haussa les épaules.

— T'as dit que tu venais d'avoir ton permis. Je me suis dit que ça devait aussi être ton anniversaire.

Tant pis pour l'attitude cool : je me précipitai dans ses bras. Harley me rattrapa et tituba de deux pas en arrière tandis que mes jambes encerclaient son bassin et que je passai mes bras autour de son cou en hurlant.

— Merci, merci, merci !

Je déposai un chaste baiser sur sa joue.

Du moins, j'essayai d'en déposer un. Avant même que mes lèvres n'entrent en contact avec sa peau, Harley m'agrippa fermement les fesses et son sourire espiègle intercepta mon baiser. L'énergie changea autour de moi. Et mon pouls accéléra brutalement tandis que je retenais ma respiration et le laissais m'embrasser. Ses lèvres expertes m'ouvrirent la bouche. Sa langue délicate glissa sur la mienne et l'encercla. Son anneau labial me titilla et, lorsque je parvins à reprendre mon sang-froid, j'emprisonnai cette saloperie entre mes dents et tirai doucement dessus – j'en avais rêvé toute la journée.

Dans mon dos, j'entendis la voix de Dave, assourdie par la pizza qu'il mangeait.

— T'avais raison, frangin. Les meufs kiffent les gâteaux d'anniversaire.

Harley interrompit momentanément son baiser et s'empara d'une cannette de bière vide sur le comptoir avant de la balancer sur son frère.

Dave para le projectile et rigola.

— Vous comptez bouffer ou vous allez niquer là, dans la cuisine ? Parce que, si vous baisez, autant que je fasse du pop-corn.

Oh, mon Dieu !

Rouge comme une betterave, j'enfouis mon visage au creux du cou d'Harley et je m'accrochai pour rester en vie pendant qu'il bombardait son frère avec une demi-douzaine de cannettes vides. Depuis ma cachette, j'inhalai sans vergogne son parfum. Contrairement à ce que j'avais initialement cru, il ne sentait pas la sueur et l'huile de moteur – mais l'essence et le cuir de ses sièges. Ce mélange me fit serrer involontairement les cuisses autour de son bassin noueux.

Avec une ultime pression sur mes fesses, Harley avança d'un pas et me déposa sur l'une des minuscules chaises en alu qui entouraient la table de la cuisine. Le carton à pizza était ouvert et Dave en avait déjà englouti deux parts. Harley sortit deux bières du frigo et m'en tendit une en prenant place sur une chaise à ma gauche. Puis nous bûmes, mangeâmes, fumâmes et nous rîmes et rîmes et rîmes pendant des heures.

Les gars m'informèrent qu'ils louaient cette maison à leur oncle et qu'ils y habitaient depuis environ deux mois. Ils avaient trois demi-sœurs plus jeunes qu'eux, qui vivaient encore avec leur mère et leur beau-père. J'appris que Dave travaillait à la boutique de surplus militaire, et qu'il y bossait depuis qu'il avait eu son bac à Peach State. J'appris également de la bouche de Dave qu'Harley se débrouillait tout seul depuis ses dix-sept ans.

— Ce putain d'enculé s'est fait virer du bahut et de la baraque le même jour !

Hilare, il toussa et se claqua le genou en offrant à son frère le pétard qu'il venait d'allumer.

Harley tira dessus et haussa les épaules.

— Maman n'en avait rien à foutre que je me fasse virer, dit-il. Elle voulait juste que je dégage de chez elle parce qu'elle avait trop d'enfants dans les pattes !

— Oh, j'ai entendu cette histoire ! dis-je, refusant le pétard que me tendait Harley.

Le cannabis était la seule drogue que j'avais toujours refusé de consommer. Cette merde me donnait envie de pioncer à mort. Je ne savais vraiment pas comment mes parents pouvaient en fumer autant.

Je demandai :

— T'avais pas été viré pour avoir cogné le proviseur ?

Harley et Davidson se regardèrent et se mirent à rigoler comme des baleines.

Je pris une nouvelle gorgée de Natty Ice et les observai avec un sourire pompette. Qu'est-ce qu'ils étaient mignons ! Dave avait ce charme de petit malin juvénile typique du Sud et Harley était un homme tout en tatouages, avec de l'huile de moteur dans les veines, propriétaire d'un bolide de choc mais, quand ils plaisantaient ensemble, on aurait dit une seule et même personne. Et, comme Harley et moi étions presque pareils, cela faisait de nous un sacré trio de larrons.

Dave se pencha vers moi et m'agrippa l'avant-bras.

— Oublie… oublie cette connerie, parvint-il à prononcer entre deux rires. Harley n'a pas frappé le principal Jenner : c'est le principal Jenner qui lui a collé un pain !

Il pointa son frère du doigt et partit dans un nouvel éclat de rire avant d'ajouter :

— En plein dans la mâchoire, putain !

Je ne saisis pas la blague, mais les deux frères en avaient les larmes aux yeux.

Choquée, je dévisageai Harley.

— Il t'a frappé ? Putain, tu aurais pu lui coller un procès pour ça ! Tu aurais pu le faire virer !

Harley balaya cette remarque d'un geste de la main.

— Pas grave. Après lui avoir dit ce que j'avais fait avec sa mère la veille au soir, je l'avais cherché.

Dave reprit :

— Et alors, après que le principal Jenner l'a viré, j'ai été dire partout que c'était Harley qui l'avait cogné. Maintenant, c'est une putain de star ! lança-t-il avec une bourrade dans l'épaule de son frère. Il en a eu, de la chatte après ça, c'était dément !

J'avais effectivement entendu parler de toutes les chattes qu'il avait eues, mais je ne lui posai aucune question à ce sujet. Je n'avais pas envie de savoir.

Harley posa sur moi son regard de petit chien et haussa les épaules. Il ne réfuta pas. Et, quand on a un visage aussi beau et un corps pareil, c'est inutile de nier.

Consultant l'heure par-dessus mon épaule sur le micro-ondes, je réalisai qu'elle n'avait pas changé depuis la troisième fois que je l'avais consultée. Il était toujours 21 h 15 et les chiffres clignotaient.

Meeeeerde !

L'angoisse me submergea tandis que j'ouvrais vivement mon sac pour y piocher mon portable. Je le trouvai au bout de plusieurs secondes et l'écran s'illumina : 22 h 28.

— Et merde, il faut que j'y aille !

Je fourrai mon portable dans mon sac et fouillai frénétiquement à la recherche de mes clés de voiture. De l'autre côté de la table, j'adressai un regard à Dave et Harley, qui ne saisissaient manifestement pas l'urgence de la situation.

— Il faut que je sois chez moi dans une demi-heure, ou mon père va me tuer !

Je me levai mais Harley s'empara aussitôt de mes hanches avec ses larges mains et me fit m'asseoir sur ses genoux.

Du bout du nez, il caressa la peau sensible juste sous mon oreille et murmura :

— T'en va pas.

À ce contact, mon corps fondit. Bon Dieu, comme c'était bon d'être entre les mains d'un homme ! Je n'avais pas conscience de combien ça m'avait manqué ! J'avais tellement envie de rester, d'explorer chaque once de promesse que recelaient ces mots, mais je me forçai à refuser.

— Il le faut, Harley, dis-je en m'appuyant sur son torse pour m'empêcher de chavirer à cause de l'alcool. J'ai un couvre-feu.

Harley passa son bras gonflé et coloré autour de mon corps et me maintint plus fermement.

— Désolé. Mais non. Va falloir lui dire que c'est moi, ton papa, maintenant.

Je lui flanquai une tape sur le torse.

— Harley, je ne déconne pas ! Il faut que j'y aille !

Dave rigola.

— Si elle doit appeler quelqu'un *papa* ici, ce sera moi ! Je veux dire, c'est moi qui ai rapporté son gâteau d'anniversaire, après tout.

— Arf !

Je m'arrachai à l'emprise d'Harley et, telle Cendrillon au premier coup de minuit, je me précipitai vers la porte de derrière.

Je dévalai les escaliers et m'engouffrai dans l'obscurité de la nuit en me disant que Dave et Harley n'avaient probablement jamais eu à respecter de couvre-feu dans leur jeunesse. Personne n'avait jamais attendu qu'ils rentrent sains et saufs à la maison. À les écouter, on aurait bien dit que la seule chose que leur mère avait attendue de leur part, c'était une bonne excuse pour les mettre à la porte. Cette pensée me rendit triste. Cela expliquait aussi pourquoi ils s'étaient montrés aussi nonchalants en apprenant que j'étais en retard.

Tandis que je tâtonnais maladroitement dans le noir pour ouvrir ma portière, j'entendis la porte de la maison claquer dans mon dos, puis le bruit de pas lourds descendant les marches deux par deux.

Putain, j'ai vraiment pas le temps pour ces conneries !

Je me retournai et j'aperçus la silhouette d'Harley qui traversait le jardin au trot jusqu'à moi, éclairée par la lumière de la maison derrière lui. Même sa manière de courir était sexy. De longues enjambées. L'une de ses mains maintenant sa longue chemise Dickies au niveau de la taille. La chaînette de son portefeuille captant la lueur de la lune en rebondissant.

— Pardon d'avoir fui comme ça, mais je dois vraiment y…

Harley parcourut la distance qui nous séparait et coupa court au reste de mes excuses avec ses lèvres. Il m'embrassa avec ferveur. Ses mains me recouvraient. Ma respiration était erratique. J'eus à nouveau envie de passer mes jambes autour de lui. De le laisser me prendre ici, aux yeux de tous. Qu'il n'y ait rien entre nous que l'air humide de l'été et l'éclat de la sueur sur nos peaux. J'avais envie de lui. De cet homme qui, en seulement une journée, avait insufflé de la vie dans mon âme toute flapie. Mais, si je ne rentrais pas à la maison, je n'allais plus pouvoir le voir avant un long, long moment.

— Harley, dis-je d'une voix âpre contre sa bouche accueillante. Harley, s'il te plaît. Il faut que j'y aille.

Après un baiser, Harley libéra ma lèvre et fronça les sourcils.

À bout de souffle, il demanda :

— Je peux t'appeler ? J'ai ton numéro sur les fiches du boulot.

J'acquiesçai, tâtonnant dans mon dos à la recherche de la poignée.

— Merci pour aujourd'hui, dis-je. Cela faisait bien longtemps que je n'avais pas passé une aussi belle journée.

Peut-être même la plus belle de toute ma vie, mais je ne comptais pas le lui dire. Pas encore, en tout cas.

— Moi aussi, dit Harley en me donnant un dernier bisou langoureux pendant que j'ouvrais la portière. Conduisez prudemment, madame.

Je démarrai en trombe et jetai un œil à l'horloge du tableau de bord – *22 h 42. Chienne de vie !*

Je n'avais que dix-huit minutes pour comprendre où j'étais et trouver le chemin pour rentrer à la maison – j'estimais le trajet à environ une demi-heure. Je parvins à retourner jusqu'au Waffle House et, à partir de là, je suivis les panneaux en direction de la seule autoroute de ma connaissance – celle qui quittait Atlanta plein est et arrivait pile dans ma ville.

Pompette à cause de la bière et du charme d'Harley,

je rentrai à toute vitesse chez moi, roulant entre quinze et vingt kilomètres à l'heure au-dessus de la vitesse autorisée. Je n'avais même pas allumé la radio. Un grand sourire béat étiré sur les lèvres, je me contentais de repasser en boucle les dix dernières minutes de ma vie. Après avoir quitté la ville, je repris les petites routes, ralentissant dans les virages, comme Harley me l'avait appris dans l'après-midi.

Avec une minute d'avance, je me garai dans l'allée de mes parents, calai sur l'emplacement qui m'était réservé et faillis plonger par-dessus le palier quand 23 heures sonnèrent. À bout de souffle, je passai brièvement la tête dans le salon, où mon complotiste de père, parano et insomniaque, passait ses nuits à fumer des clopes et à polir ses armes devant CNN.

— Bonsoir, papa, bonne nuit, papa ! lançai-je avant de monter en courant les escaliers pour aller m'enfermer dans la salle de bains.

L'ancienne moi y aurait passé une demi-heure à gerber toute la pizza, le gâteau et la bière ingérés pendant la soirée. Cette fille n'aurait eu aucun répit tant que les dégâts n'auraient pas été rattrapés. Cependant, la nouvelle moi s'enfermait pour d'autres raisons. Des raisons qui impliquaient deux choses : songer aux mains d'Harley, tachées de cambouis sur sa peau blanche et mouchetée, et un pommeau de douche avec fonction massage.

7

Il fallait que je m'occupe l'esprit. À force de vérifier mon portable toutes les cinq secondes pour voir si Harley avait appelé, j'allais finir par perdre la tête.

Je m'étais rongé tous les ongles, je m'étais maquillée, remaquillée, j'avais creusé une tranchée dans la moquette à force de faire les cent pas, et j'avais fumé au moins un paquet de cigarettes – et je n'étais debout que depuis une heure. J'avais même passé un coup de fil au boulot pour qu'ils me confient des heures supplémentaires. Bien sûr, ils m'avaient dit non, mais ça ne coûtait rien de demander.

J'avais une de ces bougeottes ! Avant, j'étais au lycée, j'avais un boulot à mi-temps et je passais tout mon temps libre en compagnie de Knight. Puis j'étais passée à vingt heures de boulot par semaine, occupant les cent quarante-huit heures restantes à regarder un écran et à me demander si je ressentirais à nouveau quelque chose un jour.

Eh bien, je ressentais de nouveau un truc : l'arrivée imminente d'un pétage de câble !

Le soir précédent, je m'étais amusée comme jamais auparavant. N'allez surtout pas vous méprendre : en seize ans, j'avais *largement* eu mon lot de fun, mais c'était rarement du bon fun. C'était le genre de fun où quelqu'un finissait par être blessé. Ou dans une bagarre. Ou un flingue à la main. Ou en cloque. Ou en train de dévaliser la bagnole d'un dealer de drogue. Ou arrêté. Ou à l'hôpital. Ou en bad trip. Ou à dégueuler toute la nuit de la liqueur single malt. Ou à fuir un gang de Latinos. Ou à devoir marcher jusque chez Juliet à 2 heures du matin sans veste sur le dos. Voilà comment se terminaient mes soirées « fun », d'habitude. Et je suppose que, si on m'avait gaulée en train de conduire à vingt kilomètres à l'heure au-dessus de la vitesse autorisée, empestant la bière, ma soirée avec Harley aurait pu se terminer de la même manière. Mais cela n'avait pas été le cas.

Car Harley était un ange.

C'était la seule explication possible. Harley était un ange aux cheveux d'or envoyé par l'univers pour se faire pardonner du merdier qu'était devenue ma vie après que Knight s'y fut invité.

Les dieux ont dû se dire : « La vache, c'est vite parti en couille, cette affaire ! C'est notre faute. Tiens, pour nous faire pardonner, on t'envoie ce beau gosse tout musclé, tout tatoué. Une vraie bombe sexuelle. Oh, et on le livre dans une Mustang vintage, c'est cadeau ! »

Mais, si c'était bien un cadeau envoyé par le cosmos, pourquoi ne me passait-il pas un coup de…

En décrochant, je faillis faire tomber mon Nokia à paillettes que je n'avais pas lâché de la matinée.

— Allô ?

— Bonjour, madame.

Je fermai les yeux au son de cette voix rocailleuse

et pinçai les lèvres, réprimant le cri de nana hystérique que j'étais à deux doigts de pousser. Je pouvais presque voir son sourire se dessiner devant moi.

— Tu m'as appelée, piaillai-je avec incrédulité.

Harley ricana.

— Bien sûr que j'ai appelé, putain. J'arrête pas de penser à toi.

Papillonnements de paupières.

— BB, t'es toujours là ?

Je m'éclaircis la voix.

— Hein ? Navrée, vous allez devoir laisser un message. BB est actuellement morte.

Le rire d'Harley dansa dans ma tête, dans mon cœur et alla jusqu'à titiller ma putain d'âme.

Il demanda :

— Elle est encore en vie ?

— Laissez-moi vérifier... non. Vous l'avez bel et bien tuée !

— Et maintenant ?

Je souris si fort que j'eus mal au visage.

— Euh...

— C'est que j'espérais vraiment qu'elle passerait me voir au boulot, aujourd'hui.

— Quelle heure ? explosai-je.

Merde. Ça fait vraiment pas cool, comme attitude.

— Vers 16 heures ? Je termine à 17 heures et on n'est pas débordés, cet après-midi.

— D'accord. Enfin, je veux dire, je vais voir s'il est possible de réanimer BB d'ici là. Mais sois prudent : elle aura probablement envie de manger ton cerveau !

Je levai les yeux au ciel. *Bien rattrapé.*

Harley ricana.

— Dis à BB qu'elle pourra dévorer toutes les parties de mon corps qu'elle voudra.

Ce sous-entendu me fit rougir comme une pivoine.

— On se voit à 16 heures, petite zombie, ajouta-t-il avant de raccrocher.

Après m'être tortillée sur le plancher, je décidai de me rendre chez Juliet. Je pourrais l'aider avec le bébé et tuer les quelques heures qui me séparaient des retrouvailles avec l'homme de mes rêves. Elle pourrait même profiter de ma présence pour faire une petite sieste. Son petit cul de garce en aurait bien besoin.

J'enfilai un jean déchiré et mes rangers et je filai vers le placard pour prendre mon débardeur des Dead Kennedys. Puis je retirai aussitôt ma main pendant que des souvenirs s'imposaient dans ma tête comme une séance de diapositives : je tenais Knight par la main, je portais sa veste, nous quittions le salon de tatouage de Little Five Points, où nous avions passé la nuit, et nous rendions chez Boots & Braces, la boutique d'import où il achetait toutes ses fringues de skinhead. L'entrepôt le plus mal foutu que j'aie vu de ma vie. Il n'y avait qu'un seul portant de tee-shirts qui, d'après le proprio, ne servait qu'à « établir le profil de ses clients ». Je songeai au tee-shirt entre mes mains et à Knight qui me faisait la bise après m'avoir déposée au travail.

Haletante, je refermai le placard d'un coup sec, fixai la porte en bois et m'adressai à moi-même.

— Non. Pas aujourd'hui.

Je restai plantée là jusqu'à ce que mon pouls redevienne normal et que mes larmes menaçantes battent en retraite. Puis je ramassai mon débardeur favori des Dropkick Murphys sur le sol et l'enfilai avant de sortir en trombe.

*

Rendre visite à Juliet s'avéra la distraction idéale. Difficile d'être une tornade de nervosité quand on tient un bébé endormi dans les bras. Pour que sa maman puisse faire la sieste, je pris même l'initiative – avec l'aide du petit frère de Juliet – de faire boire son biberon à Romeo.

Évidemment, j'aurais mieux fait d'éviter.

Juliet se réveilla une heure plus tard, fraîche et dispose, mais quasiment noyée dans son propre lait. Elle avait loupé l'heure de la tétée et ses seins coulaient comme un robinet ouvert. Dommage, le petit homme ne pouvait pas soulager sa maman : le biberon l'avait plongé dans un sommeil comateux. L'heure était enfin venue : il allait falloir apprendre à se servir du tire-lait.

Je lus la notice et réprimai un éclat de rire lorsque Juliet écrasa ses nichons contre les ventouses. Quand elle fut prête, j'enclenchai la machine… et le boucan d'aspiration digne d'un dessin animé nous fit marrer à nous taper le cul par terre. C'était tout à fait ridicule ! Tellement débile et hilarant que j'arrivai presque en retard au garage.

Je le vis à la seconde où je me garai devant A & J Auto Body. Harley se tenait devant l'entrée. Il fumait une cigarette et, *la vache*, il était beau comme un camion. Terriblement beau dans son pantalon Dickies anthracite et avec ses mains, grandes comme des battoirs, tachées de cambouis. Rien qu'à le voir, mon estomac fit des pirouettes. Dire que cette bombe sexuelle inhumaine m'avait embrassée. *Deux fois !*

En me voyant faire mon créneau, Harley sourit et pointa deux doigts en direction d'un bateau libre. Je suivis la direction indiquée et j'entrai au garage, concentrée sur ma conduite pour ne pas caler à nouveau.

Aussitôt le moteur à l'arrêt, Harley fit le tour du véhicule et m'ouvrit la porte. Il était tout sale et couvert de sueur mais il s'en foutait complètement.

— Salut, madame.

Il se pencha à l'intérieur de la voiture et m'embrassa langoureusement. À la seconde où la fraîcheur de son anneau en métal entra en contact avec ma peau, mes yeux se fermèrent brusquement et mon cœur se resserra comme une boucle. J'avais envie de sucer sa langue et de glisser mes doigts dans sa tignasse dorée mais nous étions sur son lieu de travail et j'avais bien trop les chocottes.

Souriant, Harley se recula et actionna sous mon volant un levier dont j'ignorais totalement l'existence, qui déverrouilla mon capot. Il contourna la voiture par l'avant, ouvrit le capot et jeta un coup d'œil à l'intérieur.

Je le rejoignis à l'avant du véhicule pour voir de quoi il retournait.

— *Yes*, lança-t-il. J'ai dégoté une admission d'air froid dans la réserve et je crois qu'elle est compatible avec ta caisse.

Toujours en train de sourire après son baiser, je demandai :

— Tu peux parler en français, s'il te plaît ?

Harley piocha quelque chose dans la boîte à outils derrière lui et se tourna vers moi.

— Ce truc, là. Ton moteur. On va lui booster les chevaux.

— Ah, j'ai pigé ! Alors, c'est juste pour ça que tu voulais que je vienne te voir ? Pour me carrer ton bidule sous le capot ?

— J'aime quand tu me dis des cochonneries, répliqua Harley en souriant, enroulant son bras autour de ma taille pour m'attirer contre lui.

Je le repoussai et plissai le nez d'un air faussement dégoûté.

— C'est toi, le cochon. Où est ta chemise ?

Que je puisse te la piquer, la ramener chez moi et m'en servir comme oreiller.

Harley eut un haussement d'épaules.

— On meurt de chaud ici. Estime-toi heureuse que j'aie encore mon froc.

Je n'étais pas d'accord, mais je gardai cette opinion pour moi.

Nous discutâmes pendant trois quarts d'heure, lui bricolant pendant que j'essuyais régulièrement la bave qui me coulait sur le menton. Une fois qu'il eut terminé, Harley essaya de se laver les mains avec une espèce de bouillie orange mais, selon moi, tout le savon au monde n'aurait pas suffi à rendre à ses battoirs leur éclat d'origine.

Tout en se nettoyant, Harley parla de tout un tas de choses, qu'il voulait tester son *machin truc à air froid pendant une course, bla-bla-bla*, et je me contentai d'acquiescer. Quand Harley posait des questions, je ne pouvais que répondre par oui.

Harley passa à la pointeuse et je le suivis jusqu'à la piste en voiture. Le voir conduire pendant dix minutes d'affilée cette merveilleuse créature peinte en noir, c'était comme d'insoutenables préliminaires. Je mourais d'envie de tripoter tout ce qu'il y avait devant moi, homme comme voiture, mais ils étaient hors de portée. Après avoir installé son espèce de convecteur temporel, ou je ne sais quoi, Harley aurait pu laisser sa caisse au garage et monter en voiture avec moi, mais j'avais dans l'idée qu'il ne quittait jamais sa caisse des yeux plus longtemps que nécessaire. Non pas que je l'en blâmerais. Si je tombais sur cette tire sur un parking désert, même moi j'envisagerais de me mettre au vol de voiture.

Une fois arrivé sur la piste, Harley me fit glisser vers le siège passager et s'installa derrière le volant. Il repoussa le siège jusqu'au fond pour faire de la place à ses longues jambes et me décocha un sourire entendu en mettant le contact. Le vrombissement du moteur lui fit pousser un sifflement admiratif.

— Putain, meuf ! T'es assise sur une vraie mine d'or ! Une gamine au volant d'une 5.0 en série. La vache, ça va être trop facile, dit-il en secouant la tête.

J'eus envie de protester, lui dire que je ne voulais pas faire de courses, mais le mot « gamine » me donna l'impression d'être transpercée par un poignard. J'eus du mal à respirer et encore plus à trouver une réplique appropriée.

Mes capacités furent encore amoindries lorsque

Harley enfonça l'embrayage tout en allumant le moteur. Mon crâne heurta l'appuie-tête au moment où il passa la seconde, et il parvint à accélérer dès le premier virage avant d'embrayer sur la troisième en ligne droite. Mes jointures blanchirent en agrippant la console centrale et l'accoudoir au moment où il négocia le virage suivant, conduisant à une vitesse bien plus élevée que je le croyais possible.

Au sortir du virage, Harley frappa le volant du plat de la main et poussa un cri :

— Putain, *yes* ! Ces pneus tout-terrain que j'ai installés hier ont une putain d'adhérence ! Tous ces cons qui débarquent ici dans leurs engins en se prenant pour Joe la Frime partent systématiquement en queue de poisson dans les virages ! J'ai hâte de te voir les mettre à l'amende !

Harley passa en quatrième, presque en gloussant.

— Harley, j'ai dit que…

— Tu as juste besoin de t'entraîner, c'est tout, me rassura-t-il en me pressant la cuisse.

Comme s'il s'agissait d'un rien. Comme s'il avait en moi la confiance la plus absolue.

Qu'Harley voie en moi un tel potentiel à botter des culs était très appréciable. Comme si j'étais capable de battre des hommes adultes à leur propre jeu. Une personne digne du sobriquet de « madame ». Bien sûr, il avait tort – pas qu'un peu – mais je voulais continuer à jouer le jeu aussi longtemps que possible.

Je poussai un soupir étouffé.

— Bon, d'accord. Je m'entraînerai, mais c'est tout. Et, si je me plante dans un arbre, tu me paieras une nouvelle caisse !

— Marché conclu !

Il se gara afin que nous échangions nos places. Je revins derrière le volant et dus avancer mon siège d'une trentaine de centimètres pour que mes pieds puissent atteindre à nouveau les pédales.

Harley se pencha au-dessus de la console centrale, sa main gauche se referma autour de ma cuisse droite et il susurra à mon oreille.

— Je te tiens.

La chaleur de son souffle disparut aussitôt, emportée par la climatisation réglée à fond. Il exerça une délicate pression sur ma jambe qui me fit enclencher l'accélérateur. Le bruit du moteur s'intensifia et l'aiguille de vitesse commença à grimper.

Tout en remontant sa main vers le haut de ma cuisse, Harley parla plus fort pour couvrir le rugissement progressif de la bête. Sa voix fit trembler la surface de ma peau, laissant derrière elle un sillage de chair de poule.

— Bien. C'est parfait. Maintenant, relâche l'embrayage. Doucement. À la seconde où tu sens que ça accroche… mets les gaz.

Harley m'enserra plus fermement la cuisse et me fit remonter la jambe, relâchant la pression de mon pied sur la pédale d'embrayage. Pile au moment où je sentis la voiture s'activer, le souffle chaud d'Harley m'effleura l'oreille.

— Maintenant.

Comme il me l'avait indiqué, j'appuyai fermement avec le pied droit et je fus projetée en arrière contre mon siège tandis que la voiture s'élançait à la vitesse d'un coup de feu. Le premier virage se présenta bien plus vite que je ne l'avais prévu, mais Harley était là, sa voix contre mon oreille.

Sa main droite vint couvrir la mienne sur le levier de vitesse et son autre main pressa ma cuisse gauche.

— Enfonce l'embrayage et repasse au point mort.

J'obtempérai, laissant Harley me diriger comme une marionnette.

— Maintenant, passe la seconde et accélère juste assez pour que ça accroche.

Harley remonta encore le long de ma cuisse et deux de ses doigts caressèrent ma peau nue à travers mon jean troué. La proximité de sa main avec mon intimité constamment humide depuis que j'avais posé les yeux sur lui me déconcentra tellement qu'au lieu d'appuyer délicatement sur l'accélérateur je l'enfonçai et j'observai, horrifiée, l'aiguille de vitesse retomber comme une montgolfière. La voiture s'arrêta brusquement d'elle-même et je regardai Harley, la bouche béante d'épouvante.

— Qu'est-ce que j'ai fait ?

Harley ricana, se pencha vers la manette contrôlant l'ouverture du capot et me fit une bise sur la joue.

— Il va probablement falloir installer une nouvelle valve pour aller avec l'admission d'air froid, signala-t-il. Cette vieille nana a plus de couple que nécessaire.

Nous bondîmes hors du véhicule et examinâmes le moteur. Pour moi tout avait l'air intact, mais Harley décela immédiatement le problème. D'après lui, j'avais niqué la courroie – quoi que ça veuille dire –

et il passa un coup de fil à son collègue pour qu'il nous en apporte une après son boulot.

En attendant, nous patientâmes à l'ombre de la Mustang en fumant des clopes et en profitant du moindre prétexte pour nous tripoter. Je n'en avais rien à faire que ma nouvelle voiture d'occasion soit cassée. Harley la réparerait, je le savais. Tout ce qui m'occupait l'esprit, c'étaient ses doigts dans les passants de ma ceinture.

Harley s'adossa contre l'aile arrière et écarta les jambes pour me presser contre lui. Son sourire fit battre mon cœur à cent à l'heure, son regard se baissa vers mes lèvres. Puis tout s'arrêta lorsque je perçus le ronronnement d'un moteur au milieu des arbres. Plus moyen de respirer. De cligner des yeux. De faire le moindre mouvement. L'image de l'énorme camionnette de Knight s'imposait à mon esprit.

Non, c'est impossible, songeai-je, l'oreille aux aguets, tel un lapin à l'arrêt.

Harley perçut ma crainte et, d'un geste rassurant, il s'empara de ma taille avec ses grandes mains et m'adressa un sourire.

— On dirait que Bubba a appelé la cavalerie.

Je me retournai en direction des bois, vers une ouverture d'où émergeait une route au milieu des arbres par laquelle arrivait tout un convoi de camionnettes customisées, de camions de course et de véhicules tout-terrain déboulant dans la clairière. Je poussai un soupir de soulagement et ricanai en découvrant qu'un tracteur fermait la marche de cette brigade de péquenauds.

— Tout ça pour une courroie ?

Harley rigola tandis que le défilé descendait dans notre direction.

— Ces trucs-là, c'est toute leur vie.

La camionnette de tête et celle qui arrivait ensuite se garèrent près de nous – des Chevrolet recouvertes d'une croûte séchée de boue géorgienne – pendant que les autres nous dépassèrent avant de rejoindre le milieu de la piste et de s'engager dans les bois par une ouverture entre deux arbres.

Un type trapu et musclé portant une casquette de pêcheur sortit du premier véhicule et s'avança à notre rencontre, armé d'une bande de caoutchouc noir et d'une clé à molette.

— Voilà ta courroie, mec. C'est par là ? demanda-t-il en désignant la zone de la piste où ma voiture était garée, capot ouvert.

— Ouais.

Harley avait répondu à son pote sans prendre la peine de me lâcher. Cela me plut beaucoup. Il ajouta :

— C'est quoi, ce convoi que tu ramènes ? Ça vous excite à ce point de me voir changer une courroie ?

— Non, on va se faire un bain de boue, répliqua Elmer Fudd[1] en tournant la tête vers l'autre camionnette et en criant : Ramenez le tracteur avant que JR s'embourbe pire que la dernière fois !

S'inclinant vers l'avant, il eut un rictus et reprit d'une voix plus posée :

— J'aurais pu le tirer de là avec le treuil, mais on aime bien lui casser les couilles.

---

1. Personnage comique de chasseur de dessin animé, portant une casquette et toujours à l'affût du lapin Bugs Bunny.

— Je t'ai entendu, enculé ! lança un type maigrichon en jean et bottes de cow-boy qui s'avançait vers nous. Hé, je te connais, toi, ajouta-t-il en pointant vers moi la cannette de soda qui lui servait de crachoir. T'es Punk, la meuf de Knight, c'est ça ?

Harley se hérissa tandis que ses doigts s'enfonçaient dans ma taille.

Le dénommé JR reprit :

— Il paraît qu'il s'est enrôlé dans l'armée. Comment y va ?

— Je… J'en sais rien, balbutiai-je, consciente qu'Harley respirait comme un taureau dans mon dos. On a rompu avant son incorporation.

— Ah, merde ! C'est dommage ça. J'étais à la muscu avec lui. Jusqu'à cent trente kilos qu'il soulevait, ce fils de pute ! Le bâtard, jamais vu un truc aussi dément.

JR jeta un œil à Harley par-dessus mon épaule et son regard s'écarquilla.

— Enfin, je veux dire, euh… content de te voir, Punk.

D'une voix plus profonde que l'enfer et chargée de malveillance, Harley le corrigea :

— BB. Son nom, c'est BB.

— Euh, OK, dit JR en crachant dans sa cannette avant de retourner vers son camion. J'y vais, Bubba. Content de vous avoir tous vus, Harley.

Il inclina la visière de sa casquette et pressa le pas jusqu'à son véhicule.

Pris d'un ricanement, Bubba cria dans son dos.

— Je viens te désembourber dans une seconde, espèce de gros débile !

Avec un bref merci, Harley lui prit la courroie et la clé des mains et marcha droit vers ma voiture.

Je m'élançai après lui en tâchant de ne pas me faire semer. Il avait complètement changé d'attitude. Il avait les épaules tendues. Les poings serrés le long du corps. Ce qu'avait dit JR l'avait sacrément foutu en pétard et pas question d'empirer les choses.

J'observais calmement Harley s'activer avec la clé, retirer l'ancienne courroie, enrouler la nouvelle autour d'une demi-douzaine de machins à poulies et la fixer avec quelques tours d'écrou – le tout en moins de cinq minutes. Il fallait bien admettre que c'était carrément bandant de le voir à l'œuvre et, rien qu'à l'idée qu'il puisse être en train de faire une crise de jalousie, je fus prise de nouvelles bouffées de chaleur.

Si on ajoutait la température extérieure de trente-deux degrés, j'étais devenue une véritable chaudière.

Une fois qu'il eut terminé, Harley se frotta les mains sur son pantalon anthracite et fit volte-face vers moi.

— C'est fait. Tu veux refaire un tour ?

— Pourquoi tu t'es énervé comme ça tout à l'heure ? demandai-je sans pouvoir m'en empêcher.

Sa mâchoire tiqua et ses yeux bleus étincelants se firent sévères.

— Harley ?

Il contourna le véhicule jusqu'à la porte côté passager.

— Il fait trop chaud. On peut en causer dans la bagnole ?

Je grimpai sur le siège passager et j'enclenchai la

climatisation. La fraîcheur frappa le visage d'Harley et il ferma les yeux.

— OK, crache ta Valda.

Il inspira à fond et se tourna vers moi. Avec une expression dénuée de la moindre trace d'humour, il demanda :

— Qu'est-ce qu'il t'a fait ?

J'éclatai de rire. C'était plus fort que moi. Qu'étais-je censée répondre à une question pareille ? Knight m'avait tout fait. Tout ce qu'une personne pouvait faire subir à une autre. En bien, en mal, comme un putain de psychopathe… Il m'avait tout fait.

Harley posa une autre question :

— Il t'a fait du mal ?

— Ouais.

J'avais prononcé ce mot avec un peu trop de gouaille dans la voix, de la même manière qu'on dit : « évidemment » ou « tu crois quoi ? ».

Harley serra la mâchoire et fit craquer deux des jointures de sa main droite.

D'une voix calme mais redoutable, il poursuivit son interrogatoire :

— Il t'a scarifiée ?

La lame du couteau papillon que Knight gardait en permanence dans sa poche scintilla derrière mes paupières. Je me revis sur la banquette arrière de sa camionnette pendant qu'il m'expliquait comment l'ouvrir et le refermer, me faire ouvrir la cuisse pendant qu'il éjaculait dans ma bouche avant de sucer le sang de ma plaie pendant que je palpitais autour de ses doigts.

— Ouais, dis-je en fixant un point invisible droit devant moi. Il l'a fait.

Je refoulai mon passé et, de retour au présent, je me tournai vers Harley et le dévisageai.

— Comment tu sais ça ? demandai-je, alors que l'air conditionné n'apaisait nullement le feu qui empourprait mes joues.

— Avant, j'habitais à Little Five Points, dans un squat de punks et de skinheads. Une de mes colocataires s'appelait Darla, une petite skin qui traînait au Spirit of Sixty Nine.

Aussitôt, ma main se porta à ma bouche pour couvrir un hoquet silencieux. Je savais comment cette histoire s'était terminée. Knight me l'avait confié lui-même. Avant moi, il ne fréquentait que des punkettes et des skinheads qu'il rencontrait au Spirit of Sixty Nine – un bar d'Atlanta où il aidait à faire le ménage après la fermeture. Quand je lui avais demandé s'il était sorti avec l'une d'entre elles, il avait répondu que non, pas après ce qu'il leur avait fait. Il m'avait confié avoir blessé ces filles. Qu'il aimait faire « saigner les gens ». Knight s'était tenu face à moi et m'avait avoué quel genre de monstre il était réellement et, parce qu'il m'avait avoué autre chose au cours de cette conversation – qu'il m'aimait – j'avais fait comme si de rien n'était.

Harley fit jouer les muscles de sa mâchoire et demanda :

— Tu la connais ?

Je clignai des yeux et secouai la tête.

— Eh bien, ton petit copain lui a creusé le cul. Après ce qu'il lui a fait subir, j'ai dû l'emmener à l'hosto pour qu'elle se fasse faire des points de suture et une piqûre antitétanique.

Je fermai fort les yeux et réprimai mes larmes.

Pauvre Darla.

Pauvre Knight, ce taré de psychopathe.

— Est-ce qu'il t'a déjà fait ce genre de trucs ? demanda Harley d'une voix plus forte.

Je secouai de nouveau la tête.

— Il a déjà levé la main sur toi ?

J'hésitai. J'eus encore envie de secouer la tête, mais Harley connaissait déjà la réponse. Et je mentais très mal.

Harley tapa du poing sur le tableau de bord et se mit à hurler.

— Putain ! Je jure devant Dieu que si je recroise cet enculé, c'est un homme mort !

Après être sortie avec Knight pendant plusieurs mois, j'avais acquis des réflexes de chat et le coup de sang d'Harley me fit soudainement bondir contre le dossier du siège. Cette réaction exagérée ne lui échappa pas et il se rapprocha de moi, le front plissé d'inquiétude.

Avec son regard de petit chien, il dégagea la main que j'avais ramenée contre mon corps.

— Hé. Je ne suis pas comme lui, d'accord ? Je te le promets. Jamais je ne ferais de mal à une fille, bordel. *Jamais.* Tu peux me coller un pain dans la tronche, j'en aurais rien à foutre. Regarde. Tu vois ?

Il souleva ma main et se tapa la joue avec, provoquant de petits bruits d'impact à chaque coup. Il ne s'arrêta que lorsque je fus agitée d'un rire hystérique.

— Et si je te frappe dans les couilles ? demandai-je entre deux sanglots.

— On va vite le savoir.

Ma main quitta son visage et il la porta à son entrejambe.

Je poussai un cri et la récupérai en rigolant. Je lui flanquai une tape sur le bras.

— Connard, va !

— Je crois que tu m'as loupé, dit-il avec un rictus en cambrant son bassin vers le haut et en pointant ses testicules. Les couilles, c'est *juste là.*

Je ris de plus belle, me demandant pourquoi j'avais autant de chance. Je venais de passer trois mois à prier pour que quelqu'un me protège de la fureur de Ronald McKnight. Quelqu'un qui lui tiendrait tête au lieu de me servir à lui sur un plateau d'argent à la seconde où il bomberait ses muscles gonflés aux stéroïdes. Une personne prête à livrer bataille au diable en personne. Et il était là, sur le siège passager de ma voiture, en train de me faire rire et de me pousser à lui toucher Popol.

Harley James était un véritable cadeau des dieux.

8

Cela faisait des semaines que j'essayais d'obtenir des heures supplémentaires à mon boulot et il avait fallu qu'ils me fassent bosser ce soir-là !

Un de mes collègues était tombé malade et on avait besoin que j'assure les fermetures pendant plusieurs jours. J'aurais pu dire non à mon directeur, inventer une excuse bidon mais A) je mentais très mal, B) j'avais besoin de fric, C) quand ils m'ont appelée, j'étais dans ma voiture, à deux doigts d'arracher à Harley ses fringues pleines d'huile et j'avais un peu flippé.

Je ne connaissais ce mec que depuis deux jours et il me faisait déjà perdre la tête. Je me rappelai les avertissements de Juliet sur sa réputation de queutard au lycée. Et que, d'après son frère, il avait continué après. J'avais beau mourir d'envie de le revoir, je savais qu'il fallait y aller mollo. Pour moi, Harley était une lumière au bout d'un long tunnel très sombre et, même s'il s'agissait très probablement de la lumière d'un train, je courais droit à sa rencontre.

Le jeudi, en me garant dans l'allée devant chez Harley, je pris bien garde à ne pas relever le pied de l'embrayage avant d'avoir coupé le moteur, juste au cas où il m'observerait. Je jetai un œil à mon reflet dans le rétroviseur aussi discrètement que possible. Puis, je m'emparai de mes clés et de mes lunettes de soleil, les mains tremblantes. Aussitôt sortie, sous un soleil au zénith, je sentis mon cœur se bloquer dans ma gorge, plus serrée encore que mon cul dans le pantalon de velours tigré que je portais.

J'avais bien essayé de me convaincre que je portais ce pantalon parce que je n'avais rien d'autre à me mettre, mais je ne pouvais même pas me mentir à moi-même. Ce matin-là, en l'enfilant, j'avais su que j'avais porté mon choix sur ce froc de traînée uniquement pour qu'Harley me le retire. Depuis que j'avais quitté la maison, la culpabilité due à mon éducation catholique n'arrêtait pas de m'emmerder.

Tu sais que tu te rends à un plan cul, là ? murmura-t-elle.

Mais non, la contredis-je. *Il s'avère que c'est notre jour de congé à tous les deux et on va glander, c'est tout.*

Ma culpabilité leva les yeux au ciel.

Mais bien sûr. Glander chez Harley, pendant que son frère est au boulot et que la maison est vide. Que crois-tu que vous allez bien pouvoir faire ? Jouer à la belote ?

Peut-être. Ou à la console. J'en sais rien.

Vu de ma fenêtre, c'est pas un futal pour jouer aux jeux vidéo, ça.

Va te faire mettre, la culpabilité !

Oh, je vais devoir prendre un numéro. Y a la queue. Pff.

Inspirant à fond comme quelqu'un qui s'apprêterait à marcher pieds nus sur des charbons ardents, j'avançai sur la pelouse devant chez Harley, inégale et couverte d'aiguilles de pin, et une fois devant la porte j'appuyai sur la sonnette. Lorsqu'il ouvrit, j'inspirai à nouveau – ce qui prit davantage la forme d'un hoquet. D'ordinaire ébouriffée, sa coupe rockabilly était complètement en pétard, un léger duvet couvrait sa mâchoire et il ne portait rien à l'exception d'un boxer noir.

Putain de merde.

Il parla d'une voix rauque.

— Bonjour, jolie dame.

Les yeux plissés, il enfila un tee-shirt des Minor Threat et m'ouvrit en grand la porte pour me laisser entrer. Je posai un pied dans le salon.

— Salut. Je te réveille ?

— Mmm.

Il referma la porte et m'attira pour me faire un câlin.

Mes mains se posèrent dans son dos. Quelle tristesse qu'il y ait un tee-shirt entre nous. J'avais envie de sentir sa peau sous mes paumes et tout contre ma joue.

— Désolée, dis-je contre la douce étoffe de coton. Tu m'avais bien dit de venir vers midi ?

Nouveau marmonnement.

— Mmm.

Je devinai son sourire juste au-dessus de ma tête. Je ne pensais pas cela possible, mais le Harley endormi avait bien l'air encore plus sexy que le Harley mécano, suintant de confiance en lui. Je n'avais envie que d'une chose : qu'il retourne dans le plumard d'où il venait de s'extraire et m'y vautrer avec lui pendant les deux ou trois prochains jours.

Un bras passé autour de mes épaules, Harley me fit traverser la maison jusqu'au canapé. La table basse était recouverte de bordel : cannettes de bières, briquets, feuilles à rouler, cendriers confectionnés à partir de pièces détachées de voiture et même un bang.

Harley me libéra avant de s'asseoir.

— Donne-moi une seconde. Tu veux fumer ? demanda-t-il, ayant sûrement remarqué la manière dont je détaillais tout le matos étalé sur la table.

J'essuyai mes paumes moites contre mon pantalon moulant en velours.

— Oh, non merci. L'herbe me donne envie de dormir.

Le mouvement de mes mains attira son regard et il observa mes jambes gainées de rayures derrière ses paupières alourdies. Il aspira sa lèvre charnue dans sa bouche et me détailla en pourléchant son piercing.

— Je prendrais bien une bière par contre, lâchai-je, ayant désespérément besoin de quelque chose pour me calmer les nerfs. Je peux t'en taper une ?

— Pff.

Harley m'adressa un regard indigné et se rendit à la cuisine avec la démarche somnolente d'un lion rassasié.

Les jambes serrées, j'observai ses mouvements en me mordant la lèvre. Toute la bière du monde ne suffirait jamais à me faire reprendre mes esprits en présence de cet… homme. Il suintait le sexe, plus que n'importe quelle personne de ma connaissance et, chez lui, cela semblait toujours naturel. Tout le contraire de moi dans mon futal tigré, mon débardeur noir d'Operation Ivy coupé à la main et avec les bretelles rouges apparentes de mon soutif. J'étais tout sauf naturelle. Autant me balader avec une pancarte proclamant : « Chaude du cul ! »

De retour au salon, Harley me mata et un sourire de satisfaction s'étira lentement sur son visage. Il me présenta une cannette de Natural Ice.

— On ne laisse pas une jolie dame se servir toute seule.

On ne doit jamais laisser une belle femme allumer sa cigarette.

La voix de Knight résonna dans ma tête avec autant de clarté que le jour où il avait prononcé ces mots. Pendant une fraction de seconde, je ne fus plus dans le salon d'Harley, mais sur le hayon de la camionnette toute rapiécée de Knight, en train de le regarder s'allumer une clope, les poings en sang.

Je clignai des yeux et secouai la tête.

— Pardon, tu disais ?

Harley n'était plus là. Un bruit de chasse d'eau me fit tourner la tête et je le vis dans la salle de bains de l'autre côté du couloir. Il me tournait le dos mais je pouvais le voir dans le reflet de la glace, en train de se brosser les dents.

Est-ce qu'il vient de pisser la porte ouverte ?

J'ignorais pourquoi, mais cette simple idée me fit sourire.

De retour au salon, Harley portait son fameux Dickies et son portefeuille à chaînette, mais il était toujours coiffé avec un pétard et son visage était hirsute. Je lui souris comme une idiote, en partie pompette à cause de la moitié de bière que j'avais déjà sifflée, mais aussi parce qu'il était vraiment trop beau gosse.

Il me dévisagea de côté et demanda :

— Qu'est-ce qu'il y a ?

Radieuse, je ramenai mes pieds sur le canapé pour m'asseoir dessus.

— T'as pissé la porte ouverte.

Harley eut un rictus en s'affalant près de moi.

— J'ignorais que c'était ton délire. Je te ferai une *golden shower* plus tard, si tu veux.

Je lui cognai le bras et il fit semblant de s'affaler de tout son long comme si j'avais la force d'une centaine de types.

Putain, comme j'aimais Harley !

Lorsqu'il se redressa, il s'empara d'un briquet et du bang sur la table. Il était déjà prêt à être utilisé. Harley prit une taffe et retint la fumée aussi longtemps que possible à l'intérieur de ses poumons. Tout en expirant la fumée avec une légère toux, il pointa du doigt le tube en plastique.

— Ça ne te dérange pas ?

— Oh, non, vas-y. Je profite de l'odeur, comme ça. J'aime bien, ça sent comme chez moi.

Devant son regard déconcerté, je précisai :

— Mes parents fument. Sans arrêt. C'est des vrais hippies. Ma mère porte carrément des sandales Birkenstock, des tee-shirts à fleurs, et toutes ces merdes.

Harley sourit.

— Mes parents fument aussi. Eux, c'est bikers.

— Ah, ouais. Je m'en suis doutée à la seconde où

tu m'as présenté ton frangin. Harley et Davidson. Sérieusement ?

Harley ricana.

— Dave déteste ça.

— Si vous avez le même âge et qu'il est plus jeune de dix mois, l'un de vous deux va bientôt fêter son anniversaire, pas vrai ?

Évidemment, j'avais mûrement réfléchi à la question avant de la poser.

Harley souffla un filet de fumée et s'étouffa.

— Ouais. Le 9 août.

— Ah, tu es Lion ! dis-je en finissant ma bière. J'aime trop les Lion. Ils sont très compatibles avec les Gémeaux.

Je sentis une rougeur remonter le long de ma nuque. Venais-je vraiment de prononcer le mot « compatibles » et le verbe « aimer » dans la même phrase ? Oh, mon Dieu, quelle ringarde !

Harley émit un rire.

— C'est clair, t'as vraiment été élevée par des hippies.

Je me servis moi-même une autre bière et, tout en la vidant, je parlais avec Harley pendant ce qui me sembla durer des heures. Il était tellement détendu, si drôle et dragueur que d'être à ses côtés me rendait légère. Son aura m'enveloppa comme un châle de fourrure – douce, chaude et sexy. J'imprimai dans ma mémoire le moindre de ses tics. La façon dont ses yeux se plissaient lorsqu'il était sur le point de me taquiner et son regard de chien battu digne d'un basset de dessin animé, la façon dont il parlait en se passant les doigts dans les cheveux et son piercing à la lèvre qu'il suçotait en m'écoutant. Mais, lorsque sa main caressa distraitement ma cuisse gainée de velours, toute ma capacité à stocker des souvenirs et à former des pensées cohérentes se fit la malle.

L'étanchéité de ma bouche également. Les mots m'échappèrent et je m'exprimai sans aucune censure :

— Tu me montres ta chambre ?

Harley m'adressa un sourire complice et se leva, m'offrant sa main. Je l'acceptai et ce fut un peu gênée, mais sans ressentir de honte, que je me laissai entraîner dans le couloir. L'intensité de son regard me fit mouiller, tout comme la chaleur de ses mots et le chemin brûlant laissé par le bout de ses doigts. Son contact et ses attentions gardaient les ténèbres à distance. Je me sentais à nouveau moi-même. J'étais folle de désir pour lui et, comme l'alcool ingéré auparavant avait endormi mes scrupules, je ne voyais plus aucune raison valable de ne pas y céder.

Je n'avais peut-être que seize ans mais, après tous les trucs déments, barrés et cochons auxquels Knight m'avait initiée, je n'avais plus rien d'une vierge effarouchée. C'était plus que de l'expérience : j'étais devenue un vétéran. Et j'avais assez de cicatrices et de piercings pour le prouver. Peut-être qu'Harley m'avait rendue à nouveau bête comme une écolière, mais au plumard je comptais bien lui faire savoir à quel point j'étais adulte, en réalité.

C'était mon intention… jusqu'à ce que je voie sa chambre.

Je le fis s'arrêter sur le pas de la porte en ricanant.

— Harley, où sont tous tes meubles ?

Son mobilier consistait en un matelas posé à même le sol et… rien d'autre, en fait.

Il fit volte-face et haussa les épaules.

— Quoi ? T'aimes pas la déco ?

— On dirait un squat. T'as les flics au cul, ou quoi ?

Ouais, j'avais définitivement plus de filtres.

Après une pause, Harley prit une expression indéchiffrable.

— Et si c'était le cas ?

Était-il sérieux ? Ce n'était pas son genre. Non, il devait être en train de se foutre de ma gueule.

— Ce n'est pas parce que tu es en cavale que tu ne peux pas punaiser un poster ou deux sur tes murs, quand même. Nom de Dieu !

Je relâchai sa main, je marchai vers le mur opposé et j'ouvris les rideaux pour laisser entrer un peu de lumière. Je repris :

— Tu m'as dit que tu vivais ici depuis environ deux mois, pas vrai ? On croirait que tu as emménagé hier ! On t'a cambriolé ?

Alors que je me tapais un délire d'alcoolique sur son manque de déco, Harley s'appuya dans l'embrasure de la porte, un sourire aux lèvres. Toute l'ambiance cassée, je m'avançai vers lui et il prit ma main.

— Viens, dit-il.

Il me tira dans le couloir et nous traversâmes le salon jusqu'à la cuisine.

Face à la porte, je demandai :

— Où on va ?

— On va se faire une déco d'enfer !

*

Entre le grondement du moteur de la voiture d'Harley, les délicieuses vibrations de mon siège, les veines saillantes de ses bras tatoués et musclés et sa main qui caressait mon pantalon duveteux, je faillis avoir un orgasme pendant le trajet jusque chez Trash – ma boutique favorite de Little Five Points.

Un trajet qui me permit de comprendre certaines choses. La première : si, en une heure, on faisait boire deux bières à une fille de quarante kilos toute mouillée et qu'on roulait pendant un quart d'heure dans une voiture bondissante et vrombissante, le temps d'arriver, elle serait complètement bourrée. La seconde : demander à Harley de m'emmener faire les boutiques dans Little Five Points, c'était une très, très mauvaise idée.

Little Five Points avait toujours été mon coin de bonheur. C'était un quartier dans l'est d'Atlanta plein de petites boutiques, de magasins de fringues vintage, de disquaires, de tatoueurs, de troquets, de tabacs et couvert de tant de graffitis qu'on aurait pu manquer de bâtonnets d'encens[1]. Tous les punks, skinheads, gothiques, hippies, rastas et skaters dignes de ce nom y faisaient leurs courses et, jusqu'à ce qu'Harley gare sa Boss au fond du parking derrière Terminus City Tatoo, je considérais encore un peu ce quartier comme ma maison.

Je sentis mon cœur battre la chamade bien avant

1. Traditionnellement, en culture urbaine, on dépose de l'encens devant les œuvres de type graffiti.

qu'il coupe le moteur. Je crus qu'il allait sortir de ma poitrine. Je le voyais d'ici, en train de se frayer un chemin à coups de griffes hors de ma cage thoracique. Écarquillés, mes yeux se posèrent sur la ruelle située entre Terminus City Tatoo et un club fétichiste. J'eus le souffle coupé. C'était *notre ruelle*. Celle où Knight m'avait trouvée, malade à cause de l'alcool et de l'ecstasy, et m'avait ramenée à son boulot pour s'occuper de moi. J'étais restée des dizaines de fois sur ces marches les vendredis soir après la fermeture, pour fumer et parler avec lui. Cette même boutique où il m'avait tatouée, baisée, aimée, où il s'était ouvert à moi pour me dévoiler la nature exacte des démons tapis en lui.

Le genre qui vous scarifie.

Le genre qui tue.

Des mains invisibles m'enserrèrent la gorge tandis que je revivais cette nuit où tout s'était écroulé. La nuit où, de colère, Knight avait levé la main sur moi pour la première fois. Quand il m'avait fichue dehors par l'escalier de secours, me bannissant de sa vie à tout jamais. Derrière mes yeux, des étoiles dansèrent tandis que l'intérieur de la voiture se refermait sur moi et m'avalait tout entière, faisant de moi sa prisonnière.

Portée par une brise lointaine, la voix d'Harley, douce et rauque à la fois, me tira de mon cauchemar, flottant dans ma conscience.

— Hé.

Je sentis une pression sur ma cuisse. Une caresse, peut-être ?

— Hé, bébé ? Ça va ? Qu'est-ce qu'il y a ?

Bébé. Il m'a appelée bébé ?

Soudain, alors que mes fonctions physiques se décidèrent à refonctionner, une sensation de chaleur m'envahit. J'aspirai la vie à pleins poumons, si heureuse d'arriver à nouveau à respirer que je faillis être prise d'hyperventilation. Harley me massait la cuisse et c'était une sensation incroyable. J'eus l'impression d'être en sécurité. Harley était là. Knight était parti. J'étais en sécurité. Je ne risquais rien.

Tu es en sécurité.

Je regardai Harley en clignant frénétiquement des yeux. Les sourcils plissés d'inquiétude, il tendit la main et la posa sur ma mâchoire.

Je me raclai la gorge, m'attendant à ce qu'elle me fasse mal après que des mains imaginaires l'avaient serrée.

— Désolée. Je crois que j'ai eu une absence. Je n'ai rien mangé de la journée.

— Merde ! Madame, on va vous trouver à manger. Tu veux aller où ?

— Pas au Yach Club !

J'avais parlé avec un peu trop d'empressement, venant juste de me rappeler le « Knight aime BB » gravé sur une des tables de ce restaurant.

Harley m'emmena dans un endroit bien cool, un ancien garage reconverti en restaurant mexicain.

C'est raccord avec le personnage.

Ils avaient conservé le grand rideau en métal et d'énormes ventilateurs industriels étaient toujours fixés au plafond. Des peintures étaient suspendues à diverses hauteurs, quant aux tables et aux chaises, c'était des meubles de jardins vintage dépareillés, équipés de parasols eux aussi très mal assortis. C'était à l'image d'Harley : sauvage et adorable à la fois.

Une fois remplumée de deux kilos de frites au fromage, je me sentis opérationnelle à cinq cents pour cent. Quand nous fûmes prêts à partir, Harley jeta quelques billets sur la table avant de sortir – comme il l'avait fait au Waffle House. C'était si bizarre. Sa bagnole coûtait la peau du cul et il lâchait sans compter ses biftons au restaurant. Alors qu'il vivait avec son frère dans une toute petite maison et dormait sur un matelas à même le sol. Ça ne collait pas mais, après ces derniers mois, j'avais fini par apprendre que la logique absolue n'existait pas. Les gens étaient des putain de menteurs. Des imposteurs. De foutus escrocs. Même les gentils. Si on avait assez de chance pour trouver quelqu'un avec qui on se sentait bien, alors c'était qu'on avait de la chance.

Tandis que nous traversions la route pour nous rendre chez Trash, je pris la main d'Harley pour garder les pieds sur terre, en évitant de croiser du regard tout ce qui me rappelait Knight : l'endroit au milieu de la rue où nous avions eu notre première dispute ; le banc où nous nous étions assis pour la Saint-Valentin et où on avait parlé de nos plans d'avenir ; la vieille baraque victorienne dans laquelle il disait vouloir qu'on s'installe et qu'il retaperait les week-ends.

Tout de même, j'avais la désagréable impression d'être épiée. Que mon pire cauchemar était tapi dans l'ombre, fulminant et la bave aux lèvres en me voyant parader au bras d'un autre mec sur son propre territoire, désacralisant tout ce que nous y avions vécu.

Non, arrête. Knight est parti. Il n'est plus là. Tu es en sécurité.

Ces mots eurent l'air de me réconforter, alors je commençai à les répéter en boucle.

Il est parti.

Tu es en sécurité.

Il est parti.

Tu es en sécurité.

Il est parti.

Je serrai la main d'Harley et il m'adressa un sourire rassurant.

Tu es en sécurité.

Une fois franchies les portes de la boutique, je me retrouvai dans un monde de fantaisie qui m'apporta une distraction fort nécessaire. Trash, c'était une sorte de Disneyland pour les fous et les trans de ce monde. Nouveautés, sex-toys, matériel pour fumer, pompes de pouf en taille homme, fringues pour tous les amateurs de culture alternative et de contre-culture et les androgynes de cette terre, sans oublier les éléments de déco les plus kitsch qu'on puisse se payer.

Harley me fit un bisou sur les lèvres qui fit gonfler mon cœur et nous partîmes chacun de son côté – lui au fond du magasin vers le rayon d'articles pour fumeurs pendant que, telle Alice tombant au fond du terrier du lapin, je plongeais dans les possibilités infinies que recelaient les articles de décoration.

Il me fallait un thème. Les voitures ? Trop évident. Harley avait un look entre le punk et le rockabilly, mais les posters, ça faisait trop ado. Je passai alors devant un présentoir de tee-shirts noirs à têtes de mort blanches et j'eus une idée. J'en pris quatre. Avec la machine à coudre de maman, je pourrais confectionner des coussins personnalisés. Je pourrais même leur coudre de petites crêtes. Puis mon attention fut attirée par une peinture à l'encre représentant un cœur humain à l'anatomie parfaite. Bingo, je tenais mon thème : les parties du corps. Je pris le cadre et la boutique s'évanouit aussitôt autour de moi. Je me retrouvai assise à ma place, en cours de chimie avec M. Kampfer, tenant à la main une feuille de papier arrachée à mon carnet et recouverte de caractères majuscules déjantés, avec en son centre un énorme cœur dessiné à l'encre, anatomiquement parfait. Clignant des yeux pour chasser cette vision, je reposai vivement le cadre sur l'étagère, comme s'il grouillait d'araignées.

Il est parti.

Tu es en sécurité.

Je continuai de parcourir le rayon décoration à la recherche d'une chose qui pourrait plaire à Harley. Je ne le connaissais pas si bien que ça, mais bien assez pour me rendre compte que je me prenais peut-être trop la tête. J'aurais pu lui prendre un aquarium rempli de souris en caoutchouc ou bien un mannequin en haut-de-forme et avec un godemichet, Harley aurait eu la même réaction : il aurait souri. Il l'aurait acheté. Et il l'aurait fièrement exposé chez lui sans broncher.

Encore une raison pour laquelle je craquais complètement pour Harley James.

Au bout du compte, je me rabattis sur un buste de

jackalope[1] empaillé. Tout le monde aimait les jackalopes ! Avec l'erreur de la nature cornue sous le bras, je marchai vers le fond du rayon et m'arrêtai en plein élan. Quelque chose avait attiré mon attention.

Là, à moitié dissimulée derrière un rideau de perles dans un recoin du magasin, se trouvait la plus belle chaise qu'on ait faite depuis que l'homme avait appris à s'asseoir. C'était une simple chaise de salon en bois avec un revêtement blanc. Mais sur le dossier rembourré se trouvait l'imprimé d'une cage thoracique et d'une colonne vertébrale plus vraies que nature et, sur le coussin, un pelvis et des fémurs. C'était génial. Ridicule aussi. Mais, plus important encore, c'était raccord avec mon thème.

Pendant que je lorgnais cette œuvre d'art, Harley arriva dans mon dos. Il entoura ma taille, posa son menton mal rasé sur mon épaule nue et nous étudiâmes la chaise sans rien dire.

D'une voix à peine plus élevée qu'un murmure, je déclarai :

— Je l'adore.

— Alors prends-la.

Il déposa un baiser sur ma peau mouchetée. Puis un autre un peu plus haut. Et encore un autre.

Alors que ses baisers traçaient un chemin depuis mon épaule jusqu'au lobe de mon oreille, un fourmillement chaud dansa sur ma peau et fit se contracter mon vagin dans le vide. Si je faisais autant d'effet à Harley que lui m'en faisait, il devait probablement

1. Animal imaginaire du folklore américain, croisement entre un lapin et une antilope.

avoir une gaule d'enfer mais il ne se pressa pas contre moi. Il n'insista aucunement. Il n'attendait que mes directives.

Raison numéro 989 d'être complètement dingue d'Harley James.

Tandis que nous remontions vers les caisses – je portais le jackalope et les tee-shirts, Harley tenait la chaise –, il fit une halte devant des statues en métal creux d'un mètre trente représentant des chevaliers médiévaux.

Il en souleva une et demanda :

— Que dirais-tu d'une…

— Non !

J'avais crié si fort que plusieurs clients se retournèrent.

Harley écarquilla les yeux et reposa lentement le chevalier, comme si je le menaçais d'une arme.

— D'accord, d'accord. Madame n'aime pas les chevaliers. C'est bon à savoir.

À la caisse, Harley sortit deux cents dollars en liquide pour payer l'assortiment de conneries que j'avais choisies. J'attendis de voir s'il allait réclamer sa monnaie. Ce fut le cas, mais il la glissa aussitôt dans les tréfonds de mon sac à main. Je l'insultai et j'essayai de reprendre l'argent, mais avec l'espèce de lièvre que j'avais sur les bras, ce n'était pas très pratique et Harley était déjà arrivé à la porte avec sa nouvelle chaise.

C'est un dealer, me susurra ma conscience.

Ta mère, la culpabilité ! Il a un taf, je te signale ! Peut-être que les mécanos gagnent bien leur vie !

Continue d'essayer de te voiler la face, chérie, répliqua ma conscience avec condescendance.

De retour à la voiture, Harley et moi contemplâmes tout le bazar que nous tenions, puis la Boss, puis nous nous regardâmes avant d'éclater de rire. Harley déposa la chaise sur une place libre du parking, s'alluma une clope et s'assit. Il passa un bras désinvolte par-dessus le dossier et cala sa cheville sur son genou. Une posture qui me rappelait un peu un roi sur son trône – le souverain tatoué et négligé d'un royaume urbain en décrépitude.

Toujours partante pour un défi, je fixai la voiture du regard, en proie à de frénétiques calculs mentaux.

— Tu as assez de place dans ta voiture pour tout ça ?

En un clin d'œil, l'expression d'Harley passa de la prétention à la sévérité.

— Nan, dit-il sèchement. Le coffre est blindé.

Le coffre est blindé. Rien d'autre.

Il ne me fournit pas plus d'explications. Il ne proposa même pas d'y faire un peu de place. Le message était clair : l'accès au coffre était interdit et on n'en parlerait plus jamais.

Devant ce brusque changement d'attitude, je fronçai les sourcils.

— OK… Laisse-moi juste essayer un truc.

Avec difficulté, je calai le jackalope et les tee-shirts derrière le siège conducteur, sur la minuscule banquette arrière. Puis je reculai le siège passager aussi loin que possible. J'agitai ensuite les doigts à l'attention d'Harley pour qu'il apporte la chaise. Il s'exécuta et en la retournant, je parvins à la coincer sur le siège passager comme la pièce d'un puzzle.

Je me tournai vers Harley et lui plantai l'index dans le torse.

— Ah ! Tu vois ? J'y suis arrivée !

Harley jeta un coup d'œil à mon œuvre par-dessus mon épaule et fit un rictus.

— Bien joué. Et *où* vas-tu t'asseoir ?

— Merde, marmonnai-je.

Je me retournai et repris mes calculs à zéro.

Avec les deux sièges repoussés à fond – un pour la chaise et l'autre pour les longues jambes d'Harley – j'allais finir éborgnée par la corne d'un jackalope sur la banquette.

Tandis que les rouages de mon esprit s'activaient à la recherche d'autres configurations, Harley fit le tour du véhicule et s'installa derrière le volant. L'air sombre et l'œil brillant, il m'observait par la fenêtre ouverte côté passager.

— On dirait que t'as le cul entre deux chaises.

Décontenancée, je fronçai les sourcils.

— Pour avoir le cul entre deux chaises, il faudrait déjà en avoir deux !

— Justement, j'en ai une autre, répliqua-t-il en tapotant ses genoux.

À la fois incapable de trouver une alternative, et tout à coup réticente à l'idée d'en trouver une, je fermai la portière côté passager et m'élançai au galop pour rejoindre le côté conducteur. Je grimpai et m'installai en travers de ses genoux, calant mes pieds dans un petit espace juste sous le siège passager. Craignant de lui boucher la vue, j'enfouis ma tête au creux de son épaule et déposai un baiser délicat juste sous la toison qui couvrait sa mâchoire.

Harley siffla entre ses dents.

— Putain…

Il referma la porte d'une main et me maintint les hanches avec l'autre. Son sexe enfla et se durcit tout contre mes fesses tandis qu'il réclamait ma bouche avec ses lèvres pleines. De sa main gauche, il s'empara de l'arrière de mon crâne duveteux tout en malaxant ma peau sous mon pantalon de velours avec la droite.

Le métal froid de son piercing se réchauffa contre ma bouche. J'avais envie de l'entendre tinter contre le bijou de mon clitoris. Ou ceux de mes seins.

Merde !

Penser aux piercings me ramena sur terre. C'était Knight qui m'avait percée, dans une boutique à moins de trente mètres de là. Et voilà que j'emballais un autre mec, un autre homme, juste sur son putain d'emplacement de parking. Il fallait qu'on fiche le camp d'ici. Qu'on se casse *immédiatement !*

Je murmurai contre ses lèvres entrouvertes.

— Rentrons.

Harley mit le contact, alluma la climatisation et démarra, un œil sur la route et sa langue toujours sur la mienne. Je me reculai pour le laisser conduire, mais ce n'était pas facile. Je continuai de mordiller et de sucer son cou, sa mâchoire duveteuse. En changeant de vitesse, Harley passa sa main entre mes jambes et je commençai à ahaner tout contre sa peau. Par-dessus mes vêtements, il fit glisser ses doigts le long de mon intimité, m'envoyant une décharge électrique chaque fois qu'il frottait mon piercing.

Harley poussa un râle en tournant la tête vers moi.

— Passe la quatrième. Maintenant.

Ma main gauche tâtonna maladroitement jusqu'à trouver le levier de vitesse. Dès que je sentis Harley presser l'embrayage, je le fis passer en quatrième.

Tandis que la voiture accélérait, Harley fit glisser sa main sous le rebord de mon pantalon et s'immisça dans mes sous-vêtements mouillés. À la seconde où ses doigts trouvèrent la barre d'acier, il poussa un grognement et se cambra davantage, pressant son membre aussi épais qu'une cannette contre moi.

— Oh, putain de merde.

Ses doigts firent des mouvements circulaires sur mon bijou intime et il s'exprima d'une voix si rauque qu'il en était méconnaissable.

— J'ai envie de la voir.

— Regarde la route, dis-je en haletant.

Harley récupéra sa main, agrippa le tissu extensible de mon pantalon et le baissa d'un coup sec en même temps que ma petite culotte en coton afin de contempler ce qu'il venait de toucher. Il marmonna :

— Putain de Dieu. T'es percée *et* intégralement épilée ? Mais d'où tu sors ?

Harley relâcha mes fringues afin de ralentir et tourna dans une petite rue.

Je serrai sa nuque, suçant les poils de sa barbe jusqu'à ressentir des brûlures.

— Je me demandais la même chose à ton sujet, admis-je.

Harley changeait régulièrement de vitesse et empruntait plus de petites routes. Nous approchions de la maison.

Il grommela et répondit :

— Moi ? Je suis le gars qui va te faire un cunni d'ici trente secondes.

Tandis qu'il disait cela, la voiture cahota et s'engagea dans une pente raide.

L'intérieur de la voiture s'assombrit et Harley entra dans le garage derrière chez lui. Il serra le frein à main et ouvrit sa portière d'un coup, sans prendre la peine de couper la clim ou même le moteur. Il glissa sous moi et, s'agenouillant sur le sol en béton du garage, il agrippa mes hanches et me fit pivoter pour que je sois assise en travers du siège du conducteur. Avec ses deux mains, il baissa mon pantalon tigré et ma petite culotte trempée jusqu'à mes chevilles. Puis il s'assit sur ses talons, et ses mains calleuses de bricoleur chevronné écartèrent mes jambes.

Il régnait dans ce garage une chaleur étouffante, pourtant la vision d'Harley se léchant les lèvres face à mon intimité exposée me flanqua des frissons. Ses mains remontèrent le long de l'intérieur de mes cuisses en même temps que son visage s'avançait et, soudain, la chaleur moite de sa langue se heurta à la mienne. Harley pourlécha mon intimité vers le haut, comme un cornet de glace. Comme s'il savourait un mets longtemps désiré. Accoudée à la console centrale, je m'étendis et j'appuyai la tête contre la chaise en bois sur la place du mort tandis qu'Harley m'écartait encore davantage les cuisses. Puis, ouvrant mon intimité avec ses pouces, il me lécha avec toujours plus d'avidité.

En dessous de moi, la voiture vrombissait et vibrait, ce qui ne fit qu'accentuer mon plaisir. Lorsque Harley glissa un de ses doigts épais en moi, mon corps se crispa gracieusement autour. Quand il le recourba, me caressant en un endroit dont je n'avais jamais soupçonné l'existence, j'arquai le dos et poussai un gémissement dépourvu de toute pudeur. Lorsqu'il remplaça les longs et intenses coups de langue par des titillements rapides sur mon clitoris, j'agrippai la console à deux mains, je basculai la tête en arrière et je poussai un hurlement.

Le temps que je redescende sur terre, Harley avait coupé le moteur, m'avait soulevée dans ses bras, mon pantalon toujours sur les chevilles, et m'emmenait vers la porte de derrière. Il la déverrouilla et l'ouvrit d'un grand coup de pied. Puis il me déposa cul nu sur le comptoir et m'embrassa avec fougue.

Il tapota ma cheville et grogna.

— Vire ça.

Je me penchai en avant afin d'ôter maladroitement mes rangers, mon pantalon et ma culotte, n'abandonnant la bouche d'Harley que lorsqu'il fit passer mon débardeur par-dessus ma tête. Pendant qu'il enlevait son tee-shirt, je retirai vivement mon soutien-gorge et le balançai au loin. Je n'avais aucune envie qu'Harley découvre qu'il s'agissait d'un Wonderbra de deux kilos.

En découvrant sa queue, mes yeux s'écarquillèrent et ma mâchoire tomba. Mon anatomie n'était pas compatible avec les types montés comme des tubes de Pringles et pourtant je me retrouvai à nouveau face à l'un d'entre eux.

Le choc se dissipa quand Harley s'empara de mes deux seins et agaça mes mamelons avec ses pouces.

Il s'exprima d'une voix pleine d'émerveillement.

— C'est des ailes ?

Pour une fois, j'oubliai les complexes que me donnaient mes petits seins. À la place des habituelles perles, les fermoirs de mes piercings de seins étaient en forme d'ailes. C'était Knight qui les avait choisis pour moi – une pensée que je tentai désespérément de chasser de mon esprit à la seconde où Harley cueillit mes seins minuscules entre ses mains et que sa bouche se referma sur la mienne. Avec un pas en avant, Harley pressa son érection contre mon intimité palpitante. Tout en m'embrassant, il se frotta de haut en bas, se recouvrant de mes sucs dont le goût imprégnait ses lèvres.

Haletant contre ma bouche, il demanda :

— Tu veux qu'on fasse quoi ?

— Je veux te baiser.

C'était la vérité. Que ce soit bien, mal ou sale, j'avais envie de baiser Harley James, j'en avais eu envie dès le premier regard. Peu m'importait que ce soit une bonne ou une mauvaise chose. Le choix m'appartenait et mon choix fut de me sentir bien à nouveau. Je renonçais au désespoir pour le bonheur. Je choisissais Harley et non un fantôme.

Harley poussa un râle et s'empara fermement de mes fesses. Tout en se frottant contre moi, il siffla entre ses dents.

— Putain, redis-moi ça encore.

Je mordis sa lèvre inférieure et la suçai.

— Je veux te baiser.

Harley posa son front contre le mien et plaça sa virilité face à mon intimité.

Juste avant qu'il ne s'enfonce en moi, j'entendis une petite voix monocorde de peste dans ma tête.

Queutard.

Ce murmure, c'était l'avertissement de Juliet, dont l'écho résonnait dans mes oreilles comme un disque rayé.

Un queutard… queutard… queutard… Même si tout prêtait à ce qu'Harley me plonge dans un délicieux oubli, je savais qu'il n'y avait qu'un seul moyen de faire fermer sa gueule à Juliet.

Des deux mains contre son ventre musclé, je repoussai l'avancée d'Harley et déglutis avec force avant de murmurer :

— T'as une capote ?

J'en avais dans mon sac mais il était resté dans la bagnole.

Harley se pencha, fouilla dans ses poches et piocha son portefeuille dont il tira un petit carré d'aluminium froissé. Avec un petit sourire malicieux, il déchira l'emballage qu'il envoya valdinguer dans la pièce sans même y prêter attention. Le simple fait de voir sa main dérouler le préservatif le long de son membre me fit écarter un peu plus les cuisses et j'agrippai le rebord du comptoir à deux mains.

Alors qu'il s'immisçait à nouveau entre mes jambes, au lieu de me prendre là, tout de suite, Harley s'empara de mes fesses et me souleva. Je poussai un couinement et passai mes bras autour de son cou tandis qu'il se tournait et m'allongeait sur la table de la cuisine.

Penché sur moi avec un sourire, Harley m'écarta les genoux afin qu'ils entourent sa cage thoracique et se hissa sur ses avant-bras. Je fermai les yeux, m'apprêtant à souffrir, mais Harley me pénétra avec délicatesse. Il me roula un patin tandis qu'il s'enfonçait en moi, centimètre par centimètre, pour m'habituer à la longueur de sa virilité. Il attendit jusqu'à ce que je l'encourage en cambrant mon bassin, ne m'emplissant complètement qu'après avoir senti mes ongles griffer la peau de son dos pour le supplier.

Je n'avais pas mal et, pour la première fois de ma vie, je réalisai que faire l'amour n'impliquait pas forcément d'avoir mal. Avec Knight, j'avais tout le temps mal. Pas uniquement en faisant l'amour ou à cause de la taille de son membre. Il me mordait, me scarifiait ou perçait ma peau avec ses aiguilles. J'avais appris que plaisir et douleur avançaient main dans la main, mais Harley s'assurait qu'il n'y ait que du plaisir.

Une fois entièrement enfoncé en moi, il demanda :

— Tu vas bien ? Tu es si étroite.

J'acquiesçai tout en l'encourageant d'un cambrement du bassin.

Harley glissa ses bras sous mon dos et m'agrippa les épaules. Il se retira lentement et me pénétra à nouveau – pas aussi profondément, cette fois-ci. Je sentais bien qu'il me ménageait et, bien que touchée par sa prévenance, je n'étais pas habituée à de tels égards.

J'étais habituée aux bains de sang.

Tout en enfonçant mes ongles dans son dos, je relevai les hanches à sa rencontre.

Je murmurai :

— Harley…

— Putain, gronda-t-il. Continue comme ça et je ne vais pas pouvoir me retenir.

— Alors, ne te retiens pas.

Dévore-moi tout cru.

Harley raffermit sa prise sur moi et accéléra la cadence. Il poussait et tirait d'une délicieuse manière. En dessous de moi, les grincements de la table au rythme de ses coups de reins étaient une douce musique à mes oreilles. Sentir mon goût sur sa bouche était enivrant. Mais, lorsque je capturai sa lèvre et suçai son piercing entre mes dents, Harley perdit enfin tout scrupule. Il exerça tout le poids du haut de son corps contre le mien, s'enfonçant en moi jusqu'à la garde à chaque coup de reins. Je passai mes bras autour de son cou, m'accrochant désespérément à lui. Bon réflexe car, sous moi, les grincements de la table se muèrent tout à coup en craquements.

Juste avant de céder sous notre poids.

Comme je l'entourais de mes bras et que les siens me tenaient contre lui, Harley pu se redresser juste à temps, ce qui nous évita de finir empalés sur un bout d'aluminium tordu. Je poussai un cri de surprise et me retins à lui tandis que nous baissions les yeux sur la table en pièces.

Toujours en moi, Harley croisa mon regard. J'embrassai ses séduisantes lèvres pleines.

— Tu m'as sauvé la vie.

Avec un sourire en coin, il me plaqua contre le mur.

— Comment comptes-tu me rembourser une telle dette ?

— Oh, j'ai bien quelques idées en tête, dis-je, les yeux révulsés par un nouveau coup de reins.

Il murmura au creux de mon oreille.

— Mmm... Moi aussi.

Tout en me maintenant grâce à ses hanches contre le mur, Harley relâcha mon dos et m'écarta les cuisses des deux mains. Je m'agrippai plus fermement à son cou et ses épaules, mais il me rassura.

— Je te tiens.

Il m'écarta les jambes autant que possible. Mes cuisses, qui jusque-là lui entouraient la taille, étaient à présent pressées de chaque côté de mon corps par les mains puissantes d'Harley. Il se regarda entrer en moi et jura entre ses dents, reprenant le rythme frénétique qu'il avait établi sur la table.

— Putain, ce que t'es étroite, susurra-t-il à mon oreille tandis que ses couilles claquaient contre mes fesses à chaque coup de reins. Putain !

Harley maintint plus fermement mes cuisses, me besogna plus fort et m'embrassa passionnément jusqu'à ce que sa queue se raidisse et qu'il éructe une plainte rauque.

Jamais je n'avais entendu de son plus sexy.

Haletant, Harley relâcha lentement mes jambes jusqu'à ce que mes pieds touchent terre. Toutefois, il ne se retira pas. Au lieu de cela, il posa son front contre le mien et demanda :

— Tu veux faire quoi, maintenant ?

Encore cette question. *Tu veux faire quoi ?* C'était plaisant !

À bout de souffle, j'enserrai sa queue – déjà en train de durcir à nouveau – entre mes cuisses.

— Qu'est-ce que tu veux dire ?

— Je veux dire, comment tu veux jouir ? demanda-t-il en ahanant.

Le feu me monta aux joues. Après ce que nous venions de faire, je n'aurais dû ressentir aucune timidité en exprimant *mes* envies sexuelles. Mais on ne m'avait jamais posé la question.

Je déglutis bruyamment et levai les yeux vers lui pour me confesser.

— J'aime être au-dessus.

Il croisa mon regard pudique et fronça les sourcils. Toujours haletant, il répéta mes mots d'une voix indignée.

— Tu aimes être au-dessus ?

D'un geste, il désigna dans son dos les débris qui jonchaient le plancher et ajouta :

— Tu veux dire que je me suis cassé pour rien ?

J'éclatai d'un rire nerveux et Harley assista à mon hilarité avec un rictus satisfait.

Il prit mes jambes et s'en entoura à nouveau la taille.

— Meuf, tu as le droit de me monter quand tu veux, où tu veux.

Raison numéro un milliard et des bananes pour lesquelles j'étais totalement, irrévocablement et désespérément dingue d'Harley James.

Harley m'emmena jusqu'à sa chambre et, sans jamais se retirer, il parvint à s'asseoir sur son matelas

– pas moyen que j'appelle ce truc un lit. Alors que je l'enserrais de mes quatre membres, il s'affala sur le dos et sa tête atterrit pile sur son oreiller. Les draps bleu marine étaient étonnamment doux. Grâce à la lumière passant par les fenêtres dont j'avais ouvert les volets plus tôt dans la journée, la chambre n'avait plus rien d'une fumerie d'opium. C'était le seul endroit au monde où je voulais me trouver.

Le soubresaut provoqué par notre atterrissage provoqua une nouvelle érection chez Harley. Nous nous fixâmes du regard et, en un rien de temps, nous étions repartis. Nous étions affamés l'un de l'autre, comme si rien de ce qu'il s'était passé dans la voiture et à la cuisine n'avait eu lieu.

Je me redressai en m'appuyant des deux mains sur son torse et me plaquai contre lui, profitant de l'occasion pour contempler et admirer son corps magnifique. Harley était superbe. Il était bien gaulé, mais c'était une musculature naturelle – celle d'un travailleur, pas comme mon ex accro à la gonflette. Ses bras bien sculptés étaient recouverts des tatouages de bolides et de flammes de l'épaule jusqu'aux poignets, et ses mains puissantes – aux crevasses incrustées de cambouis – me caressaient avec révérence et respect. Sans colère. Ni aucune intention de me faire saigner.

Alors que je me penchais sur lui, Harley fit remonter ses mains sur mes côtes saillantes, s'empara de ma poitrine menue et agaça mes tétons percés avec les pouces. Cette sensation envoya aussitôt une décharge électrique vers mon clitoris. Je gémis de plaisir et pressai plus intensément contre lui ce petit faisceau de nerfs. Mon Dieu, j'étais si proche.

J'ondulai des hanches, arrachant un juron à Harley. Puis il se redressa et je fus prise par surprise. Ses mains charnues enveloppèrent ma taille et il m'empala sur son membre à coups répétés, tout en suçant l'un de mes tétons roses et durs. Ses dents m'éraflèrent et la décharge électrique que j'avais ressentie plus tôt revint avec la puissance d'un orage. Je m'emparai de son visage et gémis dans sa bouche, ma chatte violemment contractée autour de lui.

Ses doigts épais s'enfoncèrent dans ma hanche.

— Putain, meuf !

Il souleva mon corps d'une quinzaine de centimètres et me maintint en l'air avant de me pénétrer. La vitesse croissante de son tempo ne fit que renforcer mon orgasme. Je l'agrippai de toutes mes forces tandis que mes parois se refermaient sur lui comme un étau, mon corps submergé, une vague de plaisir après l'autre.

Harley m'empala une ultime fois sur son membre et jouit avec un râle bestial et primitif. Nous basculâmes en arrière sur le matelas, épuisés et rassasiés – pour l'heure. D'ordinaire si agité, mon esprit fut réduit au silence, je me lovai dans la chaleur de son torse ; bercée par les caresses de ses doigts le long de ma colonne vertébrale et les palpitations de son cœur, là où nos corps étaient liés.

Je m'éveillai en entendant Dave dans la cuisine, qui tapait et vociférait à cause de l'état de la table. Le vacarme avait dû aussi réveiller Harley, qui me pressa contre lui avec un rire nasal, l'air complètement indifférent. Avec ce mouvement, je constatai qu'il était toujours en moi. Évidemment, ce petit somme l'avait remis complètement d'aplomb.

— Mec, c'est quoi ce bordel ?

La voix de Dave se rapprochait – en fait, elle était presque dans la chambre.

Avec des gestes désordonnés, je tentai de nous recouvrir avec le drap, mais c'était trop tard. Dave avait tout vu. Mais ni lui ni Harley ne semblèrent offusqués.

— C'est pas vrai, vous avez baisé dans la cuisine ?

Le feu me monta aux joues et je dissimulai ma honte derrière le drap trempé de sueur.

— Ouais, reprit Dave. Vous avez baisé sur la table. Et vous n'avez même pas eu la décence d'attendre que je rentre du boulot.

Je ricanai sous le drap.

Dave, nom de Dieu !

Harley ricana et fit mine d'avoir des remords.

— Désolé, frangin. J'ai essayé d'attendre, mais c'est BB, elle m'a sauté dessus ! Elle arrêtait pas de me tripoter, mec. Qu'est-ce que j'étais censé faire ?

Je le chatouillai et son rire fit s'agiter son sexe en moi. Je réprimai un gémissement de plaisir.

J'entendis Dave marmonner qu'on était deux trous du cul ou je ne sais pas quoi et je sortis la tête de sous le drap juste au moment où il quittait la pièce, le majeur levé à notre intention. Aussitôt son frère parti, Harley arracha le drap et me pénétra aussitôt avec sa toute nouvelle érection. Cela faisait trois fois que nous faisions l'amour sans changer de préservatif. J'aurais dû m'en soucier mais le sexe m'enivrait trop.

Cela faisait un mois entier que mon cerveau stockait de l'endorphine et je crois l'avoir épuisé en un seul après-midi avec Harley. J'étais défoncée par la sérotonine, par l'odeur d'herbe en provenance du salon et par Harley en train de me faire tendrement l'amour dans la lumière de la fin d'après-midi. J'étais au septième ciel et rien au monde n'aurait pu m'en faire redescendre.

Pas même Dave lorsqu'il réapparut sur le palier avec une lampe frontale pour nous proposer « d'apporter un meilleur éclairage au sujet ».

Après avoir joui pour la trois millième fois en un après-midi, je pris Harley par la main et l'entraînai jusqu'à l'unique salle de bains des lieux pour prendre une douche. Nous étions sales et tout collants de sueur. La salle de bains était au début du couloir, avec vue sur le canapé. Je pressai le pas dans l'espoir que Dave ne nous voie pas.

Au moment où je passai la porte en trombe, tirant dans mon sillage un homme tout nu, la voix de Dave s'éleva :

— Attends, elle a les tétons percés, en plus ? Harley, bordel !

Je claquai la porte et la verrouillai.

Hilare, je me tournai vers Harley.

— Vous avez une relation trop tordue, les gars !

Il appuya sa longue silhouette élancée contre le meuble du lavabo et sourit. Son corps d'athlète et sa gueule d'ange firent instinctivement se serrer mes cuisses, encore recouvertes de sa semence.

— Il a juste les boules que je ne te partage pas avec lui.

J'en restai bouche bée.

— Vous… *partagez* ? Genre, vous partagez *vos meufs* ?

Un sourire en coin étira sa bouche.

— Si c'est leur truc.

J'écarquillai les yeux. *Putain de merde.*

Harley haussa les épaules.

— Quand on n'a que dix mois d'écart, on s'habitue à partager.

Je pouffai avec dédain.

— Eh bien, moi, je suis fille unique. Je ne partage *pas* !

— Parfait, fit Harley qui entremêla nos doigts avant de m'attirer vers lui. Car tu es toute à moi.

Il se pencha et m'embrassa. Puis il me flanqua une petite fessée et se détacha du meuble pour enclencher le robinet sous la douche.

Je voulais lui demander ce que cela signifiait. De décortiquer jusqu'au moindre mot de cette phrase, en quête d'une preuve que lui et moi étions en couple – qu'il m'aimait et qu'on allait se marier – mais il y avait une trop forte probabilité pour que je me trompe. J'avais besoin de croire au rêve. Je m'accrochai à l'idée que cette bombe sexuelle pouvait se satisfaire d'une fille comme moi, d'un garçon manqué doublé d'une planche à pain. C'était la seule chose qui me faisait tenir. J'avais retrouvé ma volonté et je n'allais pas risquer de la compromettre en faisant quelque chose de stupide, comme poser des questions, par exemple.

Au final, Harley et moi passâmes trois quarts d'heure sous la douche… à parler. Il me proposa à nouveau une *golden shower* et je l'interrogeai sur ses tatouages. En plus des bras, j'en repérai d'autres plus isolés qui piquèrent ma curiosité. Comme ce « ARM » inscrit sur son torse. Et un autre sur son épaule qui ressemblait à un Y en plus pointu. D'après lui, il en avait aussi un sur le crâne, mais il était caché sous son adorable tignasse blonde.

Chaque tatouage que je trouvais, qu'il soit mal dessiné, inachevé ou digne d'un taulard, avait sa propre histoire. À travers eux, j'eus un petit aperçu du vécu d'Harley, de son passé de voyou rebelle et impulsif, toujours à traîner avec une bande d'inadaptés et de fugueurs dans Little Five Points. Ces histoires avaient beau être hilarantes, elles me firent aussi mal au cœur. Après que sa mère l'avait fichu à la porte, Harley s'était plus ou moins retrouvé sans abri – un gamin à la rue, libre de faire tout ce qu'il voulait et prêt à tout pour survivre. Rien d'étonnant à ce qu'il ait eu l'air de se sentir à l'aise en s'asseyant sur une chaise sur le parking de Terminal City Tatoo. Il *était* chez lui.

Quand il n'y eut plus d'eau chaude, Dave tambourina à la porte comme un putain d'agent du FBI.

— On dîne, les pétasses !

De toute évidence, il était défoncé à tel point que, quand l'appétit s'était fait ressentir, il avait commandé tous les plats disponibles au restaurant chinois du coin. Pour la seconde fois cette semaine, je passai la soirée à manger, à rire, à fumer et à boire en compagnie de Dave et Harley, pendant que la Terre effectuait sa lente rotation autour du soleil.

Bien sûr, comme nous avions réduit la table de la

cuisine à un fatras métallique, nous fûmes contraints de dîner au salon, sur la table basse, mais de toute évidence le mobilier ne figurait pas dans la liste de priorités des frères James.

J'enclenchai le processus d'adieux avec vingt minutes d'avance, tout en sachant qu'Harley ferait probablement à nouveau tout son possible pour empêcher ma fuite. Ce qu'il fit. Il m'adressa son regard de chien battu. Il me supplia de rester dormir. Il me proposa une autre bière. Il demanda à Dave de cacher mon sac. Enfin, vaincu, les épaules affaissées, il m'accompagna jusqu'à ma voiture.

Non sans me convaincre de fumer une dernière clope avec lui.

Je me hissai sur le coffre de ma caisse et laissai pendre mes jambes dans le vide. Harley se tint debout entre elles, sa main libre caressant oisivement l'étoffe duveteuse qui recouvrait ma cuisse. Être si proche de lui avec autant de vêtements entre nous constituait pour moi un véritable inconfort physique. Cela me paraissait mal. Anormal. Au sens propre comme au figuré, j'étais trouée de partout et Harley maintenait tous les bouchons en place à lui seul.

— Bon Dieu, j'aimerais tellement que tu restes.

Sous la lune, la sincérité brillait dans son regard, sous ses paupières tombantes.

— Moi aussi, admis-je.

Il tira sur sa cigarette et un rictus fit légèrement se dresser la commissure de ses lèvres.

— Tu devrais peut-être emménager ici.

Je ris.

— On foutrait plus rien de nos vies !

— Oh, je pense qu'on ferait plein de trucs, au contraire.

Sa main remonta sur ma hanche tandis qu'il soufflait la fumée de sa clope loin de son visage.

Je rougis en repensant à nos ébats de l'après-midi.

— Mec, on a pété une table, je te rappelle !

Harley m'adressa un regard en coin.

— C'est une chance que je n'aie pas de sommier, alors. Tu me l'aurais probablement foutu en l'air aussi, espèce de sauvage.

Je repensai à notre sieste, quand il était encore en moi. À mes chatouilles. À nos câlins. À notre besoin frénétique et désespéré de faire l'amour. À nos ébats plus doux et lents. Jamais personne ne m'avait fait me sentir aussi bien. Depuis ma rencontre avec Harley, les pensées suicidaires m'avaient quittée et je ne rêvais plus que de m'envoler. Il avait été meilleur que ma psy. Plus efficace que les antidépresseurs. Il était parvenu à accomplir ce que ni ma meilleure amie, ni ma mère, ni la lettre écrite à Knight sous le coup de la colère n'avaient pu faire. Il m'avait rendue à nouveau heureuse. Sans le moindre effet secondaire.

La voix d'Harley me tira de mes rêveries.

— Tu bosses demain soir ?

L'excitation se mit à bourgeonner dans ma poitrine menue.

— Je finis à 18 heures !

Harley rayonna.

— Parfait. Il y a une course demain soir sur la piste. J'aimerais que tu viennes avec moi.

Mon excitation désenfla tel un ballon de baudruche.

— Je te l'ai déjà dit, Harley. Je ne veux pas…

— Pas pour faire la course. Juste pour traîner.

Il marqua une pause. Sa pomme d'Adam rebondit dans sa gorge.

— J'ai envie que tu rencontres les autres, ajouta-t-il.

Rencontrer quelques ploucs et des motards, c'était sûrement pas la mer à boire. Mais, vu comme Harley avait hésité, cela devait signifier beaucoup pour lui.

Mon visage se fendit d'un immense et éclatant sourire.

Il demanda :

— Quoi ?

— Rien, dis-je, irradiant de joie.

Harley poussa un grognement et répéta :

— Quoi, enfin ?

Je secouai la tête et contractai mes lèvres contre mes dents pour réprimer un sourire. En vain.

— Tu fais chier.

D'une pichenette, Harley envoya valdinguer son mégot dans l'allée, fit volte-face et me couvrit de chatouilles.

Je criai, couinai et tentai de repousser ses assauts jusqu'à pousser un cri.

— Tu m'aimes bien ! Putain, tu me kiffes, j'en étais sûre ! Allez, arrête, maintenant !

Harley mit un terme à ses chatouilles. Il cessa presque de respirer. Ses yeux, brillant dans la nuit, plongèrent dans les miens. Son expression, d'ordinaire si espiègle, devint soudainement indéchiffrable.

Pourquoi j'ai dit ça, putain ? C'était une journée de rêve et j'ai tout foutu en l'air !

Submergée de regrets, j'attendis qu'il délivre le coup de grâce. Qu'il réduise mon rêve en mille morceaux et qu'il me renvoie chez moi, aussi brisée que je l'étais lors de notre rencontre. Harley ne se mettait pas en couple. C'était un queutard. Les relations sérieuses, c'était pas son truc.

Mais l'expression de son visage suggérait autre chose. Dans l'expectative, j'attendis jusqu'à ce qu'Harley enserre l'aileron de ma bagnole et se penche vers moi pour que nos visages soient l'un en face de l'autre.

Il s'exprima d'une voix pleine de sincérité.

— Tu n'as pas idée.

Puis il m'embrassa.

Et je mourus.

9

Au moment de m'engager sur le chemin dérobé menant à la piste, alors que la lumière des phares perçait les branches basses et illuminait l'asphalte couvert d'aiguilles de pin, je sentis dans l'air comme de l'énergie cinétique. J'entendis le vrombissement des moteurs, même par-dessus le boucan de l'autoradio et de la climatisation, et j'aperçus droit devant la lueur artificielle et vaporeuse qui émanait du cratère situé juste derrière la rangée d'arbres.

Quand les bois s'écartèrent et que la route se mit à descendre en pente en direction du stade de fortune, je n'en crus pas mes yeux. La piste était pleine à craquer : gens, voitures, camions, véhicules tout-terrain, bécanes et, je le jure devant Dieu, je crois même avoir vu une ou deux tondeuses. Tout ce petit monde était garé au centre de l'ovale que formait la piste, les nanas avaient les nichons à l'air, les gars bombaient le torse et toutes et tous écoutaient à fond des musiques différentes.

Tandis que je faisais le tour de la piste, cherchant avec une impatience d'écervelée une certaine Fastback noire, je remarquai que les véhicules semblaient regroupés par types. Il y avait un clan japonais, avec des voitures du pays aux peintures hautes en couleur et aux effets de sol en néon ; l'équipe des ploucs, rassemblés autour de camionnettes de course dont les hayons étaient recouverts de filets ; le groupe des bikers avec leurs moto-cross dont la sono crachait du DMX. Et aussi un rassemblement de rockabillys agglutinés autour d'une impressionnante collection de bolides américains. Je supposais qu'Harley faisait partie de leur groupe mais, à dire vrai, il aurait eu sa place dans n'importe lequel. Il avait un style rockabilly, le parler subtil d'un petit gars du Sud et l'élégance d'un gangster.

Je commençai à douter de pouvoir le trouver. Dans le noir, il serait presque impossible de repérer sa caisse – qui avait tout d'une ombre sur roues – mais, coup de chance, son propriétaire était si remarquable que je le repérai dès mon premier tour de piste.

Harley s'était garé à l'écart des fêtards, à l'extérieur du circuit. Il se tenait près de la Boss, bras croisés, s'adressant à un demi-cercle de personnes en face de lui. On aurait dit un pilote de NASCAR en train de répondre aux questions des journalistes après avoir remporté une course. Je me rappelais ce qu'il m'avait dit, qu'on ne voulait plus concourir contre lui, mais le voir dans cet environnement en disait long : Harley était une putain de star.

Je me garai à un peu moins de cinq mètres de la Boss, distance la plus proche possible sans heurter un membre de son entourage. Je m'étais changée après le boulot : résilles, short en jean découpé, débardeur blanc et soutien-gorge noir. Pas grand-chose mais, au vu de ce qui m'entourait, je me sentais tout de même un peu trop habillée. Avec un coup d'œil dans le rétroviseur, je redonnai un peu de volume à ma frange décolorée, j'ôtai l'excédent de mascara sous mes yeux et inspirai à fond.

Lorsque j'ouvris la portière, je découvris Harley, qui avait quitté l'endroit où il se trouvait précédemment. Je ne compris pas ce qui s'était passé. À un moment, je me refaisais une beauté dans ma voiture, et l'instant d'après, j'enveloppais le torse d'Harley, je passais les doigts dans ses cheveux et lui roulais un patin. C'était comme si, après avoir passé des heures l'un contre l'autre la veille, nos deux corps étaient aimantés. Une fois retiré l'obstacle qui nous séparait, nos corps entraient naturellement en contact.

Quand je repris mes esprits, je me reculai assez pour pouvoir le regarder en face, le souffle coupé.

— Salut, dis-je.

Ses lèvres enflées s'étirèrent en un sourire.

— Bonjour, madame.

— Tu m'as manqué.

Ces mots m'avaient si facilement échappé que j'en oubliais presque de me sentir mal à l'aise.

— Tu m'as manqué aussi.

Je fermai les yeux et laissai tomber ma tête sur la droite, la langue pendant sur la gauche.

Harley ricana.

— Je t'ai encore tuée ?

La langue toujours sortie, j'acquiesçai.

— Une chance que je sache faire de la réanimation cardiaque, reprit Harley en faisant glisser sa main sur ma hanche osseuse et en agitant les doigts contre mes côtes.

Tandis que je criais en repoussant ses chatouilles, une voix avec un fort accent du Sud vint interrompre nos petites retrouvailles.

— Euh, Harley ? On a de la compagnie.

Je jetai un œil par-dessus son épaule et découvris Bubba – le gars qui avait apporté la courroie –, qui se tenait derrière lui. Il fit un geste du menton en direction de la piste. Je tournai la tête de l'autre côté et vis une demi-douzaine de voitures de sport allemandes qui descendaient la colline. Des BMW, des Mercedes, une Porsche, une Audi, peut-être. Que des caisses de luxe.

À la lumière de la réaction des autres, ces types n'étaient pas les bienvenus.

Je demandai :

— Qui c'est ?

Harley réajusta mon débardeur, qui s'était en partie fait la malle après ses chatouilles.

— Juste des abrutis en prépa à Buckhead, répondit-il. On les appelle les « touristes ». Ils ne viennent ici qu'au moment des vacances d'été. Ils roulent dans des bagnoles payées par papa et ils agissent comme s'ils valaient mieux que nous. Tout le monde ici les déteste, mais moi, je les adore.

Je les détestai par avance.

— Pourquoi ?

— Parce qu'ils me supplient presque de leur prendre leur fric. Observe.

Les gars garèrent leurs caisses étrangères de l'autre côté de la voiture d'Harley, formant une charmante rangée à quarante-cinq degrés. Six portières s'ouvrirent et se fermèrent, presque à l'unisson, et six glandus d'étudiants d'une fraternité s'avancèrent comme s'ils étaient les maîtres des lieux. Si l'on considérait l'écart que respectaient les autres membres de cette communauté autour d'Harley, il était clair que ces gars-là ne nourrissaient pas le même respect à son égard.

Cependant, Harley avait l'air de s'en ficher comme d'une guigne. Il gardait son bras négligemment passé autour de mes épaules et il ne bomba même pas le torse à leur approche.

Il leur adressa un petit sourire en coin.

— Mince alors, vous avez tous reçu votre argent de poche, on dirait.

Le premier type, un connard en polo rose, émit un rire nasal et répondit avec la condescendance typique des mecs de l'Ivy League[1].

— T'es mignon, Harley. Mais mon bon pote Preston ici présent vient d'avoir une toute nouvelle Porsche, donc on dirait bien que, cette fois-ci, c'est ton équipe *à toi* qui va cracher son argent de poche. Sur un terrain comme ça, cette meule peut battre n'importe laquelle de vos merdes.

— Alors, qu'est-ce qu'il attend pour s'avancer, ton *bon pote Preston* ? demanda Harley.

Un second polo fit deux pas en avant et le salua du menton.

1. Regroupement de huit universités du nord-est des États-Unis, organisatrices des tournois sportifs universitaires de haut niveau.

— Quoi d'neuf ?

Je levai les yeux au ciel. C'était plus fort que moi.

— Alors comme ça, tu crois pouvoir fumer n'importe qui ? demanda Harley en me caressant tranquillement l'épaule, la voix pleine d'indifférence.

— Un peu ouais, rétorqua Tweedledum[1]. J'ai une 911 Turbo.

La manière dont les épaules d'Harley se contractèrent sous mes doigts m'informa qu'il essayait de réprimer un éclat de rire. Il désigna la Boss d'un mouvement du menton.

— Pourquoi pas moi ? Tu penses pouvoir tenir face à un 429 ?

— Mec, soyons sérieux, dit l'étudiant en mâchant ses mots. C'est une dix secondes, départ arrêté.

— Tu disais pouvoir battre n'importe lequel d'entre nous. Je suis inclus dans le lot.

Harley exerça alors une légère pression sur mon épaule – si brève que je ne la remarquai presque pas – et ajouta :

— Je te propose un truc : je cours contre ta bagnole… dans celle de ton choix.

Preston en resta bouche bée.

Le polo rose fit pareil.

Moi aussi.

— Quoi ? fit Preston.

— N'importe laquelle ? ajouta le polo rose.

Harley confirma.

— Parmi toutes celles qui sont sur ce terrain.

1. Tweedledee et Tweedledum sont des jumeaux déjantés dans le livre *Alice aux pays des merveilles*, de Lewis Carroll.

C'est bien ce que t'as dit, pas vrai ? Que tu pouvais fumer n'importe laquelle de nos merdes ? Eh bien, prouve-le. Fais ton choix.

Horrifiée, je vis ces connards scruter la zone jusqu'à ce que leurs six paires d'yeux se posent sur quelque chose derrière moi.

Non.

Non, non, non, non.

Avec un petit sourire moqueur, Preston pointa le doigt au-dessus de mon épaule.

— Celle-là. La 5.0.

Fait chier.

Je scrutai Harley de profil, tâchant de le traiter de putain d'idiot par télépathie.

Ignorant les couteaux que lançaient mes yeux, il haussa les épaules.

— T'es sûr ? J'en connais un rayon en Mustang, mec. Ça va faire du vilain.

Toute la bande de pseudo-mannequins Abercrombie éclata d'un rire commun. Je rougis de honte.

— J'ai pas envie de casser tes espoirs, mec, dit le polo rose. Mais, avec une Mustang *de base*, t'as aucune chance contre une 911 Turbo.

Il était tellement hautain que je priai tous les dieux pour qu'Harley gagne la course.

— Contre deux briques, je te parie que je peux.

Mes prières redoublèrent.

Deux mille dollars ? Putain, il est devenu cinglé ?

Les six bourges rirent comme un seul homme. Harley enleva son bras de mes épaules, porta la main à ma poche de devant et y piocha mes clés.

Je demandai en murmurant :

— Harley, qu'est-ce que tu fous ? Ma caisse ne peut pas battre une Turbo à la course !

Tout en scrutant dans mon dos la bagnole qui allait lui faire perdre deux mille dollars, Harley posa son index sur ses lèvres.

— Chut… elle va t'entendre ? Tu voudrais pas la vexer, si ?

Espèce de taré !

Harley se tourna et fit face au groupe de poupées Ken.

— Vous voulez qu'on descende à *deux cents* ? Après tout, vous n'avez pas tous reçu votre argent de poche.

Ricanant, Preston secoua la tête.

— C'est le fric de ta future caution, cousin ? Tu peux m'en offrir autant que tu veux !

Harley pointa deux doigts vers lui et répliqua :

— Si tu fermes pas ta putain de gueule, c'est clair que je vais avoir une caution à payer dans pas longtemps !

Je fus surprise par son ton menaçant mais, en l'espace d'un clin d'œil, il baissa les doigts et reprit son air flegmatique. Il agita mes clés.

— Allez, on s'y met. C'est la dame qui s'y colle.

Harley n'attendit pas que je confirme. Il tourna les talons, mit en branle ses longues jambes et se rendit à ma voiture d'un pas décidé.

Je me ruai derrière lui pour le rattraper et lui parlai d'une voix essoufflée.

— Comment ça, c'est la dame qui s'y colle ? Se coller à quoi ? Qu'est-ce que je dois faire ?

Harley ouvrit la portière et se retourna vers moi avec un sourire.

— Place-toi sur la croix, lève les bras et une fois qu'on t'aura fait signe qu'on est prêts… tu les baisses.

Il me fit un baiser rapide et ajouta :

— Puis tu fous le camp en vitesse. Je serai de retour sur la ligne d'arrivée avant que tu aies le temps de dire ouf.

Avant même que je puisse protester, Harley repoussa le siège vers le fond et grimpa derrière le volant. Lorsqu'il mit le contact, la sono de l'autoradio cracha *Army of Me*, de Björk. Harley ne changea même pas de chanson. Il m'adressa un clin d'œil et referma la portière derrière lui.

Tandis qu'il se mettait en place sur la ligne de départ, tous les ploucs, les motards, les rockabillys et les voyous se mirent à péter les plombs. Ils criaient, applaudissaient, braillaient et klaxonnaient pendant qu'il effectuait un genre de tour d'honneur, alors que la course n'était même pas encore commencée. Pendant ce temps, j'eus une petite crise de panique en me demandant où était cette fameuse croix sur laquelle je devais me placer. De mon côté de la piste, je scrutai l'asphalte mal éclairé sans la trouver.

Merde, merde, merde, c'est où ?

Une voix nasillarde s'éleva dans mon dos.

— Hé, Punk ! Viens, je t'emmène sur la ligne de départ !

Je me tournai et découvris JR, qui se tenait à quelques mètres de là, jouant avec son crachoir, avec un regard de repentir.

— Pardon, reprit-il. Je voulais dire BB. Mais ne dis pas à Harley que je me suis gouré.

Je ris, m'accrochai à son maigre biceps et me laissai entraîner au centre du terrain. La foule se scinda sur notre passage, mais je n'appréciai pas d'être tout à coup le centre d'attention. Je me sentis évaluée, jugée et critiquée. Les gars me fixaient et se flanquaient des coups de coude. Leurs nanas me foudroyaient du regard et échangeaient des messes basses derrière leurs mains. À croire que tout le monde ici voulait savoir qui était ce gamin, ou cette gamine, et à quoi pensait leur roi en passant sa vie avec sa langue dans sa bouche.

Quand j'arrivai de l'autre côté de la piste avec JR, les deux voitures se mirent à l'arrêt sur la ligne de départ, une simple bande de peinture blanche tracée sur l'asphalte. JR me guida quelques mètres devant eux et m'indiqua la petite marque en forme de croix sur le sol.

Avec une pression sur le bras, je le remerciai en silence et je pris place en claquant des genoux sur la marque… face aux rayons aveuglants de quatre phares de bagnoles.

Je protégeai mes yeux derrière une main, heureuse que cet aveuglement temporaire m'empêche de voir les milliers de regards de jugement portés sur moi. Mais je sentais tout de même leur présence, en train d'attendre que je fasse tout capoter. Ils allaient voir leur souhait exaucé. Être placée en pleine lumière me donnait dangereusement envie de gerber sur mes rangers.

Qu'est-ce qu'Harley a dit déjà… lever les bras ?

Je déglutis avec force et levai les mains au ciel. Ce geste provoqua de grandes acclamations de la part du public. Je me tournai et scrutai cette marée humaine en plissant les yeux, mon regard s'ajustant peu à peu à la lumière éblouissante. Je vis alors… des sourires. Des gens qui se tapaient dans le poing. Des cannettes et des gobelets en plastique rouge levés vers le ciel. C'étaient ces gens qu'Harley voulait que je rencontre. Ses semblables. Ils n'étaient pas contre moi ; mais avec moi. Plus important encore : ils étaient contre le glandu dans sa Porsche.

Un glandu à abattre.

Je scandai à l'intention de la foule assourdissante.

— *Har-ley !*

Je n'étais pas certaine qu'ils m'aient entendue, puis la foule reprit en chœur :

— *Har-ley ! Har-ley !*

Mon visage se fendit d'un large sourire.

Je repris :

— *Har-ley !*

La foule scanda :

— *Har-ley ! Har-ley ! Har-ley !*

J'écoutais, rayonnante de joie d'entendre ces chants de soutien pour mon homme rebondir sur les arbres environnants et noyer le bruit des moteurs. C'était bien assez fort pour que Preston l'entende.

Va te faire foutre, l'étudiant, songeai-je en me tournant pour faire face aux coureurs.

Harley fit clignoter mes phares, la Porsche l'imita, et la suite se déroula en l'espace d'une respiration.

Je fermai les yeux.

Et baissai les bras.

Provenant de toutes parts, la pression de l'air, la chaleur et le boucan me foudroyèrent avec la puissance d'une soufflerie.

Deux mains me saisirent par le biceps et on me tira hors de la piste.

Il y eut une nouvelle explosion d'air chaud et le hurlement d'un moteur passa vivement près de moi.

Dans mon dos, une symphonie de « waouh » et de « yeah » éclata.

J'ouvris les yeux et jetai un œil aux alentours. Derrière moi, Bubba et JR sautaient sur place, comme presque tout le monde sur le terrain.

J'y crois pas.

Je scrutai la piste à la recherche de la brave petite Mustang et la repérai au moment où elle s'engageait dans le plus proche virage à une vitesse nettement moins rapide qu'avant. Harley fit halte tout près de moi sur l'asphalte, Preston sur les talons.

Aussitôt la portière ouverte, nous fûmes à nouveau attirés comme deux aimants.

Mes jambes s'enroulèrent autour de son bassin, leur place légitime, et mes doigts s'enfoncèrent dans sa tignasse blonde.

Je hurlai à son oreille.

— Comment t'as fait ça ?

Tout contre ma nuque, sa voix pleine de suffisance fit vrombir tout mon être.

— Les Turbo ne mettent la gomme qu'une fois l'aiguille de rotation au max, expliqua-t-il. Elles valent que dalle sur d'aussi petits circuits. Quel pauvre abruti.

Son ricanement envoya une vague de désir entre

mes cuisses ouvertes contre ses abdos tendus. Il reprit :

— Ici, pour gagner, il faut juste un max de couple et des pneus qui adhèrent.

Les vêtements entre nous me brûlaient la peau. Avant, j'étais en admiration devant lui – son humour, son attitude, la combinaison mortelle de sa gueule d'ange et de son corps d'athlète, sa façon de conduire et de me tenir – mais je ne savais pas encore à qui j'avais affaire. Harley James était une légende vivante, un héros de la classe ouvrière, et, en observant la foule de rebelles en délire qui l'acclamaient, je réalisai que j'avais été la dernière à m'en apercevoir. Comme d'habitude.

Preston s'approcha de nous, sa gueule de beau gosse boudeuse et renfrognée, tandis que son équipe en bagnoles allemandes se mettait en file indienne derrière sa précieuse 911 Turbo. Après un bref baiser, Harley me posa à terre en agitant le menton vers JR et Bubba. Manifestement, il voulait gérer ses affaires tranquillement mais cela me rendait nerveuse. Je restai près de ses amis et me rongeai les ongles en attendant le début du concours de bites. Impossible d'entendre ce qu'ils se disaient à cause du chahut de la foule, mais Preston finit par fourrer une liasse de billets dans la main d'Harley et ficha le camp aussi sec en faisant crisser ses pneus au passage.

Je vous jure que, lorsque ses glandus disparurent dans la nuit, on aurait pu entendre du Nickelback flotter dans la brise du soir. À peine étaient-ils partis que la foule enfla et submergea complètement Harley. Je le voulais pour moi toute seule mais il semblait que j'allais devoir faire la queue. Et ce n'était pas une expression. Dressée sur la pointe des pieds, je tendis le cou par-dessus les épaules de ses fans et de ses groupies en talons hauts pour pouvoir l'apercevoir.

Il y eut un vrombissement de moteurs et deux camions légers se mirent en position pour faire la course.

Chier ! Ma caisse est en plein milieu !

Je me frayai un chemin à travers la foule pour rejoindre Harley en faisant profil bas. Je n'allais pas le déranger – juste passer lui reprendre mes clés vite fait pour déplacer ma bagnole – mais, mes doigts frôlant le trousseau dans sa poche, Harley m'agrippa le poignet et plaqua ma paume contre sa queue.

Choquée, je poussai un petit cri et retirai vivement ma main dont je me servis pour lui gifler la cuisse. À peine mon cerveau avait-il enregistré la chaleur et l'épaisseur de ce que je venais de palper que je regrettai ma réaction. J'avais eu envie de le toucher toute la journée. En me redressant, je lançai à Harley un regard de colère mêlée d'espièglerie. Son membre fantôme hantait encore ma main. Je le sentais encore lorsque son bras m'entoura la taille et qu'il m'attira contre lui. Et j'envisageais très sérieusement de tendre la main pour le palper à nouveau quand j'entendis quelqu'un prononcer mon nom par-dessus le sang qui me battait les tympans. Je levai les yeux sur Harley, qui me toisait en souriant, comme s'il lisait mes pensées.

— BB… je te présente tout le monde.

Oh, merde.

J'avais été si occupée à saliver en pensant à son

membre que je n'avais pas réalisé qu'il faisait les présentations. Un douloureux picotement submergea ma nuque et mes joues au moment où je me tournais pour adresser un sourire mortifié à une douzaine de rockabillys.

— Salut.

Ma voix était montée d'une octave, comme si on venait de me surprendre en train de voler un gâteau dans la boîte à cookies.

Les membres du fan-club d'Harley marmonnèrent leurs salutations, ébahis comme devant un spectacle de monstres à cinq dollars. J'avais l'habitude d'être dévisagée par les étrangers. J'avais le crâne rasé. Trop de maquillage autour des yeux. J'étais d'une extrême maigreur et mes fringues me donnaient l'air d'une aspirante rock star prête à coucher pour réussir. Je donnais aux gens une multitude de raisons de me fixer. J'attribuais cela à de la curiosité humaine et, d'ordinaire, j'ignorais l'attention indésirable que je provoquais, mais cette fois c'était différent. Mon look n'intéressait pas ces gens. Ce qui les intéressait, c'était de savoir en quoi au juste j'étais digne de l'attention de leur roi. Leurs regards me donnaient envie d'enfouir mon visage dans le tee-shirt d'Harley, mais au lieu de cela je sortis les épaules et leur adressai un grand sourire.

Pour l'amour de Dieu, BB, dis un truc drôle ! Ça commence à devenir gênant !

D'un air faussement agacé, je levai les yeux à l'intention d'Harley.

— Bon… est-ce que l'un d'entre vous pourrait

rappeler à ce connard que la moitié de ce fric me revient ?

Je fus récompensée par une symphonie de profonds rires masculins.

Dieu merci.

Je soupirai et me détendis contre Harley.

Un type brun au look d'Elvis période *Jailhouse Rock* partit d'un ricanement.

— Elle marque un point, mec. Je veux dire, c'était sa bagnole.

— Ta petite 5.0 lui a fumé sa caisse, ajouta un type tout droit sorti du casting des figurants de *Grease*, les sourcils remontés jusqu'en haut du front sous l'effet de la surprise.

Je levai les yeux vers Harley avec un sourire rêveur.

— Tsss, mais non, voyons. Harley a fait tout le boulot.

— L'écoutez pas, fit ce dernier en me couvrant la bouche avec la main. Cette gamine en connaît un rayon sur les bolides. Un jour, elle vous bottera le cul à tous.

Je dégageai la main d'Harley pendant que tout le monde se marrait en se filant des coups de coude à cause de sa blague. Mais Harley ne plaisantait pas, je le savais. Il était persuadé que je pouvais faire ce qu'il disait – faire la course contre des grands dans ma petite Mustang. C'était à la fois incroyablement flatteur et incroyablement flippant. Mais aussi complètement dingue.

Sur la ligne de départ, quelqu'un klaxonna et je sursautai, m'accrochant encore plus fort à Harley.

Foutus réflexes de chat.

Harley caressa mon avant-bras dénudé.

— Il vaudrait mieux qu'on bouge ta caisse avant que Jimbo et Cal Junior commencent à faire leurs putes.

Avant qu'on parte, chacun des gars félicita Harley d'une tape sur l'épaule ou dans le dos en un véritable défilé de virilité.

— Garde-la, celle-là, dit l'un d'entre eux.

— La quitte pas des yeux, conseilla un autre.

— Reste prudent, mec. Elle pue l'embrouille, cette nana.

Je pris leurs sarcasmes comme un signe qu'ils m'acceptaient. Rayonnante, je me laissai entraîner par Harley jusqu'à la portière côté passager de la petite voiture noire qu'il ouvrit pour que je m'installe. Lui-même prit place derrière le volant. Il mit le contact et il s'éloigna sous une vague d'air frais venant de la climatisation et de hourras de la part de la foule.

Je pivotai sur mon siège pour pouvoir le contempler.

— Bon Dieu, mec ! Comment ils t'adorent !

Harley sourit.

— Seulement parce que je ne leur pique plus tout leur pognon chaque week-end.

Harley gara ma voiture sur la pelouse, près de la sienne, et coupa le moteur. La foule s'était rassemblée près de la ligne de départ, cette partie de la piste était donc déserte et, comme mes phares étaient désormais éteints, nous nagions en pleine obscurité.

Harley porta la main à la poche.

— Au fait, vu qu'on parle de fric, il me semble que je te dois la moitié de la bourse d'études de Preston.

J'agrippai son bras pour l'empêcher de ressortir sa main.

— Hein ? Non ! C'était pour déconner ! Hors de question que je te prenne ton fric.

Harley sourit et son piercing scintilla dans les ténèbres.

— J'aime quand tu penses avoir ton mot à dire.

Impossible de répliquer. Avoir entendu « j'aime » prononcé par les lèvres de cet homme-là me paralysa momentanément. Avais-je vraiment cru qu'il allait dire « je t'aime » ? C'était ridicule. Nous ne nous connaissions que depuis quatre jours.

Bon Dieu, BB, reprends-toi !

Ignorant ma stupeur, Harley changea habilement de sujet.

— Au fait, j'ai installé la chaise et ton lapin à cornes dans ma piaule. Ça te dit de venir voir ?

La lueur malicieuse de son regard et son sourcil arqué m'informaient qu'il était aussi impatient que moi de reprendre nos ébats de la veille.

Tout mon corps criait oui, mais il faisait nuit depuis un moment et l'heure de mon couvre-feu devait approcher à grands pas.

Je fis la moue.

— J'adorerais, mais il faut que je rentre. Et, pour ta gouverne, le lapin à cornes, comme tu dis, ça s'appelle un jackalope.

Harley sourit.

— Ouais, eh bien, je vais l'appeler Dave. Ce connard m'a carrément regardé me branler ce matin !

Déglutis.

Avale.

Respire.

J'avais l'habitude de traîner avec des mecs. Je savais comment ils s'exprimaient. Mais après avoir passé des heures cambrée autour de sa talentueuse queue la veille, entendre celui-là parler comme ça fit s'ouvrir un abîme de luxure et d'envie dans ma poitrine. *Entre autres.*

Le cœur battant la chamade, je m'exprimai d'une voix rauque en passant derrière mon oreille une des deux mèches de cheveux qui me tombaient au niveau du menton.

— Oh, vraiment ?

Harley prit la seconde mèche et m'imita.

— Mmm.

Certaine que mon cœur battait bien assez fort pour me maintenir en vie, je retins ma respiration.

Harley fit courir son doigt sur ma nuque, puis sous mon menton et ajouta :

— Tu as pensé à moi, toi aussi ?

Prise dans le faisceau de son regard, j'acquiesçai lentement.

— Mmm.

Le doigt sous le menton, Harley demanda :

— Tu t'es touchée en pensant à moi ?

Je déglutis avec difficulté et j'acquiesçai de nouveau.

Harley ferma les yeux et jura dans sa barbe. Quand il les rouvrit, ils étaient en mode petit chien. Écarquillés, les sourcils froncés et la lèvre boudeuse. Au contraire de Knight, Harley ne se contentait pas de prendre ce qu'il voulait de moi. Il se servait de sa gueule d'ange pour me supplier de le lui accorder.

Il demanda :

— Tu me montreras ?

Il savait pertinemment que je me plierais à la moindre demande émanant de cette belle bouche aux lèvres charnues et percées.

Enhardie par mes hormones en ébullition et par les ténèbres environnantes, je déboutonnai le devant de mon short en jean miteux et le fis glisser le long de mes jambes jusque sur mes rangers. Dans une voiture et avec ces chaussures, impossible de retirer mon collant de manière sexy. Je calai mon pied gauche sur la console centrale, je glissai un doigt dans la résille et j'écartai mon string noir en coton pour m'exposer à son regard à travers la maille. Il n'y avait pas beaucoup de lumière à l'intérieur de la caisse, mais le regard d'Harley et la manière dont il pourlécha son anneau m'informa que la vue était bien suffisante.

Il grogna en me voyant effectuer des cercles lents contre mon clitoris, se mordant la lèvre et caressant ma cuisse avec sa main droite. Lorsqu'il en atteignit le sommet, Harley immisça un doigt à travers les mailles et traça des cercles devant mon intimité.

Il murmura :

— Merde, tu mouilles à mort.

Son doigt entra en moi, jusqu'à la dernière phalange.

Quand sa main entra en contact avec mon sexe, je poussai un gémissement.

Harley se retira, ce qui me laissa une pénible sensation de vide. Puis il me prit par les hanches à deux mains et m'installa sur ses genoux. Dès que mes fesses rencontrèrent le renflement de son pantalon, mon cri de surprise se mua en râle. Il s'empara de mes cuisses et me fit pivoter pour que je sois dos à lui, jambes écartées et genoux maintenus par les siens.

Puis Harley passa ses doigts dans les mailles recouvrant ma chatte rasée et percée et déchira cette merde d'un coup sec.

Il replongea les doigts en moi et observa le spectacle par-dessus mon épaule. J'ondulai des hanches et pressai mes fesses contre son érection en priant pour qu'il lise mes pensées et me pénètre, comme il l'avait fait la veille. Comme j'en avais besoin.

Sa voix rauque souffla contre mon oreille.

— Qu'est-ce que tu veux ?

Il fit courir des petits baisers le long de ma nuque. Cernée par l'air épais et humide, je répondis :

— Toi.

Il grogna contre mon épaule.

— Je suis à vous, madame. Dis-moi ce que tu veux faire avec moi ?

— Je veux te baiser.

J'avais prononcé ces mots comme une requête. Je n'avais pas l'intention d'exprimer un tel besoin, mais c'était un fait : j'avais besoin qu'Harley comble le vide de mon existence, il m'était aussi nécessaire que l'oxygène dans mes poumons ou que le sang dans mes veines. J'avais besoin qu'il me soigne. Besoin qu'il crée la substance qui me maintiendrait à flot.

— Putain, ce que j'aime quand tu dis ça.

Une chance qu'il fasse noir dehors, ainsi Harley ne pouvait pas me voir rougir. Je pivotai sur ses genoux et tendis la main vers mon sac pour y piocher une capote, ce qui permit à Harley de baisser son pantalon et son boxer sous son bassin et de s'aligner avec le creux de mon intimité. Je me laissai tomber sur lui.

En nous reconnectant, Harley passa ses bras musclés autour de mon torse et posa son menton sur mon épaule en grommelant.

— Oh, putain !

Il me tint fermement et embrassa la moindre parcelle de peau accessible tout en me pénétrant par dessous avec tendresse. Le plaisir était parfait. Nous étions parfaits. Je basculai la tête en arrière contre son épaule et j'agrippai ses cuisses, prête à faire durer ce moment à jamais.

Tandis qu'Harley accélérait ses mouvements, je tournai mon visage vers lui et m'emparai de sa bouche. Combinées, la douceur de sa lèvre rembourrée comme un coussin, la rigidité de son anneau et la chaleur de sa langue me mirent encore plus aux abois. Je n'avais pas envie de jouir. C'était trop parfait pour s'arrêter maintenant. Mais, lorsque Harley trouva ma propre douceur, mouillée et percée, je fus irrémédiablement submergée de désir.

Au lieu de mes doigts, j'enfonçai cette fois mes ongles dans ses cuisses. Je ne suçais plus sa lèvre mais la mordais. Mes miaulements et ronronnements devinrent des grognements. Et Harley ne fit que mettre de l'huile sur le feu. Il me baisait plus vite, me caressait plus fort et m'embrassait avec plus d'intensité, jusqu'à me faire craindre l'orgasme. Pas par peur de perdre notre connexion : je craignais juste que le plaisir me tue.

Cependant, ma peur perdit le combat au moment où Harley nous souleva tous les deux du siège d'un seul et unique coup de reins qui l'enfonça pleinement en moi. Il s'immobilisa et je sentis sa queue palpiter en éjaculant, et, à la seule pensée de sa semence en train de se déverser en moi, mon intimité se contracta et fut agitée de spasmes, comme à l'unisson. Un plaisir violent déferla sur moi – soulevant mes fardeaux, noyant mes souffrances et submergeant mes peurs – jusqu'à ce que je retombe contre le torse d'Harley, dépourvue d'énergie. Je surfai sur cette vague de soulagement jusqu'à ce qu'elle reflue et me ramène pile là où tout avait débuté : les rives de la réalité.

Je tendis la main vers le contact et tournai la clé d'un cran vers la droite afin d'allumer l'horloge sur le tableau de bord. *22 h 36 !*

— Putain, Harley ! Faut que je me casse !

Je remontai mon string à la va-vite et plongeai vers le siège passager pour renfiler mon short en jean.

Harley me regarda d'un air amusé et retira sa capote avant de la nouer.

D'une voix assez forte pour couvrir le vacarme de la foule et des moteurs, il demanda :

— Tu fais quoi demain soir ?

Je fis la moue en reboutonnant mon short et en réajustant mon débardeur.

— Je bosse.

— Je peux passer te voir ?

Je levai les yeux vers lui et croisai son regard. Harley voulait venir me voir ? *Au boulot ?*

J'acquiesçai, souriant plus que je ne l'avais initialement voulu.

Demain, cela ferait cinq jours de suite qu'Harley trouvait un moyen de me voir. Je n'y croyais pas.

Il m'avait plutôt l'air d'être du genre à attendre au moins cinq jours pour rappeler une fille mais voilà qu'il voulait un autre rendez-vous.

Je me penchai au-dessus de la console centrale et l'embrassai. Fougueusement. Un baiser qui disait : « je veux te revoir aussi » ou « ma vie est nulle quand t'es pas là et on devrait aller de l'avant et vivre ensemble ».

Puis je me rappelai l'heure et poussai Harley vers la porte d'une pression sur l'épaule.

— Barre-toi, maintenant !

Harley ricana et me donna un ultime petit bisou sur la joue avant d'ouvrir la portière. Il se tourna pour me dire quelque chose – « bonne nuit », « salut » ou « prudence au volant » – mais je lui claquai aussitôt la portière au nez, sans lui laisser le temps de s'exprimer, et je démarrai.

J'aurais volontiers passé toute l'éternité avec lui pour qu'on se susurre des mots doux mais, si je ne rentrais pas maintenant, l'éternité, j'allais la passer enfermée dans ma chambre minuscule.

J'avançai à nouveau mon siège jusqu'au volant et allumai les phares, prête à foutre le camp… sauf qu'à cause de nos ébats le pare-brise était recouvert de buée et je n'y voyais rien.

Putain de ta mère !

Du plat de la main, j'essuyai l'humidité mais je ne fis que répandre davantage la buée. J'allumai le dégivreur mais ce truc ne ferait pas effet avant plusieurs minutes. Sous le coup du désespoir, je laissai même tourner les essuie-glaces, cela n'eut aucun effet – la buée était à l'intérieur. Pas moyen d'y échapper. J'allais devoir subir la *conduite de la honte.*

Ainsi, au lieu de rentrer chez moi après un plan d'un soir, avec du mascara sous les yeux et mes talons à la main, je passai devant au moins une centaine d'admirateurs d'Harley à cinq à l'heure, une clope post-coïtale au coin du bec et ma tête partiellement rasée passée par la fenêtre, parce que je ne pouvais rien voir à cause de la buée sur mon pare-brise. Ce ne fut pas mon plus grand moment de gloire, mais je ne prétends pas que ce fut la honte non plus. En toute franchise, après avoir vu la manière dont ces gens vénéraient Harley, il est possible que j'aie ressenti une petite pointe de fierté en passant sous ses regards qui me jetaient des éclairs. Harley aurait pu avoir n'importe quelle fille, cette nuit-là. Mais il m'avait choisie, moi.

Et maintenant tout le monde le savait.

10

Mille dollars.

Il m'avait fallu toute une année à assurer les fermetures et les week-ends chez Pier One pour économiser une somme pareille, et voilà que je fixais l'exacte même somme, remportée en moins d'une minute de course.

Cette nuit-là, j'avais trouvé la liasse de billets de banque suintants de sueur fourrée dans mon sac à main. Dix billets de cent dollars, coincés entre mon portable et mon portefeuille. Je les avais étalés un par un sur le lit, avant d'en faire des formes différentes. Un soleil. Une étoile. Une maison avec Benjamin Franklin qui regardait par la fenêtre.

Je fixai le recto, puis le verso, essayant d'en conserver chaque ligne et chaque détail en mémoire. Je savais qu'il faudrait que je rende ces charmants petits bouts de papier le lendemain, mais d'ici là je comptais bien en profiter. La vache, et si je me les scotchais dessus pour m'en faire un pyjama ? Le fait qu'il s'agissait d'argent n'avait pas la moindre importance. Harley me les avait donnés et c'était bien plus inestimable.

Tandis que je réarrangeais les papiers parcheminés verts, je me repassai les événements de la soirée. Je souris en repensant avec quelle facilité Harley avait mouché ces crétins. Et comment j'avais fait rire ses amis.

Je songeai à la manière dont il avait déchiqueté mes résilles sur le siège conducteur et à ce qu'il m'avait dit : « Je suis à vous, madame. »

Je me demandai ce que cela signifiait. Il était à moi. Mais uniquement dans la voiture… ou dans le cœur, aussi ?

Je souris encore. Puis je baissai les yeux et, en découvrant ce que j'avais confectionné en ayant l'esprit ailleurs, je faillis pousser un hurlement.

Je jetai la rose en papier par terre et me couvris la bouche à deux mains. Mon regard se porta vers le bureau sur lequel se trouvait un verre en plastique dans lequel des fleurs similaires prenaient la poussière. Des fleurs confectionnées à partir des feuilles d'un carnet de notes. Des fleurs initialement censées me remonter le moral.

Je pouvais voir le visage de Knight, aussi clairement que s'il avait été là, ses yeux blancs comme ceux d'un zombie me fixant derrière un bouquet de fleurs en papier. Ce jour-là, Knight, le seul skinhead de mon bahut, m'avait suivie jusqu'en retenue. Il aurait pu rentrer chez lui, me laisser trouver quelqu'un pour me ramener, mais il ne l'avait pas fait. Il s'était assis près de moi en colle et m'avait fait des dessins et des origamis pour me réconforter. Jamais personne ne m'avait offert de fleurs avant lui.

Cet après-midi-là, on s'était bourré la gueule, tous les deux. On avait ri. On s'était taquinés. Puis il m'avait foutue par terre et m'avait embrassée. À ce moment-là, je n'en avais eu aucune envie et, vu la manière dont il m'avait traitée avant de partir, je ne voulais plus jamais que cela se reproduise. Mais, entre le premier baiser et le dernier, un fragment de temps existait dans lequel mon monde n'était centré qu'autour de ses lèvres. De l'envie de les faire sourire. De faire en sorte qu'elles s'ouvrent et me parlent. Où je comptais les minutes me séparant du moment où elles se poseraient à nouveau sur mon corps.

En baissant les yeux par terre sur les billets de cent dollars, pliés en d'exactes répliques des roses en papier de Knight, je sentis sa présence dans la pièce. Je me figeai. Je tendis l'oreille, guettant le vrombissement de son véhicule dans la rue. Je plissai le nez en quête de l'odeur musquée et citronnée de son parfum. Les poils de ma nuque se hérissèrent. Je cessai de respirer.

Tu es en sécurité.
Il est parti.
Tu es en sécurité.
Il est parti.
Tu es en sécurité.
Il est parti.

Mais il n'était pas parti. Le fantôme de Knight était toujours là, profondément implanté dans ma psyché, et il me hantait de l'intérieur.

11

Avec mille dollars dans une poche et mon portable qui n'avait pas daigné sonner de la journée, impossible de me concentrer au boulot. Comme je vérifiais sans cesse mes appels, la batterie avait fini par rendre l'âme. Je me contentai de retaper et réarranger les articles en vitrine, histoire d'être toujours face à l'entrée principale du magasin. Pour un samedi, nous n'étions pas débordés, ce qui était une bonne chose étant donné que je faisais une mini attaque cardiaque chaque fois que la cloche de la porte retentissait.

L'heure de ma pause approchait, lorsque je remarquai une femme devant les caisses. J'eus beau regarder autour de moi, je ne vis aucun collègue disponible pour s'occuper d'elle. Je soupirai de lassitude et la rejoignis. Elle voulait acheter vingt-sept bougies et, bien évidemment, elle tenait à ce qu'elles soient toutes emballées séparément. D'ordinaire j'adorais faire les paquets-cadeaux, mais cela me forçait à garder le dos tourné à la porte et c'était bien la dernière chose au monde dont j'avais envie en attendant qu'Harley James daigne se montrer.

Une fois le dernier article emballé, je me tournai vers la cliente et lui remis mon éblouissant chef-d'œuvre en souriant. Pas à cause de mes grandes capacités à satisfaire le client, mais parce qu'à ses côtés se tenait une putain de légende vivante.

Je n'avais encore jamais vu Harley lâché dans la nature. Seulement chez lui, à son boulot et là où on s'était rendus tous les deux. Debout, au beau milieu de Pier One, il avait tout d'un tigre du Bengale : beau, dangereux et pas à sa place du tout.

La cliente me remercia, puis pivota sur ses talons et contourna le Pégase couvert de tatouages qui se tenait entre elle et la sortie.

— En quoi puis-je vous aider ? demandai-je pudiquement au grand blond débraillé, aux mains enfoncées dans les poches et au sourire goguenard.

Harley sortit un de ses poings et mit un genou à terre.

— Tu pourrais commencer par m'épouser.

Je m'affalai contre le comptoir et regardai Harley, qui ouvrait un petit boîtier en velours noir. À l'intérieur se trouvait une petite bague en or blanc avec de petits diamants carrés incrustés dans l'anneau.

Je me figeai tandis que mon cerveau se retournait en tous sens, bousillé, tâchant de comprendre le bordel qui se déroulait sous mes yeux.

Il n'est pas sérieux, putain ? Marre-toi, c'est clair qu'il se fout de ta gueule. Je veux dire, on se connaît depuis même pas une semaine.

Non ! Ne ris pas, bordel de Dieu ! Et s'il était sérieux ? Ça lui casserait le moral !

Il n'est pas sérieux. Harley ne donne pas dans le sérieux.

Mais ces diamants ont l'air vrais, pourtant. Les gens

ne se baladent pas avec de vrais diamants pour faire des vannes, BB.

Ce serait le genre d'Harley. Hier, j'en ai fait une et il m'a refilé mille dollars.

Ouais, c'est pas faux.

Fait chier !

Dis un truc !

Un petit groupe de curieux s'était rassemblé autour du comptoir sur lequel je me raccrochais en observant un mec qui avait le genou à terre.

Derrière moi, j'entendis ma responsable se racler la gorge.

— Hum, BB ? Que dirais-tu de prendre ta pause maintenant ?

Super idée.

— Bien reçu, gazouillai-je en bondissant par-dessus le comptoir avant de prendre Harley par sa main tendue.

Visiblement très fier de lui et de la scène qu'il avait provoquée, il me décocha un sourire électrisant et se laissa entraîner dehors, puis sur le côté du bâtiment.

Une fois à l'abri des regards indiscrets, je lui fis face et, de peur de hurler en utilisant ma voix normale, je murmurai :

— À quoi tu joues ?

Harley eut un rictus.

— Le jour où tu es venue à l'atelier, je t'ai dit que je finirais par te faire ma demande.

— Non, tu as dit que tu le ferais si j'étais plus vieille !

— Eh bien, maintenant, tu l'es.

— D'une semaine, gloussai-je. Où t'as eu ça ?

Harley sortit la bague du boîtier en velours et me la présenta.

— Chez le prêteur sur gages, juste à côté du boulot de Dave. Le patron nous doit… quelques faveurs.

Son sourire s'évanouit et il plissa les yeux mais il reprit bien vite contenance.

— J'ai vu ce petit machin, ajouta-t-il. Je me suis dit qu'il irait bien à ton doigt tout maigre.

Plantée là, j'observai bouche bée Harley glisser la bague sur mon annulaire. Il avait raison. Elle m'allait comme un gant.

Je continuai à fixer mon doigt, incapable de savoir s'il plaisantait ou non. Il ne m'avait même pas dit s'il m'aimait, ou si j'étais officiellement sa nana, le genre d'étape obligatoire dans une relation avant de faire sa demande en mariage. En revanche, il m'avait bien proposé d'emménager avec lui. Mais j'étais presque certaine qu'il s'agissait d'une autre de ses plaisanteries. Et voilà qu'il m'offrait une bague de diamants parce qu'un prêteur sur gages un peu louche lui devait une faveur ?

Les choses commençaient à être plus claires. Harley n'était qu'un grand gamin impulsif qui aimait s'amuser avec des jouets de luxe.

Je levai les yeux vers lui avec un sourire en coin.

— Harley, sais-tu seulement comment je m'appelle ?

— Ouais. BB, répondit-il, une étincelle de malice dans ses yeux bleus.

Je levai les yeux au ciel.

— Non, *mon vrai nom*, je veux dire.

— Peu importe ton nom complet, dit-il en se penchant pour être nez à nez avec moi. Car bientôt, tu t'appelleras *BB James*.

Il remua légèrement la tête de gauche à droite et me donna un bisou sur les lèvres avant de se redresser.

Je le corrigeai :

— *Brooke Bradley James*.

Je tournai la main pour voir si les diamants faisaient tout le tour de l'anneau. C'était le cas, et ils tranchaient le tatouage de chevalier en partie estompé dont j'avais presque oublié l'existence.

Avec un ricanement, Harley rempocha la boîte vide et chercha ses clopes et son briquet.

— On dirait les prénoms de trois personnes.

— Ouais, dis-je calmement, les yeux rivés sur mon doigt et la trace grisâtre qui ressemblait autrefois à un chevalier sur son destrier.

Cinq mois auparavant, quand Knight m'avait offert ce tatouage – marquant de son nom mon annulaire gauche[1] – j'étais certaine à cent pour cent que notre couple durerait toute la vie. Que notre relation durerait aussi longtemps que ce tatouage. Eh bien, j'avais eu raison sur ce point. Knight savait que son tatouage ne tiendrait pas à cet endroit et, quand il avait commencé à s'effacer, lui aussi avait disparu.

Et voilà que je portais la bague d'un autre, alors que la marque de Knight ne s'était pas totalement estompée de ma peau. Ni de mon âme. C'était mal. Knight n'avait en aucun cas le droit d'avoir une telle emprise sur moi – pas après m'avoir traitée et détruite de la sorte – et pourtant, il en avait.

---

1. « Knight » signifie « chevalier » en anglais.

Avant même de réaliser ce que je faisais, je retirai cette babiole de mon doigt et la rendis à Harley avec un sourire forcé.

— Si tu veux vraiment être avec *ce truc*, dis-je en balayant ma silhouette squelettique du plat de la main. Il va falloir faire mieux que ça.

Loin d'être perturbé par mon refus, Harley rigola et reprit la bague qu'il fourra dans sa poche. Il m'attira à lui et sourit tout contre mes lèvres.

— Tu as raison, dit-il à voix basse. Et je te ferai ma proposition jusqu'à ce que tu dises oui.

À court de mots, je l'embrassai. Je l'embrassai car il pensait à moi et me faisait sourire ; pour lui dire que j'étais désolée et pour le remercier d'être parvenu je ne sais comment à me remettre sur pied. Et je l'embrassai aussi pour le distraire et piquer la cigarette qu'il venait de s'allumer.

Nous fumâmes, rîmes et flirtâmes nonchalamment dans la petite ruelle jusqu'à la fin de ma pause.

— Au fait, dis-je. La prochaine fois, si tu veux, tu pourras te garer derrière l'immeuble, sur le parking des employés. Comme ça, tu n'auras pas à t'inquiéter que quelqu'un raye ta caisse avec un Caddie ou je sais pas quoi.

Ce qui sous-entendait que j'espérais qu'il y aurait une prochaine fois.

Harley sourit.

— Belle *et* intelligente. Je savais que tu étais parfaite. Allez, viens.

Il se tourna et me tira par la main en direction de la devanture de l'immeuble.

Je m'accrochai fermement et gloussai.

— Où est-ce qu'on va ?

Harley m'adressa un sourire diabolique par-dessus son épaule.

— Au palais de justice.

— Harley, on est samedi et il est 19 heures, je doute sérieusement que le palais de justice soit ouvert.

Harley se tourna vers moi, une expression triomphante sur le visage, et me désigna avec le filtre de sa cigarette.

— T'as pas dit non !

Bon Dieu, quel amour ! Je commençai à regretter de lui avoir rendu la bague. Mme Brooke Bradley James. Ça sonnait mieux de minute en minute.

Je le tirai vers moi et changeai de sujet.

— Harley, il faut vraiment que je retourne bosser.

Ses grandes mains enveloppèrent mes épaules osseuses et il posa son front contre le mien.

— Nan.

— Si.

— Non, non.

— J'ai peur que si, mon pote.

Harley secoua la tête, ce qui me fit faire la même chose.

— Jamais.

— Quand je me ferai virer, c'est toi qui paieras pour ma caisse et l'assurance auto, peut-être ?

Je regrettai aussitôt ma question.

Je me souvenais encore de ce qui s'était passé la dernière fois que j'avais fait une blague à propos d'argent. Les conséquences étaient dans ma poche arrière, brûlantes au point d'y faire un trou. Discrètement, je sortis la liasse et la fourrai à deux mains dans la poche d'Harley.

— La bagnole se paiera toute seule, madame.

Je me dressai sur la pointe des pieds et l'embrassai, mettant ainsi efficacement fin à la conversation.

Je murmurai contre ses lèvres :

— Merci d'être passé me voir.

— À ton service.

Il me pinça une dernière fois les fesses et je me ruai vers l'avant de l'immeuble.

En passant les portes coulissantes, je vis sur l'une des horloges qui décoraient les murs du magasin que j'avais dix minutes de retard – ce qui n'avait pas échappé à ma responsable, qui me toisait d'un œil mauvais de derrière la caisse.

Merde.

Je lui adressai un sourire innocent et commençai à arranger une connerie quelconque près de l'entrée afin de voir Harley s'en aller. De longues jambes, des tatouages plein les bras, de la tchatche, une chevelure blonde et sexy… et malgré tous les cadeaux qu'il m'avait faits, je l'envoyais sur les roses. Qu'est-ce qui ne tournait pas rond chez moi, putain ?

Après un instant, j'obtins la réponse à cette question quand j'entendis approcher le grondement guttural d'un moteur à diesel qui me figea sur place et bloqua mes fonctions de base. Frappée d'horreur et coincée dans ma prison de chair, je fixai le parking et hurlai intérieurement à Harley de foutre immédiatement le camp. Au moment où il démarrait la Boss et sortait du parking, un camion de livraison s'avança et s'engagea en direction de l'arrière de l'immeuble.

J'avais confondu le bruit de son moteur avec celui de Knight.

Il est parti.

Tu es en sécurité.

Il est parti.

Tu es en sécurité.

Il est parti.

Tu es en sécurité.

Je suis baisée de la tête, oui !

12

Je passai les deux dernières heures de mon service chez Pier One avec la tête dans le brouillard. Comme d'habitude, je n'en fichais pas une, mais au moins je le faisais avec le sourire, pour changer.

— On dirait bien que quelqu'un s'est enfin envoyé en l'air !

Craig, le seul de mes collègues à être aussi peu productif que moi, se laissa tomber à mes côtés sur une banquette en osier pendant que je réarrangeais les bougies Mountain Mist. Il croisa ses longues jambes élancées et se pencha pour m'observer de sous ses cils interminables. Ses cheveux blonds décolorés étaient coupés en une afro courte, comme Sisqo[1]. À en juger par le nombre de fois où je l'avais entendu chanter *Thong Song* au boulot, j'avais fini par en conclure qu'il était fan.

Je regardai Craig et un sourire s'étira sur mes lèvres.

— J'en étais sûr ! s'exclama-t-il. Meuf, ça fait des mois que je te vois tirer la tronche. Et aujourd'hui, en te voyant débarquer au boulot avec une petite

1. Chanteur de hip-hop, surtout célèbre dans les années 1990.

démarche toute guillerette, je me suis dit : cette nana a touché du bois, déclara-t-il avec un claquement de doigts pour l'emphase.

Craig se leva et posa ses paumes ouvertes contre son cœur. Puis il se pencha vers moi et me parla sur le ton de la confidence.

— Mais quand ce gars s'est pointé avec cette bague de ouf, je me suis dit : « Meeerde, ça doit être un sacré coup au pieu ! » C'est bon pour toi, baby !

Il passa son bras autour de mes épaules et nous nous pliâmes de rire. C'était comme au bon vieux temps – avant que ma vie ne parte en couille. Nom de Dieu, c'était si bon de rire ! Alors que notre hilarité s'apaisait, nous entendîmes le bruit métallique de la porte d'entrée qui se fermait.

Craig posa sur moi des yeux grands comme des soucoupes.

— Il est 21 heures, ma salope ! Tu sais ce que ça veut dire ?

Je râlai et levai les yeux au ciel tandis que Craig me prenait par la main pour m'entraîner vers la caisse. Il ouvrit l'un des placards, changea le CD d'entreprise de la sono par un des siens et nous offrit à tous son rituel de fermeture favori : une chorégraphie sur *Thong Song* à travers tous les rayons.

Je soupirai et remuai du popotin avec un amusement déconfit pendant que Craig dansait en cercle autour de moi. Pendant toute la chanson, il tourna autour de mes fesses, comme si elles étaient particulièrement attirantes, ce qui était parfaitement ridicule. Les paroles de la chanson parlaient d'une fille avec *un boule de compétition.* Moi, j'avais des boulettes, maximum.

Dix minutes plus tard, en chemin vers ma voiture, je souriais d'une oreille à l'autre en fredonnant l'histoire de cette fille avec des « cuisses commac ». Je pris place derrière le volant de ma petite Mustang et tournai la clé. Grâce à Harley, je me sentais investie d'une confiance renouvelée. Mais, quand je jetai un œil dans mon rétroviseur pour effectuer mon créneau, j'enfonçai brusquement la pédale de frein et je poussai un cri de surprise.

Dans le reflet, une paire d'yeux de zombie soutenait mon regard écarquillé.

Une odeur musquée et citronnée s'infiltra dans mes poumons.

L'adrénaline satura mes veines.

Des épines et des aiguilles s'enfoncèrent dans chacun de mes capillaires.

Mon cœur cognait dans ma poitrine.

Paniqué, mon cerveau envoya des signaux vers chacune de mes extrémités. *Ouvre la portière ! Enfuis-toi !* Mais ils restèrent lettre morte. J'étais paralysée. Figée sur place par ce regard de glace qui m'observait.

Assis sur la banquette arrière, l'homme de l'ombre s'adressa à moi :

— J'ai reçu ta lettre.

Sa voix posée et grave sonnait comme un chaos contrôlé. Il sifflait les syllabes entre ses dents, contenant sa rage. De ses narines dilatées sortait un souffle lourd et bouillant.

De mon côté, j'étais incapable de respirer. De cligner des yeux. De détacher mon regard du rétroviseur. Je me retrouvai coincée dans l'œil d'un cyclone de force cinq. Un seul faux mouvement et il ne resterait rien de moi.

— Je voulais que tu me regardes droit dans les yeux, dit-il. Que tu me dises si tu me prenais vraiment pour un putain de suceur de queue.

Je ne voyais rien d'autre que son regard froid et calculateur mais j'entendais sa respiration et je sentais la chaleur qui émanait de lui. Elle saturait la voiture, où il régnait déjà une ambiance étouffante qui faisait transpirer mes tempes.

— Que crois-tu que j'aie vu en arrivant ici, Punk ?

La voix de Knight tomba d'une octave et sa main surgit des ténèbres pour recouvrir ma bouche et me forcer à tourner la tête sur la droite. Vers lui. Pour m'obliger à faire face à mon cauchemar le plus intime.

— Harley James ! Harley James, putain !

Il exerça une telle pression sur mes joues que mes lèvres formèrent un baiser hésitant contre sa paume couverte de cals. Il se pencha pour que nos regards ne soient qu'à quelques centimètres l'un de l'autre. Ses lèvres anguleuses se recourbèrent en un rictus hargneux, et avec un rugissement de rage à s'en déchirer le torse, il éructa :

— *C'est non !*

Je tressaillis et j'essayai de me dégager, mais son étreinte se raffermit. Fermant les yeux avec force, je retins mes larmes, mais ma respiration se mua en gémissements.

Lorsque Knight reprit la parole, il afficha à nouveau un rictus contrôlé.

— Qu'est-ce que j'ai dit avant de partir, Punk ? Hein ? Qu'est-ce que je t'ai dit, bordel ?

Il secoua mon visage et un couinement aigu quitta mes poumons.

— Je t'ai dit que je t'aimais. Que je faisais tout ça pour *toi*. Qu'il fallait que tu te trouves quelqu'un de *mieux* ! Et toi, qu'est-ce que tu fous ? Même pas un mois qu'on est séparés et tu te tapes *Harley James* en me traitant, *moi*, de pauvre merde ? de menteur ? Et c'est toi qui m'accuses de t'avoir trompée ? D'être une sale pédale qui ne t'a jamais ouvert son cœur ?

Knight éclata d'un rire menaçant qui fit trembler et se contracter mes glandes surrénales.

— Oh, tu en as bien assez vu, Punk ! Je t'ai dans les tripes ! Tu as vu mon âme toute pourrie, putain ! Tu es la seule à savoir qui je suis réellement ! Mais on dirait qu'il faut que je te rafraîchisse un peu la mémoire.

Alors que j'essayais encore de comprendre le sens de ses mots, Knight enveloppa ma cage thoracique et me tira sur la banquette arrière. Mes fesses atterrirent sur ses genoux, l'arrière de ma tête heurta la fenêtre côté passager et mes rangers se retrouvèrent coincées entre le siège conducteur et la console centrale, immobilisant mes jambes. Knight s'empara à nouveau de mon visage et pressa plus fort mon crâne contre la vitre.

Son torse se soulevait lourdement à intervalles réguliers. Il reprit en grognant :

— Si t'avais arrêté tes conneries et que tu avais pris une putain de seconde pour réfléchir, tu aurais compris qu'au moment où Lance a prétendu m'avoir sucé on n'était même pas ensemble, toi et moi ! Avant qu'il ne se fasse virer, on n'était pas en couple, que je sache !

Knight me força à secouer la tête contre la vitre, répondant ainsi lui-même à sa propre question.

— Mais t'as pas voulu réfléchir, pas vrai ? Tu voulais juste une raison de me détester ! Pour pouvoir baiser avec cette sombre merde sans te sentir coupable !

Les larmes s'accumulèrent derrière mes paupières. Knight avait raison. Sur tout. Nous n'étions même pas ensemble à l'époque. Et j'avais eu besoin d'une raison de le détester. Car, si je ne le détestais pas, cela signifiait que je l'aimais encore. Et si j'étais encore amoureuse de Knight, j'étais condamnée à vivre pour l'éternité dans ces foutues ténèbres dans lesquelles je me trouvais avant qu'Harley ne se pointe dans ma vie. Condamnée à l'impuissance pendant que Knight faisait un carton plein sur mon cœur, transformé en cible de tir. Condamnée à ce qu'il me manque à jamais.

— Pour moi, ça va pas le faire, Punk !

Knight retira sa main et ses lèvres la remplacèrent. Il m'embrassa avec force, libérant toute la rage qu'il contenait jusque-là. Il m'embrassait comme s'il avait envie de me frapper. Comme s'il voulait que je lui rende les coups.

D'instinct, mes mains revinrent sur ses cheveux blonds coupés ras. J'acceptai sa rage. Sa folie. Son amour. Mon corps réclamait le sien à grands cris, impatient de retrouver le plaisir mêlé de douleur auquel il l'avait habitué.

Knight me saisit par la nuque et gronda contre mes lèvres.

— Tu es à *moi.* T'as compris, bordel ? Tu m'appartiens jusqu'à ce que je dise le contraire !

Ses mots me terrifièrent et m'exaltèrent en même temps. Quand il m'avait repoussée, j'ai cru perdre la raison – comme si j'avais imaginé ce grand amour, que mon esprit l'avait créé de toutes pièces. Je m'étais sentie insignifiante et cinglée. Mais il était là, en train de mordre ma lèvre, déclamant ce que j'avais toujours su. Non seulement j'avais pénétré son cœur, mais Knight m'y avait enfermée avant de jeter la clé.

Je retirai mes pieds de la console centrale et pivotai pour le chevaucher. La banquette était bien plus spacieuse que dans mon souvenir. Knight avait probablement poussé le siège passager à fond vers l'avant. Ses grands bras musclés enveloppèrent mon corps, me serrant contre lui tandis qu'il enfouissait son visage au creux de mon cou. Pendant une fraction de seconde, je vis le gentil garçon derrière cette façade de muscles, de tatouages et de haine. Je vis Ronald qui me serrait contre son torse comme on s'accroche à un ourson en peluche pendant un orage. Puis il disparut en même temps que mon tee-shirt. Knight me l'avait ôté et le sien suivit juste après.

Impatiente de sentir à nouveau son corps contre le mien, je dégrafai mon soutien-gorge pendant que Knight déboutonnait mon jean. Un souvenir refit surface : celui de Knight et moi en train de faire l'amour sur un divan marron qui me démangeait, nos poumons et nos pouls qui se synchronisaient automatiquement, son corps massif au-dessus du mien, fort et doux à la fois. Palpable. Je songeai à quel point il avait l'air jeune quand le monstre restait tapi en lui, et aussi à ses yeux de zombie, dissimulés sous les cils blonds de ses paupières alourdies.

Tandis qu'il était penché sur moi, tout occupé à retirer mes rangers et mon jean, ces mêmes cils blonds captèrent la lumière du lampadaire le plus proche. Knight était bien là. Tous mes sens le confirmaient. Il était revenu.

Quand je n'eus plus que mes chaussettes, Knight se débarrassa de son treillis et m'attira contre lui. Lorsque nos peaux entrèrent en contact, je fus aveuglée par un surgissement d'étincelles brûlantes. Pressée contre son sexe palpitant, je sentis des flammes me lécher l'entrejambe, remontant jusqu'à nos torses qui se soulevaient à l'unisson. Knight enfonça ses doigts dans ma hanche osseuse et fit faire à mon corps famélique des mouvements de va-et-vient de haut en bas. Je m'emparai à nouveau de son crâne duveteux – il n'y avait rien au monde que j'aimais plus toucher – et, le souffle pantelant, je pris sa bouche dans la mienne.

Knight rompit notre baiser et se mit à me mordiller le lobe de l'oreille en se pressant davantage contre moi.

Il siffla entre ses dents.

— Est-ce que je vais avoir le foutre de ce connard sur la queue ?

— Va te faire mettre, crachai-je sans réfléchir.

Un rire gronda dans sa poitrine, tel le tonnerre.

— Me faire mettre, moi ? Me faire mettre ? Sais-tu

seulement l'effet que ça me fait que tu aies été touchée par un autre ?

— Oh oui, je le sais ! m'écriai-je. Avant que tu partes, je ressentais exactement la même chose chaque fois que je te voyais avec Angel Alvarez !

Je frissonnai rien que d'y penser.

— Quand je suis venue te voir, c'est elle qui m'a ouvert, repris-je. Elle m'a harcelée au bahut pour me raconter de la merde, que tu n'avais jamais été amoureux de moi. Avec sa bande de petites racailles, ils ont même fait courir le bruit que j'étais enceinte de toi ! Et toi, tu as laissé faire, parce que tu pensais que ça m'aiderait à « tourner la page » !

Je fis des guillemets imaginaires en prononçant ces mots.

— Eh bien, j'ai *tourné la page*, continuai-je. Et tu n'as pas à me juger pour ça, alors que tu m'as repoussée pendant trois mois !

Les mains tremblantes, je tapai son torse mais cela n'apaisa en rien ma colère. Je flanquai des claques sur ses pectoraux et ses avant-bras mais le bruit des gifles n'étouffa pas la souffrance que je ressentais. Les yeux rivés sur moi comme des lasers, Knight se contenta d'encaisser les coups qui meurtrissaient sa chair.

— Je t'emmerde, Knight !

Je levai la main pour le gifler.

Il intercepta mon poignet squelettique en plein élan et le maintint près de ma joue, sans jamais sourciller.

Il s'adressa à moi d'une voix quasi surnaturelle :

— Tu n'as pas répondu à ma question.

— Si, je l'ai fait ! Je sais *tout à fait* ce que tu ressens !

Knight inclina la tête sur le côté.

— Pas *cette* question.

Je soufflai d'un air las en essayant en vain de m'arracher à son étreinte.

— Non, pauvre connard, tu n'auras pas son foutre sur la queue, si c'est bien ce que tu demandes.

Knight arqua un sourcil. Il continuait de me scruter.

— Ah non ?

— Non, bordel ! hurlai-je en parvenant enfin à me libérer.

Ce n'était pas un mensonge, mais pas tout à fait la vérité non plus. Mais, si Knight avait voulu la vérité toute nue, il aurait posé une autre question. Il n'entendait que ce qu'il voulait bien entendre, et avant même que je ne puisse reprendre mon souffle nos corps se connectèrent.

À ce contact, un courant électrique parcourut mes veines, comme si Knight était un câble et moi une prise. Il m'illumina de l'intérieur, rallumant des sentiments que j'avais cru plongés à jamais dans l'obscurité, et déclencha à nouveau la sensation de douleur mêlée de plaisir dont je pensais ne plus jamais faire l'expérience.

Je chevauchai son corps que je connaissais par cœur, tandis que ses lèvres et ses dents traçaient un chemin de plaisir le long de ma nuque. Nos adieux avaient eu lieu sur ce même parking et nous avions baisé dans sa camionnette. Cette fois, en plus d'une baise d'adieux, nos ébats délivraient d'autres messages : « tu m'as manqué », « je t'aime » et « ne pars pas ». Knight se servait du sexe pour transmettre les mots, les pensées et les émotions qu'il ne savait pas manifester autrement. Ce n'était ni beau ni drôle, mais c'était aussi douloureux que salvateur.

J'agrippais son crâne duveteux à deux mains et lui me tenait par la hanche et la nuque. Nous partageâmes le même oxygène, le même rythme et prononçâmes les mêmes prières pour que l'univers fasse durer cet instant éternellement. Mais les dieux ne répondirent pas, ou peut-être que nos corps étaient en rébellion. Quoi qu'il en soit, cet instant fut éphémère. Il explosa en un feu d'artifice de griffures, de coups de dents, de peau sanglante et de bulbes arrachés.

Nous restâmes ainsi un moment, pressés l'un contre l'autre. Juste assez longtemps pour reprendre nos souffles et pour que nos battements de cœur se synchronisent, comme ils l'avaient toujours fait. Assez longtemps pour que mon cerveau soit de nouveau en état de marche. Bien assez longtemps pour que je réalise que, vingt-quatre heures auparavant, je baisais avec un autre homme sur la banquette avant.

Mon estomac vide se retourna.

Knight n'avait pas lâché ma nuque, mais son doigté brutal me massait en cercles lents et fermes.

Finalement, il déposa un baiser sur mon front et rompit le silence.

— Vers quelle heure dois-tu rentrer ?

Cette simple question me fit monter les larmes aux yeux et ma poitrine se comprima. Knight était peut-être un psychopathe incapable de gérer sa colère mais je ne pouvais pas nier qu'il était attentionné. Il pensait à moi avant de penser à lui. Même quand il me faisait souffrir, il faisait de son mieux pour montrer son amour.

— Vingt-trois heures, murmurai-je en me forçant à parler en dépit de ma gorge serrée.

Knight relâcha ma nuque et consulta sa montre, un cadran simple maintenu autour de son poignet par un bandeau vert sombre. Je ne me rappelais pas qu'il en portait une avant.

Il laissa tomber son menton sur ma tête et m'attira contre lui.

— Il est 22 h 15, dit-il. On a encore une demiheure devant nous.

— Knight ? demandai-je, peinant à discerner ma voix par-dessus les battements de son cœur contre ma joue. Comment es-tu revenu ? Ton entraînement n'est pas censé durer encore deux mois ?

Une boule à l'estomac, je me redressai et l'observai avant d'ajouter :

— Tu n'as quand même pas déserté juste pour venir me voir… *hein* ?

Il conserva une expression terne. À l'image de ses fringues. Son treillis pouvait tout aussi bien provenir de sa garde-robe personnelle. Je ne faisais pas vraiment attention à ses tee-shirts avant qu'il ne les enlève, mais ils étaient plutôt basiques et de couleur unie – souvent noirs ou vert kaki. Mais il ne portait clairement pas sa tenue habituelle – tee-shirt d'un groupe de punk, jean remonté au-dessus des chevilles et bretelles. Avait-il débarqué directement du camp ou bien avait-il juste changé de look ?

Quand il parla, le son de sa voix me fit froid dans le dos.

— Il y a des moyens d'obtenir des permissions. Une urgence familiale, par exemple. La merde, ça arrive.

Je ne tenais pas à savoir de quel genre d'urgence familiale il parlait, mais j'avais la nette impression qu'il avait sa part de responsabilité. La dernière fois que je m'étais retrouvée dans une pièce avec la « famille » de Knight, il avait pulvérisé toutes les portes vitrées des placards de la maison avec un tisonnier, réduit son beau-père en chair à pâté et sa propre mère l'avait menacé avec un flingue. Knight n'avait pas son pareil pour déclencher une urgence familiale.

La voix à peine plus forte qu'un murmure, je demandai :

— Knight… Qu'est-ce que tu as fait ?

Knight fit courir sa main le long de ma cuisse et fixa sur moi un regard d'avertissement.

— J'ai fait ce que j'avais à faire. Il faudra bien plus que quelques kilomètres et une poignée de Marines pour me tenir éloigné de toi, Punk.

La manière dont il avait éludé la question me rendit nerveuse, mais je déglutis et posai malgré tout la question qui me tracassait :

— Tu as blessé quelqu'un ?

— Non, répliqua-t-il sèchement avant de s'adoucir. Un de mes clients rédige des factures médicales pour le Emory Hospital. Tu serais surprise de savoir combien c'est facile d'obtenir des faux papiers d'admission en échange de tatouages gratuits.

— Mais tu n'as pas de voiture, à la base militaire. Comment as-tu…

— J'ai pris le bus.

— Nom de Dieu, Knight. C'est à cause de ma lettre que tu as fait tout ça ? Tu aurais pu te contenter de me répondre par courrier, tu sais ?

Knight sourit. Un vrai sourire. Le genre de sourire dont j'avais appris à me méfier dès le jour de notre rencontre. Le type de sourire qui m'avait fait croire qu'il était sain d'esprit. Que j'étais en sécurité avec lui.

Les dents et le regard éclatants, il déclara :

— Peut-être que je ferai ça la prochaine fois.

Je frôlai son magnifique sourire du bout des doigts, histoire d'être certaine que je ne rêvais pas. Puis j'embrassai ses lèvres étirées avec toute ma fougue. Il nous restait vingt minutes et nous les passâmes à faire ce à quoi nous excellions. Ce que j'aurais aimé n'avoir partagé qu'avec lui. Nous fîmes l'amour – violemment, passionnément, lamentablement. Tel qu'il me l'avait appris.

Puis nous fîmes une chose à laquelle nous étions nuls : nous dire au revoir.

13

Je n'avais pas fermé l'œil de la nuit. J'avais passé mon temps à essayer de capturer le parfum de Knight en pressant sur mon visage le tee-shirt plein d'odeurs irrésistibles que j'avais porté pendant mon service à Pier One. Sous les fragrances agressives de patchouli, d'eucalyptus, de lavande et de vanille, l'odeur de Knight était bien là. Si je fermais les yeux et me concentrais suffisamment, je pouvais la sentir – un soupçon de cannelle musquée. Ce parfum m'étranglait de désir et faisait palpiter mon cœur.

Le fait que les sentiments de Knight soient aussi tangibles que je me l'étais autrefois imaginé – il ne m'avait pas trompée avec Lance et ne m'avait pas menti sur sa nature profonde – rendait les choses à la fois pires et meilleures. La morsure de l'amour non partagé s'en était allée, mais elle avait été remplacée par une sensation terrible, celle d'avoir perdu quelque chose. Là-dehors, un homme brisé et dangereux errait dans les ombres de la nuit, avec des bouts de ma personne dans sa poche – un fragment de mon cœur, un éclat de mon âme, le sang qu'il m'avait ponctionné, la chair perdue de mes piercings, une mèche prélevée sur mon crâne rasé, un bocal de mes larmes, mon hymen, mon innocence.

Mais, en dépit de toutes les fois où ses mains meurtrières m'avaient dépouillée, il y avait une chose que Knight avait systématiquement refusé d'emporter : mon avenir. Il l'avait laissé dans son emballage, flambant neuf. Que devais-je en faire ? Le mettre sur une étagère au-dessus de mon lit pour qu'il prenne la poussière, ou bien en faire don à quelqu'un qui pourrait jouer avec ?

Et, en se rendant compte de toutes les pièces manquantes, qui en voudrait encore ?

*

— T'es vraiment une petite pute !

Juliet reprit possession de son sein et me tendit Romeo.

Avec ses cheveux noirs et bouclés et ses yeux en amande, c'était le portrait craché de sa mère – mi-japonaise, mi-afro-américaine. Dieu merci, il ne tenait pas de Tony, son con de père qui purgeait une peine de prison pour trafic de drogue. Ce type était loin d'être une gravure de mode. Ni une lumière. Ni même un père, d'ailleurs.

Je mis un bavoir sur mon épaule et pris dans mes bras le nouveau-né en pleine digestion et à moitié endormi. Une fois, j'avais eu le malheur de critiquer la manière pataude dont Juliet lui faisait faire son rot. Depuis, c'était devenu mon job.

Je pris une voix suppliante.

— La ferme et dis-moi plutôt ce que je dois faire ! Je flippe à mort !

Juliet leva les yeux au ciel.

— Je ne peux pas la fermer *et* te dire quoi faire, espèce de bouffonne !

Je soufflai de lassitude.

— Oh, tu vois très bien ce que je veux dire !

Bavoir et bébé sur l'épaule, je faisais les cent pas dans le sous-sol réaménagé en traçant des cercles sur le dos du petit au lieu de le tapoter. La mère de Juliet avait reconverti les lieux en chambre à coucher et l'avait installée ici avec le bébé, pour qu'ils aient, je cite, « plus d'espace ». Ce qu'on pouvait traduire par : « J'aimerais pouvoir dormir ! »

Juliet arqua un de ses sourcils dessinés.

— Écoute, tu sais bien ce que je pense de ton… Skeletor.

Nous nous fixâmes du regard et une année complète de souvenirs circula entre nous. Juliet détestait Knight. Au point qu'elle refusait même de prononcer son prénom. Peut-être était-ce la raison pour laquelle j'étais venue lui demander conseil. J'avais besoin que quelqu'un m'autorise à le laisser partir.

— Je sais, dis-je en essuyant le menton barbouillé de Romeo.

Satisfaite de son rot, je pris la petite marmotte contre moi et repris ma marche. C'était étrangement réconfortant, d'avoir quelque chose de chaud et lourd contre soi. Ses petits ronflements n'étaient pas désagréables non plus.

Juliet reprit :

— Putain, BB, ce mec, c'est le diable en personne ! Il t'a harcelée pendant des mois et t'a manipulée pour que tu sortes avec lui. Puis, après t'avoir bien lavé le cerveau pour que tu aies des sentiments, il t'a complètement balayée de sa vie. Il a laissé Angel t'intimider exprès pour te faire croire qu'il couchait avec elle. Quand tu lui as parlé des stéroïdes, il t'a carrément *étranglée* ; ne va pas croire que j'ai oublié ça ! Et comme tu refusais de lâcher l'affaire – parce que t'es bête comme tes pieds – il a préféré s'engager dans les Marines et il t'a dit de te trouver quelqu'un de mieux.

Elle s'interrompit et pointa sur moi un doigt rageur avant de reprendre :

— Alors tu as passé un mois à bouder dans ta chambre, au fond du trou, sans nouvelles de lui, et tu as finalement fait ce qu'il t'a dit : tu t'es trouvé un mec mieux. Et voilà qu'il se repointe comme une fleur et qu'il essaie de t'enlever ça aussi ? Putain, B, sérieusement ? J'arrive même pas à croire qu'on ait cette conversation. Ce type est un psychopathe qui n'a fait que te blesser, t'effrayer et t'embrouiller l'esprit. C'est fini ! Fin de l'histoire. Passe à autre chose.

Ouais. Je ne lui avais clairement pas demandé son avis pour rien.

Tout de même, sa franchise brutale me fit grincer des dents.

— Ouais, présenté comme ça…

— Tu sais que j'ai raison. Et toi, tu pèses le pour et le contre entre lui et Harley ? Harley te traite *bien*, lui ! Super bien, même. Et, de ce que tu m'en as dit, il est beau gosse et membré comme un âne ! Désolée, mais il n'y a vraiment pas à tortiller du fion !

Penser au visage et à la queue d'Harley me rendit le sourire.

Je pris une voix mélancolique :

— Et une belle bagnole, aussi.

— Et une belle bagnole, en plus ! Tu vois ? Il n'y a carrément pas de débat ! Harley gagne et Skeletor peut retourner dans l'enfer auquel il appartient.

Je ris et tentai de refouler au fond de mon esprit la culpabilité que je ressentais à hésiter. Juliet avait raison, n'est-ce pas ? Peu importaient mes sentiments pour Knight : il était toxique. Et, techniquement, nous n'étions même pas ensemble. Continuer à fréquenter Harley ne faisait pas de moi quelqu'un d'infidèle. Il n'avait même pas à le savoir. Harley me rendait heureuse. Et, maintenant que je savais jusqu'où j'étais capable de me rabaisser, je trouvais bien trop risqué de renoncer à la seule chose qui me rendait heureuse.

Soudain, mon sac fut agité par une fanfare de bips et de sonneries robotiques qui montaient crescendo.

Tidilidilidilidili !

Avec sur le visage la lueur de triomphe typique de celle qui est parvenue à imposer ses arguments, Juliet désigna mon sac en hurlant :

— Et lui, il te passe des coups de fil ! Il se planque pas sur ta banquette arrière comme un putain de tueur en série !

J'ignorai cette remarque, trop occupée à lui fourrer son bébé endormi dans les bras. Je plongeai la main dans mon sac pour piocher mon portable et filai m'enfermer dans la salle de bains pour prendre l'appel.

À bout de souffle, je décrochai pile à la dernière sonnerie.

À l'autre bout du fil, je fus accueillie par le bruit du tabac qu'on exhale, suivi par le son d'une voix rauque et chaleureuse.

— Salut, madame.

Toute mon adrénaline fondit aussitôt en une flaque de pâmoison.

— Salut, Harley.

Je souris contre mon téléphone et sentis mes joues chauffer. Mon Dieu, étais-je en train de rougir pour deux malheureux petits mots ? Je m'observai dans le miroir afin de constater l'étendue de ma gêne et hoquetai de surprise en découvrant une chose bien plus grave qu'un teint un peu rose : j'avais un suçon de niveau cinq sur le côté gauche du cou.

— Merde !

— Tout va bien ? demanda Harley.

Je tirai sur mon tee-shirt Bahaus en quête d'éventuels autres dégâts.

— Euh ouais. J'ai juste vu… une araignée.

Pendant qu'Harley se foutait de ma gueule en riant, je contemplai ce qui avait autrefois été ma poitrine. On aurait dit un Jackson Pollock période rouge et pourpre. Suçons, traces de doigts violettes et marques de morsures sanglantes entachaient la géographie de mon corps pâle et moucheté. On aurait dit que j'avais été attaquée par un glouton. Ou un aspirateur. Ou les deux.

— BB ?

— Oh, désolée, je… je ne t'entendais plus. J'ai six

et huit yeux braqués sur moi, là. Je crois que cette chose veut me bouffer.

— C'est pas la seule.

Je clignai des yeux et me répétai ses mots en boucle, pour m'assurer que je les avais bien entendus.

— Harley, enfin !

Il ricana avec sa voix profonde et rocailleuse qui faisait se tordre mes entrailles.

— Viens chez moi, dit-il.

— Je ne peux pas.

Les mots avaient surgi de ma bouche avant que je n'aie eu le temps de songer à une excuse valable.

Je ne désirai rien de plus que de répondre à l'invitation, mais il était hors de question qu'Harley me voie dans cet état. Nom de Dieu ! Autant me pointer avec une enseigne au néon sur le torse avec écrit : « Knight est passé par là ! » Il allait me falloir au moins une semaine pour cicatriser.

— Et demain ? demanda Harley.

— Euh… Je quitte la ville !

Bon sang, comme je mentais mal !

Harley parut authentiquement surpris.

— Ah vraiment ? Où tu vas ?

— Euh…

J'observai autour de moi dans la salle de bains, désespérément en quête d'inspiration. Mes yeux se posèrent sur la cabine de douche où le maillot de bain du petit frère de Juliet était suspendu à sécher. Dessus, il y avait Snoopy et son petit pote jaune… Comment s'appelait-il, déjà ?

— Woodstock ! lançai-je.

Harley prit une voix incrédule.

— Tu vas à Woodstock ?

— Oui ! Mes parents, c'est des vrais hippies ! Ils m'emmènent sur les routes jusque sur les lieux du festival pour que j'expérimente la majesté du truc, ou une connerie du genre.

— Vous allez en voiture jusqu'à New York ?

C'est à New York, Woodstock ?

— Ouais, ouais. Ça va être tout naze.

Harley crut à mon mensonge, ou du moins il fit semblant, et me fit promettre de l'appeler dès mon retour. Il me dit que j'allais lui manquer.

Et moi donc !

Dépitée, je sortis de la salle de bains avec le portable pendu entre mes doigts. Je croisai le regard plein d'espoir de Juliet et soulevai mon tee-shirt.

Sa mâchoire tomba et ses yeux se plissèrent jusqu'à n'être plus que deux fentes.

— Le fils de pute !

14

Juillet 1998

— Harley, relève-toi !

— Pas avant que tu m'aies répondu.

Mon regard passa d'Harley, agenouillé devant moi dans son salon en train de me présenter l'anneau en diamant, à l'embrasure de la porte dans laquelle se tenait Dave, un sourire moqueur sur les lèvres.

Je baissai la voix et murmurai :

— Tu veux vraiment m'obliger à répondre devant ton frère ?

Dave rit et claqua dans ses mains.

— Ha ! Elle a dit non !

Puis il me pointa du doigt et ajouta :

— J'adore cette meuf ! Sérieux, j'ai un peu envie de l'épouser, j'avoue.

Nullement découragé, Harley se redressa et m'adressa un rictus. Il rangea la bague dans sa poche, m'attira à lui pour me saluer d'un baiser et adressa un doigt d'honneur à son frère par-dessus son épaule.

— Tu m'envoies me faire foutre ? lança ce dernier depuis la cuisine. C'est pas moi qui viens de te mettre un râteau, connard.

Alors que sa langue titillait la mienne, je sentis Harley sourire contre mes lèvres – il sentait l'essence et la cigarette – une combinaison explosive qui m'avait manqué chaque jour de mon faux exil.

Grâce à une huile à la vitamine E trouvée dans la collection de conneries homéopathiques de maman, j'étais parvenu à bien faire cicatriser mes blessures. Tant qu'Harley ne frottait pas l'anticernes dont j'avais badigeonné le suçon, tout devrait bien se passer.

Penser à qui je devais ce suçon fit remonter ma culpabilité au galop mais mes remords grimpèrent en alerte inferno-maximale quand j'entendis Harley apostropher son frère :

— Ta gueule toi, et apporte une bière à ma meuf !

Sa meuf ? Nom de Dieu, j'avais l'impression d'être une vraie connasse !

Avec une bière dans une main et une Camel Light dans l'autre, je m'installai dans le canapé et me régalai en écoutant les frères James me raconter leurs histoires de la semaine passée. Harley retira mes bottes et mes chaussettes mais, au lieu du massage tant espéré, il cala sa clope entre mes orteils pour pouvoir tirer sur le bang que Dave venait juste de lui faire tourner. Putain, c'était trop mignon ! Harley était trop adorable et, lorsqu'il exhala la fumée avant de me tendre le bang, m'invitant sans un mot à prendre une taffe, je ne pus refuser son offre.

La semaine précédente avait été un enfer. J'avais passé chaque moment de mes journées soit rongée par la culpabilité, soit tremblante de peur. La nuit, je sursautais au moindre craquement, bip ou choc. J'étais persuadée – certaine – que Knight était là, quelque part, en train de m'épier. Pour moi, il était devenu le monstre sous le lit, le Skeletor dans le placard. Et, quand je ne m'inquiétais pas de Knight, je m'inquiétais qu'Harley découvre le pot aux roses.

Mais à présent que nous étions enfin réunis, j'avais atteint un tout autre niveau d'anxiété. Habillée de mon mini-short ras la salle de jeu et d'un tee-shirt d'Andrew W.K. dont j'avais coupé les manches, j'essayais d'avoir l'air cool, mais intérieurement je me forçais à ne pas céder à la panique. Peut-être était-il temps de retenter de fumer de l'herbe ? Entre faire une attaque sur cette moquette marron dégueulasse et avoir un peu la tête qui tourne, il n'y avait pas photo.

Sans hâte, je me redressai et j'agitai les doigts pour qu'Harley me passe le bang. Je n'étais peut-être pas très branchée pétard, mais je savais parfaitement comment on se servait de tous ces accessoires. Merde, si ça se trouve, j'avais bu de l'eau de bang au biberon avec plus d'avidité que trente clébards devant la cuvette des chiottes ! Mais je laissai tout de même Harley l'allumer pour moi.

L'odeur de la fumée était réconfortante, mais quand je l'inhalai mes poumons me brûlèrent et je fus prise d'une énorme quinte de toux. À moitié défoncés, Harley et Dave ricanèrent et je ne pus m'empêcher de les imiter. Rire me fit un bien fou. Tout comme le bras d'Harley autour de mes épaules lorsqu'il fit passer le bang à son frère. Il m'attira contre lui et je me détendis aussitôt.

Grâce à Harley, toute la tension de mes épaules fondit comme de la glace et glissa sur mes os pour aller former à mes pieds une flaque composée de toutes les conneries dont je n'avais plus rien à foutre. Ce mec était meilleur qu'un thérapeute. Plus efficace que du Prozac. Je laissai son aura m'illuminer et tout alla pour le mieux dans le meilleur des mondes. Entre une semaine passée sans le voir et une demi-heure en sa présence, la différence de mon humeur avait tout rendu clair : j'avais besoin de lui. Qu'importaient mes sentiments pour Knight. Que je l'aime ou le méprise ne changeait rien à l'affaire.

Harley = heureuse.
Sans Harley = toute pitoyable.

La voix pâteuse à cause de la drogue, Harley demanda :

— Hé, ça te dit de passer au garage demain ?

Puis, sans la moindre quinte de toux, il expira la fumée et ajouta :

— J'ai trouvé une valve et je pense qu'elle est compatible avec ta nouvelle prise d'air. Après, on pourrait aller la tester et se faire une bouffe.

J'acquiesçai d'un air absent et mon regard quitta ses yeux bleus pour se fixer sur l'anneau qui traversait sa lèvre charnue. Alors que je m'apprêtais à incliner la tête pour l'embrasser, Harley reprit le bang et tira une nouvelle taffe. Cependant, ma déception céda bien vite la place à la joie lorsque ses lèvres trouvèrent les miennes un instant plus tard. Il expira un long filet de fumée directement dans ma bouche et la scella d'un langoureux baiser.

J'eus le vertige, à cause de l'herbe mais aussi à

cause de la formidable effervescence que je ressentais chaque fois que ce rebelle à gueule d'ange me touchait.

À la seconde où Harley se retira, j'expirai en toussant et fus prise d'hilarité lorsque je vis Dave lever la main.

— Mon tour, c'est mon tour !

Harley lui flanqua une gifle, ce qui poussa Dave à lui agripper le bras et à le lui tordre dans le dos, cela entraînant un coup de poing d'Harley sur l'épaule de son frère, qui le plaqua par terre comme un primate du Sud complètement fêlé. Je ris à m'en taper le cul par terre et maintins le bang en l'air à l'abri des coups pendant que les deux frères passaient les cinq minutes suivantes à faire des roulades sur le sol. Ces deux-là avaient clairement biberonné le catch à la télé, car ils connaissaient par cœur toutes les prises et tous les termes spécifiquement inventés par la WWF.

À un moment, Dave se redressa, tapa deux fois sur son coude et cria « *Atomic elbow drop !* » avant de se jeter sur Harley qui l'évita *in extremis* d'une roulade.

Tout de suite après sa glissade, Dave s'immobilisa, Harley revint sur une roulade, bloqua le bras de son frère dans son dos et fit une sorte de prise d'étranglement autour de son cou avec son autre bras

— Et voilà un *crossface chicken wing*, enfoiré, marmonna-t-il à son oreille, s'épuisant à contenir le corps de son frère qui s'ébattait en tous sens. T'as eu ton compte ?

Dave, dont le visage virait au violet, acquiesça à contrecœur. Harley le relâcha et son frère se mit aussitôt à haleter en m'adressant des gestes avec son bras tendu, la voix enrouée.

— BB, s'il te plaît, dit-il entre deux quintes de toux. J'ai besoin… d'un massage cardiaque…

Harley poussa un ricanement et lui prit le poignet pour le remettre debout. Ils firent ce truc typique de mec où on se prend dans les bras en se flanquant de grandes claques dans le dos. Puis ils s'affalèrent sur le divan, comme si rien ne s'était passé.

Harley but ce qui restait de sa bière, lâcha un rot sonore et jaugea le contenu de ma propre cannette, qui était presque vide. Il m'embrassa la tempe et partit nous en chercher deux autres. De retour au salon, il pressa un interrupteur qui illumina le mur de néons juste derrière moi. Le soleil commençait à se coucher et la pièce s'était assombrie.

— Vous avez envie de mater un film ? demanda-t-il en s'emparant de la télécommande sur la table basse.

En quelques clics, l'immense écran prit subitement vie sur le *Cinquième Élément* ! Médusée, je regardai Harley et m'adressai à lui d'une voix impassible.

— Arrête ton char.

— Quoi ?

Je désignai la télé.

— Harley, c'est mon film préféré !

Il eut un rictus.

— Non, pas possible.

— Et pourquoi ça ?

— Parce que *prem's* ! C'est mon film préféré à moi ! Demande à Dave.

Harley se tourna vers son frère et fit un mouvement du menton vers lui.

— Hé, *Davidson* ?

— Ouais, trouduc ?

— C'est quoi mon film préféré ?

— *Potins de femmes*[1], répondit Dave sans quitter l'écran des yeux. C'te question !

Je ris et pris Harley par le bras avant qu'il n'ait l'occasion de flanquer une nouvelle baffe à son pauvre frère. Puis je me penchai pour apercevoir Dave.

— Hé, Dave ?

— Ouais, princesse ?

Avec un regard brûlant à l'intention d'Harley, je demandai :

— C'est quoi, mon film préféré *à moi* ?

— *Debbie Does Dallas*[2]. En tout cas, c'était le cas la nuit dernière, quand on l'a regardé ensemble.

Puis il adressa un regard à son frère et ajouta :

— Elle a un bel oursin, ta meuf.

Cette fois-ci, je laissai Harley lui en mettre une.

Me rappelant que j'avais oublié quelque chose dans la voiture, je sortis au trot et revins au salon avec les quatre coussins à motifs de crânes que j'avais confectionnés pendant mon faux séjour à Woodstock ainsi qu'une couverture en chenille qui était arrivée *abîmée* au boulot et qui était *malencontreusement* tombée à côté de la poubelle. Je balançai les coussins sur la tête de Dave, qui en attrapa aussitôt un pour le câliner. Puis je me blottis sous

1. Drame de 1989 avec Sally Fields et Julia Roberts.
2. Film pornographique de 1978.

la couverture avec Harley, à l'autre bout du canapé d'angle.

La pièce tanguait autour de moi. J'avais bu deux bières et fumé un peu trop d'herbe. Aussi, je m'allongeai et posai la tête sur l'accoudoir. Dans mon dos, Harley m'imita et nous fîmes la cuillère. Ses grands bras puissants étaient la seule chose qui me maintenait en équilibre. Je planais complètement. Envolés, mes soucis ! Il n'y avait que moi, mon mec favori, mon film favori, la caresse de la couverture sur mes jambes nues et l'odeur de la marijuana qui flottait dans l'air. J'étais bien et au chaud, la tête dans du coton.

— Merci pour la couverture, madame, susurra Harley à mon oreille tout en glissant la main dans mon short en jean.

— Mmm, marmonnai-je en retour.

Les enseignes de bières en néons et l'écran de télé étaient les seules sources de lumière de la pièce – et l'attention de Dave semblait tout à fait accaparée par la mini-combinaison en cuir de Milla Jovovich. Ainsi, je ne vis pas le moindre inconvénient à ce que la main d'Harley s'aventure encore plus bas.

Je pouvais sentir son érection enfler contre mes fesses. Prise de désir, je me cambrai contre lui tandis qu'il taquinait mon clitoris sous la couverture. Au moment où ses doigts s'enfoncèrent en moi, son souffle chaud balaya ma nuque, puis plus rien. Il y eut une explosion dans le film, suivie d'une fusillade. Une distraction idéale dont Harley profita pour défaire discrètement la fermeture de son pantalon.

Une rigidité chaude et bienvenue s'invita entre mes cuisses et l'entrejambe de mon short rikiki.

Baise-moi !

Je mis la main entre mes jambes et caressai le bout de son gland lisse, prise par l'envie mortelle de m'y frotter à loisir.

À l'explosion suivante, Harley défit mon short. Puis il profita d'une nouvelle salve de tirs pour le baisser juste sous mes fesses. Et, alors que les sirènes de police retentissaient, sa queue fut de retour entre mes jambes et cette fois-ci rien ne nous séparait.

Le visage enfoui dans mon cou, Harley marmonna :

— Putain, qu'est-ce que tu mouilles.

Son bras puissant et chaud se referma davantage autour de mon corps famélique. Je serrai fort les cuisses et l'enserrai en retour.

Harley masturba lentement son sexe entre mes cuisses, avec de longues pauses entre chaque menu mouvement pour ne pas attirer l'attention. À chaque coup de reins, son gland raffermissait sa pression contre mon intimité mouillée.

Harley me suppliait de l'inviter en moi. Et j'étais toute prête à lui dérouler le tapis rouge.

Si Dave ne s'était pas levé pile à ce moment-là pour aller pisser, mon cerveau embrumé par l'alcool et la drogue m'aurait poussée à baiser avec Harley sans ménagement et sans capote.

Une fois Dave hors de la pièce, je rassemblai tout ce qu'il me restait de matière grise et piochai un préservatif dans mon sac. Je le passai à Harley et baissai mon short jusqu'aux chevilles, toujours cachée sous la couverture. Harley se pressa à nouveau contre moi et, cette fois-ci, je l'autorisai à me pénétrer. La connexion fut immédiate. Extraordinaire. Une fois l'un dans l'autre, je hoquetai et me délectai de me sentir à nouveau complète.

Soudain, j'entendis la chasse d'eau, suivie du bruit de la porte de la salle de bains. De retour au salon, Dave nous jeta une œillade circonspecte mais garda le silence et reprit place de son côté du canapé. Je fermai les yeux et poussai un soupir de soulagement au moment où Harley reprit ses mouvements. Avec lenteur. Discrétion. Et à intervalles si irréguliers que c'en était une torture.

J'étouffai un gémissement et portai discrètement le regard vers Dave. Il ne regardait plus le film. Adossé à l'accoudoir, il buvait tranquillement sa bière... *en nous matant.*

Quelque part dans mon cerveau, une partie rationnelle de mon être me dit que j'aurais dû me sentir mal à l'aise, mais ce n'était pas le cas. Impossible. Toutes mes inhibitions s'étaient assoupies. En plus, ce n'était pas la première fois que Dave nous surprenait, n'est-ce pas ? Il m'avait vue nue. Ce coup-ci, c'était même moins bizarre. Au moins, j'étais cachée sous une...

Je n'eus pas le temps de réfléchir davantage. Dave agrippa le bord de la couverture, plongea son regard dans le mien et la retira d'un coup sec. L'air frais inonda ma peau mise à nue et un hoquet de surprise quitta mes lèvres. Je m'attendais à ce qu'Harley pique une crise mais, au lieu de cela, il retira complètement mon short à l'aide de son pied, s'empara de ma cuisse et m'écarta les jambes pour offrir une meilleure vue à son frère.

Sans plus aucune trace de gêne, Harley se mit à me besogner sans retenue et je fermai les yeux. Ainsi, je pouvais faire comme si Dave n'était pas là. Je pouvais me concentrer sur la délicieuse pression qui s'intensifiait en moi. Mais impossible de ne pas reconnaître le bruit d'une braguette qu'on baisse et le bruit écœurant de peau qui claque. Nul besoin de regarder Dave pour comprendre qu'il se masturbait. Je n'osai pas ouvrir les yeux. Pas par peur de voir, mais par peur de ne pas pouvoir détourner le regard.

Harley écarta davantage mes jambes et titilla le piercing qui traversait mon clitoris.

Dave marmonna :

— Putain, c'est chaud. Je peux toucher ?

— Non, putain, répliqua Harley d'un ton sec.

— Laisse-moi mater ses petits nichons percés, alors.

Oh, mon Dieu. Sérieux ? Ils sont en train de discuter, là ?

Harley saisit le rebord de mon tee-shirt et me le remonta jusqu'à mon menton. Puis il agrippa le devant de mon soutien-gorge et exposa ma poitrine plate.

Dave siffla entre ses dents.

— Elle est trop bonne.

Harley agaça un de mes tétons, envoyant une décharge électrique jusque dans mon clitoris, et mes parois se resserrèrent par réflexe autour de sa virilité. Les yeux toujours fermés, j'entendis Dave respirer de plus en plus fort tandis qu'il accélérait le mouvement.

C'était si érotique de l'entendre se donner du plaisir en nous regardant que je me risquai à jeter un coup d'œil au spectacle.

J'ouvris les yeux et découvris Dave. Adossé à l'accoudoir, il s'astiquait avec désinvolture. Je n'avais encore jamais vu un mec se masturber. C'était étrangement libérateur. L'absence totale d'inhibition des deux frères, leur amour de la vie et de tous ses plaisirs, leur confiance en moi, le peu de cas qu'ils faisaient de l'opinion des autres… J'avais l'impression d'être comme eux. Une fille badass et sexy.

Dave me fixa. Il n'y avait aucune honte dans ses yeux. Seulement de la chaleur. Brûlante et bleue. Harley et Dave avaient les mêmes yeux, sauf que ce dernier avait des cils noirs et des sourcils plus sombres encore. Ils étaient magnifiques. Je me demandais ce qu'il me ferait si Harley le laissait participer ? Et est-ce que j'aimerais ça ?

Notre contact visuel fut perdu lorsque Harley enroula ses bras autour de ma cage thoracique et roula sur le dos. D'instinct, je plantai fermement mes pieds contre ses cuisses pour conserver mon équilibre, ce qui offrit à Dave une place aux premières loges pour regarder les coups de reins de son frère. Je laissai retomber ma tête contre son épaule et m'agrippai à ses bras musclés comme si ma vie en dépendait. J'étais si proche de l'orgasme. Si excitée. Pourtant, le peu de timidité qui demeurait dans mon cerveau m'empêchait de me laisser aller devant Dave.

Ce fut alors que je sentis un doigt hésitant titiller la petite barre entre mes jambes. Pas besoin d'avoir les yeux ouverts pour savoir qu'il ne s'agissait pas d'Harley – ses bras m'entouraient encore. C'était Dave qui me touchait, alors que son frère le lui avait strictement interdit.

Et comme je l'aimais de le lui avoir dit !

Je pris la décision de ne pas regarder. Comme ça, je pouvais prétendre que ces caresses étaient celles d'Harley. Si je gardais les yeux fermés, je…

Merde, je les ai ouverts.

Dave était à genoux, à cheval sur les longues jambes d'Harley. Il se masturbait d'une main et me caressait la chatte de l'autre. Son biceps se banda sous le tissu blanc de son tee-shirt moulant, brillant d'une lueur orangée sous les néons. Lorsqu'il me surprit en train de l'observer, Dave porta un doigt à ses lèvres et m'intima le silence. Puis, il retourna la visière de sa casquette de base-ball vers l'arrière.

Je découvris aussitôt la raison de ce geste. Dave se pencha entre mes jambes et sa langue titilla mon clitoris.

Tout mon corps fut secoué par une intense détonation. Un feu d'artifice explosa derrière mes yeux et des étincelles jaillirent dans mes veines. Tout en tâchant de contenir toutes les explosions qui m'ébranlaient de l'intérieur, je resserrai les cuisses d'un coup sec, loupant de peu la tête de Dave qui se rassit aussitôt. Je me contractai autour d'Harley, qui jura dans sa barbe, me besognant avec plus d'ardeur jusqu'à me rejoindre au bord de l'abîme.

Affalée tout contre Harley, pantelante et nue à l'exception de mon soutien-gorge et de mon tee-shirt – toujours relevés sous mes aisselles –, je ne ressentis aucune honte.

Je n'eus nullement l'impression d'être sordide lorsque Harley se retira, m'embrassa et se leva pour aller se laver dans la salle de bains.

Je me sentais blanche comme neige – jusqu'à ce que je découvre le sperme de Dave sur mon ventre.

Je lançai un regard vers lui. Installé de l'autre côté du canapé, il avait déjà remballé le matos et sirotait sa bière tiède, comme si rien ne s'était passé.

Je le fusillai du regard.

— Tu vas me nettoyer ça, espèce d'enfoiré !

Il me présenta sa langue – au demeurant très douée.

— Tu veux que je te lave en te léchant ?

— Pouah…

Je pris l'air offensée, ramassai mes fringues et partis rejoindre Harley d'un pas lourd. En fait, je fuyais loin de Dave, terrifiée par l'envie d'accepter son offre. Je ne me reconnaissais plus !

Une fois dans la salle de bains, je me mis à pleurnicher.

— Harley, Dave a joui partout sur moiii !

Il rit.

— Mieux vaut là que sur le canapé ! Amène-toi.

Au lavabo, il humidifia une serviette et se tourna pour me laver. J'observai son visage pendant qu'il s'activait.

Bien que plus âgé que Knight de trois années – presque quatre –, Harley faisait beaucoup plus jeune que lui. La colère n'avait pas creusé de V sur son front et il n'avait aucune ride d'expression autour des yeux, comme Knight à force d'avoir passé sa vie à mépriser tout le monde. Il avait des pommettes pleines, alors que celles de Knight étaient anguleuses, et ses lèvres étaient charnues et pincées, alors que Knight les avait fines et retroussées. Ce dernier semblait porter en permanence le poids du monde sur ses épaules, mais il glissait complètement sur celles d'Harley. J'adorais ça.

Bien sûr, Knight avait eu une enfance pourrie – j'ignorai à quel point car il avait toujours refusé d'en parler – mais Harley n'avait pas spécialement eu la belle vie non plus. Il ne s'était tout simplement pas laissé abattre. Peut-être parce qu'il était presquc tout le temps défoncé ? C'était peut-être ça, le secret. Maman fumait sans arrêt et elle était tout le temps joyeuse, elle aussi. Knight détestait la drogue et il fallait voir l'étendue de sa colère. C'était peut-être la solution : fumer un pétard et se détendre un coup. J'imaginai Knight en train de s'allumer un énorme cône et je me mis à glousser. De toute évidence, j'étais défoncée.

— Je te chatouille ?

— Mmm, répondis-je en me mordant les lèvres pour ne pas éclater de rire.

Harley balança la serviette dans le lavabo.

— Et ça, ça chatouille ?

Il m'agrippa le torse et agita les doigts entre mes côtes.

Je poussai un cri et me tortillai pour lui échapper, mais je n'avais aucun moyen de fuir. Il m'attrapa à nouveau, mais au lieu de me chatouiller il me fit un câlin. Je me lovai contre lui et poussai un soupir d'aise.

Je m'entourai de ses bras bariolés de couleurs et

Harley enfouit son visage au creux de mon cou en me berçant de gauche à droite.

Il murmura tout contre ma peau.

— Hé, m'dame ?

— Mmm ? marmonnai-je en retour.

— Et ça, ça te chatouille ?

Puis, il rit du nez comme un cochon tout contre la parcelle de peau ultra-sensible juste sous mon oreille.

Avec une hilarité redoublée, je poussai un petit cri strident et dégageai son visage.

La voix de Dave s'éleva depuis le salon :

— Hé ! Qu'est-ce que tu fais à ma nana, là-dedans ?

Harley me regarda en souriant, toujours aussi désarmant avec ses beaux yeux bleus et sa séduisante tignasse blonde comme les blés. Il répliqua :

— Hé, connard ! C'est *ma nana* !

Je tombai raide morte.

15

15 juillet 1998

Chère BB,

Je t'assure que je m'étais juré de ne pas t'écrire, mais je n'arrive pas à te sortir de ma tête.

J'avais aussi fait la promesse de me tenir éloigné de toi. Je suis désolé d'être venu. Je ne t'ai probablement pas facilité la vie mais, crois-moi, ça a été au moins mille fois plus dur de mon côté. Je n'ai même pas l'impression d'exister. Mon corps est là, mais mon esprit est toujours sur la banquette arrière avec toi, ou alors je te revois embrasser ce connard sur le parking.

Savoir que je suis enfermé ici alors que cet enculé essaie de te sauter, ça me rend dingue. Je ne supporte pas l'idée que tu sois avec un autre, mais, en même temps, je ne supporte pas que tu puisses finir avec moi. Donc, partant de là, je ne sais pas trop où on va.

Tout ce que je sais, c'est que tu me manques. Je pensais que je pourrais retourner à une vie de malheur et de solitude mais, maintenant que j'ai connu le bonheur, putain… c'est pas aussi facile.

Encore plus maintenant que je sais que pour être à nouveau heureux il me suffit de te retrouver.

Je tiens à ce que tu saches que je t'aime toujours. Pour la vie, Punk. Je t'aime même quand je suis un vrai connard.

Je t'aime,
Knight

Je fixai la feuille de papier entre mes mains et j'attendis de voir quelle émotion, quelle pensée allaient se manifester en premier. Mais rien ne vint. Je posai à nouveau mon crâne contre la tête de lit et clignai des yeux devant les lettres folles, des majuscules – une écriture aussi familière que la mienne et que je retrouvais chaque jour dans mes poches au lycée. Et pourtant… rien. Étais-je brisée ? Étais-je quelqu'un d'horrible ? Tout ce que j'avais ressenti en si peu de temps avait-il fini par me rendre insensible ?

Je pris mon paquet de Camel Light sur la table de nuit et fis glisser une clope et un briquet dans ma paume. Tout en fumant, je lus et relus la lettre de Knight. Il m'aimait. Je lui manquais. Il était désolé. Harley était un connard. Et il voudrait que je reste célibataire à vie.

Peut-être que c'était pour ça que je ne ressentais rien. Comment pouvait-on ressentir à la fois du chagrin, de la culpabilité, de la nostalgie et de l'indignation ? J'allais devoir faire un choix. Mes amygdales d'ados de seize ans n'étaient en aucun cas prêtes à encaisser autant d'émotions contradictoires d'un seul coup. L'embrayage s'était enrayé. Plus rien ne marchait.

Je repensai alors au conseil de maman. Selon elle, écrire pouvait m'aider à exprimer mes sentiments. Je rangeai cigarette et briquet dans le paquet et piochai sur le sol mon énorme sac à main en fourrure. J'étais persuadée d'y avoir de quoi écrire. Je n'avais pas l'intention de répondre à Knight. Juste de comprendre tout le bordel que j'étais en train de ressentir.

Je dégotai un stylo et, plus important, du papier. Beaucoup de papier. Des rectangles de papier vert, pour être exact, avec la tête de Benjamin Franklin imprimée dessus. Tandis que je tirais des tréfonds de mon sac des poignées de billets de cent dollars, une émotion surgit enfin dans mon esprit embouteillé. La joie. Une joie grisante, magique et folle. Harley, sale fils de pute ! Il avait remis toute ma part de la récompense de la course dans mon sac !

Je gloussai, poussai un petit cri strident et donnai des coups de pied dans l'air, envoyant valdinguer les billets de banque sur mon lit comme des petits buissons virevoltants dans l'air. J'adorais quand il me faisait des surprises. C'était toujours drôle, fou et complètement abuser ! Knight était plein de surprises, lui aussi. Des surprises qui finissaient dans le sang et les larmes.

Soudainement inspirée, je pris l'un des billets de banque et le dépliai sur ma cuisse. J'ôtai le bouchon du stylo avec mes dents, le crachai à l'autre bout de ma chambre et commençai à écrire en majuscules sur le devant du billet : *JE T'EMMERDE, KNIGHT !*

Puis, au dos : *J'AIME HARLEY !*

16

Août 1998

Lorsque, en entrant en première, je m'étais inscrite à la fac d'East Atlanta afin de doubler mes crédits et d'obtenir mon bac avec un an d'avance, cela m'avait semblé être une bonne idée. Après avoir fait le tour du campus et rempli les papiers d'inscription, j'avais même eu l'impression de vivre une nouvelle et grisante expérience. C'était comme être une vraie adulte ! Mais, alors que j'étais sur le parking de la fac devant un plan que je retournais dans tous les sens pour trouver le bâtiment des sciences humaines parmi quatorze autres départements, je commençai à avoir des doutes sur ma démarche.

Et puis, c'est quoi les sciences humaines, d'abord ? songeai-je en marchant à grands pas dans ce que j'espérais être la bonne direction. *La science fait partie de l'humanité, non ? Existe-t-il des sciences inhumaines ? Il faut être plus humain qu'humain pour s'y inscrire ? On va me prélever de l'ADN à l'entrée, ou quoi ?*

Je passai devant un premier bâtiment placardé d'une plaque où il était écrit : Julius C. Wilcox, département de mathématiques.

Si les maths étaient mon premier cours, je serais déjà en classe à l'heure qu'il est !

Mais il était trop tard pour changer d'emploi du temps : les cours accessibles aux lycéens étaient limités, donc on prenait ce qu'on pouvait, et j'avais plus ou moins forcé Juliet à venir aussi et je l'avais en quelque sorte inscrite aux mêmes cours que moi.

Lorsque je trouvai enfin la salle 101, celle de mon cours de psycho, j'étais l'une des dernières arrivées. Je repérai immédiatement Juliet à la place où je m'attendais à la trouver – au fond de l'amphi. Elle était *superbe*. Elle s'était fait une dizaine de tresses, façon Janet Jackson, et elle avait de nouveau appliqué son maquillage emblématique – eye-liner et crayon à sourcils noir. De nouveau égale à elle-même. Mais en bien mieux.

Je gravis les marches jusqu'au sommet de l'amphi et m'installai à la place qu'elle avait gardée pour moi. Je lui adressai un sourire amical et demandai :

— Comment va, ma puce ?

Ce matin, Juliet avait confié Romeo à la garderie de la fac. Depuis sa naissance, qui remontait à environ trois mois, c'était la première fois qu'elle en était séparée. Je m'attendais à ce qu'elle soit un peu triste, pas à ce qu'elle m'adresse un grand sourire radieux chargé en mégavolts.

— Putain, BB, je me sens trop bien ! J'ai à nouveau l'impression d'être une vraie personne. Une humaine à part entière, et pas une espèce de vache à lait dégueulasse.

Immensément soulagée que son premier jour se passe si bien, je lui adressai un sourire.

— Mais est-ce que tu te sens *surhumaine* ? J'ai émis une théorie selon laquelle, pour être admis en sciences humaines, il faut être plus humaine qu'humaine.

— Ah ouais ? dit-elle avec son sarcasme habituel. Je suis *ultra* humaine !

Au même moment, une étudiante s'installa à côté de moi, sur l'un des seuls sièges encore disponibles de notre rangée. On aurait dit une version blanche de Juliet. Mêmes cheveux longs et sombres, des yeux bordés d'eye-liner noir, mais sa peau était pâle comme de l'albâtre, à croire qu'elle n'avait pas vu le soleil de tout l'été. Et, avec sa robe de poupée, elle ressemblait à s'y méprendre à Mercredi Addams.

— Salut, dit-elle.

Sa voix était aussi monotone que celle de Juliet était sarcastique.

— Salut, gazouillai-je. Moi, c'est BB. Et elle, c'est Juliet.

Juliet lui adressa un demi-sourire et un bref coup de menton. Elle essayait d'avoir l'air badass. Juliet avait toujours été nulle pour se faire des copines. Ou des copains, d'ailleurs.

La Goth répondit :

— Victoria.

— De quel lycée tu viens ? demandai-je avant de nous désigner, Juliet puis moi, du bout du pouce. Nous, on est de Peach State. On avait hâte de quitter ce trou à rats.

— Central.

Avec Juliet, nous eûmes un mouvement de recul et nous hoquetâmes à l'unisson. Le lycée de Central avait la réputation d'être encore pire que celui de Peach State. Il y avait une blague à ce sujet. On ne sortait pas diplômé de Central : on en était libéré sur parole.

La Goth demanda :

— Vous savez où on peut acheter de l'herbe dans le coin ?

Elle ne tournait pas autour du pot, celle-là. Je l'aimais bien.

— Non, répondis-je. Mais mon mec serait ravi de t'en vendre.

Si l'on considère qu'il est bel et bien dealer de drogue, ajoutai-je pour moi-même.

Je repris :

— Je vais chez lui après les cours, si tu veux m'accompagner. C'est son anniversaire, donc je pense qu'il aura plein d'herbe.

La Goth haussa les épaules et fit une sorte de hochement de tête. Je pris cela pour un oui.

Je me tournai vers Juliet.

— Maintenant que tu es à nouveau une vraie personne, tu veux venir aussi ?

— Nan, répondit-elle en levant les yeux au ciel. Je ne crois pas qu'emmener mon bébé sur les lieux d'un trafic de drogue soit un bon plan, mais merci d'avoir proposé.

Malgré son sourire, j'entendis une petite pointe d'amertume dans sa voix. Elle voulait venir, c'était évident, la pauvre.

Je passai le reste de la journée perdue dans un brouillard de plans de cours et de prises de notes en chantonnant en boucle dans ma tête. *J'y crois pas, je suis à la fac, j'y crois pas, je suis à la fac, j'y crois pas, je suis à la fac.*

Je rêvais d'aller à la fac depuis que j'étais entrée au lycée. Pas de dernière sonnerie. Pas de brutes. Pas de conneries. On choisissait son propre emploi du temps, on s'habillait comme on voulait, on faisait son boulot et on rentrait. Pour quelqu'un comme moi, qui aimait l'école mais pas suivre les règles, la fac était un rêve devenu réalité.

En plus, Juliet, la Goth et moi, nous formions une plutôt bonne équipe. La tyrannique Juliet se chargea de gérer nos déplacements et nos agendas. Comme j'étais la plus attentive en cours, ce serait moi qui prendrais les notes. Et la Goth resterait à l'affût des interactions sociales et nous dirait qui était branché et avec qui traîner entre les cours. On avait l'air d'une mauvaise blague – « une gothique, une punk et Janet Jackson période Poetic Justice[1] entrent dans un bar… Arrête-moi si tu la connais » – mais on avait des allures de vraies rock stars.

Ainsi, ma première journée de cours achevée, je me rendis en quatrième vitesse faire la fête chez le veinard dont c'était l'anniversaire, suivie de près par une nouvelle copine au volant d'une Buick Lesabre d'occasion.

Au lieu de me garer derrière la maison comme j'en avais initialement l'intention, je freinai brusquement dans le jardin à la seconde où je vis Dave et Harley. La Goth faillit m'emboutir, mais la scène était tellement ridicule que je n'avais pas pu faire autrement.

1. Film de 1993 avec Janet Jackson et Tupac Shakur.

Les frères James étaient assis sous un sapin, dans deux vieilles chaises longues toutes rouillées, les pieds plongés dans une petite piscine gonflable pour les enfants. Ils portaient tous les deux la même tenue : un tee-shirt de vacances avec des dés peints à l'aérosol sur le devant et « Picture me Rolling », marqué dessus, les mêmes lunettes de soleil en plastique, et ils tenaient chacun une bière dans une main et un ventilateur de poche dans l'autre. Mais le meilleur, c'était le sable répandu de façon anarchique sur le gazon et le petit palmier gonflable posé à quelques centimètres d'Harley.

J'arrachai la clé du contact, j'ouvris sèchement la porte et je m'élançai dans le jardin en caquetant.

— Mais qu'est-ce que vous foutez, les gars ?

L'air radieux, Harley écarta les bras pour désigner le mirage qui nous entourait, faisant tanguer sa cannette de Natty Ice.

— C'est mon cadeau.

Avec un sourire, Dave ajouta :

— Je me suis dit : si on peut pas aller à la plage, alors amenons la plage à nous !

Une voix traînante résonna sur ma droite.

— Pourquoi vous pourriez pas aller à la plage ? demanda la Goth.

Je me tournai dans sa direction et je dus me protéger les yeux. Le soleil qui se reflétait sur sa peau pâle était aveuglant. C'était pire qu'un vampire dans *Twilight*.

Harley et Dave échangèrent un regard et une compréhension mutuelle circula entre eux. Je n'aimais pas ça. On aurait dit qu'ils parlaient un langage télépathique de jumeaux que je ne pouvais pas comprendre. Au bout d'un moment, Dave fit un geste en direction de son frère, l'invitant à répondre à la question qu'avait posée la Goth.

Vu leur comportement, je m'attendais à ce qu'Harley lâche une véritable bombe, mais il se contenta d'une boutade.

— Parce que *Davidson* est trop pauvre.

— Euh, je t'emmerde ? répliqua Dave en l'aspergeant d'un coup de pied avec l'eau de la piscine.

Harley rit et agita violemment sa cannette de Natty Ice, qui aspergea son frère de mousse comme une lance à incendie.

Je me tournai vers la Goth avec un sourire.

— Victoria, je te présente Harley et Davidson.

Je m'attendais à ce qu'elle arque un sourcil, trop blasée pour rire à une telle connerie, mais elle regarda Dave avec un demi-sourire. Je remarquai qu'il faisait de même.

Dave se leva, essuya la mousse de bière de son marcel blanc et usa de son charme du Sud.

— On m'appelle Dave.

Il s'avança et enleva même sa casquette. Le con ! Il ne l'avait jamais retirée pour moi. La Goth accepta timidement sa main. Au lieu de la serrer, comme le ferait une personne normale, Dave la porta à ses lèvres et lui fit le baisemain. Mes yeux se révulsèrent tant que je crus me faire péter un vaisseau.

— Ravi de te rencontrer, *Victoria.*

— On m'appelle VV[1].

---

1. Se prononce *Vivi.*

Elle m'avait caché ça.

— Sans déconner ? fit Dave avant de se retourner ver Harley. Hé, mec ! On a une BB et une VV, maintenant.

Peu importe. Elle pouvait toujours courir pour que je l'appelle comme ça.

D'un geste, Harley me fit signe de me rapprocher. J'obtempérai et je délaissai les deux tourtereaux pour aller m'installer sur ses genoux.

Harley déposa un baiser sur ma tempe.

— Alors, madame, comment c'était l'école ?

Je sirotai une gorgée de sa bière et lui racontai toute ma journée d'une seule traite avec de grands gestes expressifs. Ma tirade le fit sourire. Je n'aurais su dire s'il était heureux pour moi ou si mon excès d'enthousiasme l'amusait mais, quoi qu'il en soit, son sourire était très séduisant. Je baissai les yeux sur son anneau labial. J'étais assise sur lui et nos lèvres étaient si proches. Si seulement nous avions pu être seuls…

Une fois mon récit achevé, Harley claqua ma cuisse avec sa grande main tachée de cambouis.

— C'est décidé. On fait la teuf ! Tu viens de commencer la fac, c'est mon putain d'anniversaire et… merde : on dirait que Dave semble bien parti pour s'envoyer en l'air, ce soir !

Nous rîmes de concert et jetâmes un coup d'œil vers Dave et la Goth qui se regardaient en souriant d'une oreille à l'autre. C'était la première fois que je voyais la Goth sourire. Elle était plutôt jolie, en fin de compte. Ses dents étaient superbes et son rouge à lèvres noir en soulignait la blancheur. Si c'était possible, elles étaient encore plus éclatantes que sa peau.

Harley prit une voix chargée de reproches.

— Hé, Davidson ! Ça te dit d'organiser une méga teuf, ce soir ?

Chaque fois que Dave entendait son nom, son poil se hérissait. J'adorais voir sa réaction. Surtout en présence d'une fille.

— Carrément, ouais ! lança-t-il sans quitter ma nouvelle copine des yeux.

— Tant mieux, parce que j'ai anticipé en prenant quelques cotillons !

Harley transféra mon poids et tira de sa poche de devant un sachet zippé contenant une douzaine de cachets blancs.

Les yeux écarquillés, je demandai :

— C'est quoi ?

— De l'ecstasy. Tu as déjà essayé ?

— Mmm, marmonnai-je.

Un souvenir me ramena dans le passé. Je quittai la lumière du jour et plongeai dans le noir, sous les stroboscopes du Sin – un club fétichiste dans lequel je n'avais rien à faire du haut de mes quinze ans.

Je me revis en train de ramper dans un océan de sado-maso tous habillés en cuir et en latex, leurs mains baladeuses et leurs hanches oscillantes auxquelles j'essayais frénétiquement d'échapper. J'eus l'estomac retourné, prête à rendre le petit cachet blanc décoré d'un éclair que le copain de Juliet m'avait donné. Selon lui, ça allait me « maintenir éveillée ». Je me revis sortir en trombe par une porte, sentir l'odeur des poubelles et finir à quatre pattes dans une ruelle. Je me rappelai le skinhead qui me ramenait dans son salon de tatouage. Il me força à manger et, en attendant que je redescende de mon trip, il resta avec moi sur l'escalier de secours. Il veilla sur moi et me parla d'art en fumant une cigarette. Je me rappelais aussi combien j'avais eu envie de le toucher, tout en sachant que j'aurais dû avoir peur de la manière dont l'ecstasy m'avait donné envie de danser, de crier et d'enlever tous mes vêtements.

La voix d'Harley me ramena vers la lumière :

— Ça va prendre un petit moment pour faire effet, on devrait prendre notre dose maintenant. T'es partante ?

Je levai les yeux vers Harley. Grossière erreur : il savait que je ne pouvais pas résister à son regard de petit chien battu.

Il se pencha vers moi et murmura à mon oreille en caressant ma cuisse avec sa main couverte de cals.

— Allez, ce sera marrant.

Le sous-entendu de ses propos ne faisait aucun doute et impossible pour moi de lui refuser quoi que ce soit. Si Harley disait qu'une chose était marrante, je ne pouvais qu'accepter.

J'acquiesçai et je tendis la main, paume vers le haut, bien vite imitée par Dave et la Goth. Harley fit tomber dans nos mains un petit cachet qui me fit penser à du Tylenol, avec un logo « CK » tamponné sur le dessus.

Je le tins devant mon visage en gloussant.

— Calvin Klein fabrique de l'ecstasy, maintenant ? Est-ce que je vais sentir le CK One, aussi ?

— J'espère bien que non, fit Dave avec un clin d'œil avant de gober le cachet qu'il fit passer avec une gorgée de bière.

Il offrit sa cannette à la Goth mais elle refusa d'un geste et l'avala d'un coup.

— Bah merde alors, dis-je d'une voix moqueuse. C'est comme ça que ça se passe au lycée de Central ?

La Goth haussa les épaules, comme si ce n'était pas grand-chose. Mais son petit sourire en coin m'informa qu'elle était plutôt fière d'elle.

Avec Harley, nous prîmes le nôtre en même temps – pour ma part, je fis passer l'amertume du cacheton avec une gorgée de sa Natty Ice, tout aussi immonde.

Une fois tout à fait certaine que je n'allais pas gerber, je claquai dans mes mains.

— Bon. On fait quoi, maintenant ?

— Maintenant, on se prépare, fit Harley avec un sourire malicieux.

Chez les James, préparer une fête impliquait que Dave prenne un fût de bière dans sa camionnette, qu'Harley prévienne tous ses amis par téléphone et que j'aille avec la Goth acheter des provisions exotiques. Au vu du palmier gonflable dans le jardin, nous supposâmes qu'il serait judicieux de garder le même thème pour le reste de la soirée. Vous seriez surpris du nombre de colliers de fleurs en plastique, de nappes en fausse pelouse et de torches hawaïennes qu'on peut acheter chez Walmart pour moins de vingt dollars.

À un moment, après l'arrivée des premiers invités – des amis ploucs de Dave et la bande rockabilly de la piste de course –, la Goth et moi nous regardâmes et éclatâmes de rire. Nos pupilles étaient dilatées et nous grincions des dents. C'était la putain d'éclate !

Je n'arrivais pas à croire qu'on ne s'était rencontrées que dans l'après-midi. Peut-être que c'était l'ecstasy qui parlait, mais j'avais l'impression d'avoir connu Victoria toute ma vie. Elle parlait peu mais, quand elle s'exprimait, c'était toujours pour dire un truc cassant. Elle disait tout haut ce que tout le monde dans la pièce pensait tout bas. Qu'est-ce qu'elle était cool, cette nana !

Je la présentai à mes connaissances, que j'imaginais réduites à environ trois personnes, mais au final il s'avéra que je connaissais presque tous les invités. Je n'étais pas en couple avec Harley depuis bien longtemps mais, à force de traîner au garage avec lui pour qu'il retape ma caisse, d'aller voir des courses et de croiser ici et là les potes ploucs de Dave, j'avais rencontré tous leurs amis en moins de deux mois. Cela me fit me sentir super bien. De toute façon, grâce à Calvin Klein et son designer, la MDMA, je me sentais déjà hyper bien.

Après avoir fait le tour des convives, nous retournâmes sur la terrasse de derrière où Harley et Dave, plantés près du fût de bière, faisaient tourner un pétard à Bubba et JR. Harley m'attira contre son flanc et malgré toute la bière, l'herbe et l'ecstasy il parvenait à conserver tout son flegme. Moi, c'était tout le contraire : je faisais presque du jogging sur place. À l'extérieur, les invités s'amoncelaient et, l'instant d'après, Harley criait à qui voulait l'entendre à l'intention de la petite basse-cour que moi et la Goth venions de commencer nos études. Techniquement, je serai encore une lycéenne pour au moins un an, mais je ne le contredis pas. Présentée comme ça, j'avais l'air bien plus adulte.

Bubba cracha un jet de tabac noir dans la cannette qui lui servait de crachoir.

— Et du coup, tu veux faire quoi quand tu seras plus grande ?

— Eh bien, je pense faire une école de psycho, répondis-je en essayant de rester focalisée sur un des trois Bubba en train de flotter devant mes yeux. Mais j'aimerais bien devenir danseuse, aussi.

— Sans déconner ? Tu veux dire comme à Vegas ? Avec les plumes et tout ?

Il agita la main au-dessus de sa tête pour illustrer son propos.

— Ouais !

Dave pointa sur moi son gobelet en plastique rouge. Les bords étaient abîmés, comme s'il l'avait rongé, et il avait les pupilles si dilatées qu'on aurait dit qu'il portait des lentilles noires.

— Tu connais des mouvements ? intervint-il.

— Carrément !

Je commençai à énumérer mes faits d'armes sur mes doigts en titubant sur mes pieds.

— Je peux faire le coup de pied balancé. Puis, le... déhanché, là. Et aussi... le truc avec les cache-tétons. J'ai pas assez de seins pour les faire tourner dans tous les sens mais, une fois qu'ils seront refaits, ça va grave le faire ! Attendez de voir ça !

Harley glissa la main sous mon débardeur et je sentis son haleine chargée de tabac et de bière tout contre mon oreille.

— J'ai pas envie d'attendre.

Sa voix semblait plus riche et composée de différentes strates, comme si quelqu'un avait enregistré sa phrase trois fois de suite avant de les passer toutes en même temps.

Le désir brûla ma peau et je fermai les yeux. C'était comme si ce simple toucher traversait chaque couche de mon épiderme et de mes muscles pour venir me masser les os. D'ordinaire si douce, son aura soudainement bouillante m'enveloppa comme un feu crépitant. Si cet homme voulait une danse, putain, j'allais lui en donner une ! J'aurais même scié une pétasse en deux s'il me l'avait demandé !

Tandis que je levais mon visage vers ses iris dilatés, je perçus comme un lien qui nous unissait. Comme si nos bras nous avaient traversés l'un l'autre avant de se fondre en nous, jusqu'à ce qu'il n'y ait plus de nous et que nous ne formions plus qu'un.

Je me mis à roucouler d'une voix rauque et pleine de promesses.

— C'est ta fête.

Dave se mit à hurler, ce qui attira l'attention de ceux qui étaient sur la terrasse.

— Quoi ? Attends… BB va se désaper ? Je vais brancher la lumière noire !

Dave nous entraîna, moi et la Goth, à sa suite vers la porte.

— Mec, qu'est-ce que tu fous ? demanda Harley, moins agacé qu'amusé.

— BB doit répéter, bordel !

Aussitôt la porte refermée derrière nous, j'entendis quelqu'un balancer un gobelet en plastique dessus. Avec la Goth, nous gloussâmes en trébuchant tandis que Dave nous faisait remonter le couloir jusqu'à sa chambre. Je n'y étais encore jamais entrée mais, à la seconde où il pressa un interrupteur, tout s'éclaircit : lumière noire, stroboscope, boule à facettes, mini-chaîne hi-fi qui jouait du Ginuwine[1]… Tout revint à la vie en un rugissement. Avec une barre de pole dance et une cabine de DJ, la petite chambre de célibataire avait tout d'un club de strip-tease.

Je lui plantai un doigt entre les côtes et pris une voix moqueuse.

— Quel genre de nana ramènes-tu ici, Dave ?

Dave regarda la Goth par-dessus son épaule et je regrettai aussitôt mes paroles.

— Aucune, récemment, reconnut-il en soutenant son regard, avant de se tourner vers moi. Je me contente de me défoncer à mort.

Nous rîmes jusqu'à ce que Dave referme la porte à clé et commence à fouiller frénétiquement dans son placard.

— Euh, Dave ? demandai-je alors qu'un costume intégral de kangourou volait au-dessus de nos têtes. Qu'est-ce que tu fais ?

— Je cherche des accessoires, bécasse. Tiens, essaie ça, dit-il en me balançant un boa en plumes blanches.

Je poussai un cri d'horreur et l'envoyai valdinguer par terre d'un coup de pied digne d'un putain de ninja. Avec la lumière noire, j'avais cru être attaquée par une chenille violette mangeuse d'homme.

Pendant que je l'écrasais pour m'assurer qu'elle était bien morte, la Goth crocheta mon col avec son index et inspecta mon corsage.

1. Chanteur de R'n'B américain.

— Elle a un soutif blanc !

Super. Voilà qu'ils vont tous les deux jouer les costumières !

Dave farfouilla dans un des tiroirs de sa commode et demanda :

— Et sa culotte ?

La Goth tira le rebord de mon short en jean.

— Je ne sais pas, mais il y a des petits cœurs blancs dessus !

— Ça va le faire.

Par-dessus son épaule, Dave balança des capotes, du papier à cigarette et des chaussettes roulées en boule. Puis il referma le dernier tiroir et se retourna avec un sourire triomphant. Avec la lumière noire, ses dents brillèrent, disparurent et brillèrent à nouveau – en vingt-quatre images par seconde grâce au stroboscope. Il brandit un Stabilo jaune au-dessus de sa tête, comme Excalibur fraîchement tirée du rocher.

— Mesdames, on vient de passer au niveau supérieur !

Dix minutes plus tard, je me cachai dans le placard, en soutif et culotte, le boa passé autour du cou et un paquet de dessins au Stabilo sur le corps. Ni Dave ni la Goth n'ayant le moindre talent artistique, j'avais dû écrire moi-même « Joyeux anniversaire, Harley » sur mon ventre et dans mon dos. Il aurait tout aussi bien pu y avoir écrit « Joyeux Hanoukka, mamie », tout le monde s'en foutrait. À ce stade de la soirée, nous nous exprimions à peu près tous dans la même langue de dégénérés.

J'entendis la chanson *ATLiens*, de OutKast[1], trippante et sensuelle, suivie de la voix de Dave, dont l'accent traînant s'éleva par-dessus la musique :

— Mesdaaaames et connaaaards ! Voici le moment que vous attendiez tous ! Pour cet anniversaire et votre plus grand plaisir, voici la seule, l'unique, BB La Fesse !

BB La Fesse ? Merci pour la pression, Dave !

Le rap d'André 3000 débuta et je surgis du placard. Assis au pied du lit, Harley me regardait avec un sourire niais sur le visage pendant que Dave et la Goth s'emballaient, adossés contre la tête du sommier. Mine de rien, j'appréciais assez que deux tiers de mon public ne me prêtent aucune attention. Cela m'aida à me décontracter et je pus me concentrer sur la seule personne qui comptait vraiment. Mon mec. Mon héros. Harley James. Mon putain de sauveur.

Nous aurions tout aussi bien pu être les deux seuls êtres humains à la surface de Neptune. Rien ne m'était familier, si ce n'était l'impression d'être liée à l'homme qui me regardait, avec ses yeux et ses dents qui brillaient dans le noir. Tout semblait irréel sous cette lumière. Les clignotements rapides donnaient le sentiment que tout allait au ralenti et la basse du morceau était si lourde que je crus que le sol allait se dérober sous nos pieds. Après tout, pourquoi ne pas danser ?

Je soutins le regard d'Harley et me déhanchai de gauche à droite en faisant glisser mes mains sur des

1. Groupe de hip-hop américain formé dans les années 1990, dont le fondateur est André 3000.

courbes imaginaires. Je dégrafai mon soutien-gorge de deux kilos, le fis glisser le long de mes bras et le jetai avec espièglerie au visage d'Harley. Une chance que je ne sache pas viser. Sinon, il aurait pu finir avec un œil au beurre noir.

Tout en ondulant au rythme du morceau, je fis un pas vers lui et, une fois assez près, je fis passer mon boa autour de son cou. Je lui donnai un baiser chaste, pivotai rapidement sur moi-même et frottai mes fesses contre son érection, comme Elizabeth Berkeley dans *Showgirls*[1], que j'avais vu une fois, tard le soir sur HBO.

Ses mains effleurèrent mes cuisses et ses doigts s'immiscèrent des deux côtés de ma culotte, sous l'élastique. Je les chassai, avançai d'un pas et tout en l'observant par-dessus mon épaule, je cambrai la taille et fis glisser mon dernier vêtement le long de mes jambes.

Complètement nue, je fis légèrement tanguer mon bassin, comme Craig me l'avait appris après la fermeture pendant nos petites chorégraphies. Je me retournai et posai un pied sur le lit près d'Harley, ondulant des hanches comme s'il n'y avait personne avec nous dans la chambre. Juste moi, le rythme de la musique et l'homme qui me faisait face, revenant à la vie par intermittence en clignant des yeux. Celui dont les mains s'emparaient de moi et m'attiraient à lui. Celui que je chevauchai et qui défit sa ceinture.

Nos peaux se touchèrent et j'écarquillai les yeux.

1. Film de Paul Verhoeven datant de 1995 dont l'intrigue se déroule dans un club de strip-tease.

Nous n'étions pas sur Neptune, mais dans la chambre de Dave. J'étais nue, Harley avait sorti son sexe et nous avions un public.

Par-dessus son épaule, je vis que Dave et la Goth nous observaient, leurs paupières tombantes et leurs bouches béantes d'avidité. Tout à coup beaucoup trop exposée, je me figeai et j'agrippai Harley par les épaules. Que Dave nous mate était une chose. Mais la Goth ?

À trois, c'est une fête. À quatre, c'est une foule.

Harley devait avoir perçu mon inquiétude. Il se leva – je l'enlaçais toujours, comme un petit macaque – et poussa un grognement.

— Le spectacle est terminé.

Harley me transporta dans le couloir et, une fois devant sa chambre, il ouvrit sa porte d'un coup de pied et me balança sur son matelas où, pendant les heures qui suivirent, je lui laissai tout le loisir de me montrer la raison exacte pour laquelle on appelait cette drogue l'« extase ».

Lorsque je quittai enfin la chambre – les jambes flageolantes, enveloppée dans l'une des chemises de son boulot brodées à son nom –, je me dirigeai vers celle de Dave pour récupérer mes vêtements. Je collai mon oreille contre la porte pour m'assurer que la voie était libre et j'entendis des bruits équivoques : de la peau qui claque, des noms qu'on gémit et le boucan de la chanson d'OutKast qui tournait en boucle pour la millième fois de suite.

Je ris pour moi-même et me rendis dans la salle de bains, sans le moindre scrupule à être vue dans cette tenue. En faisant pipi, je réalisai que les lois de la physique s'appliquaient à nouveau. Pas de stroboscope. Le sol était plat. Mon cerveau n'était plus agressé par les détonations des baffles ni par d'époustouflants orgasmes. Il n'y avait que moi, sur les toilettes d'une salle de bains ordinaire, et il devait être foutrement *tard.*

Genre *très tard.* Tard au point de me dire : *où est mon putain de portable, je dois avoir presque cinquante appels en absence de mon parano de père, et les flics du coin ont dû m'appeler au moins une fois !*

Je tirai la chasse et sortis en trombe, sans aucun égard pour tous les ploucs et les rockabillys ivres qui se dressaient entre moi et mon sac à main.

Je sortis mon portable et pressai les boutons, mais rien ne se produisit. Pas de lumière. Pas de son. Pas de batterie.

Et merde !

Mon sac par-dessus l'épaule, je courus à la cuisine et consultai l'heure sur le micro-ondes – depuis la fois où j'avais failli louper le couvre-feu, je m'étais assurée que l'horloge soit réglée. Même ces chiffres rouges n'avaient aucun sens.

12 h 02.

Minuit deux ?

Quoi ?

Non.

Non, non, non, non !

Sans prendre la peine de frapper, j'entrai comme une furie dans la chambre de Dave et je ramassai mes fringues en prenant garde de ne pas regarder, écouter, humer ou toucher quoi que ce soit en direction du lit. Je retournai en trombe dans la chambre d'Harley, qui était allongé sur le dos et fumait une cigarette en faisant des ronds de fumée dans toute sa nudité mâle et glorieuse. J'enfilai mon short et mon débardeur, puis je sautai dans mes rangers sans les lacer. Pas le temps de l'admirer, pas plus que de lui expliquer la raison de ma fuite – mais ce ne fut pas utile. Harley savait. Il se redressa sur les fesses et m'observa, l'œil triste et les sourcils froncés, tandis que je me préparais à affronter mon tragique destin. Il n'était pas inquiet pour moi, il n'avait juste pas envie que je m'en aille.

Je déposai un rapide baiser sur ses lèvres enflées et m'exprimai d'une voix étranglée :

— Je suis baisée.

— Ouais, je confirme, répliqua-t-il d'une voix taquine.

Cette boutade n'améliora pas spécialement mon humeur. Quand allait-il comprendre que ce n'était pas un jeu ? Que, pour la plupart des gens, désobéir aux règles avait des conséquences ? Dans moins d'une demi-heure – si je n'emboutissais pas la caisse dans un arbre d'ici là –, on allait m'arracher la peau du fion !

Je pris le chemin de la porte en grommelant.

— Bon anniversaire, surtout.

Et ravie de t'avoir connu.

Au début, je pensais être suffisamment sobre pour conduire jusque chez moi – puis vinrent les petites routes. À chaque virage et chaque tournant, mon estomac vide se souleva. Je connaissais bien ce type de nausée. J'avais ressenti la même chose en fuyant le Sin et ses flots giratoires de dominants et de dominés, juste avant de finir à quatre pattes dans une allée pour vomir.

Aussitôt garée dans l'allée, je sentis la bile me monter à la gorge. La seconde suivante, j'ouvris brutalement la porte et je crachai au sol un flot infâme de bière et de sucs gastriques. Ce coup-ci, aucun skinhead ne vint à la rescousse. J'allais devoir gérer toute seule.

Dès que je sentis l'ombre de mon père se pencher sur moi, j'éclatai en sanglots entrecoupés de hoquets. Qu'allais-je subir ? L'humiliation publique ? Le goudron et les plumes ?

Mais sa voix était à l'opposé de la colère :

— Oh, merde, Scooter. Toi aussi !

Hein ?

Je me redressai et m'essuyai la bouche du dos de la main. Je levai les yeux sur mon père et ne vis que de l'inquiétude dans ses yeux injectés de sang.

— Ta mère gerbe depuis des heures, expliqua-t-il. Sûrement une intoxication alimentaire. La mayo a tourné, je vous l'avais bien dit ! Je ne sais vraiment pas comment vous arrivez à manger cette daube, toutes les deux !

Je le dévisageai, sans rien comprendre. Je n'aurais pas de problèmes ? Avais-je vraiment une intoxication alimentaire ? Non, quelle idée ! Pour avoir une intoxication alimentaire, il faudrait déjà que je m'alimente.

Mon père me tendit la main et m'aida à m'extraire de la voiture.

— Viens, rentrons avant que ça recommence. Tu penses pouvoir boire du Gatorade ? J'en ai à l'orange. Tu dois rester hydratée !

Ce fut tout. Soit papa avait été trop occupé à prendre soin de maman pour se rendre compte de mon retard, soit il avait complètement oublié l'heure. En tout cas, je ne fus pas punie.

Du moins, pas ce soir-là.

17

C'est fou comme les intérêts communs peuvent rassembler des gens de tous horizons. Prenez les bolides, par exemple. Ou bien faire du feu.

J'ignorais à qui nous devions la brillante idée d'allumer un feu de camp en plein milieu de la piste mais j'aurais parié mon âme que chaque faction avait sa part de responsabilité dans ce merdier. Les filles – racailles, chicanos, rockabillys et ploucs – rassemblèrent des pierres récupérées à l'orée du bois pour délimiter le foyer pendant que les gars ramassaient des branches qu'ils cassèrent sur leurs genoux pour faire du petit bois. Bubba fit un brin d'excès de zèle et déracina carrément un sapin avec le treuil de sa camionnette.

Quel m'as-tu-vu !

Une fois le feu embrasé, les propriétaires de camionnettes garèrent leurs véhicules dos aux flammes pour que les gens puissent s'asseoir sur les hayons. Des bières furent vidées. Des moustiques écrasés. Le soleil se coucha. Chaque stéréo crachait une musique différente, de plus en plus forte, et les moteurs commencèrent à prendre vie. L'heure de la course était arrivée.

Assis sur le hayon de la camionnette de Bubba, Harley et moi étions heureux comme un couple de cochons vautrés dans la boue. Il me fit un bisou sur les lèvres et s'excusa un instant. À ce moment-là, j'avais assisté à suffisamment de courses pour savoir de quoi il retournait : Harley avait des arnaques sur le feu.

Ainsi, je m'allumai une clope – mon geste favori quand je me retrouvais toute seule – et tâchai d'avoir l'air aussi cool que sociable.

Je n'ai rien d'une paumée à qui personne ne veut parler : je fume dans mon coin. Ça n'a rien à voir.

Au moment où j'envisageais de me servir de mon mégot pour m'allumer une nouvelle cigarette, une fille s'approcha de moi et se hissa à mes côtés – ce qui n'était pas un mince exploit vu la hauteur du véhicule.

Cette nana avait tout d'une pin-up. Ses cheveux blonds étaient coiffés en *victory rolls*[1] maintenus par un adorable petit bandana bleu et blanc. Ses formes étaient mises en valeur par une brassière à damier bleu et blanc, ainsi qu'un short rouge taille haute. Elle portait aussi un rouge à lèvres rouge vif. Elle était habillée comme si on était le 4 Juillet[2], mais l'avoir près de moi me donnait l'impression d'être le 15 avril – le putain de Tax day[3].

---

1. Coiffure féminine à la mode des années 1940 et 1950 consistant en des boucles épaisses sur le devant et le côté du visage.

2. Jour de la fête nationale américaine, où l'on porte fièrement les couleurs de son pays.

3. Aux États-Unis, la date limite de déclaration annuelle d'impôts.

Elle m'adressa un sourire digne d'un mannequin.

— Salut, dit-elle. Ça va te paraître très bizarre comme question, mais tu ne serais pas sortie avec un tatoueur qui s'appelle Knight, par hasard ?

Je scrutai les alentours afin de m'assurer qu'Harley n'était pas à portée de voix. Il n'aimait pas spécialement entendre parler de Knight. Pas plus que moi. Heureusement qu'entre la folie de mes nouvelles études, qui me donnaient une charge de cours supplémentaire, mon boulot à mi-temps et toutes les fois où je profitais de mon temps libre pour voir Harley, j'avais l'esprit plutôt occupé. Jusqu'à ce que Miss Fête Nationale se pointe, je n'avais pas pensé à Knight depuis au moins, quoi… cinq bonnes minutes.

— Ouais, c'est moi, répondis-je d'une voix hésitante. Pourquoi ?

Le visage de Miss Fête Nationale s'illumina encore plus que je le croyais possible.

— Je le savais ! Je t'ai reconnue grâce à une photo de toi que j'ai vue à son salon ! Quand il m'a tatoué la cuisse, j'ai eu ton visage sous le nez pendant au moins trois heures.

Elle rigola et déporta son poids pour me faire admirer les contours d'une mosaïque de crânes et de roses encrés sur sa jambe. Pas de doute, c'était bien l'œuvre de Knight.

L'air radieux, elle me tendit sa main aux ongles vernis de rouge.

— Je m'appelle Tracey.

J'acceptai sa main et grinçai mentalement des dents. Je savais d'avance ce qui allait suivre. Tracey s'exclama :

— Mince, ma belle ! Tes mains sont froides comme la glace !

Nous y voilà.

Je lui adressai un sourire sans joie et récupérai ma main cadavérique.

— Ouais, on me le dit souvent.

— Meuf, comment c'est possible ? On est en août et t'es devant un feu de camp ! Il faut que tu te remplumes un peu.

Je levai les yeux au ciel.

— J'y ai souvent droit, à ça aussi.

Je ne voulais pas avoir l'air désagréable mais mon poids n'était pas non plus le genre de sujets dont j'aimais parler avec des inconnus.

Pour l'heure, Miss Fête Nationale écopait d'un zéro pointé.

— Désolée, ma belle ! Je ne voulais pas…

— T'inquiète, ça va, l'interrompis-je, avant de désigner sa cuisse. C'est un beau tatouage, ajoutai-je, parvenant à changer de sujet avec brio.

Mon compliment était sincère. Les dessins de Knight avaient un style bien distinct. Ils étaient à son image – intenses, complexes et chargés de danger.

— Oui, hein ? C'est lui qui l'a dessiné. J'avais pris rendez-vous avec lui pour le remplissage mais la proprio m'a appelée pour annuler. Elle m'a juste dit qu'il était entré dans l'armée.

Tracey m'adressa un sourire triste et plein d'empathie avant de reprendre :

— Il fallait que je te pose la question. Enfin, je veux dire, j'ai bien vu que tu sortais avec Harley maintenant, mais… tu sais quand Knight va revenir ?

Je n'ai pas envie qu'un autre tatoueur touche à son travail, mais d'un autre côté je ne vais pas passer ma vie avec un tatouage inachevé.

Je poussai un soupir et la dévisageai. Encore une fille que Knight avait laissée en plan. Inachevée. En quête de réponses. En train de se demander s'il fallait oui ou non tourner la page.

Je piochai une nouvelle cigarette dans mon paquet.

— Si j'étais toi, je tournerais la page, répondis-je.

Tracey arqua ses sourcils parfaitement dessinés. Ce n'était clairement pas la réponse qu'elle voulait entendre.

J'allumai ma clope et soufflai la fumée en direction du feu. Fumer n'était pas seulement mon activité de prédilection quand j'étais seule ; c'était aussi ce que je préférais faire en cas de discussion difficile.

— Désolée, continuai-je. Mais je crois qu'il ne reviendra pas. Pas définitivement, en tout cas. Il m'a dit qu'une fois sa formation élémentaire terminée, il s'envolerait directement en mission. Et, vu comme il est têtu, il y restera jusqu'à ce qu'on le vire.

— Sérieux ?

J'acquiesçai et observai le fin filet de fumée que je venais de souffler tandis qu'il rejoignait le nuage grisâtre de ma bouffée précédente, en train d'ondoyer au-dessus du feu de camp. Je me tournai vers Tracey et lui tendis mon paquet de clopes. Les épaules affaissées, elle piocha une cigarette.

Ne voulant pas passer pour une rabat-joie, je lui fis une proposition :

— Bobby pourrait s'occuper du remplissage. Elle

fait un boulot génial. C'est elle qui a tatoué le dos de Knight et c'est son style tout craché.

— Ouais, je ferai peut-être ça.

Je haussai les épaules.

— L'expérience Ronald McKnight implique automatiquement de se faire entuber. Désolée pour toi.

— Ne le sois pas, fit Tracey, qui placarda à nouveau sur son visage son sourire de Miss Fête Nationale. Tu es la seule personne qui m'ait aidée à y voir clair ! Merci !

Je lui rendis un sourire forcé.

Je vis Harley s'approcher de l'autre côté du feu de camp. Mon Dieu, j'adorais la démarche de cet homme. Le pas déterminé de ses longues jambes et la chaîne de son portefeuille qui scintillait devant les flammes. Tout en avançant vers moi, il fixa sur moi son regard bleu pétillant de malice, et un sourire s'étira autour de son piercing.

Oh, oh.

Après m'avoir rejointe de l'autre côté du feu, il me désigna du doigt et pointa son pouce par-dessus son épaule.

— C'est à ton tour.

Je clignai des yeux avec incrédulité.

— Mon tour de quoi ?

Harley conserva tout son sérieux, mais son rictus trahissait une blague qui m'échappait encore.

— C'est ton tour de piste, meuf. Ce soir, tu fais la course. Va prendre la Mustang et retrouve-moi sur la ligne de départ.

Surprise, je soufflai un rire involontaire.

— Quoi ? Non ! Pas question. Je ne fais pas la course ! Tiens…

Je fourrai la main dans ma poche pour y piocher mes clés et les lui présentai à bout de bras avant de reprendre :

— Vas-y, toi.

Harley secoua la tête.

— Non. Pas ce soir, jolie dame. On a un petit nouveau sur la piste et il faut l'accueillir chaleureusement.

Je lui lançai un regard de travers.

— Es-tu en train de me dire que tu veux que je perde ?

— Je veux simplement que tu t'assures qu'il parte d'ici avec le sourire.

Harley s'immisça entre mes jambes, posa ses mains sur mes hanches et colla son front contre le mien avant de conclure :

— *Ça*, je sais que tu en es capable.

Je levai les yeux au ciel et jetai un œil en direction de Tracey. Elle se contenta d'une grimace et d'un haussement d'épaule, geste universel signifiant « je ne peux rien pour toi ». Cette fille ne m'était d'aucune aide.

Harley profita que j'aie la tête tournée pour faire courir un sillon de baisers de mon oreille jusqu'à ma clavicule.

Je poussai un grognement et j'abandonnai :

— D'accord, très bien. Mais c'est bien parce que je dois perdre !

— Tu n'as pas à perdre, susurra-t-il contre mon oreille. Entre mes modifications et ton entraînement, tu pourrais le battre facilement. Il conduit une Turbo, alors je vais te demander de lever le pied dans les virages pour qu'il reste en tête. Notre petit pote est plein aux as. Si on joue bien notre coup, on pourra lui soutirer deux fois plus, plus tard.

Je n'aimais pas l'idée de *gruger* quelqu'un, mais cela faisait partie du jeu. Sur la piste, tout le monde gagnait, perdait ou observait les courses et, pour tous, c'était un plaisir de chaque instant. Qui étais-je pour juger ?

Je bondis du hayon du véhicule de Bubba, demandai à Tracey de me souhaiter bonne chance et me rendis à ma voiture avec une boule dans le ventre. Je contournai la piste jusqu'à la ligne de départ en marchant à deux à l'heure, retardant au maximum l'instant fatidique. Je ne comprenais pas mon anxiété. Harley ne m'avait pas qu'autorisée à perdre : il avait même parié sur ma défaite. Pas de pression, donc. Mais la voiture contre laquelle j'allais concourir, une Toyota Supra Turbo tunée, équipée d'un aileron aussi grand et large que le pont du Golden Gate, ne fit rien pour arranger mon stress.

Comme promis, Harley m'attendait sur la ligne de départ. Je baissai ma vitre pour lui parler et fus immédiatement agressée par le rugissement de la foule. Pour qui étaient ces hourras ? Certainement pas le nouveau. Il ne restait donc que moi. Mais j'étais là pour perdre. La simple idée de décevoir les amis d'Harley – son peuple tout entier – me flanquait encore plus la nausée.

Harley se pencha à travers la vitre ouverte et m'embrassa.

— Ne me fais pas le coup de gagner, d'accord ?

Ces mots me firent éclater de rire.

— Ouais, d'accord. Je vais essayer.

Un peu, ouais.

— Je donne le départ, reprit-il. Dès que je baisse les mains, tu fonces. Tu vas sûrement le dépasser direct, alors n'oublie pas ce que je t'ai dit : vas-y mollo dans les virages et laisse-le prendre la tête.

J'acquiesçai et je me retins de lever les yeux au ciel. Harley pensait vraiment que j'avais besoin d'encouragement pour « y aller mollo dans les virages » ? Comme c'était mignon. J'avais surtout besoin qu'on m'encourage à ne pas prendre une déculottée.

Au moment où Harley prit place sur le marquage au sol, une vague de reflux me laboura l'estomac.

Oh, merde, on y est.

Aveuglé par nos phares, Harley plissa les yeux et leva deux doigts en l'air.

Deux tours.

Je baissai le frein à main.

Harley leva la main en l'air.

Mon pied gauche quitta la pédale de frein et je pressai délicatement l'accélérateur, l'embrayage toujours enclenché. Comme Harley me l'avait appris, je regardai l'aiguille de vitesse grimper lentement sur son cadran.

Quand il baissa les mains, j'enfonçai l'accélérateur et je levai le pied gauche de l'embrayage en même temps. Harley avait vu juste. Je dépassai aussitôt mon adversaire. En fait, pendant une seconde, je crus même être sur le point de m'envoler.

Mon crâne heurta l'appuie-tête tandis que je luttais pour contrôler la brave petite 5.0. J'ignorais quel merdier Harley avait trafiqué avec ma caisse mais, quoi qu'il en soit, ça marchait du tonnerre. J'entamai déjà le premier virage.

Tandis que je me répétais en boucle *merde, merde, merde, merde, merde*, mon corps saturé d'adrénaline repassa en mémoire musculaire. Sans réfléchir, je répétai l'enseignement d'Harley à l'entraînement, des manœuvres que j'avais répétées un millier de fois sur cette même piste, avec lui pour seul public. Dans le virage, j'adressai une prière au petit Jésus pour ne pas déraper et partir en banane et je levai le pied de l'accélérateur, résistant à l'envie de rétrograder. Puis, de retour en ligne droite, je repassai en vitesse normale.

Grisée d'être parvenue à survivre, j'appuyai sur le champignon et passai la troisième avant même de réaliser ce que je venais d'accomplir. Je jetai un œil dans le rétroviseur et vis la Supra blanche flambant neuve à environ quatre ou cinq longueurs derrière moi.

La vache !

Impossible de revenir en arrière. J'étais déjà en train de négocier le second virage. Vu de ma fenêtre, trois choix se présentaient à moi :

1) Simuler un souci technique. Ce qui impliquerait d'inventer un mensonge, or j'en étais incapable.

2) Ralentir juste assez pour qu'il me dépasse. Dans ce cas, autant engager tout de suite un pilote pour qu'il écrive dans le ciel en grandes lettres de fumée : *BB a fait capoter la course exprès.*

3) Gagner la course, et ruiner le plan de maître d'Harley.

manière voulue. Sauf que mon domino à moi n'était pas tombé du tout. Alors, quoi ?

Je pris une grande inspiration et j'ouvris la portière, mais Harley n'était plus là. Quand je sortis de voiture, la clameur de la foule fut un étrange mélange d'enthousiasme et de colère. À moins que Supra Man ait un chœur d'admirateurs dont j'ignorais l'existence, ces cris étaient pour moi. Les miens m'acclamaient.

Une main épaisse m'agrippa le coude et me fit pivoter sur moi-même. C'était Harley. Il me toisait avec une expression indéchiffrable.

Il me présenta une liasse de billets coincée entre deux de ses doigts.

— Voilà tes gains, Speed Racer[1].

Comme je ne prenais pas l'argent, Harley le fourra dans la poche de mon jean déchiré, puis il se tourna vers la foule et invita un regroupement de ploucs à nous rejoindre. Lorsqu'il me fit de nouveau face, sa mine renfrognée avait cédé la place à ma combinaison favorite : regard brillant et sourire malicieux.

— Et voilà *les miens*, déclara-t-il.

L'un après l'autre, les fondus de gros camions déposèrent une addition salée dans sa paume ouverte – des billets de dix, de vingt, voire de cent dollars !

Il ricana tout du long en leur débitant des conneries. « Merci, p'tit trouduc » ou « voilà ce qu'on gagne à parier contre une dame ».

Bubba passa en dernier.

1. Manga japonais de 1966 se déroulant dans le milieu des courses de voitures.

Je jetai un nouveau coup d'œil dans le rétrovis
et il m'apparut évident que je n'avais pas vraimen
choix. J'étais déjà de retour en ligne droite et le p
nouveau entamait tout juste le second virage.

Je levai légèrement le pied de l'accélérateur, ju
assez pour éviter de remporter une victoire écrasan
mais Supra Man m'avait à peine rattrapée que je
semai à nouveau dans le troisième virage.

Je lui criai dessus pour moi-même.

— Putain de bordel ! Tu le fais exprès ou que
Accélère, ducon !

En moins de temps qu'il n'en fallait pour le d
j'avais négocié le quatrième virage et je franchis
ligne d'arrivée comme une fleur. Boum. Échec.
m'avait confié une simple mission et j'avais men
Sérieux ? C'était quand même pas difficile de ne
gagner. Surtout quand on n'était pas douée com
moi !

J'effectuai le tour d'honneur le plus misérable
l'histoire et je vins me garer sur la ligne d'arrivée,
Harley m'attendait – et il était clairement furax.

Merde, merde, merde, merde.

La seule fois où je l'avais vu aussi énervé, c'étai
jour où il avait appris que j'étais sortie avec Knig
Mais cette fois, c'était encore plus terrifiant car j'é
la cible de sa colère. J'ignorais quelles seraient
répercussions de mon échec, mais cela n'augu
rien de bon, j'en étais certaine. Les arnaques d'H
ley étaient toujours organisées au millimètre p
afin que chaque domino tombe exactement de

Harley fit claquer sa langue contre ses dents et lui adressa un sourire.

— Je crois que tu dois des excuses à BB.

De sous ses sourcils bruns, Bubba m'adressa un regard à la fois contrit et sincère.

— Désolé, dit-il. T'as grave géré cette course, meuf. Tu peux être fière de toi.

Tandis que Bubba s'éloignait en tenant son bob de pêcheur entre ses mains, je toisai Harley, bouche bée et les sourcils froncés.

— Qu'est-ce que… c'était… que… ce bordel ?

Harley sourit et tapota le bout de mon nez plissé avec son index.

— Je nous ai fait gagner une montagne de fric, voilà tout.

Je ne savais pas si je devais être énervée ou impressionnée.

— Tu *voulais* que je gagne ?

— Non. Je *savais* que tu gagnerais. Surtout contre un abruti pareil, répliqua-t-il avec un coup de menton dans la direction par laquelle Supra Man avait quitté la piste après sa défaite. Il conduisait *une automatique*, précisa-t-il comme si ce seul mot était une offense. Mais j'ai aussi remarqué qu'elle avait une paire de grosses enceintes à l'arrière. Ce mec suppliait carrément pour qu'on lui prenne son fric. Autant que tu sois la première à le ponctionner.

Son sourire était contagieux. Quand il me regardait comme ça, impossible de lui en vouloir.

Je ris et plantai un doigt dans son torse.

— Tu t'es foutu de moi !

— Non, je ne voulais pas que tu stresses, c'est tout.

Cette fois, son torse reçut un coup.

— Tu as parié contre moi !

— Hé, dit-il en levant ses mains en un geste défensif. C'est *moi* qui ai parié sur toi, d'accord ?

Il disait vrai. Le temps s'arrêta momentanément et cette assertion fit lentement son chemin en moi. Harley était le seul à avoir parié sur moi. À part lui, personne n'avait cru en moi. Il avait plus confiance en moi que moi-même. Même au risque de perdre des centaines, voire des milliers de dollars.

Il y avait suffisamment cru au risque de passer pour un blaireau devant une foule de gens qui le vénéraient et, lorsqu'il mit un genou à terre et me fit sa demande en mariage devant toute la piste, ce fut exactement ce qui lui arriva.

Tout sourire, une poignée de billets de cent dollars dans la main et fraîchement décorée de ma toute première victoire, je lui donnai ma réponse.

— Non.

18

Il me semblait que c'était la journée la plus fraîche et couverte depuis des années. Harley avait profité de ma pause déjeuner pour venir me rendre visite au boulot. Il portait un vieux blouson de motard abîmé qui épousait sa séduisante silhouette comme une coulée de lave. C'était si naturellement classe que j'avais à la fois envie de l'embrasser et de l'asperger de peinture. C'était injuste ! Comment pouvait-on à ce point ressembler à James Dean et sans même se forcer ?

Pour ma part, je portais la toute nouvelle veste d'aviateur marron que j'avais achetée la veille chez Trash – à la seconde où la vague de froid s'était abattue sur la ville, en fait. Bien sûr, j'en avais une autre à la maison, une vert kaki, plus cool et authentique que celle-ci mais, étant donné qu'il m'était impossible de la voir sans faire une crise de panique, je devais me contenter de la marron.

Le vent souffla sur le parking de Pier One. Je frissonnai et remontai jusqu'au menton la fermeture de ma nouvelle fringue.

J'écrasai ma cigarette et me tortillai entre les bras d'Harley.

— La vache, ça caille ! On est en plein mois d'août. C'est quoi ce délire ?

Tandis que sa main frictionnait la surface lisse de ma veste neuve, Harley posa son menton sur ma tête et ricana.

— Il ne fait pas froid : c'est toi qui es gelée. Je commence à croire que tu ne m'aimes que pour ma chaleur.

— Toi, tu ne m'aimes que pour mon minou, répliquai-je en citant les paroles d'une vieille chanson de reggae.

Jusque-là, Harley n'avait prononcé le verbe en « a » que sporadiquement mais, jusqu'à ce qu'il l'assume complètement – avec le « je » et le « t' » juste avant – ça ne comptait pas. J'avais fini par accepter qu'Harley James ne prenne pas tout au sérieux. Je m'en accommodais même plutôt bien. Ma vie avait été bien assez sérieuse comme ça.

Évidemment, les choses sérieuses n'avaient pas dit leur dernier mot en ce qui me concernait.

Mon âme reconnut la vibration avant même d'entendre le vrombissement. Je cessai de respirer et tendis l'oreille. Mon dos se crispa entre les bras d'Harley. Puis je l'entendis pour de bon, porté par le vent.

Le son de mon châtiment.

Je levai vers Harley un regard plein de supplications tandis que le grondement s'intensifiait au loin. Je ne savais même pas ce que j'attendais de lui : qu'il s'enfuie ? Qu'il sauve sa peau ? Ou la mienne ? Qu'il se mette en colère et se transforme en l'Incroyable Hulk ? Quoi qu'il décide de faire, il allait falloir agir vite. Le rugissement du moteur de Knight s'approchait de plus en plus de nous.

Lorsqu'il détacha son regard du mien et porta le regard par-dessus son épaule, je compris qu'il était trop tard. Nous étions repérés. Et notre heure était venue.

Les pieds ancrés dans le sol, je me redressai et, horrifiée, j'observai Harley envoyer tranquillement valdinguer son mégot sur le parking. Puis, manifestement inconscient du fait qu'il ne nous restait que quelques secondes à vivre, il se retourna et déverrouilla son coffre. Alors je compris la raison de sa décontraction et celle pour laquelle il m'en avait dissimulé le contenu depuis tout ce temps.

Harley se baladait avec dans sa caisse un véritable arsenal : flingues, fusils à canon scié, carabines, revolvers, viseurs laser et un amoncellement de boîtes de munitions.

Je ne sortais pas avec un mécano, mais avec Batman !

Je tournai frénétiquement la tête de gauche à droite, regardant alternativement Knight, qui déboulait droit sur nous à une vitesse telle qu'il aurait pu nous écraser pour en finir une bonne fois pour toutes, et Harley, qui piocha un vieux chiffon tout sale dont il se servit pour s'emparer d'un petit pistolet noir. Prenant soin de ne laisser aucune empreinte sur l'arme, Harley fit coulisser le chargeur, s'assura qu'il y avait des balles dedans, puis le remit en place avec un cliquetis à glacer le sang.

Le monstrueux camion de Knight fit une embardée et se gara quelques mètres plus loin sur un parterre de fleurs. Au même moment, Harley – avec le sang-froid d'un reptile – glissait le flingue dans la poche de son blouson en cuir avant de refermer son coffre digne d'un kit de survie à l'apocalypse zombie.

Quand Knight contourna son véhicule, il semblait paré à entrer en mode Skeletor. Sous le ciel bas et menaçant, ses yeux morts semblaient presque translucides. Il avait les narines dilatées. La mâchoire serrée. Et son tee-shirt noir et son treillis étaient étirés sur sa musculature forgée par les exercices quotidiens exténuants que l'armée lui imposait.

J'attendis un sursaut de peur – ma réponse psychologique habituelle lorsque je me retrouvais en présence de Knight. La gorge qui se serre, les poumons qui se contractent, la transpiration, le cœur qui s'emballe… mais rien de tout cela ne se produisit.

J'avais quitté mon corps.

Harley me pressa contre son flanc et menaça Knight avec l'arme qui était dans sa poche.

— T'es bien assez près comme ça, le bidasse !

Knight s'arrêta, les lèvres recourbées sur un sourire moqueur. Il inclina la tête sur le côté pour jauger Harley et s'exprima d'une voix grave et claire, presque amusée :

— Tu crois être le seul à avoir un gun ?

C'est bizarre. Il devrait être terrifié, en ce moment.

— Peu importe, rétorqua Harley. Quoi que t'aies sur toi, c'est sûrement une merde approuvée par le gouvernement. Empreintes digitales, numéro de série… Ton arme doit en être recouverte.

Harley fit tinter sa langue contre ses dents et reprit :

— Ce serait la honte pour toi, non ? Te faire renvoyer sans avoir eu l'occasion de dessouder ton premier Arabe ? Raciste de mes deux !

Je ne ressens rien. Pourquoi ? Je suis cassée, ou quoi ?

Le regard de Knight lança des flammes.

— Et toi ? T'es sûr de vouloir descendre un membre des Marines en plein jour ? Ce serait pas la honte de retourner te faire mettre par des taulards derrière les barreaux ?

Knight secoua la tête et ajouta :

— Vu le casier que tu te trimballes déjà, tu vas prendre perpète.

Merde, il commence à pleuvoir. Faut que je rentre vite, ou ma frange va friser.

Harley haussa les épaules.

— Je te l'ai dit, ça n'a pas d'importance. Parce que tu vas faire demi-tour, remonter dans ta bagnole de plouc et retourner fissa d'où tu viens.

D'un mouvement du canon qui était dans sa poche, Harley désigna le monstre blanc qui nous faisait face et ajouta :

— Mais sache une chose : si tu t'approches encore de ma dame, je te descends, putain. Je rendrai service au monde entier. Je sais qui tu es, ce que tu fais aux filles. Je sais que tu prends ton pied en les scarifiant, espèce de gros taré.

Je me demande quelle heure il est ? Ma pause est sûrement bientôt terminée.

Knight s'avança de deux pas et enfonça son index dans le torse d'Harley.

— Tu sais que dalle sur moi ! Ou sur elle ! dit-il

en tournant son doigt vers moi. Sinon, tu saurais qu'elle kiffe ça !

Hein ? Pourquoi il me montre du doigt lui ? J'ai raté quoi ?

Harley relâcha mon épaule, fit un pas en avant et se retrouva nez à nez avec Knight.

— Ose redire ça.

Knight eut un sourire moqueur.

— Si tu la connaissais juste un peu, tu saurais qu'elle a mon prénom tatoué sur son putain de doigt.

En fait, c'est presque effacé, maintenant.

Harley bomba le torse et soutint le regard de Knight en respirant bruyamment par le nez.

Knight fit un rictus et le tapota à nouveau du bout du doigt.

— Si tu connaissais un tant soit peu BB, tu saurais qu'elle continue à baiser *avec moi.*

Et puis quoi encore ?

La main d'Harley surgit de sa poche et, d'un revers de son arme, il frappa Knight au visage. Au moment où sa tête pivotait sous l'impact du coup, des gouttes rouges furent projetées, se mêlant à celles, plus claires, qui tombaient du ciel. Knight toisa de nouveau Harley avec un sourire, sa dentition parfaitement blanche tachée de sang. Il avait l'air d'un fou, en particulier lorsqu'il inclina la tête de quelques degrés sur la gauche, signe avant-coureur que la situation allait partir en couille. Rapidement.

À l'abri dans ma bulle, je vis Knight basculer la tête en arrière et envoyer un coup de boule à Harley pile entre les deux yeux. Ce dernier tituba en arrière et heurta le coffre de sa voiture, sur lequel j'étais encore appuyée.

Bizarre. Je ne sens plus mon corps.

Ils étaient tous les deux pratiquement vautrés sur moi. Je ne voyais plus que Knight, ses yeux blancs et fous, ses dents tachées de rouge, qui reculait le poing juste avant de frapper Harley en pleine mâchoire. Ce dernier s'affala brièvement sur moi, juste assez longtemps pour que je le croie inconscient – Knight aussi. Puis il décocha un crochet du droit qui atteignit Knight en plein dans la tempe.

Harley tenait toujours son arme, mais à l'envers, comme on tient un rouleau de pièces dans son poing pour cogner plus fort.

La vache, Harley se bat vraiment à la déloyale !

Sonné, Knight secoua la tête et s'empara de l'arme d'Harley en la tordant, au point où je crus qu'il allait la lui prendre. Les traits d'Harley se contractèrent en une grimace et ses genoux fléchirent. Tandis qu'il s'enfonçait dans le sol, il fit une clé autour de la cuisse de Knight avec son bras libre et lui fit perdre l'équilibre avant de s'écrouler sur lui de tout son poids pour le maintenir immobile sur le béton.

Aussitôt, Harley effectua une des prises de catch que je l'avais vu pratiquer avec Dave. Une prise d'étranglement – un *Anaconda Vice*, ou peut-être un *Killswitch* ? – mais Knight protégea son cou.

Combien de temps ça va encore durer ? J'ai pas envie de me faire – encore – virer à cause d'un retard.

Un râle, suivi par le bruit d'une chose qui tombe par terre, attira mon attention.

Harley.

Harley avait besoin de moi. Mais je n'étais pas là. Où étais-je partie ?

Qu'est-ce qui te prend, putain ? Concentre-toi, BB ! Fais quelque chose !

À travers les gouttes de pluie, j'aperçus Knight et Harley en train de rouler sur l'asphalte. D'abord, je crus qu'Harley maintenait Knight en respect avec une prise d'étranglement mais, en y regardant à deux fois, je vis que son coude entourait sa bouche, pas sa gorge, et Knight était en train d'y mordre à pleines dents.

Harley poussa un gémissement de douleur tout en continuant de cogner Knight sur le côté de la tête avec l'autre main. Mais rien n'y fit. Knight était un pit-bull humain. Une fois accroché à quelque chose, seul un miracle pouvait l'en faire démordre.

Ou peut-être qu'un flingue le pourrait.

Comme celui qui gisait à mes pieds.

Je me penchai et ramassai le calibre 9 mm noir comme s'il s'agissait d'un appareil d'origine extraterrestre dont je devais saisir le fonctionnement. Pourtant, je savais m'en servir. Je m'étais déjà entraînée au tir un million de fois avec papa, sur des boîtes de conserve posées sur la clôture du jardin. Mais il fallait que je comprenne comment ne *pas tirer* de coup de feu.

Je pourrais l'agiter en l'air. Tirer un coup de semonce. Frapper Knight avec. Sauf qu'Harley avait déjà essayé et ça ne lui avait pas réussi. Peut-être que je pourrais l'assommer d'ici ?

Pendant que les engrenages s'activaient dans ma

tête, je compris exactement ce qui empêcherait Knight de s'en prendre à mon mec.

Pas un flingue.

Mais les sirènes de la police.

Le temps que je comprenne ce qui se passait, Harley et Knight avaient… disparu. Une seconde avant ils formaient un bretzel humain, affalés au beau milieu du parking, et celle d'après je recevais de part et d'autre les gaz d'échappement de leurs énormes moteurs V8. Une fois le nuage toxique dissipé, je compris que j'étais seule sous la pluie, dans un lieu public, tenant à la main un Glock banalisé.

Et qui portait à présent mes empreintes.

Dans ma tête, un seul choix s'offrait à moi : fourrer cette saloperie dans ma poche et me tailler en vitesse. Seul accroc dans mon plan, mes poches n'étaient pas aussi profondes que celles d'Harley. La crosse dépassait entièrement, aussi discrète qu'un néon sur lequel serait écrit : « Arrêtez-moi, s'il vous plaît ! »

Comme la voiture de patrouille s'engageait derrière moi sur le parking, je fis ce que tout bon malandrin de cinéma aurait fait : je carrai le flingue chargé dans mon pantalon, tirai sur mon blouson pour dissimuler la crosse et commençai à marcher.

Je retins ma respiration et avançai vers l'entrée du magasin en marchant sur des œufs, terrifiée à l'idée de me faire exploser l'orteil, le genou, ou une des lèvres du vagin. Face à moi, je vis mon reflet dans les baies vitrées et, plus important, celui de la voiture de police qui s'engageait derrière moi en ralentissant l'allure. L'officier avait coupé le son de sa sirène mais la lumière bleue continuait de clignoter.

Qu'est-ce que ça signifiait ? Devais-je m'arrêter ?

Je fis l'innocente et continuai à marcher. J'y étais presque. À moi le trottoir dans trois, deux…

Dès que je posai le pied sur le rebord du trottoir, la voiture de patrouille tourna et s'engagea subrepticement sur la file d'à côté.

Putain de Dieu, merci !

J'ouvris la porte du magasin en poussant un soupir étranglé et repris aussitôt le boulot – un 9 mm chargé dans le futal.

Je pointai à la caisse – avec onze minutes de retard –, récupérai mon sac à main dans l'un des casiers et fonçai tout droit à la salle de repos.

J'ignore combien de temps j'étais restée assise sur les toilettes. Cinq minutes, peut-être ? En tout cas, bien assez longtemps pour planquer l'arme chargée dans mon sac, revivre plusieurs milliers de fois dans ma tête une version distordue de tout ce qui venait de se produire, et pour que des sensations commencent à me revenir.

Malheureusement, elles revinrent toutes en même temps.

Quand ma responsable vint à ma recherche, je lui dis que je ne me sentais pas très bien. Ce n'était pas un mensonge mais, évidemment, elle mit tout de suite cela sur le compte d'une intoxication alimentaire. Pourquoi tout le monde pensait automatiquement à ça ? Que mangeaient les gens, bordel ? Quoi qu'il en soit, elle m'autorisa à passer le reste de mon service à ranger les ronds de serviettes d'automne dans leurs boîtes respectives – un job de rêve, à bien des égards.

Tout en triant les ronds de serviette citrouille et les rouleaux de canneberge séchée, j'en profitai pour faire également le tri dans mes sentiments et les ranger eux aussi dans de jolies petites boîtes mentales : colère, sécurité, tristesse, trahison, sexe et amour. Les ronds en argent galvanisé représentaient Harley ; on aurait dit qu'ils étaient tachés d'huile, comme ses mains. Quant aux anneaux laqués noirs, ils représentaient Knight. Ils me rappelaient le trou noir de ses pupilles. En plus, tout comme lui, ils juraient avec leurs semblables.

J'imaginai une boîte noire laquée, avec une étiquette « colère », et je me vis y lâcher un anneau noir qui tomba dedans avec un tintement. Je n'en revenais pas que Knight m'ait refait ce coup-là. Pourquoi revenait-il sans arrêt ? Pour me forcer à lui faire des adieux en boucle ? Il ne faisait que partir, et partir, et encore partir ! Marre ! Je ne pouvais plus le supporter. Pour faire bonne mesure, je refis tomber un anneau noir dans la boîte à colère et j'en profitai pour en mettre un dans la boîte à tristesse.

Mon esprit se tourna vers Harley et je mis un anneau argenté dans la boîte à sécurité. Je ne lui en voulais pas d'avoir déclenché cette bagarre, même s'il m'avait laissée porter le chapeau – ou le flingue, dans ce cas précis. En fait, j'étais plutôt fière de moi. Depuis ma rencontre avec Ronald McKnight, j'avais prié pour qu'on envoie quelqu'un me protéger contre lui et, jusqu'à l'arrivée d'Harley, personne n'avait été en mesure de relever ce défi. Le con, il n'avait même pas sué ! Ni eu la moindre hésitation. *En plus*, il avait frappé le premier.

Avait-il appris cela en prison ?

Je me rappelais vaguement que Knight avait mentionné le casier judiciaire d'Harley. Peu importe. On l'avait probablement condamné pour vol à l'étalage, ou une autre connerie d'ado. Il faudrait peut-être qu'on parle de ce putain d'arsenal qu'il trimballait dans son coffre mais, franchement, son côté badass m'excitait tellement que cela ne m'importait pas vraiment.

Et un anneau pour la boîte à sexe ! *Bing.*

Plus que deux boîtes à remplir : trahison et amour. Mes yeux passèrent des anneaux argentés aux noirs et mon choix se porta finalement sur un troisième type de rond de serviette – un anneau débile avec un motif de dinde – que je lâchai dans la boîte à trahison. Cet anneau, c'était *moi.* J'étais une traîtresse. J'avais trahi Harley en couchant avec Knight et maintenant il le savait. Et quand Knight nous avait trouvés, le bras d'Harley passé autour de mes épaules, j'avais perçu de la trahison dans son regard. De toute évidence, Knight estimait que notre dernière rencontre avait changé la donne entre nous et je ne lui avais pas vraiment dit le contraire. J'avais tourné la page, ou essayé tout du moins. Mais, en repensant à la surprise dans le regard de Knight en le découvrant, je sentis un couteau s'enfoncer dans mon ventre.

La seule boîte encore vide était celle de l'amour.

Et elle le resta.

19

Le matin suivant, je quittai la maison au volant de ma voiture, un Glock banalisé planqué sous le siège et un papier froissé que je gardais plaqué contre le volant – chacun correspondant à un souci bien distinct auquel il allait falloir remédier. Immédiatement.

À fond sur l'autoroute, j'évitai de croiser mon reflet dans le rétroviseur. Je n'avais pas dormi de la nuit et encore moins mangé. J'avais appliqué mon eye-liner par-dessus mon maquillage de la veille et ma coiffure était une vraie catastrophe. J'étais restée si longtemps sous la pluie que le duvet de cheveux blond vénitien de mon crâne avait frisotté, me donnant des airs de Betty Boop. Quant à ma frange bien trop longue, elle était tellement ondulée que j'avais dû l'épingler sur le côté avec une barrette.

Malgré ma nouvelle veste, je frissonnai de froid et j'hésitai à allumer le chauffage. Je n'en avais pas envie. Ç'aurait été admettre que quelque chose clochait sérieusement chez moi. En Géorgie, au mois d'août, les gens normaux ne portaient pas de doudoune et ne mettaient pas de chauffage dans leur voiture – qu'il y ait ou non une vague de froid.

Mais j'avais plus urgent sur le feu que la déclinaison de mon indice de masse corporelle. Je mis le pied au plancher.

— Marre de ces conneries.

D'abord, il fallait que je sache par où commencer. Une personne saine d'esprit se serait probablement d'abord débarrassée du flingue, mais le bon sens et moi n'étions pas spécialement en bons termes là, tout de suite. Une force bien plus puissante que la logique me transportait. C'était comme si la lettre que je tenais contre le volant s'élançait d'elle-même vers celui qui l'avait écrite. Et moi ? Je ne faisais que l'accompagner, histoire de faire part de ma façon de penser à cet enfant de putain.

Je laissai la lettre m'entraîner dans le petit escalier aux marches de bois jusqu'à une porte que je connaissais fort bien et elle me fit tambouriner du poing contre le panneau battu par les vents. Cette maison, c'était celle de Colton Hart, mon ex, et j'y étais venue plus d'une fois. Il y vivait autrefois avec sa mère Peg, une femme célibataire, négligée et dépressive. Depuis le départ de son fils, elle hébergeait Knight. Avec ce qu'il gagnait au salon de tatouage, il aurait tout à fait pu se payer son propre appartement mais, pour je ne sais quelle raison, il préférait vivre dans ce trou à rats. Je pense qu'il s'y sentait utile. Il réparait sans cesse des trucs dans la maison et prenait soin du vieux berger allemand de Peg. Ici, il avait un but. Chez son beau-père, la seule chose qui l'attendait, c'était une ordonnance restrictive.

La porte s'ouvrit brusquement et ce que je vis de l'autre côté du palier me donna l'impression de regarder à travers un portail menant vers mon passé.

Tout à l'intérieur de la maison de Peg était comme dans mon souvenir – le mobilier marron kitsch des années 1970, l'odeur de tabac froid qui empestait l'air. Même le garçon qui se tenait face à moi était conforme à mes souvenirs de l'époque où je m'éveillais tous les matins à ses côtés : les pieds nus, les jambes de son Levis retroussées sur ses chevilles, portant un tee-shirt d'Agnostic Front. Ses bretelles tombaient sur sa taille au lieu de soutenir son pantalon et il était encore à moitié dans le coaltar.

Pendant un bref instant, je crus qu'il me suffisait de passer la porte pour retrouver les bras de Knight et retourner vers le passé, à une époque où mon seul souci au monde, c'était que maman ne découvre que je ne passais pas vraiment mes vendredis soir chez Juliet. Mais, aussitôt que je croisai le regard de Knight, mon rêve éclata comme une belle et fragile petite bulle qui révéla la dure réalité dissimulée derrière.

Le côté de son visage était violet. Et bleu. Et jaune. Et un peu verdâtre aussi. Ses yeux étaient trop gonflés pour qu'il puisse les ouvrir complètement et la vilaine balafre sur son arcade sourcilière aurait bien eu besoin de quelques points de suture.

Knight semblait épuisé. Abattu. Et irrémédiablement vaincu, ce qui était probablement une première pour lui.

Il demanda :

— Pourquoi tu chiales, putain ?

— Je ne chiale…

J'entendis ma voix se briser et je sus aussitôt qu'il avait raison.

Putain de merde. Je pleure !

Je me rappelai alors la feuille que je tenais dans la main et m'essuyai le nez du dos de la main.

— J'ai reçu ta foutue lettre.

Knight me dévisagea. Son regard d'ordinaire limpide était voilé par l'épuisement.

— Et... ?

— *Et ?* T'es encore là, putain ! lançai-je en agitant la lettre devant moi. Tu as dit que tu resterais en Caroline du Nord ! Que plus rien ne te retenait ici !

Knight ne cria pas. Il se contenta d'inspirer à fond avant de répondre :

— J'ai changé d'avis.

— Ah ouais ? Sans déconner ! C'est dingue comme ça t'arrive souvent !

— Pourquoi t'es là, Punk ? Tu devrais pas être en train de pomper ton mec quelque part ?

— *Toi*, pourquoi t'es là ? Pourquoi tu reviens sans cesse, putain ? Tu ne vas pas rester ! Tu n'arrêtes pas de dire qu'on ne peut pas être ensemble, alors pourquoi tu te repointes tout le temps ? Pourquoi tu me fais subir ça ?

Knight fit un pas en avant et posa les mains de chaque côté de l'encadrement de la porte.

— Parce que j'ai besoin de toi, BB. D'accord ? Parce que je n'arrête pas de penser à toi ! Parce que tu es la seule personne sur cette planète que j'arrive à supporter et que tu me manques, bordel ! OK ? Tout chez toi me manque !

À travers le mur invisible qui nous séparait, Knight tendit le doigt et me tapota l'arête du nez. Je grimaçai et tournai la tête.

— Cette tache en forme de cœur sur ton nez me manque, dit-il.

Puis il traversa le portail imaginaire, envahissant mon espace.

Je reculai d'un pas mais me retrouvai en équilibre précaire au bord de la dernière marche. Avec pour seule autre option une chute dans les escaliers, je laissai la main brûlante de Knight me cueillir la joue.

Il passa son pouce sur une imperfection de mon visage.

— Cette morsure de chien me manque, dit-il. Quand tu souris, on dirait une fossette.

Sa main glissa de ma joue à mon cou, jusqu'à la fermeture Éclair de mon blouson, tout contre ma gorge. Il tira dessus et ajouta :

— Et ça me manque de te voir porter *ma veste* au lieu de cette merde.

Il descendit la fermeture, ôta mon blouson neuf de mes épaules et le jeta dans l'escalier derrière moi.

Le bruit de mes sanglots m'informa que mes pleurs avaient redoublé. Bien décidée à reprendre le contrôle de mes émotions confuses, je me focalisai sur ce que je ressentais.

Pourquoi pleurais-je ? De peur que Knight me fasse du mal ?

Non.

Parce qu'il me touchait ?

Non.

Parce que j'avais envie qu'il me touche ?

Oui.

Parce qu'il me faisait de la peine ?

Oui.

Était-ce parce que je voulais lui dire qu'il me manquait aussi mais que, comme j'avais un copain, ça ferait de moi une vraie connasse ?

Oh, oui, putain !

Lorsqu'il me prit par le poignet et me tira à l'intérieur, je ne résistai pas. Lorsqu'il m'entraîna dans sa chambre à l'étage, je le suivis de mon plein gré. Et, lorsqu'il referma la porte derrière nous, je sentis le monde extérieur disparaître.

Cette chambre avait toujours été notre abri à nous. Bien sûr, Knight m'y avait scarifiée, mordue, menottée et il s'était même servi de mon sang comme peinture mais ce qu'il avait dit à Harley était la vérité. J'avais adoré chaque moment. Dans cette chambre au mobilier daté et minimaliste, sans la moindre déco, Knight et moi avions été proches, plus que je ne le croyais humainement possible. Dans cette chambre, Knight le skinhead s'était livré à moi – moi seule – et il était devenu le beau garçon au visage moucheté et aux cheveux crépus qui avait volté mon cœur. Un garçon au sourire angélique, quand je parvenais à lui en soutirer un. Pendant un moment, plus rien n'exista en dehors des quatre murs de cette chambre.

Nous étions chez nous.

Knight fit un pas vers moi et, cette fois-ci, je ne battis pas en retraite.

Il tendit la main et caressa délicatement mon visage. Je contemplai l'éclat de glace qui me toisait de sous ses paupières enflées et tuméfiées et murmurai :

— On devrait mettre de la glace là-dessus.

On ?

Bordel de Dieu !

Knight ignora mon inquiétude et m'attira contre lui. Lorsque nos lèvres se scellèrent, l'image de ses dents tachées de sang me revint à l'esprit.

Est-ce qu'il a mal quand on s'embrasse ?

Quand sa langue écarta mes lèvres et pénétra ma bouche, je ne sentis pas son haleine habituelle de tabac et de pastille de menthe. Mais un goût de sang et de liqueur.

Il n'a pas dormi de la nuit, lui non plus ?

Pendant qu'il m'allongeait sur son lit et retirait mes rangers et mon jean, je songeai à Harley.

Et lui ? Il a aussi fait une insomnie ?

Tout en levant les bras pour que Knight puisse me retirer mon tee-shirt des Pixies, je fis l'inventaire de tous les coups qu'Harley avait encaissés pendant la baston.

J'espère qu'il n'a pas mal au bras. Knight l'a salement mordu. Il a peut-être une commotion à cause du coup de boule.

Et, alors que Knight se débarrassait de son jean et de son caleçon, la seule chose que j'entendis fut l'écho de sa voix :

Si tu connaissais un tant soit peu BB, tu saurais qu'elle continue à baiser avec moi.

Harley l'avait-il cru ? Était-il en colère contre moi ? Pensait-il que je le trompais ?

Oh, mon Dieu !

J'étais en train de le tromper !

La gravité de la situation ne me saisit qu'une fois que je fus plaquée sur le lit sous le corps robuste et nu de Knight. Le monde extérieur existait *toujours.* Et, là-dehors, il y avait un homme qui avait risqué sa vie pour me défendre. Il était blessé. Pire : il était probablement furieux contre moi.

Knight m'embrassa et je me figeai. Lorsque sa bouche, avide, descendit le long de ma nuque, jusqu'à mes seins percés par ses soins, je fermai les yeux et retins ma respiration. Et, quand son crâne duveteux disparut entre mes cuisses, je sentis deux larmes couler sur mes joues.

Cette fois-ci, pas besoin de me poser des questions. Je savais pourquoi je pleurais.

Parce que j'étais une putain de connasse égoïste.

Malgré la culpabilité qui me paralysait, Knight savait parfaitement comment me faire vriller. Il avait lui-même entraîné mon corps à aimer ce qu'il lui faisait, à me plier à ses demandes, à jouir selon son désir. Et je le fis.

Alors que l'orgasme mêlé de culpabilité me frappait, provoquant la contraction de muscles dont j'ignorais jusque-là l'existence, Knight roula sur le dos près de moi et se masturba jusqu'à la jouissance. Impuissante et à l'agonie, je le regardai précipiter la fin de nos infortunées retrouvailles. Avec un râle étranglé, Knight jouit et des filaments de sperme se répandirent sur son ventre et dans sa main. Puis, sans un mot, il se redressa, marcha vers la porte, la déverrouilla et sortit.

Qu'il ne m'ait pas demandé de lui donner du plaisir en retour fut un soulagement, mais le fait de ne pas avoir participé à sa jouissance ne faisait qu'alimenter les courants de remords dans lesquels je me noyais. Sans que je sache vraiment comment, j'avais réussi l'exploit de tromper Harley *et* de rejeter mon amant.

Comme Knight tardait à revenir, je m'aventurai sur la pointe des pieds jusqu'au palier et le repérai dans la salle de bains, de l'autre côté du couloir. La tête baissée, il se tenait devant le lavabo ouvert, les deux mains agrippées au rebord. Cette vision me fit freiner des quatre fers. Son dos large et musclé arborait les armoiries superbement détaillées des McKnight. Cela avait pris des mois à Bobby pour terminer ce tatouage. Mais en cet instant Knight n'avait rien d'un roi. Sa posture reflétait à la fois la force physique et la fragilité émotionnelle.

Je le rejoignis sur la pointe des pieds, passai mes bras autour de son torse et fis reposer ma tête entre ses omoplates.

Knight parla d'une voix rauque.

— Je n'aurais pas dû revenir.

Son corps se détendit entre mes bras et je sentis son pouls ralentir sous ma joue.

— Non, le corrigeai-je. Tu n'aurais surtout pas dû partir.

Mais il l'avait fait.

Et c'était à mon tour.

En traversant le palier infect et couvert d'échardes de la maison, probablement pour la dernière fois, je trouvai la lettre qui m'avait amenée jusqu'ici, posée par terre face vers le haut.

18 août 1998

Punk,

Vu que tu n'as jamais répondu à ma lettre, je suppose que tu ne veux plus entendre parler de moi, mais je vou-

lais te dire que je recevrais mon diplôme d'entraînement élémentaire vendredi prochain. J'ai pensé que tu voudrais le savoir. Tu me hais probablement, mais je sais que ce genre de conneries importe à tes yeux.

Après la cérémonie, j'ai droit à dix jours de permission. Puis je partirai en mission sur un navire d'entraînement à l'infanterie. Je pensais en profiter pour rentrer à la maison, mais à quoi bon ? Plus rien ne m'attend ici. Tu ne m'adresseras même pas la parole.

Je sais que je suis un enfoiré. Je sais que je ne suis bon qu'à faire mal aux autres. Mais j'essaie vraiment de m'améliorer. Depuis douze semaines, on me gueule dessus, on me retire mon identité, je mange de la merde, je pionce sur une civière et je me tue à la tâche, parce que j'ai pensé que c'était la bonne chose à faire – pour nous deux.

Je suis désolé de ne pas savoir le montrer comme tout le monde, mais je t'aime. Plus que tout ce qui existe dans ma putain de vie de merde. Je t'aimerai à jamais.

Avec mon amour,

Knight

P.-S. : si tu as besoin de quelque chose, n'importe quoi, voilà où m'écrire pendant les deux mois qui viennent.

Soldat Ronald McKnight
Alpha Co. Classe 10, 984e Peloton.
ITB BN. SOI MCB.
PSC BOX 20166
Camp Lejeune, NC 28542-0166

Je ramassai la feuille par terre et la déchirai en morceaux.

— Va te faire foutre, sale lettre ! *Tout ça*, c'est ta faute !

Je projetai en l'air les confettis chargés de culpabilité, puis descendis lourdement les marches pour tirer mon blouson neuf – et bien moins flambant – d'une flaque de boue. Quand je l'enfilai d'un haussement d'épaules, la prose de tueur en série de Knight me plut dessus comme une neige satanique, collant à chaque trace d'humidité qu'elle trouvait. Pour me narguer. Pour me dire que, même si je quittais cette maison, que cela me plaise ou non, j'emporterai des bouts de cet homme avec moi.

20

— Je ne baise pas avec Knight ! éructai-je à la seconde où le visage meurtri d'Harley apparut sur le pas de la porte.

Sérieux, BB ? C'est comme ça que tu entames la conversation ? Tu aurais pu dire « Salut, Harley, comment ça va ? » ou « Voilà ton flingue ! » ou encore « Merci de m'avoir défendue contre un Marine skinhead super musclé ».

De toute évidence, avant d'avoir la moindre conversation normale avec lui, il allait falloir qu'il m'absolve de ma culpabilité.

En chemin jusque chez lui, je m'étais répété que ce n'était pas si grave. Techniquement, je n'avais pas été infidèle. C'était plus une tromperie passive. Comme un éléphant, c'était une métaphore. Parce qu'un éléphant, ça trompe énormément. Ce n'était pas comme si Knight et moi avions pratiqué l'Andromaque inversée[1], ou autre. J'étais restée couchée en pleurant pendant qu'il m'embrassait partout, rien de plus. Se faire embrasser, c'est pas tromper. Du

1. Position sexuelle où la femme est à cheval et de dos sur l'homme allongé.

tout. Au mieux, c'était du touche-pipi... Donc, rien à voir.

Harley m'adressa un sourire endormi et me fit un de ses câlins qui disaient que tout allait pour le mieux dans le meilleur des mondes.

Chaque fois que je m'inquiétais ou que je faisais une fixette sur quelque chose, Harley me serrait fort contre lui, passait ses bras autour de mes épaules et posai son menton sur le haut de mon crâne. Je pense que c'était sa manière à lui de me faire taire, mais, quoi qu'il en soit, ça fonctionnait toujours. C'était comme retrouver le ventre de sa mère. Un ventre qui sentait la marijuana et l'essence.

J'enserrai sa taille et enfouis mon visage contre son torse nu.

— T'es pas fâché contre moi ?

— C'est pas ta faute si ce type est un putain de psychopathe.

Il ne dit rien d'autre. L'eau coula sous les ponts. Je fus submergée par un tsunami de soulagement qui détendit mes muscles, estompa toute trace d'adrénaline dans mes veines et déborda par mes yeux.

Harley redressa le menton et me regarda :

— Hé ! Tu pleures ?

Débordante de sentiments pour cet homme, je hochai la tête avec un sourire.

— Merci, dis-je en reniflant. De me croire et de m'avoir défendue hier. Je... (*Je t'aime*)... J'ai eu si peur que tu sois fâché contre moi.

Le côté de sa mâchoire était enflé et une vilaine bosse toute violette commençait à se former sur son front mais ses beaux yeux azur brillaient toujours comme des saphirs sous ses paupières alourdies.

Il haussa les épaules.

— Tu es ma dame. Si quelqu'un cherche à te baiser, il devra d'abord me passer sur le corps. Et puis qui pourrait en vouloir à une personne aussi mignonne ? ajouta-t-il en tirant délicatement sur quelques-unes de mes boucles en croissant de lune.

Je poussai un petit cri surpris et cachai mon visage derrière ma paume.

— Oh, mon Dieu, mes cheveux ! Fais pas attention.

— J'aime bien, moi. Tu ressembles à Drew Barrymore dans *De l'amour à la folie*[1].

Je gloussai.

— Tu as vu *De l'amour à la folie* ?

— Si je l'ai vu ? Meuf, je l'ai même en vidéo !

Ainsi, Harley lança le film et fit ce pour quoi il était le plus doué : me faire oublier. Tandis que Drew Barrymore et Chris O'Donnell filaient sur l'autoroute, portés par les excès de leur amour d'ados interdit, nous fîmes paresseusement l'amour sur le canapé en dérivant sur un petit nuage de beuh, au beau milieu de l'après-midi. Le temps cessa d'exister. Les dernières vingt-quatre heures semblaient remonter à une autre vie. Tout ce que j'avais en tête, c'était les sourires d'Harley, les caresses amicales de ses mains et de ses doigts, les succions de ses lèvres, les généreuses ondulations de son bassin, le bonheur d'avoir la tête légère, comme dans du coton, et la

1. *Mad Love* (1995). Film d'Antonia Bird.

sensation de sentir à nouveau les creux de mon être comblés.

Harley parvint aussi à me faire oublier la vilaine morsure de son avant-bras. Je n'y pensais plus jusqu'à ce qu'il roule sur le côté en sifflant de douleur.

Je me redressai, lui agrippai le poignet droit et le retournai vers l'extérieur.

— Harley, bordel de Dieu !

On aurait dit que son bras avait été pris dans un piège à ours. Il y avait deux marques de dents en forme de parenthèses, grandes ouvertes, suintantes de pus et de sang coagulé, avec de la peau rouge et enflée tout autour.

— Bébé, ça a une sale gueule. Je crois que tu devrais aller à l'hôpital.

— Nan, il faut juste quelques points de suture, dit-il en se redressant pour attraper son paquet de cigarettes.

— On ne suture pas une morsure. Sinon, les bactéries se retrouvent piégées à l'intérieur et tu chopes une infection. Il faut nettoyer la plaie à fond et panser avec un bandage.

Harley exhala la fumée et prit une voix moqueuse.

— Comment tu sais autant de trucs, petite maline ?

Je tournai le visage et lui présentai ma joue avec l'index.

— J'ai été mordue par un chien.

— Sans déconner ? Je croyais que c'était juste une fossette.

Étrangement, le fait que Knight connaisse l'origine de ma cicatrice et pas Harley me mit encore plus en colère contre mon ex. Ce n'était pas juste qu'il sache des choses sur moi que mon propre copain ignorait.

J'attirai Harley jusqu'à la salle de bains et farfouillai dans le peu de matériel médical à disposition. En guise de kit de premiers soins, je ne trouvai qu'une boîte de bandages à moitié vide. Je me demandais à qui avait pu servir l'autre moitié ? Certainement pas à Harley. Ce con mourrait de la gangrène avant de se soigner. Pendant que je lui lavais les mains à l'eau et au savon – tâchant d'oublier que, ce matin même, ma langue avait caressé la dentition responsable de ses marques –, je décidai d'orienter la discussion pour distraire son attention.

— Alors, commençai-je, les yeux fixés sur sa blessure dont je lavais toutes les saletés, tu ne m'avais jamais dit que tu planquais un arsenal dans ton coffre.

— Non, en effet.

Sa voix était sérieuse. Or Harley n'était *jamais* sérieux.

Je levai les yeux vers lui, espérant y trouver leur habituelle lueur de malice, mais elle n'y était pas. Je ne vis que l'ecchymose violette et verdâtre, preuve des événements de la veille – là encore des choses à prendre *très* au sérieux.

— Harley, qu'importe de quoi il s'agit, je m'en fiche. En plus, si j'avais voulu te balancer, ce serait déjà fait.

Harley me dévisagea avec une expression indéchiffrable. Il réfléchissait. Non, il essayait de prendre une *décision* : étais-je digne de confiance ?

Au vu de mon comportement de la matinée, j'avais moi-même mes doutes sur la question.

— Je suis loin d'être le seul impliqué dans ce bordel, madame. Si je t'en parle, je prends le risque de mettre des gens que j'aime en danger.

— Dave.

Le nom de son frère m'avait innocemment échappé – comme la réponse à une énigme. Mais je voyais bien à l'expression d'Harley qu'il n'était pas content que je l'aie résolue.

— Tu en sais déjà bien trop.

Je séchai délicatement sa plaie en la tapotant avec la seule serviette à peu près propre que j'avais trouvée et demandai :

— Y a-t-il un rapport avec le prêteur sur gages ? Le type chez qui tu as eu ma bague.

J'eus peur d'avoir dépassé les bornes mais, pour je ne sais quelle raison, cette question le fit éclater de rire.

— Quoi ?

— Tu as dit « ma bague ».

— Elle le deviendra si tu apprends à faire ta demande convenablement, le taquinai-je. Et ne change pas de sujet.

J'ignore si Harley m'estimait digne de confiance et s'il réalisait que j'en savais déjà trop, mais il se décida enfin à parler :

— Tu te souviens de la première fois où tu es venue ici ? On déconnait à propos des trucs du boulot qu'on récupérait dans les ordures ?

J'acquiesçai en piochant des bandages et Harley reprit :

— Eh bien, Dave fait le même genre de trucs au magasin de surplus où il bosse… mais avec des armes.

Je restai bouche bée.

— De temps en temps, il enregistre des armes comme défectueuses et il les vire de l'inventaire, expliqua-t-il. Puis il efface les numéros de série et il revend le matos au prêteur sur gages, juste à côté. *Larry*, précisa-t-il avec un ricanement dédaigneux. Cet empaffé de gros lard s'en débarrasse super vite. Il les fout sous le comptoir et il vend chaque livraison en à peine une journée.

Je coupai les bords des bandages pour leur donner une forme de papillon – comme maman me l'avait appris des années plus tôt, quand notre chien avait arraché un bout de ma gueule.

Je demandai :

— Mais c'est quoi ton rôle là-dedans ?

— Disons juste que Larry s'est avéré encore plus louche qu'on le pensait. Alors Dave m'a demandé de refourguer ce lot moi-même.

Je pinçai la partie la plus béante de sa blessure et j'y appliquai l'un de mes papillons maison pour la maintenir fermée.

— Alors… tu es marchand d'armes ?

Harley ne répondit pas mais, pendant que je le soignai, je sentis son regard s'appesantir sur le haut de mon crâne. Tout comme je sentis la tension déferler hors de son corps. C'était comme s'il se préparait à me plaquer au sol, des fois que je voudrais m'enfuir pour aller cafter aux flics.

Je haussai les épaules, j'appliquai le dernier bandage et j'affrontai son air inquiet avec un bref sourire.

— Tu ne vends pas de la drogue, c'est déjà ça.

Meurtri, son visage angélique se fendit d'un sourire.

— Pour toi, vendre des armes, c'est moins pire que de la drogue ?

— Non, dis-je en riant. J'ai juste horreur des dealers.

Ainsi, Harley mit un genou à terre sur le sol dégueulasse de la salle de bains, sortit de sa poche la bague qu'il avait extorquée au prêteur sur gages louche, leva sur moi sa mine suffisante ravagée par les coups de poing de mon ex et me refit sa demande.

Mon cœur se gonfla.

Qu'importe son trafic. Mieux valait un voyou qu'un type brisé.

21

Septembre 1998

Bon Dieu de merde, cette prof à la con est à mourir d'ennui !

Qui a eu la brillante idée de suivre un cours de maths l'après-midi ?

Ah oui. Moi.

Pff.

Juliet roupille comme une morte.

La Goth se fait les ongles.

Encore quarante-deux minutes de cette merde ?

Je faisais quoi avant, quand je m'emmerdais en cours ?

Mais oui ! J'écrivais des petits mots ! Quelle conne !

Je délaissai complètement la page vide sur laquelle j'étais censée prendre des notes, j'ouvris une autre page blanche et je la fixai.

Encore.

Et encore.

Putain, à qui pouvais-je bien écrire ? J'étais assise entre mes deux seules amies et ç'aurait été débile d'écrire un petit mot à Harley. C'était un adulte. Qu'allais-je faire ? Le lui refiler en douce à la maison ?

À qui écrivais-je avant ?

Ah oui.

Lui.

Quelle que soit la nature de ce qui s'était passé chez Peg avec Knight, cela remontait à il y a presque un mois. Je ne lui avais pas parlé depuis.

Au début, j'avais mis cela sur le dos de la colère que j'éprouvais. Mais, au bout de quelques jours, j'avais commencé à éprouver du remords. Après notre *entrevue*, Knight était bel et bien revenu passer la semaine en ville, mais il n'avait pas essayé de me contacter. Pendant cette rencontre, je l'avais rejeté, réduit plus bas que terre, puis je m'étais ruée dans les bras d'un autre – le mec qui l'avait tabassé la veille, pendant que j'étais restée plantée sans rien faire. Dans quelques semaines, Knight entrerait en zone de guerre et, le connaissant, les chances qu'il rentre un jour étaient minces. Je refusais que ce qui s'était passé chez Peg soit notre dernière interaction.

Dans quelques jours, il fêterait ses dix-neuf ans. Cette seule pensée me rendit aussi triste que son futur départ à la guerre. L'année précédente, pour ses dix-huit ans, j'avais volé un sandwich au poulet à la cantine pour le lui offrir. Jamais je n'oublierai l'expression de son visage. C'était à briser le cœur. À croire qu'on ne lui avait jamais fait de cadeau de toute sa chienne de vie. Sa mère ne lui avait jamais souhaité son anniversaire et, pour son père, c'était comme s'il n'existait pas. Pourquoi quiconque aurait fait attention à lui ? Si je n'avais pas jeté un œil en douce à son permis de conduire, je n'aurais même pas connu sa date de naissance.

C'était décidé. J'allais écrire à Knight. Cela permettrait d'apporter une certaine conclusion à notre histoire avant qu'il ne parte et il saurait qu'au moins une personne avait pensé à son anniversaire. Et histoire de ne pas avoir à nouveau l'impression d'être la pire petite amie au monde, cela resterait *entièrement* platonique.

Trois. Fois. Rien.

Après avoir déchiré sa lettre, j'en avais en quelque sorte ramassé deux petits morceaux dans la boue, que j'avais fourrés dans mon portefeuille, et il était possible que je les aie recollés ensemble pour récupérer l'adresse qu'il m'avait confiée. Ce qui était un comportement tout à fait normal, en fin de compte.

Soldat Ronald McKnight
Alpha Co. Classe 10, 984e Peloton.
ITB BN. SOI MCB.
PSC BOX 20166
Camp Lejeune, NC 28542-0166

14 septembre 1998

Cher Knight,

Comment ça se passe dans l'infanterie ? Ou à l'entraînement ? Ou l'école ? Bref, qu'importe où tu es. J'espère que ça se passe mieux qu'au camp militaire. Personne ne parle jamais des camps d'infanterie, alors ce n'est peut-être pas si mal.

La fac d'East Atlanta, c'est carrément mieux que Peach State. Je suis tellement contente d'avoir changé !

Ici, on ne fait pas d'histoires. Tu viens, tu vas en cours, puis tu rentres tranquille chez toi.

J'ai rencontré une fille qui s'appelle Victoria, elle est méga cool. Elle veut qu'on l'appelle VV mais moi je l'appelle la Goth. Mais jamais en face. J'ai toujours l'impression qu'elle va me jeter un sort si je lui casse trop les pieds, mais jusque-là elle est super sympa. Avec elle et Juliet, on suit les mêmes cours.

Là, je suis en cours de maths et c'est chiant comme la mort. Cette prof, c'est la pire. J'arrive tellement pas à suivre ce qu'elle dit que je rattrape toujours tout chez moi après.

Un extrait de ce qu'elle a dit : « Toute équation différentielle sans dérivée partielle est une équation différentielle ordinaire, tandis qu'une dérivative contenant une seule variable est considérée comme une partielle dérivative. »

Je te jure Knight, elle a sorti ça de tête ! Putain, ça veut dire quoi, d'abord ?

Au moins, les cours de psycho défoncent. Je ne crois pas te l'avoir dit mais, après ton départ, j'ai décidé de devenir psychologue. Sans en faire un drame, je t'avoue que j'aurais aimé pouvoir t'aider davantage. Je ne sais pas tout de ce qui t'est arrivé et tu n'auras jamais à m'en parler. Mais j'aurais souhaité que tu puisses te confier à quelqu'un. Un pro qui aurait pu t'aider à dépasser tout ça. Si je pouvais au moins faire ça pour d'autres enfants, ce serait cool. Peut-être que, si un jour tu te décidais à m'en parler, alors je pourrais t'aider, aussi.

Bref. Désolée. Je ne t'écris pas pour ça. Je voulais juste te dire…

BON ANNIVERSAIRE !!!

Je sais, tu as dû penser pouvoir retourner en Caroline du Nord et éviter le sujet, mais je n'allais pas te laisser t'en tirer si facilement. En plus, il paraît qu'en camp militaire on n'a pas le droit de manger des cochonneries. Je ne sais pas comment ça se passe en camp d'infanterie (si c'est bien là que tu es) mais, après les cours, j'irai quand même dévaliser le distributeur automatique pour toi, au cas où. Si je me souviens bien, tu aimes tout ce qui finit en -tos. Je suis presque sûre qu'ils n'ont pas de Totitos, et je garantis pas non plus qu'il y aura des Fritos, mais je pourrai sûrement te dénicher sans problème quelques Cheetos et des Doritos.

Bon, il faut que je te laisse, mon cours se termine bientôt. J'espère vraiment que tu passes un bon anniversaire.

Sois prudent, d'accord ?

Bises,
BB

22

18 septembre 1998

Putain de salope !

J'en reviens pas que tu m'aies envoyé un cadeau d'anniversaire ! La nuit dernière, quand ils l'ont su, tous les gars ici m'ont chanté Joyeux anniversaire *avant l'extinction des feux. J'ai eu envie de tous leur défoncer la trachée, à ces connards.*

Mais je te remercie pour les Cheetos et les Doritos. Ici, la bouffe est dégueulasse.

Content que tu aimes tes cours. L'école d'infanterie, c'est bien moins de cours que d'infanterie. On va un peu en classe mais on passe la plupart de nos putain de journées en extérieur à trimballer des bardas super lourds ou à faire du tir. Mais c'est sympa. Pour la première fois de ma vie, je suis comme tout le monde. On a tous le crâne rasé, des rangers, du mal à gérer notre colère et l'envie constante de tout foutre en l'air. Je me dis qu'au final, j'ai peut-être pris la bonne décision en m'enrôlant.

Mais il m'a fallu du temps pour en arriver là. Honnêtement, je crois que c'est grâce à la distance que j'ai mise entre nous. Chaque fois que je te vois, j'ai l'im-

pression d'avoir fait la plus grosse erreur de toute ma vie. Mais quand j'ai vu l'homme que tu as choisi, ça m'a tué, putain. Je n'oublierai jamais comment tu t'es tenue là, à regarder ton nouveau petit copain essayer de me refaire le portrait, avec tes grands yeux verts de merlan frit. On aurait dit que tu étais complètement ailleurs.

Chez Peg, tu avais le même air. T'étais loin. La BB que je connais ne pourrait pas rester cinq minutes en place sans ouvrir sa gueule. Je comprends que tu m'en veuilles, mais ça cache autre chose. Si j'apprends qu'il t'a fait prendre une drogue ou je ne sais pas quoi, je jure devant Dieu que je le retrouverai, je lui enfoncerai les yeux dans les orbites et je pisserai dans son crâne.

Tu vaux tellement mieux que lui. T'as pas idée de ta valeur, Punk. Pas la moindre idée. Tu étais trop bien pour moi, mais pour ce connard, j'en parle même pas ! On ne peut pas se fier à Harley. Il n'en a rien à foutre de toi. Je sais que tu penses le contraire mais il n'y a que ce que tu peux lui apporter qui l'intéresse. Ces zonards sont tous pareils. Rien que des arnaqueurs. Il t'entubera à la moindre occasion. Tu verras. Un paumé reste un paumé.

Tu vois ? C'est pour ça qu'il vaut mieux que je ne te parle plus. J'ai envie de foutre mon poing dans une porte ou déserter pour revenir et lui refoutre sur la gueule. Harley ne devrait même pas être autorisé à respirer ton oxygène. Encore moins avoir le droit de te fourrer avec sa bite. Ce type n'est qu'une immonde raclure.

Quitte à baiser avec quelqu'un qui ne te mérite pas, autant que ce soit avec moi, pas avec cette grosse merde. Je t'aime moi, putain. Je tuerai pour toi. Et que tu l'admettes ou non, tu m'aimes encore.

Cette lettre d'anniversaire en est la preuve.

Knight

23

Octobre 1998

Moi qui ai une sainte horreur du froid, j'adore le parfum de l'automne.

Dans la région, il règne une odeur de feu de feuilles mortes. En gros, la Géorgie est une immense forêt au milieu de laquelle on a creusé des rues, construit des maisons et installé des entreprises. Donc, quand les arbres commencent à perdre leur feuillage estival, on se retrouve immergés jusqu'aux genoux dans un océan de feuilles dorées, ridées et craquantes. Comme il n'existe aucun autre endroit sur terre recelant autant de feuilles mortes, chaque année, les habitants sortent leurs bidons d'essence et leurs braseros, et le ciel se charge alors des âmes délicatement parfumées de cette avalanche sous laquelle ils croulaient.

En cette nuit d'octobre, on aurait dit que le monde entier brûlait. Le nez plein de coke et avec des billets de cent dollars plein les poches, je quittai la piste et filai à toute allure sur les petites routes tortueuses menant chez Harley. Les vitres étaient baissées. Le chauffage était à fond. Et le talon d'acier de ma botte ne pesait pas assez sur l'accélérateur à mon goût.

La nuit avait été bonne. Harley était parvenu à convaincre un de ses collègues du garage qu'il assurerait un max à la course – un petit Blanc avec un gold grill[1] qui avait fait poser des jantes en or sur sa Mitsubishi Eclipse. Peut-être même assez pour rembourser les pneus de 22 pouces qu'il venait de s'offrir. Au bout du compte, Dents en Or et ses potes avaient perdu tellement d'argent que c'était finalement nous qui avions les moyens de nous les offrir. L'un de ces gars avait même concouru contre Harley. Harley ! Le patron en personne ! Ces gros abrutis avaient vraiment plus de baloches que de méninges.

Harley avait suggéré à Dents en Or de concourir contre moi et, bien sûr, il en avait fait un tour complet dans son slip. Cet enculé m'avait traitée comme si ma présence sur cette piste en même temps que lui était une insulte, alors faire la course contre lui ? Je n'en parle même pas. Au départ, je ne voulais parier que cinq cents dollars, mais Harley l'avait incité à doubler la mise.

Je crois encore me souvenir de ses mots. « Alors cousin, on a peur d'une gamine dans une 5.0 ? »

Je ne m'offusquais plus qu'il me traite de gamine. Il n'employait ce terme que sur la piste, pour faire croire aux autres que ce serait du tout cuit. Mais après les courses, il me donnait du « madame ». Ou parlait de moi comme d'une *femme.* Des surnoms que je ne méritais pas, mais dont j'essayais tout de même d'être digne.

---

1. Faux dentier en or, un accessoire souvent porté par les fans de musique hip-hop.

J'avais gagné la course en distançant Dents en Or d'au moins deux longueurs. Je m'étais attendue à ce qu'il prenne directement la tangente – il aurait pu y avoir écrit « fuyard » sur son front – mais Harley avait anticipé et demandé à Bubba et JR de bloquer la sortie avec leurs camionnettes. Ce type avait toujours une longueur d'avance. Sur tout le monde.

Même sur moi.

Je n'avais aucun talent, je le savais. Jamais je n'escomptais remporter les courses qu'Harley me demandait de disputer, mais il savait ce qu'il faisait. Il m'avait entraînée à conduire comme il l'aurait fait, *sur cette piste-là* ; il avait fait je ne sais quoi à ma caisse pour qu'elle assure *sur cette piste-là.* En ligne droite, je perdrais à coup sûr. Sur un grand circuit ovale de type NASCAR aussi. Mais, sur un circuit comme celui-ci, où seuls comptaient le couple du moteur et l'adhérence des pneus, où le nombre de chevaux était secondaire et où la puissance du turbocompresseur ne vous menait nulle part, moi et ma modeste petite Mustang, nous constituions pour Harley la plus parfaite des armes secrètes.

Il n'en a rien à foutre de toi. Je sais que tu penses le contraire mais il n'y a que ce que tu peux lui apporter qui l'intéresse.

Va te faire foutre, Knight. Tu es jaloux, c'est tout.

Il arrivait que la voix de Knight fasse irruption dans ma conscience pour pirater mes pensées mais j'arrivais de mieux en mieux à l'envoyer balader.

En plus, les flash-back paralysants se faisaient de plus en plus rares. Ce n'étaient que de simples souvenirs. Des intrusions. Et puis, je savais qu'Harley ne se servait pas de moi. Nous formions une putain d'équipe. BB et Clyde !

Tandis que je m'emplissais largement les poumons de la fragrance de l'automne, mes sinus me picotèrent et j'eus un goût d'aspirine dans la gorge – les restes de cocaïne que j'avais sniffée sur le hayon de Bubba avant de quitter la piste. J'avais déjà pris de la coke avant, mais jamais avant de prendre le volant. Les sensations n'en furent que plus réjouissantes : les odeurs, le grondement bas du moteur, les vibrations, la vitesse. C'était comme si la voiture allait décoller de la route et s'envoler. Je tendis le bras par la fenêtre ouverte, comme l'aile d'un avion, montai le son de la stéréo et chantai à tue-tête *Heart of Glass*, de *Blondie*, filant à travers la nuit aux senteurs de feuilles en train de brûler.

Lorsque j'arrivai enfin chez Harley, je ne sentais plus ni mes mains ni *mon visage*, mais je m'en foutais. J'avais des affaires plus pressantes en tête.

Même si j'avais conduit à vingt kilomètres à l'heure au-dessus de la limite autorisée, Harley m'avait quand même battue. Je bondis sur les marches à l'arrière de la maison, j'entrai sans y être invitée – pour tout ce qui concernait Harley, je ne m'encombrais plus des formalités d'usage – et je le découvris dans la cuisine, à côté de Dave. Penchés sur le comptoir en formica beige, les deux frères me tournaient le dos.

Je m'apprêtais à leur demander ce qu'ils faisaient quand Dave se pencha davantage et renifla bruyamment. Puis il se redressa et se frotta le nez.

— Merde, alors. C'est de la bonne !

Harley se tourna vers moi avec un grand sourire

et m'invita à me rapprocher. Un trait de lumière se refléta sur la lame de rasoir qu'il tenait entre l'index et le majeur.

— Viens, meuf. On fête ta victoire.

Dave ouvrit les yeux et les fixa sur moi.

— Il paraît que t'as botté des culs, ce soir, B ! Allez, amène-toi par ici.

Il tendit le bras, me fit une clé autour de la nuque et me frotta le crâne avec son poing.

Connard.

Il éclata d'un rire hystérique et je le repoussai avant de me placer aux côtés d'Harley.

Ce dernier ricana et m'enveloppa de son bras libre, tandis qu'à l'aide de sa lame de rasoir il scindait en deux une pile de poudre blanche dont il forma deux rails fins. Il reposa la lame, accepta un billet de cent dollars roulé en forme de paille que Dave lui présentait et me l'offrit.

— Les dames d'abord, déclara-t-il avec un rictus.

Sans hésiter, j'acceptai la paille improvisée. C'était marrant, la coke – c'était comme sniffer de l'optimisme à l'état pur – mais les effets se dissipaient au bout d'une demi-heure et j'en voulais toujours plus. Heureusement, j'étais trop pauvre pour m'en payer. Que les gens deviennent accros à cette merde n'avait rien d'étonnant.

Pendant que nous sniffions nos lignes avec Harley, Dave farfouilla dans les placards et dénicha une bouteille de tequila Cuervo Gold qu'il brandit triomphalement en courant presque sur place.

— Mec, mec, mec ! Tu penses à ce que je pense ?

Harley posa son regard sur moi, ses yeux bleus

brillant de la même lueur de délire que ceux de son frère.

— Ouais, mec, carrément !

Je regardai alternativement leurs deux bouilles narquoises.

— Quoi ? Dites-moi ? On fait quoi ? On se fait des shots ? Si oui, il va me falloir un truc à boire pour rincer le goût. Et ne me laissez pas boire plus de trois verres, ou je vais gerber. Remarquez, j'ai jamais bu de shot de tequila. Seulement du Southern Comfort[1]. Ce truc crame à mort ! Hé attendez, pourquoi il vous faut du sel ? Et aussi du citron ? Vous avez des fruits dans la baraque ? *Vous* ? J'y crois pas !

Dave découpa le citron plus vite que s'il avait été Edward aux mains d'argent[2] et j'éclatai de rire – surtout de honte à cause de mon débit de paroles. Pendant que je priais pour qu'il ne se coupe pas un doigt et en essayant de me retenir de débiter des conneries, Harley se tenait dans mon dos, en train d'ouvrir la fermeture de mon blouson. Une fois enlevé, il le balança sur la nouvelle table de cuisine et commença à déposer des baisers et des suçons de haut en bas sur ma nuque. Je basculai la tête en arrière contre son épaule tandis que sa langue me léchait au-dessus du sternum.

Sa voix gronda contre ma clavicule, ce qui attisa la jalousie d'autres parties de mon corps.

— Pas besoin de boire le moindre shot, madame. Tout ce que tu as à faire, c'est rester là et être jolie.

---

1. Liqueur de whisky.
2. *Edward Scissorhands* (1990), film réalisé par Tim Burton.

Au moment où je me retournais pour lui demander la signification de ces mots, Harley glissa une tranche de citron entre mes dents et sourit. Merde, qu'est-ce qu'il pouvait être beau ! Je restai plantée devant lui, une putain de tranche de citron dans la bouche, alors que j'aurais préféré y sentir ses lèvres, et le dévisageai tandis qu'il saupoudrait du sel juste au-dessus de mes seins, là où il m'avait léchée. Puis il accepta le minuscule verre rempli de liquide ambré que lui tendait son frère, le brandit brièvement en l'air pour porter un toast et se pencha sur moi pour lécher le sel. J'étouffai un gémissement et mordis plus intensément dans la tranche de citron. Un jus acidulé se répandit dans ma bouche et Harley bascula la tête en arrière, vidant son verre d'une traite. Il le fit claquer sur le comptoir, m'adressa une œillade sauvage, se rapprocha toutes dents dehors de mon visage et mordit le citron qui me sortait de la bouche. Ses lèvres fougueuses au goût de sel se refermèrent sur les miennes et il se mit à sucer le jus du citron, l'empêchant de couler sur mon menton.

Il récupéra la tranche entre ses dents et la cracha dans l'évier juste à côté de nous. Dave la remplaça immédiatement par une nouvelle. Je le regardai droit dans les yeux – aussi bleus et fous que ceux de son frère, mais surmontés de cils et de sourcils sombres – et retins ma respiration. Dave rompit notre contact visuel, se pencha sur moi et fit lentement courir sa langue sur mon sternum.

Ce contact m'arracha un hoquet surpris – sans que pour autant je lâche le citron – et je tournai mon regard vers Harley. Il avait les narines dilatées, la mâchoire serrée et ses yeux étaient réduits à deux fentes. Était-il jaloux ? *Harley, jaloux ?* Je soutins son regard et j'inclinai la tête, permettant ainsi à Dave de déverser du sel sur ma peau trempée de salive.

Le torse d'Harley montait et redescendait. Il était furieux. Et j'adorais le voir dans cet état.

D'un côté, tout mon corps réclamait qu'Harley et Davidson me prennent en sandwich mais, de l'autre, mon cœur suppliait Harley de réclamer ce qui lui était dû. Je n'avais pas envie qu'on me partage. Pas vraiment, en tout cas.

Je voulais qu'on me chérisse.

Malgré le citron fiché entre mes dents, j'adressai un sourire moqueur à Harley tandis que son frère lovait son visage dans ma nuque pour sucer ma peau salée.

À peine s'était-il retiré pour vider son verre cul sec qu'Harley poussa un grognement.

— Ça suffit, les conneries !

Il m'agrippa le haut du bras et m'arracha à son frère. Il prit la bouteille de tequila dans son autre main et m'entraîna hors de la cuisine.

La voix ricanante de Dave s'éleva derrière nous :

— Mec, t'es sérieux ? Ça allait justement devenir intéressant !

Harley ne prit même pas la peine de répondre. Il marcha d'un pas lourd jusqu'à sa chambre, referma la porte derrière nous d'un coup de pied et me balança sans ménagement sur le matelas. Le citron toujours coincé entre les dents, je m'affalai sur le dos et tentai de deviner sa silhouette dans l'obscurité. Des lames lumineuses filtraient par les interstices entre la porte et le mur. Éclairé ainsi à contre-jour, Harley avait l'air d'une ombre vivante. Un des rais de lumière traversa la bouteille de liquide ambrée au moment où il la portait à ses lèvres.

Après une longue gorgée, la voix d'Harley gronda au cœur des ténèbres :

— T'as envie de baiser avec lui, pas vrai ? Tu comptais rester là, comme une pute, et le laisser te sucer le cou !

Note pour moi-même : le mélange tequila et cocaïne change Harley en vrai connard.

Enhardie par la poudre qui rend con qui courait dans mes propres veines, je retirai le citron de ma bouche pour répliquer :

— Moi, je suis une pute ? *C'est toi*, la pute ! Tu ne sais probablement même plus avec combien de filles tu as couché ! Des centaines, je parie ! Pour toi, je ne suis rien d'autre qu'un de tes vulgaires petits plans cul, pas vrai ?

Note pour moi-même : la coke me rend conne, moi aussi.

Harley déposa la bouteille près du matelas et se plaça à quatre pattes au-dessus de moi. Je sentis son haleine chaude sur mon visage, chargée de citron et de tequila, juste avant qu'il ne s'empare de ma mâchoire.

— C'est différent, putain, et tu le sais !

— En quoi c'est différent ?

Dis-le ! Dis-le-moi ! Dis que je suis spéciale ! Que tu m'aimes !

— Personne n'a le droit de te toucher, à part moi !

— Oh, alors comme ça, tu ne veux pas que *Dave*

me touche ? Eh ben, c'est trop tard ! lui reprochai-je en désignant le creux de ma nuque avec la pointe du citron.

Je suppose qu'Harley s'était habitué à l'obscurité et avait perçu mon geste, car il m'arracha le citron des mains et le fit courir le long du chemin qu'avait emprunté la langue de Dave. Il reprit une longue goulée de tequila et lécha ma peau salée et âcre, effaçant toute preuve que son frère était passé par là.

Il replaça le citron entre mes dents, m'enleva mon tee-shirt *Boys Don't Cry* et dégrafa mon soutien-gorge rembourré. Tout en agaçant mon téton ailé, Harley demanda :

— Est-ce qu'il t'a déjà touchée là ?

Je secouai la tête et retins ma respiration lorsque Harley répandit de la tequila entre mes seins presque inexistants. Il me lapa de bas en haut, puis trouva mes lèvres et suça le fruit acide entre mes dents. Le reste de l'alcool coula sur ma cage thoracique et m'inonda le nombril. L'excédent de citron cascada sur mon menton jusque dans ma nuque, souillant les boucles blondes de mes cheveux. Et un fluide d'une tout autre nature envahit mon entrejambe.

Qui était cet homme ? Harley ne s'était jamais montré agressif avec moi. Pas plus qu'il n'avait manifesté le moindre signe de jalousie ou de possessivité. Pourtant, j'eus une impression de déjà-vu. Ce n'était pas la première fois qu'on me parlait sur ce ton. J'avais été malmenée avant cela. Et ça m'avait plu.

En vérité, cela me manquait.

Là, dans le noir, défoncée à la coke et face à mes démons, je m'autorisai à faire semblant. Je laissai

Harley déchirer mes fringues, m'agripper fermement et m'insulter – tout du long, j'avais en tête un homme plus violent que lui. Quelqu'un de plus avide et qui ne serait satisfait qu'après m'avoir ouvert une veine pour en sucer le sang à même la plaie.

Avec sa langue, Harley continua de suivre le ruissellement de tequila jusqu'à mon nombril et il commença à défaire ma ceinture cloutée. Avec un nouveau geste étrangement familier, il baissa mon pantalon et ma culotte d'un coup sec jusque sur mes chevilles et les laissa là, sans prendre la peine de me retirer mes rangers. Knight me baisait souvent de la même manière, les chevilles liées par mes vêtements. Il vivait l'instant présent, comme s'il entendait sa vie défiler, telle une horloge en accéléré. Chaque minute comptait et il préférait les passer entre mes jambes plutôt que de perdre du temps à me retirer mes pompes.

Harley m'écarta les jambes aussi loin que le permettaient mes entraves et s'empara de la bouteille posée près de lui. Au moment où il se penchait, je sentis tout d'abord sa langue, chaude et humide, suivie du filet brûlant de la tequila qui coulait entre mes replis intimes et dans sa bouche impatiente. Je me tortillai et sifflai, mordant de plus en plus fort dans le citron au fur et à mesure que la sensation de piqûre s'intensifiait. Harley lécha et suça jusqu'à ce que la légère brûlure ne soit plus qu'un vague picotement. Puis il remonta le long de mon corps, s'empara du citron avec ses dents et me l'arracha, faisant perler un jus acide sur mon menton. Il tourna la tête et cracha la rondelle sur le tapis.

Dans le noir, ses yeux bleus tels des feux follets trouvèrent les miens et il me pénétra d'un doigt. Surprise par la sensation de brûlure, je hoquetai. À force de s'envoyer des shots de tequila sur moi, ses doigts devaient être souillés d'alcool. Mes yeux s'humidifièrent tandis qu'il cueillait mon sexe dans sa main qui me brûla, comme du sel qu'on saupoudre sur une plaie. Il ne se rendait probablement même pas compte que j'avais mal mais, encore une fois, il s'agissait d'Harley. Ce connard avait toujours l'air de *parfaitement* savoir ce qu'il faisait.

Il parla d'une voix profonde et chargée d'arrogance :

— Et *là*, il t'a touchée ?

Il s'attendait à ce que je secoue la tête et réponde à sa question, comme une bonne petite fille. « Non, monsieur. Jamais. » Qu'il aille se faire foutre. Harley n'était pas le seul à vouloir baiser et se bagarrer. J'avais sniffé la même poudre de folie que lui et j'étais toute prête à en découdre. En plus, grâce à toute la colère que la coke avait fait naître en lui, jamais je n'avais été plus proche de retrouver Knight. Je réalisai alors une chose : je n'étais pas tout à fait prête à laisser partir mon ex.

Je pourléchai le jus sur mes lèvres en souriant et j'acquiesçai lentement.

Harley plissa les yeux et ses narines se dilatèrent.

— *Quoi ?*

Le ton de sa voix était si grave qu'elle vibra jusqu'au fond de mon être, mais il n'y avait pas de retour possible. Le train fou avait quitté la gare.

Je le laissai pantois et tirai son portefeuille de sa

poche pour y piocher une capote. Tandis que je m'appliquais à l'ouvrir, je répondis enfin à sa question :

— Dave m'a fait un cunni pendant que tu me baisais sur le canapé. Il est doué, lui aussi. J'ai joui en moins de cinq secondes.

Harley eut un mouvement de recul. Son poing vola vers l'avant. Je fermai les yeux juste avant d'entendre un craquement au-dessus de ma tête et je sentis de la poudre pleuvoir sur moi. Du plâtre.

— Le fils de pute !

Je m'essuyai le visage et me mis à rire comme une cinglée.

— Pourquoi tu pètes un câble comme ça ? Je croyais que tu aimais partager.

Allez, bouffe-moi tout cru.

Harley agrippa une plaque de plâtre fendillée et l'arracha du mur avec un grognement.

— Je lui avais dit de ne pas te toucher !

— Pourquoi tu ne veux pas me partager avec ton frère, Harley ?

Saigne-moi.

Harley rit par le nez et balança un morceau de plâtre à travers la pièce.

— *Pourquoi* ?

Dis-le, que tu m'aimes, putain ! Que je compte pour toi ! Comme je comptais pour Knight ! T'es qui au fond, bordel ?

Harley arracha son tee-shirt par-dessus sa tête, déboucla sa ceinture, libéra son membre prêt à me punir, m'arracha la capote des mains et l'enfila, le tout en moins de dix secondes. Il referma mes jambes, les bascula sur le côté, pressa mes genoux serrés contre le matelas et me pénétra aussi loin que mon corps mal préparé le permettait. Je poussai un hurlement de douleur. Cette distension soudaine fit revenir l'intense brûlure de l'alcool. Harley se retira et me pénétra, encore et encore, ponctuant chaque coup de reins avec un mot :

— Parce… que… tu… es… à… moi… putain !

À moi.

Knight disait ça, lui aussi.

Je fermai les yeux et me laissai envahir par cette douleur mêlée de plaisir que je ne pensais plus jamais pouvoir ressentir un jour. Ce fut presque comme dans mon souvenir – intense, fou, passionné. Douloureux. Si je ne pouvais pas avoir Knight, je saurais au moins que, pour faire endosser son rôle à Harley pour une nuit, il suffirait de quelques lignes de coke, de shots de tequila et d'un petit coup de langue de son frère.

24

Cette nuit-là, je rentrai à la maison avec trois heures de retard. J'entrai sur la pointe des pieds en espérant que papa se soit endormi sur le canapé, mais je n'eus pas cette chance. Assis à la table de la cuisine, il m'attendait en nettoyant ses armes. Ce qui n'était jamais bon signe. Je me confondis en excuses, inventant un mensonge stupide comme quoi je m'étais endormie chez la Goth, mais en vain. Je fus sévèrement privée de sortie.

Pour éviter les remontrances de mes parents, je passai le jour suivant terrée dans ma chambre à fumer des cigarettes et à consulter mon portable toutes les cinq minutes, par pur ennui. Harley ne m'avait pas appelée, ni pour s'assurer que j'étais bien rentrée, ni pour vérifier que je n'avais pas eu d'ennuis à cause du couvre-feu. Il avait probablement oublié que j'en avais un à respecter, même si je lui rebattais les oreilles à ce sujet à chacune de mes visites. À moins qu'il ne soit en train de cuver ? Il avait vraiment eu la main lourde sur la tequila. Avec un peu de chance, il ne garderait aucun souvenir de ce qu'il s'était passé la veille.

Comme on ne diffusait que de la merde à la télé les

samedis, je me contentai de dessiner en écoutant The Cure. Cela m'occuperait avant d'aller travailler. Mais, alors que Robert Smith chantait à propos d'une fille en train de faire une chute infinie, je fixai la page blanche. Je ne fis aucun dessin : je m'écroulai sur le papier.

Dans ma tête, je me vis de retour chez Terminus City Tatoo, après la fermeture, en train de feuilleter un carnet de croquis rempli de motifs complexes représentants des dragons, des chevaliers et toute une iconographie médiévale. Pendant que j'admirais le travail de Knight, je sentis son souffle chaud contre ma nuque. Il était bien plus doué que moi. Il l'avait toujours été.

Nous avions fait notre primaire à la même école, il avait juste quelques années de plus. Ma mère y enseignait le dessin et je me rappelais toute l'attention qu'elle portait à, je cite, ce « petit garçon très spécial qui ne s'entendait pas avec les autres enfants ». À cette époque, je ne le connaissais pas mais j'avais déjà vu ses dessins épinglés à côté des miens, sur le panneau d'affichage juste derrière le bureau de maman. Niveau dessins, entre nous, c'était la nuit et le jour. Mon art était aussi enjoué et coloré que celui de Knight était sombre et violent. Et pourtant, ses dessins étaient bien plus beaux.

Le flash-back provoqué par la musique de The Cure éclata en morceaux lorsque j'entendis distinctement le tintement métallique de la boîte aux lettres qui s'ouvrait et se refermait. Par la fenêtre, je regardai à l'autre bout de notre longue allée bordée d'arbres, en direction de notre boîte aux lettres noire toute bête. Je pouvais presque entendre d'ici l'écriture de psychopathe, tout en majuscules, me hurler dessus à l'intérieur.

J'avais reçu une lettre.
Je le sentais d'ici.

23 octobre 1998

Chère BB,

Me voilà arrivé.

Toute ma vie, j'ai su que je mourrais avant d'avoir trente ans mais, maintenant que je suis là, je pense ne même pas arriver jusqu'à vingt.

C'est la merde, ici. On avait à peine quitté l'aéroport que notre convoi était sous les balles. Oh, et j'ai aussi vu une main coupée sur le bord de la route. Une main, putain ! Celle d'une femme, je crois.

Bref, cela m'a fait comprendre que ce que j'ai à te dire ne peut plus attendre. D'autant plus que le courrier peut prendre jusqu'à trois semaines pour te parvenir et me revenir.

Je voulais juste te présenter mes excuses pour ma dernière lettre, j'ai été un sale connard. Je sais que j'ai dit que c'était mieux de ne pas te parler, mais c'était des conneries. Peu importe ce que je dis, ce que tu fais, ou avec qui tu baises, jamais je ne voudrais qu'on ne se parle plus. N'en doute pas une seconde. Si je dois mourir demain, souviens-toi que les seuls jours de ma vie de merde qui ont valu le coup d'être vécus sont ceux où j'ai pu parler avec toi.

Je t'aime, Punk. Pour toujours.

Tu peux reprendre ta vie, à présent.

Knight

Tout à coup, je sus avec exactitude ce que j'allais inscrire sur cette page blanche que je fixais : les excuses que j'aurais dû écrire deux mois auparavant.

25

11 novembre 1998

Chère BB,

Je viens de recevoir ta lettre. Tu dois être vachement désolée, dis donc. Continue à m'écrire, d'accord ? Depuis mon arrivée ici, tu es la seule chose qui me relie encore à mon ancienne vie.

Parle-moi de tes cours. De tes parents. De quelle couleur sont tes cheveux, maintenant ? Tu continues à les laisser pousser ?

C'est si étrange d'être ici. Cet endroit ne ressemble à rien. J'ai même l'impression d'être sur une autre planète. Putain, on se croirait sur Mars. Et tous les Martiens sont armés.

La bouffe, la langue, mes fringues. Tout est différent. Et mes problèmes, j'en parle même pas, putain. Avant, il fallait que je me retienne de tuer des gens. Maintenant, je suis carrément payé pour ça.

J'aimerais me souvenir de l'effet que ça fait d'avoir une identité propre. Pouvoir me soucier de petites choses sans importance, au lieu de faire gaffe à ne pas finir pulvérisé par une bombe artisanale. Et m'endor-

mir avec ta tête contre mon torse, plutôt qu'avec un gilet pare-balles de dix kilos.

Merde, il faut que je file. Écris-moi, s'il te plaît. Je t'aime.

Knight

26

25 novembre 1998

Cher Knight,

Tu veux encore que je te raconte ma vie ? C'est chiant comme la mort, mais si tu y tiens… Euh, voyons voir… Mes cheveux continuent de pousser. Ma frange me tombe presque jusqu'au nez et tout ce qui était rasé fait environ cinq centimètres, maintenant. Je me suis fait une teinture blond platine et j'ai l'impression qu'ils n'aiment pas trop ça. On dirait de la paille.

Les cours se passent bien. C'est Thanksgiving, alors je suis en pause pour l'instant. Comme je suis bien partie pour n'avoir que des A ce semestre, je suis en bonne voie pour obtenir mon diplôme en avance et décrocher une bourse pour m'inscrire soit à l'UGA[1] *ou à la GSU*[2]*. Je penche plus pour la seconde option. Je ne suis même pas sûre que l'UGA m'accepterait. À mon avis, la candidature implique de leur fournir la preuve en images que j'ai au moins cinq robes rouge et noire*

---

1. University of Georgia.
2. Georgia State University.

dans ma garde-robe et que je suis capable de faire le poirier sur un tonneau en agitant des pompons.

Sinon, quoi d'autre ? Le bébé de Juliet a dit son premier mot : BB ! Elle était en pétard, t'as pas idée ! J'adore. Tu m'étonnes qu'il me préfère. Juliet est tellement une garce ! Remarque, si j'avais un môme de six mois à charge, moi aussi j'en deviendrais une. Mieux vaut elle que moi !

Mes parents vont bien. Mon père est toujours au chômedu. Il passe ses journées entre le divan et la table de la cuisine en marmonnant sans arrêt que le gouvernement va venir lui prendre ses armes. Ma mère est toujours prof de dessin à l'école primaire de Peach State et, quand elle n'y est pas, elle prend bien garde à rester stone en permanence. Je bosse toujours chez Pier One et on menace de me virer au moins une fois par semaine. La routine, quoi.

C'est à peu près tout. Pour le reste, je doute franchement que tu veuilles savoir.

Je ne devrais pas te le dire, mais… tu me manques. Je ne sais même pas pourquoi. Tu es tellement con ! Tiens, j'ai en mémoire au moins quatre de tes anciennes identités. Tu es un con nommé Knight. Ronald McKnight, en fait. Pas de second prénom. Tu as dix-neuf ans. Ta mère est une vraie connasse. Ton père est un grand ponte de Chicago qui l'a foutue en cloque avant de se barrer sans se retourner. Pour éviter que les gens ne t'approchent, tu te fringuais en skinhead, sauf que tu n'es même pas raciste. Tu aimes les animaux. Avant, tu laissais de la bouffe pour les chats errants de Little Five Points et, à l'époque du lycée, tu t'occupais tous les jours du berger allemand de Peg.

Tu m'as aussi dépucelée dans le lit de mon ex, qui est devenu ton lit après son déménagement. Il y avait du miel et des menottes. Parce que tu es un sacré coquin.

Tu es aussi un tatoueur et un perceur incroyablement talentueux. Tu as percé mon anatomie la plus intime et tatoué un chevalier à l'intérieur de mon doigt. Je voulais qu'il soit à l'extérieur mais tu ne l'as pas fait, parce que tu ne voulais pas que ce soit permanent. Tu ne voulais pas que ça dure entre nous. Tu pensais que je méritais mieux.

Mais tu as eu tort.

Et voilà où nous en sommes.

Fais attention à toi, Knight. Je te réécrirai bientôt.

Bises,
BB

PS : Au lieu de t'accrocher à qui tu étais, focalise-toi peut-être sur la personne que tu es devenue. Parce que ce gars dont je viens de te parler… je ne l'aimais pas beaucoup. Et lui, il n'aimait rien.

27

7 décembre 1998

Chère BB,
Si : il t'aimait bien.

Avec mon amour,
Knight

PS : Joyeux Noël.

Knight avait écrit ces mots sur un petit bout de papier marron, fourré à l'intérieur d'une petite boîte cartonnée qui donnait l'impression d'avoir été écrasée en chemin par un Hummer. Lorsque je le sortis, j'en découvris un autre, chiffonné en boule, de la taille d'une balle de base-ball.

C'est quoi ce délire ?

Je sortis la boule de papier parcheminé et la dépliai pour découvrir son contenu. Mes yeux s'emplirent de larmes, mais je ne les chassai pas. Pas question de quitter son contenu des yeux une seule seconde. Knight m'avait envoyé un fin bracelet argenté en forme de serpent qui s'enroulait délicatement autour du poignet. La surface était minutieusement gravée de symboles, de bateaux, de palmiers, et d'un petit visage reptilien et intégralement peint en noir.

Bien que l'histoire de ce bracelet fût écrite dans une langue qui m'était inconnue, mon cœur la décrypta avec aisance. Le serpent était en plein périple. La tête du reptile avait déjà atteint sa destination, mais le reste de son corps traversait l'océan, comblant un fossé qui le reliait à un autre lieu et à une autre époque.

Je glissai le bracelet autour de mon bras décharné et le mis sous la lumière de ma lampe de chevet, enregistrant dans ma mémoire chacun de ses détails et chacune de ses imperfections. Autrefois, je m'imaginais Knight comme un serpent à sonnette. Mortel. Irrationnel. Prêt à mordre au moindre craquement de brindille. Et il était comme ça avec tout le monde. Mais, en contemplant le bijou qui entourait mon poignet, je compris qu'avec moi Knight n'était pas du tout le même serpent. Il ne me tuerait pas avec ses crochets – ses flingues, ses couteaux ou une batte de base-ball. Il s'enroulerait autour de mon cœur et le serrerait jusqu'à ce que je ne batte plus.

Knight était un boa constrictor tombé amoureux d'une souris.

Je pris l'emballage qui contenait le bracelet et le dépliai contre mon lit. Noël était dans moins d'une semaine, mais peut-être qu'en payant des frais de port supplémentaires, je pourrais lui faire parvenir un cadeau dans les temps. Peu importe ce que cela coûterait. Rien qu'à imaginer Knight passer Noël en pleine zone de guerre sans recevoir le moindre cadeau, je sentais ma poitrine se comprimer de douleur. J'étais prête à payer n'importe quel prix pour que cette sensation s'en aille.

L'an dernier, Knight était venu passer Noël à la maison. Je n'étais pas encore prête à le présenter à mes parents, mais qu'aurais-je pu faire d'autre ? Son beau-père l'avait mis sous le coup d'une injonction d'éloignement et Peg rendait visite à des proches. Je ne pouvais pas le laisser seul. Knight s'était présenté avec un jean sans revers et un sweat à capuche Lonsdale pour dissimuler ses bretelles, un geste que j'avais beaucoup apprécié, et il s'était montré toute la journée sous son meilleur jour. Je ne me rappelle pas qu'il ait prononcé le moindre gros mot, mais je ne peux pas en dire autant de moi.

Maman avait été sa prof de dessin et elle s'était souvenue de lui. C'était adorable. Elle l'avait couvert de louanges et il s'était tortillé sur place tellement il était gêné. Je crois même l'avoir surpris en train de sourire à une ou deux reprises. En repartant, il m'avait dit que ça avait été le plus beau Noël de toute sa vie.

Je fouillai frénétiquement dans mes tiroirs jusqu'à trouver ce que je cherchais : une photo encadrée de deux ados, debout devant un faux sapin de Noël tout maigrichon. Ils avaient tous les deux le visage moucheté, le crâne rasé – elle portait une frange. Et ils souriaient à moitié. C'était la première fois qu'on les prenait en photo ensemble – une des seules qui existe encore. En couple, nous avions passé tant de temps chacun de son côté. Personne n'avait eu l'occasion de nous balancer une remarque du genre : « Hé, souriez un peu, vous deux ! »

Peut-être que je n'afficherais plus jamais cette photo, mais j'étais reconnaissante envers ma mère de l'avoir prise.

Je posai le cadre sur le papier marron que je repliai avec soin, m'assurant que la partie en verre soit la plus protégée, puis je le retournai et écrivis au dos.

Cher Knight,
Elle t'aimait bien aussi.
Joyeux Noël.
Bises,

BB

28

Avoir revu cette photo que je n'avais pas regardée depuis des mois avait fait partir ma culpabilité en vrille. Non seulement je fus forcée d'admettre que je vivais un genre de relation à distance avec mon ex, mais en plus je me rappelai que je n'avais toujours pas présenté Harley à mes parents. Nous sortions ensemble depuis six mois. *Six mois !* Pour une adolescente, c'est l'équivalent de soixante ans. Maman savait que j'avais un mec – les suçons occasionnels et le fait que je n'étais jamais à la maison l'avaient mise sur la piste – mais je n'aimais pas trop en parler. Que pouvais-je dire ?

Bien sûr, maman ? Je peux te parler de mon mec : il s'appelle Harley. On l'a viré du bahut à l'âge de dix-sept ans, mais c'est un sacré débrouillard. Il a même vécu avec des loubards dans un squat de Little Five Points pendant plusieurs mois ! Faut être sacrément malin pour ne pas avoir à payer de loyer, pas vrai ?

C'est vrai qu'il est mécano, mais écoute ça : sa caisse vaut cent mille dollars ! Mais n'ouvre le coffre sous aucun prétexte, d'accord ?

En plus, Harley est assez vieux pour m'acheter mes

clopes et de l'alcool ! C'est pas génial ? Plus besoin de taper dans ton paquet !

Tu aimes le dessin ? Harley en est couvert !

Mais si j'avais pu ramener un skinhead à la maison un soir de Noël, alors que ses poings étaient encore fraîchement tachés du sang de son beau-père, je pouvais bien leur présenter Harley, non ? Au moins, il était charmant. Et ce visage. *Ces cheveux !* Il n'y avait rien à jeter !

Lorsqu'on sonna à la porte, je dévalai l'escalier, je sautai les trois dernières marches d'un seul bond et j'ouvris brusquement la porte. Je détaillai aussitôt la tenue d'Harley, dans l'espoir qu'il ait bien couvert tous ses tatouages. Il portait un tee-shirt blanc à manches longues Henley qui comprimait la musculature de son torse et dont le bord disparaissait sous le ceinturon de son Dickies gris, maintenu par une ceinture cloutée. J'en eus l'eau à la bouche. Je relevai les yeux vers son visage suffisant et remarquai qu'il avait gardé son piercing. Pas grave. Je veux dire, ce n'était pas comme si je lui avais demandé de le retirer.

Puis je remarquai ses cheveux.

Ou l'absence de cheveux, devrais-je dire.

Il les avait coupés. Il ne s'était pas tondu le crâne : Harley était complètement chauve !

La boule à zéro !

Parce qu'on m'avait privée de sortie pour ne pas avoir respecté le couvre-feu, je ne l'avais pas vu depuis une semaine – la plus longue séparation depuis qu'on sortait ensemble. Que s'était-il passé pendant mon absence, bordel ?

Non pas qu'il fût *laid.* Il était juste… différent.

Plus sombre. On était passé de James Dean à un méchant de James Bond.

Je n'eus pas le temps de lui demander ce qui lui avait pris. Ma mère m'avait déjà rejointe sur le palier et l'invitait à entrer. Debout dans le modeste vestibule, je restai bouche bée pendant qu'elle l'emmenait dans la cuisine, où elle avait posé des boulettes de fromage et quelques crackers pour faire joli.

Tandis que je leur emboîtais le pas, je vis Harley prendre place à la table de la cuisine et je découvris avec horreur la raison pour laquelle il avait rasé sa somptueuse et séduisante crinière.

Il avait un tatouage sur le haut du crâne, de la taille d'un saladier.

Le temps se mit à ralentir. Je traînai mes chaussettes sur le linoléum sans les sentir. C'était comme si je planais au-dessus de la scène. Depuis mon poste d'observation, je voyais parfaitement le tatouage d'Harley. On aurait dit qu'on lui avait retiré le haut du crâne, comme le couvercle d'une boîte à cookies, révélant un ensemble de tubes, d'engrenages et de pistons en guise de cervelle.

T'as un moteur dans la tête, j'ai pigé, connard. Très futé !

Je me rappelai alors qu'Harley m'avait parlé d'un tatouage sur son crâne, au début de notre relation, mais le dessin semblait tout récent. L'encre était noir de jais et, tout autour, la peau de son crâne était rouge et enflée. Ce connard s'était fait tatouer, ou re-tatouer, sur la tête juste avant de venir rencontrer mes parents. S'il avait eu au moins le réflexe de me prévenir, je lui aurais dit de rester chez lui et j'aurais inventé une excuse. Maintenant, voilà que cet adulte avec la lèvre percée, un tatouage sur la tête, un coffre rempli d'armes et sans diplôme en poche était assis à la table de la cuisine et se régalait des boulettes de fromage de ma mère.

Remarque, ce n'était pas *mon problème.* Je n'étais même pas là. Bien sûr, mon corps était présent. Mais ma conscience assistait à la scène depuis l'autre côté de la pièce en mangeant du pop-corn avec une paire de lunettes 3D sur le nez. *Merde, meuf,* s'amusait-elle. *Ta mère a l'air vachement furax. T'as vu la façon dont elle t'a regardée ? Attends un peu que ton père le voie ! Il va sûrement te faire porter une ceinture de chasteté à partir de maintenant. Tu l'as grave dans le cul !*

La voix de mon père nous parvint depuis le salon, qui était juste derrière le garage et jouxtait la cuisine.

— J'ai fumé trop de peyotl ou bien il y a une Boss de 69 garée dans mon allée ?

Je m'étais attendue à ce qu'il ne prenne pas la peine de se lever pour saluer Harley mais, évidemment, il s'était subrepticement glissé à l'extérieur pour mater sa caisse.

Trop bizarre, mon père.

Avec un petit rictus prétentieux, Harley se leva de table pour le saluer. Il n'y avait rien qu'il aimait plus que de faire le beau avec cette tire. J'avais envie de le suivre, mais pas assez pour risquer de réintégrer mon corps. Même le pacifisme de ma hippie de mère avait ses limites et je n'avais aucune envie d'être là et de me prendre une gifle quand elle péterait un plomb.

Tout en plongeant son regard brûlant dans le

mien, maman vida son troisième verre de merlot et fit claquer le verre à pied sur le comptoir avec plus de force que nécessaire. Je me renfrognai tandis qu'elle avançait vers moi, puis poussai un soupir soulagé. Elle me dépassa et, au lieu de m'étrangler, elle agrippa la porte du frigo.

Elle sortit un énorme jambon cuit au miel qu'elle déposa sur le comptoir avant de s'adresser à moi sans me regarder :

— Mets la table.

Puis elle fit volte-face et quitta la cuisine.

Merde.

Je me bougeai le cul fissa. Nous n'utilisions notre solennelle petite salle à manger que trois fois par an mais, quand c'était le cas, c'était toujours moi qui devais mettre le couvert. Sûrement parce que j'étais la seule à savoir dresser correctement une table. J'avais appris ça chez les scouts à huit ans, juste avant de laisser tomber. Tout en disposant l'argenterie, je regardai par la fenêtre située sur ma gauche et vis mon père quitter le siège passager de la voiture d'Harley avec un grand sourire béat. Puis je me tournai vers la fenêtre de la cuisine et vis ma mère en train de s'envoyer un pétard sur la terrasse.

Mon optimisme débile s'exprima :

Peut-être que ça va bien se passer et qu'ils ne te renieront pas.

Au moment de passer à table, tout le monde était d'humeur plus légère, sauf moi. J'avais les nerfs à vif. Maman rit à des remarques qui n'étaient même pas drôles et mangea presque les yeux fermés. Papa et Harley parlèrent bagnoles dans un langage masculin qui ressemblait à peine à du français. Quant à moi, je gardai le silence et poussai ma nourriture sur le rebord de mon assiette en espérant que personne ne remarque mon manque d'appétit. J'avais horreur des fêtes, il y avait toujours une telle pression autour de la nourriture. Pour échapper aux regards des autres, je finissais toujours par me gaver ; ce qui signifiait que je terminais mes soirées dans les chiottes avec deux doigts au fond de la gorge pour réparer les dégâts. Pas génial pour finir Noël. Par chance, Harley était au centre de l'attention.

Après tout, peut-être que j'avais bien fait de le faire venir.

Évidemment, le temps que je m'habitue à l'avoir sous notre toit, Harley n'y était déjà plus. Il s'éclipsa juste après le dîner. Lorsque je le raccompagnai à la porte, il ne m'accorda qu'un bref bisou sur la joue avant de s'enfuir. En refermant derrière lui, je réalisai qu'il n'y avait pas eu de distribution de cadeaux. Pas de séance photo devant le sapin. Je ne suis même pas sûre qu'il ait vu notre arbre de Noël. Certes il était affreux, mais j'avais fabriqué toutes les décorations moi-même avec maman quand j'étais petite.

Alors que je m'apprêtais à tourner les talons et monter en quatrième vitesse dans ma chambre pour fumer et surinterpréter son comportement, je sentis une petite main enserrer fermement mon épaule.

— Méfie-toi, mon sucre, dit ma mère d'une voix empâtée et en me faisant presque mal. Protège-toi bien avec celui-là. On dirait qu'il sort de prison.

Jamais paroles ne furent plus exactes.

29

Quarante-cinq kilos ? Ça va. C'est pas la mort. Tu as pu prendre quelques kilos pendant les vacances ? Quoi de plus normal...

— BB ! appela maman depuis le rez-de-chaussée. Tu as reçu un paquet !

Chier !

Je bondis de la balance de la salle de bains et coupai l'eau dans la douche. J'enveloppai mes cheveux dans une serviette et descendis les marches quatre à quatre. Maman m'attendait au bas de l'escalier, les bras croisés, une enveloppe cartonnée à la main. J'étais devenue plutôt douée pour récupérer le courrier avant qu'elle rentre du boulot, mais c'était toujours plus compliqué le samedi.

J'ignore pourquoi cela m'importait, mais j'étais gênée que maman puisse découvrir ma relation épistolaire avec Knight. Probablement parce que je n'étais même pas censée lui adresser la parole.

Maman me toisa en dressant un sourcil suspicieux. Je lui arrachai l'enveloppe des mains et tournai les talons pour remonter en vitesse.

— C'est de la part de Knight, dit-elle, sa voix baissant d'une octave sur la fin de sa phrase.

Elle l'avait prononcée de la même manière qu'on aurait dit : « le président a été abattu » ou « tes tests sont positifs ». Comme si un grand danger me menaçait.

Au sommet de l'escalier, je tournai dans le couloir.

— Ouais, merci, lançai-je sans même la regarder.

Je me précipitai dans ma chambre, claquai la porte derrière moi et plongeai la main dans l'enveloppe. On aurait dit qu'elle contenait un truc épais, comme un magazine. J'en retirai une grande feuille de papier blanc que je dépliai, dépliai et dépliai encore jusqu'à tenir dans ma main le croquis d'un corps humain grandeur nature. Au milieu du torse de cet homme de papier, il y avait des impacts de balles – ils formaient un cœur parfaitement symétrique.

Quel amour de psychopathe !

30

Est-ce que ça se voit que je n'ai pas vingt et un ans ?

Je poussai un gloussement sonore pour moi-même et sirotai une nouvelle gorgée du verre de Cuervo 1800 qu'Harley avait commandé pour moi avant de sortir dehors pour « gérer une affaire ». Impossible de boire ça cul sec. Cette merde avait un goût d'enfer et de damnation. En revanche, si j'en jugeais par les trois verres vides juste à côté, ce n'était pas un problème pour Harley.

BB, tu as seize ans et t'as pas de nichons. Tout le monde ici s'est rendu compte que tu n'as pas l'âge légal de boire.

C'est pas grave. Aucun souci. Je veux dire, ils ont bien laissé Knight bosser ici et il avait quoi... dix-sept ans ?

Je frissonnai en repensant à toutes les histoires que Knight m'avait racontées à propos du Spirit of Sixty Nine – le bar punk et rockabilly à côté de Terminus City Tatoo. À toutes les filles avec qui il avait été avant moi, toutes des nanas maigrichonnes qu'il ramenait chez lui après la fermeture. Des plans d'un soir qui finissaient bien souvent dans des bains de sang.

Knight.

Je pris une nouvelle gorgée qui m'arracha une grimace.

J'espère qu'il va bien. Aucune lettre n'accompagnait la cible humaine qu'il m'a envoyée la semaine dernière, et celle du mois dernier ne faisait pas plus de deux phrases. C'est pas bon signe. Knight m'écrivait tout le temps. À l'école, je crois même qu'il m'a écrit plus de lettres qu'il n'a engagé de conversation avec moi. S'il n'écrit pas, c'est qu'il garde toutes ses emmerdes pour lui. Il ne parle donc à personne.

Je devrais lui écrire.

Mais pour lui dire quoi ?

« Salut, si tu lis cette lettre, c'est que tu es encore en un seul morceau. Bien joué. Quel temps il fait là-bas ? Toujours aussi désertique ? Ici, on se les gèle. Rien de nouveau, sinon. J'adore les cours de psycho et je sors toujours avec le gars qui t'a rétamé avec son flingue. Il s'est rasé le crâne et il n'est plus aussi cool depuis qu'il s'est mis à la coke mais, en vrai, j'aime bien ça parce qu'il te ressemble un peu, du coup.

Voilà, à +

Bises,

BB »

— BB ! Oh, mon Dieu, qu'est-ce que tu fais ici, ma puce ?

Je pivotai sur mon tabouret et découvris Miss Fête Nationale qui s'avançait vers moi, accompagnée d'un type au look rockabilly que j'avais déjà vu sur la piste, un certain Jason. Il avait passé son blouson autour des épaules de Tracey dont les cheveux blonds, aux *victory rolls* d'ordinaire impeccables, étaient trempés.

Elle rendit son blouson à Jason et se laissa tomber sur le tabouret à ma droite en pestant.

— Il pleut comme vache qui pisse, dehors !

Jason me salua d'un mouvement de la tête et s'installa à côté d'elle. Il devait encore avoir la honte d'avoir parié contre moi il y a des mois.

C'est bien, connard. Reste à ta place.

Tracey sortit un bandana rouge de son sac à main et l'attacha autour de sa tête en deux secondes chrono façon Rosie la riveteuse[1]. Cette garce pourrait se donner tout le mal du monde pour avoir l'air négligée, elle aurait quand même l'air cool.

Tracey scruta autour d'elle et demanda :

— Où est Harley ? T'as pas pu boire tous ces shots toute seule !

Son sourire était celui d'un mannequin de calendrier mais son regard était interrogateur. Elle disait : « Sérieusement, il est où ? Tu n'as rien à faire ici toute seule, mon petit sucre. »

— Oh, euh… il est sorti faire une course vite fait. Il va revenir.

Tracey désigna sa robe à la mode des années 1950.

— Faire une course ? T'as vu le *temps qu'il fait* ?

Elle réajusta le tulle de sa robe, révélant le tatouage de sa cuisse.

— Alors, ton tatouage n'est toujours pas fini, on dirait ?

La tonalité de ma voix était plus triste que je l'escomptais. Comme si j'avais essayé de la consoler.

1. Célèbre icône populaire du mouvement féministe américain.

Tracey poussa un soupir et accepta le martini rose que Jason lui offrit.

— Non. J'ai suivi ton conseil et j'ai appelé Bobby pour savoir si elle pouvait s'en charger. Mais elle m'a répondu que ce « con de punk » de Knight devait s'en charger lui-même.

Elle avait ajouté des guillemets imaginaires en prononçant « con de punk ». Elle ajouta :

— Elle m'a promis qu'à son retour au mois de mai, si je pouvais attendre jusque-là, elle lui ferait terminer le travail gratuitement.

En mai.

Knight rentre en mai.

— BB ?

— Oui ? Oh, désolée. Génial ! Tatouage gratos ! Bobby le forcera, ne t'inquiète pas. Même Knight a peur d'elle.

— Qui a peur de qui ?

Dans mon dos, le grondement de la voix d'Harley me fit sursauter.

Je quittai Tracey des yeux et fis tourner mon tabouret vintage en vinyle vers la gauche pour lui faire face. Il était adossé au bar, des filets d'eau de pluie ruisselant sur son blouson en cuir et par-dessus la poche contenant son arme avant de couler par terre sur le sol en béton. Ses cheveux trempés, désormais plus longs d'environ un demi-centimètre, semblaient plus sombres que d'habitude. Et la cicatrice de cinq centimètres qui courrait sur le côté de son visage, dont j'ignorais l'existence jusqu'à ce qu'il se rase le crâne, ressortait comme un pouce gonflé après avoir reçu un coup.

Je changeai de sujet :

— Oh, mon Dieu, tu es tout trempé ! Qu'est-ce qui t'a pris si longtemps ?

— Ouais, qu'est-ce qui t'a pris si longtemps ? répéta Tracey en s'appuyant contre moi avec sourire de speakerine. Plein de mecs sont venus l'aborder. Avec Jason, on commençait à en avoir marre de les envoyer bouler !

Harley sourit, mais cela n'avait rien de chaleureux ou d'espiègle. Un frisson me parcourut le dos.

— Ah, ouais ? Dans ce cas, il va falloir que je marque mon territoire. Pas vrai ?

Harley descendit d'un trait mon verre de tequila, puis il s'empara du martini à moitié vide de Tracey. Il se tint bien droit et, à l'aide d'un couteau, il fit tinter le verre si fort que je crus qu'il allait le briser.

Le chahut de toutes les canailles présentes du bar – skinhead, rockabillys, métalleux et motards – se tut et ils tendirent le cou pour voir ce que mon mec voulait.

— Que tout le monde la ferme ! ordonna-t-il. J'ai une question à poser à cette dame !

Putain, Harley, non ! Qu'est-ce que tu fous ? Pas ici !

Il me regarda droit dans les yeux et mit lentement un genou à terre en sortant quelque chose de sa poche. Son regard était plus sévère que d'habitude. Menaçant. D'ordinaire, ses demandes à la con l'amusaient beaucoup, comme s'il prenait un malin plaisir à me placer au centre de l'attention. Mais, cette fois-ci, rien dans ses yeux plissés, ses pupilles dilatées, sa mâchoire serrée ou même son tatouage crânien qu'on devinait encore sous la mince toison de sa chevelure ne trahissait la moindre taquinerie.

Il me présenta la bague, coincée entre deux doigts.

— BB… Veux-tu m'épouser ?

Sans tourner la tête, je scannai les visages des clients qui nous regardaient bêtement, puis je revins vers Harley qui me toisait d'un regard de défi.

Et je partis d'un éclat de rire nerveux.

J'agrippai Harley par le poignet, le forçai à se mettre debout et l'entourai de mes bras. Je pressai ma joue contre son blouson trempé en prenant bien garde à regarder Tracey et non les clients perplexes.

Paumes vers le haut, elle haussa les épaules et me posa une question silencieuse. « Tu réponds quoi ? »

Je fis une grimace et secouai légèrement la tête.

Ce fut au tour de Tracey de faire la grimace.

Le con de barman qui avait passé la soirée à me reluquer prit la parole assez fort pour que tout le monde l'entende :

— Alors, elle répond quoi ?

Jason répondit d'une voix aussi tonitruante :

— Elle dit : *y a pas moyen !*

Tout le bar se fendit la gueule et j'adressai un regard assassin à Jason. Assis près de Tracey, il sirotait tranquillement une Pabst Blue Ribbon, un sourire moqueur sur le visage. Je ne savais même pas qu'il savait parler, ce bâtard. Après toutes les fois où Harley l'avait soulagé de son fric durement gagné, il avait probablement mûrement réfléchi au moment où il lui rendrait la monnaie de sa pièce.

Non pas qu'Harley puisse le prendre mal. C'était un de ses super-pouvoirs : tout lui glissait dessus. Il était intouchable. On ne pouvait pas le blesser. Ou le briser. Ou l'énerver. Harley était en caoutchouc.

Raison pour laquelle je fus très surprise lorsqu'il m'agrippa par le bras et me traîna au milieu des tables pleines de marginaux tatoués et hilares jusque dans le vestibule du bar.

Il me relâcha pour que je puisse lui faire face et poussa un grognement :

— C'était quoi, ce bordel ?

— Je te retourne la question ! répliquai-je, sincèrement déconcertée.

— Tu m'as fait passer pour une fiotte !

Pourquoi es-tu si con ?

Je levai les mains.

— Harley, je n'ai rien fait du tout.

— Tu viens de te foutre ouvertement de ma gueule !

OK, Harley a sniffé trop de coke et bu trop de Cuervo. Je suppose que je sais maintenant en quoi consistait sa course sur le parking. Son coffre doit être délesté de quelques Uzi et fusils à canon scié, à l'heure qu'il est.

— Je ne me foutais pas de ta gueule, dis-je en tâchant de rester calme. Je suis stressée, c'est tout. Je ne connais pas tous ces gens.

— Je t'ai entendu parler de lui.

Ses narines se dilatèrent. Il n'arrivait même pas à prononcer son nom.

Merde. Réfléchis, BB. Réfléchis.

— Oui, et ? C'est lui qui a tatoué Tracey. Maintenant qu'il est à l'autre bout du monde, elle voulait juste savoir comment elle pourrait le faire finir.

À l'autre bout du monde, tu te souviens ? Il est très, très loin d'ici. Tu peux arrêter de jouer les cinglés, maintenant.

Harley fit un pas vers moi et je reculai d'un pas dans l'ombre du couloir embrumé de tabac.

— Si ce connard de bidasse avait été là ce soir, et qu'il t'avait demandé ta main, qu'est-ce que tu aurais répondu ?

Euh… ben…

— Tu peux même pas répondre à une putain de question !

Harley frappa le mur juste derrière moi, ce qui me fit sursauter.

Je répliquai d'un ton cassant :

— Je n'aurais probablement rien répondu parce que, s'il avait été là, Knight ne m'aurait pas fait sa demande dans un putain de bar, lui !

En entendant son nom, le regard d'Harley s'emplit de flammes.

Merde.

Je fis un nouveau pas en arrière et baissai d'un ton.

— Harley, je regrette. Je ne sais même pas pourquoi on a cette conversation. Tu n'as même pas envie de m'épouser. C'est juste un jeu entre nous. Tu me fais tes demandes devant des foules entières parce que ça t'amuse de me foutre la honte. Et je t'ai encore rejeté ce soir parce que je dis toujours non, tu te souviens ? Je ne vois vraiment pas pourquoi tu t'énerves.

Harley s'avança vers moi, son visage tordu par une forme de démence. Je voulus encore reculer d'un pas mais mon dos heurta le mur.

— Oh, alors tu m'as *rejeté* ? dit-il, comme s'il répétait un mot en langue étrangère qu'il n'avait encore jamais prononcé. Tu m'as *rejeté* ? *Toi ?*

Il plaqua ses paumes contre le mur, de part et d'autre de ma tête, m'emprisonnant avec son visage éclairé à contre-jour. Son haleine puait la tequila et un flot d'adrénaline remonta dans mes veines.

Il agrippa l'arrière de mes cuisses et me hissa pour me plaquer contre le mur. Mes jambes entourèrent sa taille et je sentis son érection contre mon entrejambe.

— Vas-y, refais-le, dit-il. *Rejette-moi*, pour voir.

Je ne le rejetai pas. Je fis une chose bien pire encore.

Je mis de l'huile sur le feu.

Je l'embrassai.

Au moment où ma langue effleurait la sienne, Harley s'écrasa contre moi – son baiser était si fougueux que je me cognai la tête contre le mur et il se frottait avec une telle force que je craignais de finir avec un bleu sur le clitoris. Il n'en avait rien à foutre que nous soyons dans le vestibule d'un bar bondé. Et moi non plus, pour être honnête.

Jusqu'à ce qu'il me libère et commence à déboucler sa ceinture.

Merde !

Je criai par-dessus le morceau de Social Distortion que crachait la sono du bar.

— Harley, non. Pas ici.

Je devais soutenir mon propre poids pendant qu'Harley se débattait à deux mains avec ma ceinture cloutée et ma fermeture Éclair.

— Et pourquoi pas ?

Voyons... parce que c'est un lieu public ? Parce que mes capotes sont dans mon sac qui est resté au bar ? Parce que ton flingue me rentre dans la cuisse ? Et parce que je suis bien trop sobre pour faire des conneries pareilles ?

— Mon futal est trop serré.

Je regardai autour de moi à la recherche d'une solution. Je n'avais pas envie de *rejeter* Harley à nouveau, mais je ne souhaitais pas spécialement non plus me faire arrêter pour attentat à la pudeur. À ce moment-là, un skinhead sortit des toilettes pour hommes en remontant sa braguette.

Mes pieds retrouvèrent le sol en béton et je repoussai suffisamment Harley pour pouvoir me libérer et ainsi pouvoir le guider en direction des toilettes avec un murmure.

— Par là.

Aussitôt à l'intérieur, je verrouillai derrière nous, soulagée de découvrir une pièce équipée d'une seule chiotte et d'un lavabo au lieu d'une rangée de pissotières. Dommage pour l'odeur – la puanteur devrais-je dire – de pisse. Harley n'en fut pas gêné. Avant même que je puisse me retourner, il était dans mon dos et baissait sèchement mon jean déjà déboutonné sur mes genoux. Je m'appuyai contre la porte, arc-boutée tandis que sa peau chaude se pressait contre mes fesses. Harley mordit le lobe de mon oreille, sa respiration rauque et chaude tout contre ma peau hypersensible. J'avais envie de me cambrer contre lui, de le laisser me baiser là, tout contre la porte des chiottes. Je voulais m'imaginer Knight à sa place et me prendre pour une des petites skinheads qu'il chopait dans ce même bar. Qu'il dégaine son couteau papillon et qu'il me fasse saigner.

Mais ce fut impossible. Car la partie la plus sobre de mon cerveau choisit pile ce moment-là pour me faire lâcher l'épineuse question :

— T'as une capote ?

Harley immisça son sexe entre mes cuisses et l'humidifia contre mon intimité mouillée. Mes genoux flanchèrent, ce qui ne fit qu'augmenter la pression contre lui. Dieu, ce que c'était bon !

Avec sa main droite, Harley s'appuya contre la porte pour conserver son équilibre et enroula sa main gauche autour de ma cage thoracique, me maintenant contre son torse comme dans un étau. Ma question demeura sans réponse. Et, vu la manière dont il dirigeait son gland vers ma fente, Harley n'avait nullement l'intention d'y répondre.

J'étais en guerre contre moi-même. Soit je le repoussais au risque de réveiller Hulk Harley – ou quelle que soit la personne qu'il devenait en abusant de la coke et de la picole –, soit je laissais faire et prenais le risque que cet homme qui n'avait pas été foutu de me dire avec combien de nanas il avait couché me refile je ne sais quelle bon Dieu de MST.

Je trouvais Harley très excitant quand il devenait brutal mais, à ce moment précis, je sus que la comparaison avec Knight s'arrêtait là. Jamais Knight ne m'aurait fait courir le moindre risque. Avant de renoncer aux capotes, il m'avait d'abord emmenée chez le docteur pour que je passe des tests et que je me fasse prescrire la pilule. En plus, c'était moi qui l'avais suggéré. Cette personne-là… ne savait même pas si je prenais la pilule ou pas.

Parce que je ne lui avais pas dit.

Tandis qu'Harley pressait son sexe contre le mien et qu'il enserrait plus fortement mes côtes, la panique me submergea.

Non !

Je serrai fermement les cuisses et me débattis jusqu'à pouvoir me retourner et lui faire face. En fait, je me retrouvai à fixer son cou – je ne pouvais pas me résoudre à affronter son regard. À la place, je déposai un baiser contre son pouls tandis que mes mains glissaient en direction de sa queue en train de pulser au même rythme.

Je l'avais déjà sucé avant mais jamais jusqu'à l'orgasme. Les rares fois où j'avais laissé Knight jouir dans ma bouche, j'avais cru me noyer – et ce n'était pas une chose que j'avais spécialement envie de revivre – mais, si je comptais sortir de cet enfer saturé par l'odeur de pisse, c'était la seule issue possible. Je pris donc une grande inspiration… et tombai à genoux.

Pendant que je luttais pour engloutir son membre volumineux, Harley agrippa ma tignasse de cheveux blond platine dans son poing. Comme il m'était impossible de l'engouffrer entièrement dans ma bouche sans avoir envie de vomir, je me rattrapai en le branlant avec mes mains squelettiques. Harley resserra son emprise et guida mes gestes jusqu'à être dur comme du bois.

Le souvenir de Knight en train de jouir dans ma bouche parasita mes commandes centrales, m'obligeant à reculer brusquement le visage – pile au moment où Harley envoya la purée. Comme ses mains me maintenaient la tête, je ne pus me retirer assez vite et le premier jet de sperme frôla mon œil. Sa semence effleura ma joue et gicla dans mes cheveux. Le second jet aspergea la porte. Le troisième coula sur son membre et sur mes mains.

Au moins, je ne m'étais pas noyée.

Je m'essuyai la joue et les lèvres du revers de la manche de mon pull léopard, me levai et plongeai mon regard dans celui, hagard, d'une personne familière.

— La vache, meuf, fit Harley en tanguant sur les jambes. Tu as tenu le choc.

Une vague de soulagement s'abattit sur moi.

Je lui tapotai l'épaule et le dépassai pour me rendre au lavabo le plus crade de toute l'Amérique.

— Ne t'y habitue pas trop, dis-je d'une voix taquine. Tu as failli me jouir dans l'œil.

En ouvrant le robinet, j'entendis Harley ricaner. Je le vis de profil dans le miroir, en train de remonter sa braguette. De ma position, je ne pouvais voir ni sa cicatrice ni son tatouage crânien et j'eus presque l'impression de retrouver l'ancien Harley. Espiègle mais puissant. Une gueule d'ange, mais sans les cheveux blonds.

Je baissai la tête pour laver le sperme qui collait mes cheveux et je sentis deux bras chauds m'enlacer. La peur fusa aussitôt en moi, mais elle battit en retraite à la seconde où je sentis la chaleur de son étreinte s'immiscer en moi. Ses bras n'avaient rien d'un étau : ils étaient tendres. Reconnaissants. Presque affectueux.

Presque.

31

2 février 1999

Chère BB,

C'est un peu moins la merde ici, depuis qu'on a adressé nos salutations à l'armée adverse à coups de bombes dans la gueule, le mois dernier. Même les milices locales battent en retraite.

Sur le papier, ça a l'air d'être une bonne chose, mais ça me fait horreur. Je perds complètement la boule. Je suis coincé ici, dans un foutu carton sur Mars, et la seule chose à laquelle j'arrive à penser, c'est à toi, en me demandant si tu te souviens seulement de mon existence.

Peut-être que je n'existe plus. Peut-être que l'homme que tu as connu a disparu. Quand je regarde notre photo de Noël, j'ai l'impression de voir un parfait étranger.

C'est pour ça que tu ne m'as pas réécrit ? Parce que j'ai disparu ? Que je suis devenu un autre homme ?

Pitié, dis-le-moi. Même si tu en as fini avec moi, réponds-moi. Tu occupes toutes mes pensées.

Je t'aime,
Knight

32

Au bout de trois essais, je parvins enfin à allumer ma cigarette malgré mes doigts tremblants et mes dents qui claquaient. Je m'étais recroquevillée dans le renfoncement de l'entrée du bâtiment des sciences humaines pour être à l'abri du vent. Mais le vent me trouva quand même. Il me trouvait toujours.

Je t'emmerde, l'hiver, songeai-je. *T'es froid, j'ai pigé ! Pas besoin de me le rappeler en me martelant le crâne, espèce de frimeur.*

Je vis Juliet et la Goth marcher vers moi depuis le bâtiment de sciences et mathématiques, le visage à moitié caché dans leurs cols relevés. Pour le second semestre, nous n'avions pas pu nous inscrire aux mêmes cours car, pour obtenir mon diplôme en avance, je devais suivre un cursus très spécifique. Ainsi, Juliet et la Goth passaient le plus clair de leurs journées ensemble pendant que je restais seule au dernier rang, à écrire des lettres que je finissais systématiquement par jeter à la corbeille en sortant.

Au moins, j'avais parfois l'occasion de traîner avec la Goth après les cours. Quand nous n'avions pas de devoirs à faire, elle aimait m'accompagner chez Harley, parfois pour s'enfermer avec Dave dans sa chambre pour faire Dieu sait quoi. Mais ils ne sortaient pas vraiment ensemble et n'étaient pas officiellement en couple. C'était bizarre.

Tout comme l'espèce d'étrange balançoire à lanières qu'il avait installée dans un coin de sa chambre.

Quels tarés, ces deux-là.

Une fois seulement, Juliet était venue avec Romeo après les cours. En l'espace de dix minutes, il avait réussi l'exploit de renverser un bang rempli d'eau et de se fourrer une poignée de mégots de clopes dans la bouche. Je ne la voyais presque plus qu'à la fac, entre deux cours.

La Goth s'alluma une cigarette pendant que Juliet soufflait dans ses mains pour les réchauffer.

— Vous vous magnez un peu, les pétasses ? On se les gèle, putain !

Avec *beaucoup* de réticence, Juliet avait arrêté de fumer pendant sa grossesse et elle nous en faisait toujours baver avec ça.

— Et puis, merde, ajouta-t-elle. Quitte à rester là, autant que tu m'en files une.

Et elle replongeait… Systématiquement.

Impassible, la Goth tira une seconde cigarette de son paquet.

— OK, *maman*.

Juliet détestait qu'elle l'appelle comme ça.

La Goth me demanda :

— Tu bosses aujourd'hui, BB ?

Elle essayait d'avoir l'air nonchalante, ce qui pour elle n'était pas bien difficile. Cette fille avait le quotient émotionnel d'une huître.

Je répondis en claquant des dents :

— Ou-ou-ou-ouais. Mais pas de-de-demain. Tu-tu pourrais v-v-venir chez moi.

Elle leva au ciel ses grands yeux noirs de poupée.

— Ouais, peut-être.

J'écrasai ma cigarette sous ma semelle.

— Au f-f-fait les filles, je dois parler à mon prof avant le cours. On se voit au d-d-déjeuner, OK ?

Juliet hocha la tête – elle était trop occupée à jouir de sa cigarette pour se soucier de moi – et la Goth me salua en formant un V avec les doigts.

Je rentrai dans le bâtiment en courant, m'élançai dans l'escalier central jusqu'au deuxième étage – tout du long, mon sac de presque vingt kilos rebondit contre mon dos décharné comme un foutu jockey sur son canasson – et débarquai dans la salle de psycho numéro 2 avec dix minutes d'avance. Mon professeur, le docteur Raines, était en train de noter un lexique et des devoirs à faire au tableau. C'était un vieux et gentil monsieur, trapu et bedonnant, et sa garde-robe se réduisait à environ trois vestes en tweed et deux pantalons kaki informes.

Il me salua sans même se détourner de son tableau :

— Bonjour, mademoiselle Bradley. Vous êtes en avance. Peut-être vous joindrez-vous au premier rang, aujourd'hui ?

Je posai mon sac sur le bureau le plus proche de l'entrée.

— Euh, bien sûr. Docteur Raines, puis-je vous parler en privé ? Avant que les autres arrivent.

Le docteur Raines reposa son marqueur et se retourna pour m'observer par-dessus ses lunettes à double foyer.

— Tout va bien, mademoiselle Bradley ?

Si seulement il avait pu s'asseoir ! Rester debout me mettait très mal à l'aise.

— C'est mon ex-petit ami, commençai-je. Il s'est enrôlé dans les Marines et il est parti en mission. Il… Il lui arrive de m'écrire et, dans ses lettres, il me confie certaines choses, comme quoi il ne se sent plus lui-même. Dans la dernière, il dit qu'il a l'impression d'avoir *disparu*. Je pense qu'il a dû voir et faire de sacrées salop… *choses*, là-bas. Je me demandais si vous n'auriez pas un conseil pour, genre, l'aider. Il faut que je lui réponde, mais je ne sais pas quoi dire.

Le docteur Raines retira ses lunettes et se pinça l'arête du nez.

— C'est un SPT, marmonna-t-il en secouant la tête avant de lever sur moi un regard triste. J'ai bien peur de bien connaître ce que votre ami traverse. J'ai moi-même été mobilisé au Viêtnam.

Oh, merde.

— Le terme clinique officiel est « syndrome de stress post-traumatique », ou SPT, reprit-il. Mais à l'époque nous n'en savions rien. De retour au pays, certains membres de mon régiment et moi-même avons éprouvé quelques… difficultés.

Sans s'arrêter de parler, il tira un mouchoir de sa poche et commença à nettoyer les verres de ses lunettes.

— Par exemple : troubles de l'identité, insomnies, aggravation de l'irritabilité et de l'agressivité, flash-back, crises d'angoisse, pensées et actes suicidaires.

Il remit ses lunettes sur son nez et continua :

— C'est d'ailleurs la raison pour laquelle je me

suis tourné vers la psychologie. Pour comprendre ce qui nous était arrivé.

Je me mis à bafouiller :

— Je… Je suis navrée. J'ignorais.

— Ce n'est rien, mademoiselle Bradley, dit-il avec un bref sourire. Ce genre de choses peut nous briser, ou nous pouvons en tirer profit pour aider autrui, n'est-ce pas ?

J'acquiesçai. Puis j'avalai ma salive. Et je m'éclaircis la voix :

— Et donc… comment puis-je l'aider ?

— Pendant ma convalescence, je trouvais très apaisant de m'occuper avec des choses que je faisais quand j'étais enfant. Intégrer mon identité de soldat à celle du jeune homme que j'étais tout juste devenu était difficile, mais mon identité d'enfant, elle, était tout à fait cristallisée dans mon esprit. Si je me sentais sur le point de craquer, je m'asseyais et je construisais une maquette d'avion, tout simplement. Grâce à cela, je me sentais toujours *moi-même.*

— Quand il était petit, il aimait dessiner. Il a beaucoup de talent. En fait, il est même tatoueur. Enfin… il l'était.

— Voilà qui est merveilleux. Chaque fois qu'il ne se sentira… pas dans son assiette, dirons-nous, vous devriez l'encourager à dessiner.

— C'est ce que je vais faire. Merci.

— Je songe bien à d'autres moyens de lui venir en aide, mais malheureusement le cours va commencer. Si vous voulez bien revenir me voir avant le début du prochain cours, je vous établirai une liste.

— Oh, mon Dieu, ce serait génial. Merci beaucoup !

Le docteur Raines m'adressa un sourire.

— Toujours prêt à aider un camarade vétéran. Il a bien de la chance d'avoir une personne telle que vous pour veiller sur lui.

Comme un serpent, la culpabilité me remonta l'échine. Knight ne m'avait pas. Plus maintenant.

— Puis-je vous demander une dernière chose, docteur Raines ?

— Certainement.

— Peut-on souffrir de SPT à cause d'autre chose que la guerre ? Je ne sais pas, par exemple… une bagarre qui aurait *très, très, très* mal tourné ? Le suicide d'un ami, ou bien avoir assisté à la mort d'une personne ?

Ou tout ça en l'espace d'un seul mois ?

— Absolument. La moindre situation terrifiante, menaçante ou perturbante peut justifier l'apparition de symptômes de stress post-traumatique.

— Des flash-back, par exemple ? Ou des crises d'angoisse ?

Le docteur Raines m'observa par-dessus les verres de ses lunettes, comme si ses yeux étaient des rayons X et qu'il fouinait dans mon cerveau.

— Êtes-vous certaine que tout va bien, mademoiselle Bradley ? Je peux vous mettre en relation avec notre service de consultations, si vous le souhaitez.

— Non, piaillai-je. Tout va bien. Merci.

J'attrapai mon sac à dos et je courus m'abriter au dernier rang.

Pendant que les autres étudiants arrivaient au

compte-gouttes, je sortis mon cahier et commençai à écrire. Ce ne fut pas bien différent des autres fois, sauf que ce coup-ci le fruit de mon labeur n'atterrit pas dans la corbeille à papier.

10 février 1999

Cher Knight,

Je suis navrée de ne pas t'avoir écrit plus tôt. En fait, j'ai écrit. Beaucoup. Je n'ai juste pas envoyé les lettres. Rien de ce que j'y disais n'avait de sens. Si je parlais de moi, je me sentais comme une merde, mais j'avais aussi peur de t'énerver si je parlais de ce que tu devais endurer. Il n'aurait pas non plus été judicieux de remettre le passé sur le tapis. Alors, qu'est-ce que cela nous laisse ? L'avenir ? Il s'annonce déprimant, lui aussi. Sérieux, quand tout le monde conduira des voitures volantes, qu'adviendra-t-il de ma Mustang ? Je refuse d'y penser.

Alors, j'ai eu une idée : et si on parlait du lointain passé ? Genre, quand on était petits ? Je sais que tu n'as pas eu une enfance très heureuse, alors parle-moi uniquement des belles choses. Quel genre de petit garçon étais-tu ? C'était quoi, tes dessins animés préférés ? Tu voulais faire quoi quand tu serais grand ?

Moi, j'étais un cauchemar ambulant. Maman n'arrivait à rien avec moi. Je refusais de porter les fringues qu'elle préparait pour moi le matin, alors je passais ma journée habillée en Fifi Brindacier. Cheveux roux, taches de rousseur. Complètement débraillée. Je portais des tutus et des jupes hawaïennes par-dessus mon jean et j'essayais tout le temps de me couper les cheveux toute seule (c'est toujours le cas). J'étais obsédée par un jouet, le palais du pouvoir de She-Ra, surtout à cause de son odeur. Quand je le reniflais, j'avais toujours la tête qui tournait. Il devait y avoir du plomb dans la peinture. Ma couleur préférée, c'était « arc-en-ciel » et je voulais devenir architecte ou pilote d'avion. Oh, et mes jeux préférés, c'était de faire semblant d'écrire des trucs importants dans mon cahier (juste des gribouillis), de dessiner à la craie dans l'allée et d'emporter toutes les casseroles et les poêles de maman au jardin pour faire des tartes à la boue.

À toi.

Bises,
BB

PS : Sois prudent.

33

— BB, s'exclama Juliet. T'as *carrément* les pieds dans le feu !

Je levai les yeux au ciel en frissonnant, offrant la pire imitation possible de la Goth.

— OK, m-m-m-maman !

Debout à mes côtés, Juliet rigola en balançant ses longues tresses par-dessus son épaule afin de les maintenir à l'abri des flammes déchaînées juste derrière nous. Elle balaya du regard les badauds, camions, voitures et fûts de bière qui nous entouraient.

— J'en reviens pas que tous ces gens viennent faire la course en plein hiver !

— C'est d-d-dingue, hein ?

La chaleur commençait enfin à s'infiltrer dans mes os. Seuls une veste d'aviateur bordeaux, un tee-shirt de groupe en coton fin et une couche de peau translucide encore plus fine les séparaient des flammes. Je levai mon gobelet en plastique rouge et j'ajoutai :

— Au moins, il y a de la bière.

Juliet trinqua avec son gobelet assorti.

— Je bois à ça.

Tandis qu'elle sirotait sa bière, l'esquisse d'un sourire étira la commissure de ses lèvres. La petite garce passait un bon moment.

Je passai mon bras dans son coude et posai la joue contre son épaule.

— Je suis trop contente que tu sois venue.

— Moi aussi, dit-elle d'une voix mélancolique. Maintenant, vire de là ou tous ces beaux mecs vont se faire des idées.

Je ris.

— Oh, ne t'en fais pas pour ça ! Ils savent que je suis avec Harley. Il s'est servi de moi pour soutirer du fric à la plupart de ces gars.

Servi de moi. C'est bien ce que j'ai dit ?

Juliet observa les alentours.

— Au fait, il est où ? Je n'ai même pas vu son… Oh, putain de bordel de Dieu, BB ! dit-elle en m'enserrant le bras d'une main et manquant de broyer son gobelet de l'autre. C'est bien qui je pense ?

Je plissai les yeux dans la direction indiquée, mais à part des gens à perte de vue, je ne reconnus personne.

— Qui ? Où ?

— La meuf là-bas, qui traîne avec les motards. Celle qui porte le blouson violet des Lakers, avec les longs cheveux noirs !

Le peu de chaleur que j'étais parvenue à tirer du feu se figea aussitôt dans mes veines. Je refusais de la regarder, mais il le fallait. Pour mon bien.

La dernière fois que j'avais vu Angel Alvarez, c'était dans l'allée devant chez Trevor Walcott, à sa fête de fin d'études. Elle était sortie en trombe du camion de Knight et avait couru vers moi en me hurlant dessus comme une putain de *banshee*. Si elle n'avait pas trébuché sur le trottoir avant de se vautrer à mes pieds, elle m'aurait tabassée devant tout le monde.

Peu probable que j'ai deux fois la même chance.

Je suivis le regard de Juliet et tombai sur un océan de violet. Carlos, le frère d'Angel, un connard de première, faisait partie d'un gang de Latinos dont les membres portaient majoritairement du violet – surtout des bandanas et des fringues de l'équipe des Lakers de Los Angeles. Et ils conduisaient tous des moto-cross, comme s'ils se prenaient pour DMX et les Ruff Ryders[1]. J'avais déjà vu ces gars sur la piste, mais je ne me doutais pas qu'Angel puisse faire partie de leur gang.

Je finis par repérer la fille dont Juliet parlait. À part les longs cheveux noirs et fins – ceux d'Angel étaient blond cuivré – tout correspondait : taille, poids, visage en forme de sablier, le blouson des Lakers et le pantalon baggy ; sans oublier la capacité qu'elle avait de me terrifier sans même avoir à me regarder.

Par chance, sa petite bande était éloignée d'une vingtaine de mètres, mais tout de même : quand on est à vingt mètres d'un tigre, c'est toujours vingt mètres trop près, même s'il vous tourne le dos.

— Qu'est-ce qu'elle fout ici ? demandai-je pardessus le vacarme régulier du feu, de la foule, de la musique et des bagnoles.

---

1. DMX : artiste de hip-hop américain dont le titre *Ruff Ryders' Anthem* est un hommage au label qu'il dirige.

— J'en sais foutre rien ! Tu ne l'avais jamais vue ici avant ?

— Non !

Pendant que nous observions cette soudaine apparition, Harley s'approcha de nous, un sourire étiré sur son visage juvénile, son éternel anneau à sa lèvre charnue. Ses yeux bleus étincelaient à cause des flammes.

— Bonsoir, jolies dames ! Vous avez vu ce bordel ? Bubba est en train de fumer toute une bande de ploucs à la course ! J'ai équipé sa camionnette d'un nouveau gros bloc, la semaine dernière. Ces cons n'ont pas compris ce qui leur…

Il s'interrompit et agita la main devant nos yeux.

— Hé ho, reprit-il. Ça va, là-dedans ?

Juliet regarda Harley.

— Si cette conne d'Angel Avlarez regarde par là, ça ira pas du tout.

Le sourire d'Harley s'évanouit et il poussa un grognement interloqué.

— Qui ça ?

— La meuf là-bas, avec le groupe de racailles. L'année dernière, elle a essayé de piquer son mec à BB et *en plus* de la tabasser. C'est une putain de tarée.

Je regardai Harley, soudain bien plus terrifiée de sa réaction après que Juliet avait prononcé le nom de Knight que je ne l'étais par Angel Alvarez. Son regard était sévère, sa mâchoire contractée.

Et merde, c'est reparti.

— Je reviens tout de suite.

Il s'éloigna d'un pas décidé en direction du groupe

de Latinos. Puis il se retourna brièvement, pointa le sol juste devant nous et ajouta en aboyant :

— Vous, restez là !

Hein ? Attendez une minute. Harley s'énervait à cause d'*Angel* ?

Comme Juliet avait osé mentionner mon Ex Dont On Ne Doit Pas Prononcer Le Nom, je m'attendais à ce qu'elle ait droit à une beuglante de sa part. Il ne connaissait même pas Angel. N'est-ce pas ?

Prise de panique, je m'emparai du bras de Juliet juste avant qu'Harley ne plonge dans l'océan de connards aux couleurs d'améthyste et la tirai loin du feu. Cachées derrière l'un des énormes pneus du camion de JR, nous observâmes Harley échanger des mots avec Angel Alvarez – mon ennemie jurée.

Je murmurai :

— Qu'est-ce qu'il dit ?

— J'en sais rien, mais on dirait bien qu'il lui pousse une gueulante.

— Il est taré ou quoi ? Il ne sait pas qui est son frère ?

J'étais reconnaissante qu'Harley veuille prendre ma défense, mais interrompre un gang en pleine réunion pour chercher des crosses à la petite sœur du meneur, c'était bien l'une des pires conneries qu'il ait jamais faites !

Juliet répondit en murmurant :

— On dirait que Carlos n'est pas là.

Dieu merci.

— Par contre, ses gars ont pas l'air jouasses, ajouta-t-elle.

Je jetai à nouveau un œil par-dessus le pneu et vis

deux types qui se tenaient près d'Harley en bombant le torse, tellement balèzes qu'ils n'avaient même plus de cou. Leurs chemises à carreaux n'étaient boutonnées qu'au niveau du col et des bandanas violets ceignaient leurs crânes chauves. Toutefois, ils n'intervinrent pas. Comme ils participaient aux courses sur sa piste, peut-être avaient-ils un certain respect pour Harley ?

Pendant que j'essayais de comprendre ce qui était en train de se passer, une voix teigneuse au timbre perçant s'éleva par-dessus le boucan des moteurs et des stéréos. Je ne parvins à saisir que quelques syllabes, mais le message était clair : « Elle. » « Où. » « Putain. » Ces mots piratèrent mon cerveau jusque dans mes oreilles et enclenchèrent le réveil de souvenirs que je réprimai depuis des mois.

Angel qui me harcelait dans les couloirs du bahut avec sa bande, qui me frappait devant mon casier, prête à se bastonner sur le parking et à me bondir dessus devant chez Trevor.

— *Knight dit que tu suces trop mal !*

— *C'est moi qu'il kiffe maintenant, pétasse !*

— *Je suis peut-être enceinte de lui !*

C'étaient que des conneries – je le savais, maintenant – mais, même si j'étais cachée derrière un gros pneu, elle me faisait paniquer. Je tremblais de tous mes membres – et le froid n'avait rien à y voir.

Juliet me secoua l'épaule.

— BB… BB ! Angel se casse ! Et Harley revient. Aie l'air cool !

Cool… C'est quoi, cool ? Hein ?

Je repérai le fût de bière le plus proche et courus m'accroupir derrière pour ne pas être vue, Juliet sur les talons. Une fois planquées, nous nous redressâmes et remplîmes nos gobelets froissés en faisant semblant d'avoir une conversation hilarante. Du coin de l'œil, je vis Harley s'approcher de la clairière où se trouvait le feu et, pendant cinq secondes, je me délectai de le voir me chercher partout, jusqu'à ce qu'il me repère dans la foule.

Lorsque nos regards se croisèrent, un sourire inattendu s'étira sur mon visage. Une sensation de chaleur m'envahit, se déployant jusque dans mes extrémités. Mes poumons cessèrent de fonctionner, mais les battements de mon cœur redoublèrent.

Harley James était peut-être un hors-la-loi, mais il restait mon putain de héros. Non seulement il avait affronté Knight face à face – un exploit qu'aucun mortel n'avait osé accomplir avant lui – mais il venait aussi de foncer tête baissée au milieu d'un gang de types armés jusqu'aux dents et avait chassé Angel Alvarez – ma pire ennemie.

Je voulus l'embrasser. Me mettre à pleurer. Et, lorsque Harley me rejoignit à grandes enjambées avec cette démarche sexy et goguenarde et qu'il mit un genou à terre en me présentant sa bague avec le regard pétillant, j'eus très, très, très envie de lui répondre oui.

34

5 mars 1999

Chère BB,

Tu te rends bien compte que j'ai passé une bonne partie de ma vie à éviter de penser à mon enfance ?

Et puis merde, que les belles choses, tu dis ? Ça devrait être rapide, alors.

Mon dessin animé préféré, c'était Les Tortues Ninja. *Je regardais cette connerie tous les matins avant de prendre le bus pour l'école. Mon préféré, c'était Raphaello, celui qui portait un masque rouge. C'était un gros connard.*

J'aimais jouer au base-ball. Si j'avais pu, j'aurais passé toute la semaine à taper dans des trucs avec une batte. La mère d'un pote m'avait inscrit, elle venait même me chercher après les matches, vu que la plupart du temps ma mère était trop défoncée pour se soucier de moi. Je voulais devenir joueur professionnel quand je serais plus grand.

J'avais aussi envie de devenir vétérinaire. Quand j'étais petit, je gardais tout un tas de bocaux sur le bord de ma fenêtre, avec des insectes, des lézards et des têtards dedans. Je mourais d'envie d'avoir un chien, mais évidemment Candi voulait pas se casser avec ça, alors je me trouvais mes propres animaux de compagnie.

J'aimais dessiner, mais j'ai arrêté pendant un temps. La plupart des dessins que je faisais pour Candi finissaient à la poubelle. Puis, en CE2, j'ai eu une prof de dessin qui déchirait : Mme Bradley. Elle m'autorisait à m'asseoir tout seul et elle affichait tous mes dessins sur son tableau d'affichage, à côté de ceux de sa fille.

Sa fille ne dessinait que des conneries de nana : des arcs-en-ciel, des fleurs et des soleils, qui souriaient tous comme des cons. Je me demandais si je serais heureux comme ça moi aussi, si j'avais Mme Bradley pour maman. Je ne te connaissais même pas, mais je te détestais rien qu'en voyant tes photos. Putain, c'était pas juste.

Puis je t'ai vue en vraie. Un jour, tu es entrée dans ma classe et tu as interrompu ta mère pendant son cours. Tu étais une vraie naine et pourtant, tu as déboulé comme si tu étais chez toi, avec ton petit tee-shirt rose et ton bermuda vert. Tes cheveux avaient la couleur d'un sou neuf, comme Mme Bradley. J'ai tout de suite su qui tu étais : la petite imbécile heureuse, la fifille à sa maman, celle qui avait dessiné tous ces arcs-en-ciel avec leurs sourires à la con.

Tu as réclamé de l'argent pour le déjeuner et, sans attendre, tu t'es servie toi-même dans son porte-monnaie. Mon pupitre était juste à côté de son bureau. Je t'ai envoyé mon regard le plus mauvais et toi, tu m'as juste fait un putain de sourire. Tu ne devais pas avoir plus de six ans et il te manquait tes deux inci-

sives. J'avais jamais rien vu d'aussi adorable de ma vie.

Puis tu as maté mon dessin et tu as dit : « Il est zoli, ton dragon ! »

Pendant cette fraction de seconde, quand tu m'as souri et dit ces mots, je me suis senti foutrement heureux. Je te jure, j'ai eu envie de te kidnapper. Alors, j'ai piqué un de tes dessins sur le tableau, à la place.

Je ne me souviens pas d'avoir été à nouveau heureux depuis, jusqu'à ce que je te découvre en train de gerber dans la ruelle près de mon boulot. Tu étais complètement faite, mais tu m'as demandé si tu pouvais voir mes tatouages et ils t'ont plu.

T'avais pas la moindre chance de m'échapper, Punk. Tu étais déjà à moi. Tu ne le savais juste pas encore.

Je t'aime,
Knight

PS : Tu es la première personne dans ce monde de merde qui ait réussi à me faire parler de mon enfance. Tu vas être une psy d'enfer.

19 mars 1999

Cher Knight,

Je ne me rappelle rien de tout ça ! Tu es plutôt mignon, pour un connard ! Ne t'inquiète pas, je ne le dirai à personne.

Est-ce que tu dessines encore des dragons ? Je

t'échange un soleil ET un arc-en-ciel qui sourient contre un dragon bien vénère qui crache le feu !

J'espère que tu vas bien. Sois prudent.

Bises,
BB

PS : Ma Tortue Ninja préférée à moi, c'était Michelangelo, le petit comique qui adore la pizza.

35

2 avril 1999

Chère BB,

Je sais ce que tu essaies de foutre. Bien essayé, mais me traiter à nouveau comme si j'étais un môme ne va pas arranger les choses comme par magie. Peut-être que ça marche pour toi, qui as eu une gentille maman et un gentil papa pour te torcher, te dire combien tu étais spéciale et qui affichaient tes dessins sur leur tableau alors qu'ils ne valaient que dalle. Replonger en enfance n'est pas une option : cet enfoiré-là n'a pas survécu. Il ne reste plus que Knight et il n'a pas envie de dessiner des dragons à la con.

Bises,
Knight

36

Allez, BB. Pisse et rentre chez toi. Pisse et barre-toi !

J'ai bien le temps pour une petite bière, au moins ?

Non ! Le film est terminé et tes invitations pour la remise de diplômes sont toutes rédigées. Il est 21 h 45 ! Si tu commences à écluser les bières maintenant, tu vas sauter au paf d'Harley, et quand tu lui sautes au paf tu rentres toujours en retard. Ce coup-ci, si tu arrives encore à la bourre, les parents vont te sucrer ta voiture pendant un mois, et sans ta bagnole tu peux dire adieu à la vie telle que tu la connais.

Tu as raison. Je vais retourner là-bas, dire au revoir à Harley, récupérer mes invitations et rentrer chez moi.

Pas de bière ?

Pas de bière.

Pas de pétard ?

Pas de pétard.

Pas de cul ?

Non. Moi vivante, jamais !

La voix d'Harley gronda à travers la fine porte de la salle de bains :

— Hé madame, que diriez-vous de quelques shots ?

— Carrément !

Je bondis et remontai la fermeture de mon jean moulant avant de m'adresser à moi-même :

Quoi ? On n'a pas parlé de la tequila.

Je me retournai pour tirer la chasse et m'arrêtai tout net dans mon élan : il y avait une putain de tarentule dans le recoin de la cabine de douche ! J'étouffai un cri, toute prête à l'écrabouiller avec la poubelle quand je réalisai que la chose était morte. En tout cas, elle ne vivait plus. M'approchant lentement de ce cauchemar velu, je me rendis compte qu'il s'agissait en fait… de cheveux.

Longs.

Et noirs.

Le sang me monta aussitôt aux joues et m'incendia les oreilles. J'avais la peau en feu et j'eus l'impression que mon cœur faisait des sauts avec grand écart dans ma poitrine.

Il y avait une fille ici. À poil. Elle s'est douchée. Et de toute évidence, ce n'était pas moi.

Bon Dieu, BB, reprends-toi ! C'est sûrement une de leurs frangines. Ils en ont genre, quatre. Ou alors c'est les cheveux d'une voisine dont la tuyauterie a pété. Ou un pote du boulot, qui a les cheveux longs. Sérieux, c'est quoi ton problème ?

Tandis que j'observais mon reflet, tâchant de redescendre de mon nuage de conne paranoïaque en attendant que mon visage couperosé reprenne son teint normal, je compris exactement ce qu'était mon problème.

J'enserrai cette preuve de la dure réalité dans mes mains tremblantes et j'empruntai le sentier de la guerre jusqu'au salon où je m'adressai à Harley d'une voix stridente :

— C'est quoi ça, putain ?

Allongé torse nu sur son canapé, Harley zappait devant sa télé en sirotant une bouteille de Cuervo au goulot. Un shot de liquide ambré était posé sur la table basse – sûrement à mon attention.

Après un moment, il coupa enfin le son et se détourna du gigantesque écran luminescent.

— C'est quoi quoi ?

— Ça ! sifflai-je entre mes dents en brandissant mes deux poings sous son nez – l'un enserrant les mèches de cheveux et l'autre une brosse à dents violette.

Je ne pus déchiffrer l'expression de son visage. L'éclairage qui régnait dans la pièce était bien trop étrange. Les enseignes de bières en néons éclairaient Harley de dos et, devant lui, l'énorme écran le surexposait. Harley posa télécommande et bouteille sur ses genoux et tourna la tête vers moi. J'attendis sa réponse et chaque milliseconde qui passait me rapprochait davantage de la crise cardiaque.

— C'est une brosse à dents.

Sa voix était moqueuse, pleine de sarcasme. Je n'appréciais pas du tout ce ton.

— Merci, je sais ce que c'est, putain ! Est-ce qu'elle appartient à la même meuf qui a perdu la moitié de ses tifs dans ta douche ?

— Ouais. Exact.

Pas le moindre sarcasme dans sa voix, cette fois.

J'eus l'impression que le sol s'était dérobé sous mes pieds et j'ignorais si j'étais en train de flotter ou de tomber. Mes mains retombèrent le long de mon corps. Mon cœur chuta dans mon estomac, dévala dans mes tripes et j'eus la sensation qu'elles allaient se déverser directement hors de mon ventre.

Je devrais dire un mot.

Je déglutis pour tester la force de l'étau qui m'enserrait la gorge et m'exprimai d'une voix enrouée :

— C'est qui ?

OK, ça faisait deux mots, pas un.

Harley se pencha en avant, déposa la bouteille sur la table au passage et s'appuya sur ses genoux avec ses avant-bras.

— Tu le sais très bien.

Je la connais en plus ?

Pendant que je fixais sans vraiment le voir un néon Budweiser sur le mur d'en face en attendant que mon cerveau brisé par le chagrin résolve l'énigme, un projectile vola à travers la pièce et me heurta le visage de plein fouet.

Sous le choc, je clignai des yeux tandis qu'un des oreillers à motifs de crânes que j'avais confectionnés atterrissait plus loin par terre, renversant la pile d'invitations que j'avais écrites. Le son grave et grondant du rire d'Harley attira mon attention juste au moment où il m'envoyait un autre oreiller dans la gueule, comme un shuriken[1]. Ce coup-ci, il ricocha contre mon bras.

— C'est les cheveux de Victoria, lança-t-il. Putain,

1. Petite étoile de lancer en métal utilisée par les ninjas lors des combats.

meuf, t'es sérieuse ? À qui d'autre veux-tu que ce soit ?

Victoria… Victoria… Attends… Oh, mon Dieu.

— Tu couches avec la Goth ?

Harley partit d'un nouvel éclat de rire, plus fort cette fois, et il traversa la pièce jusqu'à l'endroit où je me tenais, confuse, en attente. Il me prit par les épaules et me secoua délicatement. Il parla lentement et d'une voix très amusée :

— Ta pote, Victoria. C'est avec mon frangin qu'elle couche. Davidson. Tu te souviens de lui ?

Une vague de soulagement s'abattit sur moi, suivie de près par un tsunami d'embarras.

— Oh, mon Dieu !

Je serrai les dents et j'enfouis mon visage contre son torse nu.

Sa peau était rêche et chaude contre ma joue et je sentis les vibrations de son rire. Ses bras épais et colorés m'enveloppèrent et il me serra contre lui.

— Tout va bien, madame. J'accepte tes excuses. Tu peux me régler en herbe, en espèce ou en baisant avec moi.

Du cul ?

— Harley, je dois filer !

Son étreinte se raffermit autour de ma taille et il se fit taquin.

— Pas avant que tu ne m'aies présenté tes excuses.

Je relevai ses bras et le serrai fort, les cheveux et la brosse à dents toujours dans les mains.

— Je m'excuse ! Je suis tellement désolée ! Je ne sais pas à quoi je pensais !

— Mmm… non. Ça ne me convient pas.

Je levai les yeux sur lui. Harley me toisait avec un sourire narquois. L'écran de télé peignait des couleurs kaléidoscopiques sur le côté de son visage.

— Harley, c'est promis, je te présenterai les excuses que tu voudras demain – du cash, de l'herbe, du cul, du sassafras, si tu veux – mais là il faut que j'y aille. Mon père a dit qu'au prochain retard il me confisquerait mes clés de voiture pour un *mois. Un mois, putain !*

Harley soupira et me relâcha. Je lançai des regards affolés tout autour de moi et entrepris de ramasser les enveloppes qui avaient voltigé un peu partout. Harley en ramassa une ou deux, mais sans me les rendre. Il restait debout et examinait les adresses que j'avais calligraphiées.

— Ça rend vachement bien, déclara-t-il. C'est ta mère qui t'a appris à faire ça ?

— Oui, répondis-je en le regardant, toujours accroupie. Elle m'a appris la calligraphie dès mon plus jeune âge pour que je l'aide à écrire nos cartes de vœux à Noël.

Je balayai d'un geste les petits rectangles de papier qui jonchaient le sol et ajoutai :

— Et maintenant, je suis son esclave !

Harley s'accroupit près de moi et me tendit les enveloppes qu'il avait ramassées.

— Non, dit-il avec un rictus. Tu es *mon esclave.*

Alors que j'étais si proche de lui, que je sentais la chaleur qui irradiait de son corps tatoué à moitié dénudé, et en entendant la chaleur derrière ses mots, j'eus un mal fou à me rappeler la raison pour laquelle j'étais si pressée de m'en aller.

Harley s'assit par terre, s'adossa au canapé et détendit ses longues jambes devant lui avant de demander :

— Tu dessinerais un tatouage pour moi ?

— Sérieux ? demandai-je, toute requinquée.

Moi ? Dessiner un tatouage pour toi ? Genre, tu vas l'avoir ad vitam sur la peau ? Genre tu m'aimes au point de te trimballer avec une partie de moi en toutes circonstances ?

— Oui, bien sûr. Carrément. Je peux faire ça. Tu voudrais quoi ?

— Un truc en vieil anglais. Sur mes jointures.

Le sourcil arqué et un sourire timide aux lèvres, il me présenta sa main droite et ajouta :

— Surprends-moi.

Pour une fois, ce fut mon tour d'avoir un sourire diabolique.

OK, mon salaud : défi accepté.

Je ramassai mon stylo de calligraphie sur le sol, j'ôtai le bouchon avec mes dents et je me mis à l'ouvrage en rédigeant de mon mieux un mot de vieil anglais sur ses jointures.

Une fois que j'eus terminé, Harley retourna sa main pour admirer le mot de quatre lettres qu'il lut à haute voix :

— *Lady*[1].

Il leva les yeux sur moi et son regard curieux se chargea aussitôt d'une lueur de malignité. Il ouvrit sa main fraîchement encrée et referma les doigts sur l'étoffe de mon tee-shirt avant de m'attirer sur ses genoux.

1. « Madame » ou « dame ».

— Je ne me laverai plus jamais la main, dit-il, si proche de moi que chaque syllabe vibra à travers mon être. Mon entrejambe se mit à vrombir, comme si j'avais un diapason au niveau du sexe.

Sans m'en rendre compte, je poussai un gémissement sonore qu'Harley imita d'une voix moqueuse :

— *Mmm ?* Vous aimez faire « mmm », madame ?

Il fit courir l'anneau de ses lèvres le long des commissures de mes lèvres entrouvertes et ajouta :

— Et moi donc.

Je priai silencieusement pour qu'il m'embrasse – qu'il cesse ses taquineries et colle contre moi ses lèvres plus moelleuses que des coussins – mais malheureusement Harley était d'humeur à jouer. Or j'avais un horaire très strict à respecter.

Il se détacha de ma bouche aux abois et me retira mon tee-shirt The Cure – aux couleurs de l'album *Kiss Me, Kiss Me, Kiss Me.*

Quelle ironie.

Après que mon tee-shirt et mon soutien-gorge rembourré eurent rejoint les stylos, la motte de cheveux noirs et la brosse à dents violette sur le tapis, je m'inclinai, prête à recevoir son foutu baiser. Harley entremêla ses phalanges couvertes d'encre dans ma broussaille de cheveux blonds mais, au lieu de m'attirer vers lui, il les empoigna et me força à basculer la tête en arrière, me refusant à nouveau ce que je souhaitais.

Je poussai un grondement frustré, mais ce râle se mua aussitôt en un miaulement contenté au moment où la fraîcheur de son anneau se conjugua avec la chaleur de son haleine contre ma nuque. Mes seins dardèrent d'impatience tandis qu'il descendait le long de ma gorge avec un bourdonnement guttural. Tout en poursuivant sa descente, ses mains épaisses et tachées de cambouis enserrèrent ma cage thoracique aux côtes saillantes.

Afin de l'encourager à accélérer les choses, je fis courir le bout de mes ongles sur son crâne rasé, et quelle ne fut pas ma désagréable surprise de constater que, contrairement à celui de Knight, le sien n'était pas doux. Loin de là. Les cheveux ras d'Harley étaient aussi rêches qu'une barbe de trois jours – une pensée que je balayai à la seconde où la commissure de ses lèvres glissa sur ma peau rosie et percée. Entre les vibrations de son marmonnement guttural et la manière dont son piercing labial tiraillait mon téton avec acharnement, je faillis pousser un pleurnichement frustré.

Amusé par mon agonie, Harley sourit tout contre ma peau. Je m'apprêtais à l'envoyer se faire foutre quand ses mains quittèrent mes côtes et glissèrent sur ma taille jusqu'à la boucle de ma ceinture.

Oh, Dieu merci !

Je pris le relais, retirant mon pantalon et ma culotte en moins de trois secondes, mais Harley ne fit aucun mouvement. Il ne se déshabilla pas. Il se contenta de me regarder faire, son habituel rictus étiré sur sa belle gueule démoniaque.

Qu'est-ce qu'il n'a pas compris dans « si je suis encore en retard on va me sucrer mon permis pendant un mois » ?

Dans l'espoir d'accélérer les choses, je le chevauchai et me ruai sur sa ceinture mais Harley se contenta de ricaner et me prit le cul à deux mains pour me forcer à me mettre debout.

— Non, non, non, pas tout de suite, meuf ! Ramène un peu ta chatte plus haut, d'abord.

Alors que mon esprit et ma libido s'engageaient dans une lutte de poigne pour le contrôle de mon corps, Harley s'incrusta en plein conflit et le manœuvra de sorte que mon pied droit soit ancré dans le sol près de sa hanche. Puis il installa mon tibia gauche près de sa tête, sur l'accoudoir. Ainsi exposée face à lui, je dus me retenir au dos du canapé pour ne pas tomber à la renverse. Avec un avertissement du regard pour m'intimer de m'accrocher plus fermement encore, Harley se pencha entre mes jambes et mordilla la barre d'acier qui traversait mon clitoris. Puis ses lèvres enveloppèrent ma chair la plus sensible et il poussa un gémissement satisfait.

Mes genoux flanchèrent, me forçant à agripper plus fermement le dos du canapé.

On dirait un colibri qui bat des ailes, songeai-je, prise dans son assaut vibratoire.

Soudain, je ne fus plus inquiète de mon retard, uniquement du fait qu'Harley puisse finir étouffé par ma hardiesse. Je suppose que ma libido avait fini par remporter la victoire.

J'entendis Harley défaire la boucle de sa ceinture et je poussai un soupir de soulagement. Ses petites attentions taquines allaient finir par m'achever. Lorsque je l'entendis baisser sa braguette, je tombai pratiquement à genoux. À califourchon sur lui, je lui roulai une pelle de vandale, lui arrachant de force le baiser qu'il m'avait bien trop longtemps refusé.

Cette fois-ci, il ne m'opposa aucune résistance, pas plus que moi au moment où il me pénétra.

Je poussai un grognement involontaire :

— Mmm…

— Mmm ? répéta Harley en souriant contre mes lèvres.

Je capturai le lobe de son oreille entre mes dents en ronronnant :

— Mmm…

Harley s'empara de mon bassin à deux mains et fit ce à quoi il excellait : il me plongea dans l'oubli.

*

Lorsque je m'éveillai, courbaturée et repue de plaisir, j'étais étendue sur un océan d'enveloppes éparpillées. La seule chose qui m'empêchait de dériver sur un nébuleux nuage de bonheur, c'étaient les deux bras épais et couverts de tatouages qui m'enserraient la taille. Des lumières bariolées et vacillantes dansaient sur la surface de nos deux corps nus. Je portai mon regard vers l'écran de télé, m'attendant à découvrir de magnifiques photos de fonds sous-marins, ou bien un ciel bleu plein d'arcs-en-ciel et des ballons gonflés à l'hélium.

Pas cette putain de Miss Cleo !

Les pubs de la ligne d'assistance médiumnique de Miss Cleo étaient réputées pour deux choses : le faux accent jamaïcain à couper au couteau de sa présentatrice et le fait qu'elles n'étaient *jamais* avant minuit.

À la seconde où je vis *ce* visage souligné par *cet* indicatif téléphonique en 1-800, je n'eus pas besoin d'un médium pour savoir que je l'avais dans l'os jusqu'au coude.

C'était un fait pur et simple.

Je m'arrachai à l'étreinte endormie d'Harley en me tortillant hors de ses bras et filai à travers la pièce pour ramasser mes affaires, balayant et arrachant les enveloppes accrochées à mon corps. On aurait dit qu'elles avaient été carrément collées. Soudain, je réalisai ce qui venait de se produire et la terreur de ce qui m'attendait une fois rentrée à la maison fut éclipsée par un sentiment d'horreur :

Harley n'avait pas mis de préservatif.

Tout va bien, me dis-je en essayant aussitôt de me rassurer. *Aucun problème. Tu prends la pilule et, vu comment tu colles de partout, il n'a clairement pas joui en toi. Plus de peur que de mal !*

Je ressentis tout de même une forme de souffrance. C'était là, au plus profond de mon être, dans un endroit où je refoulais les sentiments que je refusais d'affronter. Je me sentais violée. C'était comme rentrer chez soi et découvrir qu'on avait laissé la porte grande ouverte. Au premier coup d'œil, tout semblait à sa place. Rien de cassé. Rien de volé. Pourtant, impossible de balayer l'étrange impression que quelqu'un s'était introduit chez vous.

Alors, je reportai rapidement mon attention sur un autre type de sentiment, moins risqué : le remords.

Je fis rouler le corps massif d'Harley afin de récupérer mes dernières invitations. Ce con ronflait comme un bienheureux et se pelotonna contre l'un des oreillers à motifs de crânes qu'il m'avait balancés dessus plus tôt dans la soirée, comme s'il tenait un ours en peluche. Après avoir enregistré dans ma mémoire son visage d'enfant endormi et ses bras robustes couverts de bolides, je réprimai un sanglot, je pivotai sur mes talons sans lacer mes bottes et j'effectuai une dernière fois le trajet jusque chez moi au volant de ma Mustang bien-aimée dont je remis les clés à mon père, qui m'attendait sur le perron.

Tout le temps que dura notre confrontation, nous n'échangeâmes pas le moindre mot.

37

Mai 1999

Boîte aux lettres. Boîte aux lettres. Boîte aux lettres. Lampadaire. Boîte aux lettres. Boîte aux lettres. Boîte aux lettres. Lampadaire. Boîte aux lettres. Boîte aux lettres… putain ! Nom de rue…

Et si je consultais mon téléphone vite fait ? Je veux dire, peut-être que je l'ai éteint sans faire exprès et que j'ai raté son coup de fil.

Depuis quand tu éteins ton portable sans faire exprès ?

Les accidents, ça arrive, BB ! Sans déconner, tu fais tout le temps des conneries !

Tu n'as qu'à le rappeler.

Pas question ! Depuis que je suis punie, je l'ai appelé au moins trente-sept fois et Harley n'a répondu que, genre, deux fois, maximum. Il a mon numéro, cet enfoiré ! Il pourrait m'appeler, lui aussi !

Ouais. Il pourrait. Sauf qu'il ne le fait pas.

Je t'emmerde.

Tu connais ma théorie : Harley ne s'intéresse à toi qu'à cause de ta bagnole. Plus de bagnole et… Oh, surprise ! Plus d'Harley !

Peut-être qu'il est débordé de boulot. Ou il a choppé la mononucléose et il passe dix-huit heures par jour à dormir. Ou alors peut-être qu'il a eu un accident de voiture qui l'a laissé amnésique et il ne se souvient plus de moi !

BB ?

Ouais ?

Tu recommences.

Fait chier ! Pourquoi c'est si dur ?

C'est rien. Réessaie et, cette fois-ci, voyons si tu peux passer au moins cinq minutes sans penser à lui, OK ? Prête ? Partez !

Boîte aux lettres. Boîte aux lettres. Boîte aux lettres. Lampadaire. Boîte aux lettres. Boîte aux lettres. Boîte aux…

— BB ?

— Ouais ?

Je tournai vivement la tête vers la Goth, qui était au volant de sa vieille Buick. Dans sa grande clémence, elle me déposait tous les jours en cours depuis trois semaines.

Comme si reposer sa question était un fier service qu'elle me rendait, elle leva les yeux au ciel et se répéta :

— *Je disais :* as-tu commencé à écrire ton discours de fin d'études ?

— Euh non. Mais demande-le-moi régulièrement jusqu'à ce que je te dise le contraire, d'accord ?

— J'en reviens pas qu'on vous demande de prononcer un discours, dit-elle en fixant la route. Et que tu ne sois pas plus flippée que ça. C'est justement à cause de ce genre de merde que je n'ai pas envie de décrocher mon bac en avance.

J'éclatai de rire.

— Oh, c'est vraiment à cause de *ça* ?

— Ouais, répondit-elle du tac au tac. J'ai à peine la moyenne, mais ça n'a aucun rapport.

— Nom de Dieu. J'imagine que je psychote tellement à cause d'Harley que j'avais oublié cette histoire de discours.

— Toujours pas de nouvelles de lui ?

Je sautai sur cette occasion de parler d'Harley avec quelqu'un et me mis à geindre :

— Non ! Tiens, vu que tu abordes le sujet. Tu as eu de ses nouvelles, ces derniers temps ? Il a demandé des miennes ? Il va bien ? Est-ce qu'il souffre d'une dysenterie amibienne ? Il est en phase finale et il préfère ne pas me voir pour que je me souvienne de lui quand il était en bonne santé ? C'est ça ?

La Goth haussa les épaules.

— Ça fait longtemps que Dave ne m'a pas appelée, je ne saurais pas te dire... C'est à croire qu'Harley déteint sur lui.

Je poussai un petit cri strident :

— Jamais ? Pas possible ! Dans ce cas, comment fait-il pour t'inviter à venir chez lui ?

— Il ne m'invite plus chez lui. Pourquoi crois-tu que j'essayais sans arrêt de faire en sorte de taper l'incruste avec toi ?

— Tu veux dire que ce connard t'a fait faire tout le Kama-sutra pendant plusieurs semaines et qu'il a arrêté de t'appeler tout à coup ?

Elle m'adressa un regard qui disait « ne remue pas le couteau dans la plaie ».

— Mais tu as laissé ta brosse à dents là-bas,

repris-je, en essayant de la réconforter. Ça veut forcément dire quelque chose.

— Je n'ai laissé aucune brosse à dents.

— Mais si. Une brosse violette. Harley m'a dit que c'était la tienne.

Au feu rouge, la Goth s'arrêta et tourna son visage vers moi. Je n'aurais su dire si sa peau de porcelaine avait viré au rouge à cause de la lumière du feu de signalisation, ou si elle avait envie de poignarder un couple de poupées vaudou à l'effigie des frères James, mais je connaissais bien ce regard. J'avais vu le même dans la glace de leur salle de bains, le soir où j'avais découvert cette foutue brosse à dents.

— C'était pas la tienne… c'est ça ?

La Goth secoua la tête. Je repris :

— Alors, j'imagine que ces cheveux que j'ai trouvés sous la douche n'étaient pas non plus les tiens ?

Le feu passa au vert et la Goth pressa l'accélérateur avec un peu plus de zèle que nécessaire.

— Peut-être que Dave s'est ramené une strip-teaseuse, avança-t-elle. Mais je m'en fous. Ce soir, je vais au concert de Marilyn Manson, et je compte bien me trouver un nouveau…

Je ne l'écoutais plus depuis qu'elle avait secoué la tête. Harley avait menti. Il m'avait regardée droit dans les yeux, il s'était ouvertement foutu de moi et il avait menti sur l'identité de la personne qui avait utilisé sa salle de bains. Puis il m'avait baisée juste après !

Et pas qu'un peu.

Je fus prise de nausée. Comme je me sentais conne ! Évidemment, juste au moment de passer devant le bureau de poste, j'eus soudainement envie de faire une course imprévue. Je piquai le volant de la Buick Lesabre d'occasion et braquai directement sur la droite.

Les pneus crissèrent et on nous klaxonna tandis que nous chevauchions le bord du trottoir, déboulant sur le parking.

Par chance, la voiture s'immisça latéralement sur une place de parking vide et la Goth écrasa la pédale de frein.

— Tu nous fait quoi, bordel ? Tu veux nous tuer ?

— Désolée, j'en sais rien ! Je...

Pendant que je divaguais, j'ouvris sèchement mon sac à dos et en tirai une enveloppe coincée au milieu des pages de mon manuel de psychologie. Elle y était restée bien assez longtemps.

— J'ai un courrier urgent à poster !

13 avril 1999

Cher Ronald,
Ce n'est pas grave s'il ne reste plus que Knight.
Je l'aime, ce connard.

BB

38

Allez, BB. Tu peux le faire. Tu y vas, tu frappes à la porte et tu dis à cet enfoiré qu'il peut aller se faire voir.

Et je lui file un bon coup de genou dans les burnes !

Ouais, aussi ! Tu es prête ?

Euh, en fait, j'ai changé d'avis. C'est pas une bonne idée. J'aurais dû l'appeler d'abord. Et si la fille à la brosse violette est là-dedans ?

Eh bien, tu la frappes aussi dans les couilles !

Je crois que je vais gerber.

Pas dans la caisse ! Ça fait un mois que tu attends de la récupérer ! Garde tout pour son tapis !

OK. Mais attends un peu. Je lui dis quoi ? J'aurais dû me préparer avant !

Nan ! Tu y vas et tu dis : « Tu sais quoi, enfoiré ? Tu n'as qu'à prendre cette brosse à dents et te la carrer profond dans le… »

Soudain, ma portière s'ouvrit brusquement sur un grand type tatoué au visage juvénile. Harley James me toisait en souriant, comme un type qui vient de gagner à la loterie.

— Allez, meuf, descends de là ! Tu m'as trop manqué !

De quoi ?

Sous le choc, j'hésitai un instant, puis je pris une longue inspiration et débouclai ma ceinture. Je basculai mes jambes maigrelettes à l'extérieur et j'ancrai les talons métalliques de mes rangers près des pieds d'Harley, sur la pelouse mal entretenue. Je me tins face à lui et sortis les épaules en faisant de mon mieux pour conserver une expression outrée.

Il m'attira contre lui pour me câliner.

— Ma jolie dame !

Comme je ne lui rendais pas son étreinte, il se recula et me tint à bout de bras, ses yeux bleus comme du cristal scrutant mon visage.

— Quoi de neuf ?

Je déglutis pour refouler une montée d'acide gastrique et fis de mon mieux pour ne pas lui faire un numéro à la Jennifer Lopez. Les lèvres pincées et les sourcils arqués vers le haut, je répondis avec toute l'assurance dont je pouvais faire preuve en cet instant :

— Je sais que cette brosse à dents n'est pas à Victoria…

Son expression demeura passive. Quant à moi, mes mains tremblaient tellement que je dus croiser les bras pour le cacher.

— Tu m'as menti ! dis-je, furieuse. Ouvertement menti ! Putain, Harley, c'est qui cette meuf ?

Elle aussi, tu l'as baisée sans capote ?

Je ne pus me résoudre à prononcer cette phrase. Pas question de lui rappeler l'emprise qu'il avait sur moi. Une influence que je l'avais autorisé à exercer.

Avec un geste défensif, Harley leva les mains, paumes en avant.

— BB, c'est pas ce que tu crois.

Il fit son regard de petit chien battu et fit un pas avant de reprendre.

— Dave voit quelqu'un.

— Conneries !

Je levai les yeux au ciel et détournai le visage. Il fallait que je résiste. Que je reste forte.

Harley insista :

— Non, c'est la vérité. Victoria est ta copine, alors je ne t'ai rien dit. Si je l'avais fait, tu lui aurais répété et Dave aurait pété un câble.

Je sifflai entre mes dents.

— Alors tu m'as menti éhontément à cause d'un pacte de frangins à la con ?

Harley se contenta de hausser les épaules. Évidemment qu'il l'avait fait. Avec Dave, ils étaient presque des siamois. Mais j'étais loin d'en avoir terminé avec mon interrogatoire. Il y avait encore quelque chose de louche dans cette histoire.

Évitant toujours son regard, je pris un ton acide :

— Si cette histoire est suffisamment sérieuse pour qu'elle laisse une brosse à dents chez vous, pourquoi je ne l'ai pas encore rencontrée ?

— C'est une strip-teaseuse. Elle ne vient ici qu'au beau milieu de la nuit – après le boulot.

Oh, comme c'est pratique, ça !

— Comment s'appelle-t-elle ?

— Staci.

— Et son pseudonyme ?

— Je sais plus… Saphir… Starfish… Un truc qui commence par S.

Je plongeai mon regard dans ses yeux bleus suppliants. Grave erreur.

— Saphir Starfish ? répétai-je du ton le plus insolent possible.

Harley sourit.

— J'en sais rien. Peut-être qu'elle pète des paillettes bleues !

Cette remarque me fit craquer. Harley et moi éclatâmes de rire, mais je contins bien vite mon hilarité et affichai à nouveau mon expression impassible. Alors que je m'apprêtais à reprendre mon interrogatoire, Harley se pencha vers moi et me souleva dans ses bras.

— Harley ! ordonnai-je. Repose-moi !

J'essayai d'avoir l'air sérieuse mais allez vous faire respecter quand quelqu'un vous berce comme un bébé.

Harley plissa le lez, comme s'il soupesait mon ordre dans sa tête.

— Mmm… Non.

— Repose-moi, bordel !

Je le frappai à plusieurs reprises sur le torse, sans succès. Je ne parvins qu'à le faire ricaner.

— Tu as oublié le mot magique !

J'eus envie de dire « Saphir Starfish », histoire de m'en payer une bonne tranche, mais il était encore trop tôt pour jouer les gentilles. Aussi, je m'emparai de la main droite d'Harley, enveloppée autour de ma cuisse gauche, avec la ferme intention de lui tordre en arrière jusqu'à lui casser le poignet, ou qu'il me relâche – l'un ou l'autre me convenait. Ce fut alors que je vis les quatre lettres inscrites sur ses jointures.

— *Lady*, murmurai-je.

— Non. Désolé. Essaie encore. Je te donne un indice : ça rime avec « jouir en paix » !

Je poussai un couinement.

— Harley, ta main ! *Lady* ! C'est tatoué ! Mais quand as-tu… depuis quand est-ce que… Oh, putain de Dieu !

Avec un rictus, Harley me reposa à terre et me présenta son poing serré juste sous le nez.

— Maintenant, quand je m'astique, c'est comme si tu étais avec moi.

— Sérieux, tu te l'es vraiment fait tatouer ?

— Carrément ! Je l'aime, t'as pas idée ! dit-il en le retournant pour que je puisse l'admirer.

Je l'aime…

Je l'aime…

De l'amour.

Il avait enfin prononcé *mon* mot magique.

Debout dans la lumière dorée du printemps, grâce à ses sourires et ses mots d'amour, Harley James me fit à nouveau tomber sous son charme. Sa douceur, son espièglerie, son corps robuste et son merveilleux visage juvénile… Tout ça n'était qu'un ensorcelant écran de fumée, conçu pour me faire tout oublier : les traumatismes, la culpabilité, ses fautes et mes responsabilités. Harley avait tout balayé. Impossible de me rappeler la cause de ma colère. Bordel, je ne me souvenais même pas de mon propre nom. Pour moi, il n'existait plus qu'un seul mot au monde et il était tatoué sur les jointures de mon mec bien gaulé.

Je défaille !

En plus, comme si son stupide charme de fanfaron du Sud n'était pas assez désarmant, Harley avait encore un tour dans son sac. Dans sa poche, pour être exacte. Et c'était moins un tour de prestidigitation qu'une potion magique.

J'ignore d'où il la tenait, mais Harley s'était dégoté une fiole entière de LSD liquide.

*

Je me souviens exactement du moment où tout a merdé.

C'était dans une salle de billard dans laquelle je n'étais jamais venue et j'étais assise dans un coin sur un tabouret, une cigarette rose au filtre doré coincée dans le bec et un demi-litre de jus d'orange pressée contre la poitrine – une briquette en carton dont il suffit de craquer le bouchon. Mon tee-shirt de Joan Jett et mon short en jean étaient trempés par la condensation humide et froide qui gouttait de ma boisson, mais l'air du bar était si étouffant que je ne crachai pas sur un peu de fraîcheur.

Je fixais le nuage de fumée qui tourbillonnait devant mes yeux, dont les spirales et bouffées commençaient à ressembler à une scène tout droit tirée de l'histoire de Sodome et Gomorrhe. On aurait dit qu'une orgie de gens grisâtres et pompettes planait au-dessus de nos têtes. Je sirotai une gorgée de mon jus d'orange, dont j'avais retiré le bouchon, et portai le regard sur mon étrange cigarette dont les cinq premiers centimètres étaient composés de cendres pendant dans le vide. À croire que je m'étais endormie sobre pour me réveiller au beau milieu du trip sous acide d'une autre personne.

La partie de mon cerveau encore capable de former des pensées cohérentes commença à débiter des questions auxquelles les autres parties n'étaient pas en mesure de répondre. *Où suis-je ? Comment suis-je arrivée là ? Qui s'amuse à mettre du David Allan Coe en boucle sur le juke-box ? Et Harley, il est où ? C'est quoi ce jus d'orange ? Et pourquoi cette cigarette a la couleur d'un vagin de porc ?*

Les réponses voguèrent sur les eaux troubles de ma conscience, telles les pièces d'un puzzle dans les remous des eaux du bayou.

Les images refirent surface en premier : Harley qui plaçait un compte-gouttes sur ma langue ; Harley, chez l'épicier, en train de sortir un billet de cent dollars pour payer une brique de jus d'orange, une bouteille de tequila et un paquet de cigarettes multicolores ; l'enseigne au néon du Empty Pockets Billards, dont trois lettres au moins étaient mortes ; et Dave, queue de billard à la main, qui souriait devant un poster à taille réelle de Bill Murray.

Ensuite, ce fut au tour du son :

— *Tiens, bois ça. La vitamine C du jus d'orange calmera un peu ton trip.*

— *Putain de merde ! C'est les mêmes clopes que Lori Petty dans Tank Girl*[1] *! Tu m'en achètes, Harley ? S'il te plaaaît !*

1. Film de 1995, réalisé par Rachel Talalay, inspiré des comics du même nom.

— Changement de plan : il faut qu'on fasse un détour par le billard avant de rentrer.

— Je kiffe le billard, mec ! Mon père en a un dans le garage et j'y joue tout le temps !

— Je dois y passer pour le boulot, mais bon, si t'es aussi douée que tu le dis, on peut essayer de se faire quelques billets au passage.

— Jouez sans moi ! Faut que j'aille aux toilettes ! Ce jus d'orange me donne trop envie de pisser !

Tout à coup, je pris conscience de la pression qui régnait dans ma vessie et j'observai les alentours, découvrant plusieurs nanas sur ma gauche, en train de poireauter devant une porte frappée d'une silhouette féminine.

Je fais la queue assise sur un tabouret. Ding, ding, ding, ding, ding, y a quelqu'un là-dedans ?

Heureuse d'avoir recollé les morceaux, un rire triomphant quitta mon corps évanescent avec un bruit de percolateur.

Je me mis debout, j'écrasai ma clope sur le tapis aux allures de gazon synthétique, je déposai ma brique de jus d'orange sur la table la plus proche, ajustai la bretelle de mon sac à main sur mon épaule et je rejoignis, la tête haute, la file de nanas dont les dents du fond baignaient. Dans ce genre de cas, la plupart des gens arrivent à faire comme si de rien n'était, mais pas moi. Bizarrement, chaque fois que j'essayais de cacher que j'étais défoncée, je prenais toujours l'attitude d'une sans-gêne.

Malgré mon triste état, je parvins à passer l'épreuve des toilettes sans encombre et retournai dans la salle de billard en me pavanant comme si j'étais Kate Moss en personne. Au bout d'un certain temps, je finis par retrouver les frères James près de l'entrée du bar, penchés sur une table de billard et accompagnés d'une bande de ploucs aux mines teigneuses.

Dave fut le premier à m'apercevoir. Sans attendre, il m'agrippa et me tira à l'écart. Il avait l'air vraiment inquiet pour moi.

— Tu vas bien ? demanda-t-il.

Je le dévisageai, consciente d'avoir les yeux bien trop écarquillés, mais c'était incontrôlable.

— Relax, je suis juste allée aux chiottes.

— Ouais, je vois ça, dit-il en portant la main à mon entrejambe.

Je m'apprêtai à dégager sa main d'une gifle, mais il s'empara de mon ceinturon et reboutonna mon short en jean. Puis il plissa mon débardeur, complètement débraillé.

Oups !

— T'as les pupilles grosses comme des pièces, meuf, reprit-il. Harley t'a fait prendre quelle dose ?

Tout à coup, je me sentis gênée.

— Juste quelques gouttes.

Dave poussa une exclamation :

— Plusieurs gouttes ? Sérieux ?

— Dave, tu commences à me faire grave flipper, là.

Je portai mon regard par-dessus son épaule, scannant le bar à la recherche d'un visage amical. Quelqu'un qui ne me donnerait pas l'impression d'être un monstre de foire. Je pouvais presque me sentir pousser des cornes.

Dave me confia sa cannette de Natty Ice.

— Tiens-moi ça, dit-il tandis que je le regardais, confuse, tirer un flacon de médicaments orange de la poche de son jean.

Il fit tomber un cachet blanc dans sa paume et le reboucha avant d'ajouter :

— Prends ça. C'est du benzo. Ça va te faire redescendre.

Du quoi ?

Je tendis la main et Dave y déposa le cachet sur lequel on pouvait lire « Xanax ».

Enfin quelque chose de familier ! Soulagée, je ricanai et m'exprimai en gazouillant :

— Oh, du Xanax ! Ma mère m'en donne tout le temps ! Surtout avant mes règles, ajoutai-je en murmurant.

Je gobai le cachet et le fis passer d'une lampée de bière.

— Ça ne fera pas effet tout de suite, dit-il. T'éloigne pas trop en attendant, d'accord ?

Il claqua ses mains sur mes épaules et m'adressa un sourire rassurant.

Merde, il a de ces cils ! C'est normal d'en avoir autant ? Normalement, on en a une centaine par œil ? Un millier, peut-être ? Je me demande combien il en a. Voyons… un, deux, trois, quatre…

— BB ?

— Hein ?

— T'es certaine que…

Sa question fut interrompue par une cacophonie de coups de feu, de hurlements et de crissements de pneus sur l'asphalte qui recouvrit notre conversation.

Dave me plaqua au sol derrière une table de billard, puis il bondit et se rua vers la porte d'entrée.

Cachée derrière un des pieds de la table, je criai son nom :

— Dave !

Mais les cris étaient si forts qu'il ne m'entendit pas. Ou bien il avait de plus gros soucis à gérer.

Je portai le regard tout autour de moi et vis des hommes et des femmes, adultes, blottis par terre autour des tables de billard.

C'est vraiment en train d'arriver.

Je suis toute seule, sous acide, et il y a un connard armé là-dehors !

Et putain, où est…

— Harley !

Il y eut d'autres cris en provenance de l'extérieur, mais plus de coups de feu. Tel un soldat, je rejoignis la porte d'entrée en rampant sur mes avant-bras. Je n'avais pas peur de me prendre une balle, mais j'étais terrifiée de découvrir sur qui ou quoi on avait tiré.

Je vous en prie, faites qu'Harley n'ait rien. Je vous en supplie !

Faites que je ne voie pas de cadavre. Je suis trop défoncée pour le supporter !

La porte s'ouvrit d'un coup sec avant que je ne l'atteigne et une paire de rangers noires que je connaissais bien entrèrent dans le bar d'un pas pesant. Puis quelqu'un tendit sa main vers moi, m'agrippa le bras et m'aida à me mettre debout. Mon surnom était tatoué sur ses jointures.

— Faut qu'on se tire ! Maintenant !

Je trébuchai et tâchai de conserver mon équilibre tandis qu'Harley m'entraînait sur le parking mal éclairé. Je n'aimais pas du tout être dehors. Le vent balaya le parking, soulevant mon débardeur, ce qui flanqua un coup de froid sur mon ventre trempé de condensation. Dans le ciel couleur d'encre tourbillonnaient des nuages de couleurs inhabituelles, tout droit sortis d'une scène de *S.O.S Fantômes*. Comme si un portail donnant sur une dimension infernale était sur le point de s'ouvrir et qu'un rayon laser allait en sortir pour tous nous faire frire. Je n'appréciais pas non plus la manière dont Harley me tenait le bras. Non pas qu'il me faisait mal ou qu'il me serrait trop. C'était comme si ma peau elle-même répugnait à le sentir. Il émanait de lui une énergie si négative. Et pleine de cruauté. Tout là-dehors semblait négatif.

Et cruel.

J'enfonçai mes talons dans le sol et résistai. Même si cela n'avait aucun sens. J'aurais dû être soulagée qu'Harley n'ait rien. J'aurais dû être contente qu'il m'emmène loin de ce lieu où l'on hurlait en se cachant derrière des tables, mais la drogue dans mon sang m'intimait d'y retourner.

Harley tira sur mon bras.

— Mais qu'est-ce que tu fous ?

Lorsqu'il se retourna vers moi, ce que je vis me fit infiniment plus peur que toutes les menaces tapies dans la nuit autour de nous. Ses yeux étaient deux trous noirs. Il grinçait des dents. Les veines de son cou et de ses tempes étaient saillantes et la cicatrice qui courait sur le côté de son visage ressemblait à une seconde bouche tordue de colère. Il n'avait plus rien d'humain. On aurait dit un démon. Mortellement dangereux.

Sous le choc, je poussai un cri et me cachai les yeux derrière la main.

Merde, merde, fait chier, fait chier, putain !

— Monte dans cette putain de bagnole !

Je secouai simplement la tête, les yeux toujours cachés. Je refusai de le regarder.

Harley me secoua violemment le bras et poussa un grognement plein de hargne :

— Putain, mais c'est quoi ton problème ?

— Je suis défoncée ! criai-je. Je suis ravagée, j'ai la trouille et je n'irai nulle part tant que tu ne m'auras pas dit ce qui se passe ici, bordel !

La voix de Dave s'éleva derrière Harley :

— Je vais te le dire, ce qui se passe ! Y a des enculés qui ont flingué la caisse d'Harley et ils se barrent ! Bon, vous vous amenez ou pas ?

Ils ont quoi ?

J'ouvris les yeux et regardai par-dessus la silhouette hargneuse, furieuse et révoltée d'Harley. La portière côté conducteur de la Boss était émaillée d'une demi-douzaine d'impacts de balles. Sous le choc, je couvris ma bouche entrouverte avec la main au moment où mon regard croisait celui de Dave. Il se tenait près de la portière côté passager, l'air à peine moins sanguinaire que son frère. Ce dernier frappa le toit du plat de la main et cria :

— Ils sont en train de se tirer, nom de Dieu !

Le démon qui possédait Harley me relâcha violemment.

— Très bien ! vociféra-t-il. T'as qu'à rester là, alors !

Il tourna les talons et se rua vers la Boss en maintenant d'une main son Dickies qui lui tombait sur les hanches. Au moment où il se courbait pour grimper derrière le volant, son tee-shirt se releva dans son dos – juste assez pour révéler la crosse d'un 9 mm calé sous sa ceinture.

La voiture reprit vie en rugissant, elle aussi avait l'air démoniaque. Elle démarra en trombe et je me retrouvai seule, nimbée de la poussière qu'elle venait de soulever.

Je restai plantée là en clignant des yeux, avec les cheveux qui me fouettaient le visage, dans le néant qu'avait laissé mon petit ami après son départ précipité.

Il est parti.

Putain, il m'a abandonnée.

Je ne savais même pas où je me trouvais. Tandis que je me retournais vers le bar, dans l'espoir que sa façade me rappelle quelque chose, je découvris qu'une petite foule de curieux s'était rassemblée dehors pour assister au spectacle.

Et merde !

Je baissai les yeux sur mon corps et j'essayai de rassembler les dernières gouttes de logique de mon cerveau défaillant, défoncé et paniqué.

Peut-être que je peux m'en aller ? En suis-je capable ? L'univers l'autorisera-t-il ou bien suis-je prisonnière du purgatoire pour toujours ?

Le regard toujours baissé, je me rendis compte que j'avais gardé mon sac – la sangle était passée en bandoulière. Je relevai la tête et constatai que ma voiture était garée sur le parking, juste à côté de l'emplacement où se trouvait celle d'Harley plus tôt.

Mais oui, je me rappelle. On est venus à deux voitures à cause du couvre-feu !

Dans mon sac, je découvris de nouvelles miettes de pain pour m'aider à retrouver mon chemin : mes clés, mes clopes, un briquet et mon portable.

Oh, mon Dieu : je peux rentrer ! Je peux retourner à la maison, me cacher sous la couette et faire comme si rien de tout cela n'avait eu lieu !

Un grand coup de tonnerre déchira l'atmosphère. Je sursautai et commençai à m'activer.

Peut-être que ça n'a rien à voir avec les portes de l'enfer ? me rassurai-je en marchant vivement en direction de ma caisse. *Si ça se trouve, c'est juste le Ravissement ! Je vais aller au ciel, tout simplement. Je suis quelqu'un de bien. Enfin, je ne vais pas à la messe, ni rien, mais maman m'a fait baptiser. Ça compte, non ?*

Un autre coup de tonnerre retentit – l'orage était si proche que mes oreilles se mirent à bourdonner. Je grimpai pile à temps dans la voiture. C'était pas le Ravissement.

C'était la mousson !

Je parvins à démarrer et ma mémoire musculaire s'activa. Cependant, il fallut déployer un important effort cognitif pour enclencher les phares et les essuie-glaces. Sans parler de mon sens de l'orientation. Je n'avais pas la moindre idée d'où j'étais. Je n'étais encore jamais venue dans ce billard avant ce soir, je ne reconnaissais aucune des boutiques du quartier et je n'avais qu'un souvenir très nébuleux du trajet qui m'avait menée jusqu'ici.

Une voix résonna dans mes pensées :

Va à droite. C'est comme le mot « adroite. » Donc, tu devrais suivre cette direction.

Sage conseil. Je m'empressai de le suivre.

Et chevauchai aussitôt le bord du trottoir.

Qu'importe. J'étais sortie du parking et j'étais sur la route. Toutefois, plus je prenais de la vitesse, plus je perdais le sens des réalités. L'acide me faisait voir des trucs et chaque goutte de pluie qui filait devant le pare-brise semblait laisser une trace lumineuse sur son passage. Je n'étais plus au volant d'une Mustang mais d'un vaisseau spatial, lancé à la vitesse de la lumière à travers un champ d'étoiles filantes formant autour de moi un sublime tunnel de lumière. Mais pas toutes. Certaines étoiles s'écrasaient sur le pare-brise, malheureuses victimes collatérales de mon voyage à travers l'espace. Je me sentis mal pour elles.

Au loin, un orbe de lumière rouge et floue apparut.

Intéressant, songeai-je. *Ça se rapproche. Oh, on dirait qu'elle va me dépass…*

Une déflagration de klaxons et de crissements de pneus me ramena sur terre aussi sèchement qu'un claquement de garrot. Je venais de griller un feu rouge en pleine averse, au beau milieu d'un trip dans la Voie lactée, roulant en direction de Dieu sait où. Mon cœur cognait dans ma poitrine et me battait les tympans tandis que je réalisais ce que je venais d'éviter de justesse. J'aurais pu me tuer.

Ou pire.

Tuer quelqu'un d'autre.

Il fallait que je quitte la route. Je baissai la vitre afin de mieux voir les bandes de sécurité sur l'asphalte et, à la première faille dans le trottoir, je braquai le volant à gauche et déboulai sur un parking étrangement familier. Il pleuvait tellement qu'on n'y voyait pas à deux mètres, mais la rugosité du terrain, la texture effritée de l'asphalte et la manière dont mes minuscules poils se hérissaient sur mes bras rachitiques m'informèrent que j'étais déjà venue ici.

À travers les rideaux de pluie, je discernai un emplacement ressemblant à peu près à une place libre et je m'y garai avant de couper le moteur. Je pris une profonde inspiration et fermai les yeux pendant que la pluie tombait par la fenêtre et que le Xanax qui courait dans mon sang apaisait mes nerfs. Puis, comme ma mère catholique et d'origine irlandaise l'avait fait des milliers de fois en ma présence, je me signai et récitai la seule et unique prière de ma connaissance :

Notre Père, qui es aux cieux,

Que Ton nom soit sanctifié,

Que Ton règne vienne,

Que Ta volonté soit faite, sur terre comme au ciel.

Donne-nous aujourd'hui notre pain quotidien.

Pardonne-nous nos offenses, comme nous pardonnons aussi à ceux qui nous ont offensés.

Et ne nous laisse pas entrer en tentation, mais…

Dilidilidilidili !

Sur le siège passager, une sonnerie numérique surgit de mon sac à main

Dilidilidilidili !

Je m'en emparai et fouillai dedans jusqu'à dénicher l'origine de cette menace vibrante et clignotante.

Dilidilidilidili ! cria-t-elle dans ma main.

Je fixai le numéro inconnu qui illuminait l'écran. Malgré les effets du Xanax, je sentis poindre une nouvelle vague de panique. Je n'étais absolument pas en état de soutenir une conversation au téléphone avec un inconnu.

Dilidilidilidili !

Fait chier !

Je retins mon souffle et pressai le bouton d'appel avec le pouce.

— Allô ?

Si j'avais un interlocuteur, il m'était impossible de discerner sa voix par-dessus le vacarme de la pluie qui battait sur le toit de la voiture et s'écrasait par vagues à l'extérieur de ma fenêtre ouverte.

— Allô ??

Une tonalité.

Je raccrochai et fixai l'écran en cherchant dans ma mémoire un souvenir quelconque de ce numéro inconnu. Rien ne me vint, en revanche… mon nez reconnut quelque chose. La brise charriait une odeur de cigarette et la fragrance chaleureuse d'un parfum à la cannelle. J'inhalai à fond pour capturer cette hallucination et je m'y accrochai de toutes mes forces, comme si ma vie en dépendait. Mon Dieu, ce parfum ! J'avais envie qu'il m'enveloppe comme une couverture. Ou une camisole. Depuis combien de temps n'avais-je pas vu Knight ? On était au mois de mai, alors…

Oh, mon Dieu !

On est au mois de mai !

39

Mes doigts effleurèrent à peine la poignée en plastique noir que le vent m'arracha la portière des mains avec une force telle que je crus qu'on était en pleine tornade. Mais, lorsque deux mains rugueuses m'agrippèrent et me tirèrent du véhicule, je compris que j'avais affaire à une force d'une tout autre nature.

Tous mes sens entrèrent en alerte maximum. La pluie réveilla chaque parcelle dénudée de ma peau. Le claquement sec de ma portière ébranla mon oreille interne. Adossée contre la fenêtre ouverte, on me remit debout et je verrouillai mes jambes. Mes poumons se gonflèrent et s'emplirent d'un arôme doux, chaud et familier qu'ils refusèrent d'expirer.

Et, au moment où j'ouvris les yeux, ces derniers se chargèrent de larmes.

Il m'a trouvée.

— Tu m'as trouvé.

La voix de Knight était profonde et claire.

Il haussa les sourcils avec une expression peinée et incrédule. Je connaissais ce regard. C'était le même que le jour de ses dix-huit ans, le jour où j'avais piqué un sandwich au poulet à la cantine pour le lui offrir. Il manifestait exactement le même type de confusion

– on ne lui avait probablement jamais fait de cadeau avant ça. Cela me brisa le cœur.

Instinctivement, je pris sa tête entre mes mains. Même trempé, le duvet de ses cheveux blonds était aussi doux que du velours. Je n'avais pas réalisé combien tout ça m'avait manqué. Son odeur. Son toucher. Son regard de zombie qui me dévorait des yeux comme si j'étais son ultime repas.

Je ne sais plus qui est à l'origine de ce baiser – peut-être nous deux – mais, à la seconde où sa langue s'immisça en moi, je réalisai aussi à quel point son goût m'avait manqué. Quand nous étions au lycée, son haleine sentait la menthe. Par la suite, elle se chargea de bière bon marché et de tabac. Mais, cette nuit, il avait le goût de Southern Comfort. L'odeur que je préférais chez lui. Cela me rappelait toutes les nuits que nous avions passées ensemble, lovés sur le canapé de la salle de repos de Terminus City Tatoo, ivres de liqueur de whisky et d'un amour naissant.

Mais ce baiser-là était différent des autres. C'était un baiser dévastateur, désespéré et passionné, irradiant de nos bouches jusqu'à prendre le contrôle de nos deux corps. Des mains agrippèrent mes fringues et les tordirent. Nos bassins se cambrèrent. Nos pieds s'agitaient en tous sens pour nous garder en équilibre sur l'asphalte inondé.

La pluie qui battait mes membres dénudés était glaciale, mais pour une fois je ne frissonnais pas. Knight me tenait chaud à lui tout seul.

Il était tout ce dont j'avais besoin.

Knight me souleva et cala mes fesses dans l'embrasure de la fenêtre ouverte pendant que je déboutonnais maladroitement son treillis militaire et qu'il poursuivait ses assauts contre ma bouche. Dès que mes doigts trouvèrent sa virilité, Knight dégagea l'entrejambe de mon short et de ma culotte sur le côté et se pressa contre moi. Sans me pénétrer. Il lutta contre le déchaînement de phéromones qui tourbillonnaient autour de nous, juste assez longtemps pour plonger son regard dans le mien et me demander silencieusement mon accord.

Comme je ne voulais pas qu'il voie l'état de mes pupilles, je fermai les yeux et l'attirai pour un nouveau baiser. J'enveloppai mes jambes autour de son bassin, je bloquai mes rangers boueux contre ses fesses et lui offris l'invitation qu'il réclamait.

Son corps était aussi chaud que la pluie était froide et ces sensations paradoxales m'enflammèrent. Je plantai mes ongles dans son tee-shirt, ancrai plus fermement mes talons dans le sol et lui mordillai la langue au moment où il s'enfonçait en moi. Centimètre par centimètre, il effaça la marque qu'Harley avait laissée sur moi lors de nos derniers ébats. Pour partager un tel degré d'intimité, je n'avais confiance qu'en Knight.

Et il était de retour.

Je passai les bras autour de son cou et j'enfouis mon visage pour pleurer. En l'espace de quelques heures, cette nuit avait été tour à tour bouleversante, terrifiante, menaçante puis magique, et mes émotions ne pouvaient tout simplement pas suivre. Peut-être n'avais-je aucune idée d'où je me trouvais et de ce qu'il m'arrivait, mais Knight était là et, grâce à ses bras, je gardais les pieds sur terre. J'étais reliée au présent. En sécurité. J'inhalai son parfum, je retins mon souffle et priai pour que l'univers ne fasse pas disparaître cette illusion.

Alors que ses coups de reins devenaient plus erratiques, mes pleurs silencieux se muèrent en gémissements et hoquets sonores. Knight baissa la tête et ses lèvres trouvèrent les miennes. Ses doigts épais tirèrent sur ma chevelure trempée. Il mordit ma lèvre inférieure et ma langue. Son sexe enfla au creux de mon intimité et il poussa un cri à fendre l'âme en libérant en moi tout le plaisir qu'il retenait depuis neuf mois. Ses muscles se détendirent. Son front tomba contre mon épaule et je caressai son crâne duveteux tandis que les derniers spasmes de son orgasme agitaient son corps.

Lorsque je rouvris les yeux, continuant à caresser du bout des ongles son crâne coupé ras, je vis qu'il avait cessé de pleuvoir. De même, je découvris où je m'étais garée. Tel un papillon attiré par une flamme, j'étais revenue sur le parking situé derrière le Terminus City Tatoo.

La voix de Knight vibra contre mon sternum :

— Rentrons.

Je remarquai toutes les voitures qui passaient sur la route et j'acquiesçai. Effectivement, on ne serait pas plus mal à l'intérieur.

Je remontai la vitre de ma fenêtre et pris mon sac à main. Puis, main dans la main, nous traversâmes le parking, presque en courant, pour rejoindre la ruelle située entre le salon de tatouage et le club Sin. Je retins mon souffle et j'attendis l'arrivée des flashback. J'avais des souvenirs si horribles dans cette ruelle. La fois où j'avais gerbé à quatre pattes près des poubelles, les battes de base-ball pleines de sang qui s'éclataient contre les murs, des engueulades, des bastons… Mais, au moment de nous engager dans le passage couvert de graffitis, un ensemble de souvenirs complètement différents s'imposa à moi : Knight qui allumait mes cigarettes, souriant à mes blagues, son premier « je t'aime ». En arrivant près de la sortie de secours, je remarquai que, comme autrefois, Knight avait rempli les gamelles des chats errants. Par terre, je vis aussi un téléphone sans fil réduit en morceaux et dont les piles étaient éparpillées sur le sol en béton.

— Que s'est-il passé ? demandai-je en me penchant pour ramasser les morceaux.

Knight ouvrit la porte et la maintint ouverte pour moi.

— Toi. Voilà ce qui s'est passé.

Dans la ruelle enténébrée, ses yeux gris et pâles presque luisants me provoquèrent des picotements dans le ventre.

Je franchis le palier et demandai :

— Le coup de fil, c'était toi ?

Un sentiment de tranquillité s'empara aussitôt de moi tandis que je me retrouvais dans cet environnement familier : le long couloir avec des portes de chaque côté, la porte au bout qui menait au salon de tatouage, le carrelage en damier noir et blanc et l'odeur de désinfectant.

Nous étions chez nous.

Derrière moi, la lourde porte se referma en un fracas métallique.

— Ouais, répondit Knight avant de m'agripper de manière autoritaire et de me plaquer contre la surface fraîche du panneau de la porte.

Il me prit le combiné et les piles des mains et les balança dans le couloir sans même un regard en arrière. L'écho du plastique qui casse se réverbéra contre les murs à la peinture rouge.

Je ricanai et posai mon sac par terre pour permettre à Knight de me retirer mon tee-shirt trempé.

— Bobby va être furax.

— Je lui en achèterai un autre, grogna-t-il.

Mon tee-shirt rejoignit le téléphone par terre avec un bruit spongieux. Mon soutien-gorge suivit. Avec révérence, Knight fit courir ses pouces sur le bout de mes seins.

— Tu as remis les petits cœurs, remarqua-t-il.

Knight m'avait offert ces bijoux l'année dernière, le jour de la Saint-Valentin. Les barres étaient en forme de flèche et l'embout était un cœur qui entourait mon téton.

— Mmm…

Je gémis en basculant la tête en arrière contre la porte tandis que Knight se penchait pour titiller ma chair rosie avec sa langue.

Il aspira mon téton dans sa bouche et sa main droite vint cueillir mon sexe. Il immisça son majeur entre les replis de mon short et de ma culotte.

Malgré le plaisir qu'il m'octroyait, je ne parvins pas à faire taire ma curiosité.

Haletante, je demandai :

— Comment as-tu… su… où j'étais ?

Knight redressa la tête et posa son front contre le mien tout en déboutonnant mon short.

— J'en savais rien. Je suis sorti fumer une clope et, quand j'ai enfin trouvé le courage de t'appeler, j'ai entendu ta sonnerie sur le parking. Je l'ai reconnue direct, elle est si agaçante.

Knight baissa mon short et ma culotte mouillés par la pluie sur mes cuisses. Je sautillai sur place pour les retirer par-dessus mes rangers. Knight me regarda lutter avec un sourire en coin.

Il reprit :

— Je crois que j'étais si pressé de te rejoindre que j'ai lâché le téléphone un peu trop vite.

— Oh, tu crois ? dis-je d'une voix taquine en balançant le reste de mes fringues dans le couloir.

Knight se recula pour enlever son tee-shirt Terminus City Tatoo. Son corps était frappé par la lumière rouge du panneau sortie et je me gorgeai de chaque ligne et courbe de ses pectoraux et de ses abdominaux finement ciselés. Je vis un nouveau tatouage sur son torse. On aurait dit l'insigne du corps des Marines américains, que j'avais vu une fois sur une flasque qui avait appartenu au grand-père de Knight.

Je ravalai la salive qui me montait aux lèvres et murmurai :

— Heureuse que tu m'aies trouvée.

Knight fit tomber son tee-shirt et me regarda avec un air qui promettait des ennuis.

— On parlera plus tard de la raison pour laquelle tu étais sous la pluie avec la fenêtre ouverte. Pour l'instant, tu la fermes et tu t'amènes.

Mes lèvres se scellèrent et l'impatience que je contenais explosa dans mes veines lorsque Knight se baissa vers le sol et passa mes deux genoux sur ses épaules. Puis il se redressa et ma maigre silhouette nue – à l'exception de mes rangers – glissa vers le haut le long de la porte. Sous le choc, je poussai un cri et j'agrippai son crâne, calant mon pied droit sur le mur opposé pour ne pas basculer. Pour plus de stabilité, je ramenai mon genou gauche contre moi et j'appuyai mon pied contre son épaule.

Rien que la vue faillit me faire jouir. Knight me maintenait à deux mètres au-dessus du sol grâce à son corps musculeux. Sa tête blonde entre mes cuisses, il plongea son sinistre regard gris dans le mien pendant que sa langue titillait le piercing intime que je lui devais. Alors que mes parois internes se resserraient dans le vide, je sentis sa semence s'écouler de moi. Une partie perverse de mon esprit voulait le voir lécher son propre sperme.

Et il le fit.

Au moment où sa langue me pénétrait, j'enfonçai mes ongles de part et d'autre de son crâne et poussai un gémissement, jouissant si fort qu'un feu d'artifice composé de cœurs, de flèches et d'étoiles explosa sous mes yeux.

Et tous laissèrent une traînée de lumière sur leur passage.

À croire que l'acide continuait son œuvre.

Knight me reposa sur mes pieds et j'ouvris les yeux. Clairement, la drogue faisait toujours effet. Il me souriait, un sourire juvénile et splendide – avant, je devais faire des pieds et des mains pour obtenir ne serait-ce que l'ombre d'un sourire, mais cette fois-ci ses dents nacrées et ses lèvres étaient bardées de rouge. Avec son regard de zombie et sa bouche ensanglantée, il avait l'air encore plus démoniaque qu'Harley.

Je poussai un hurlement strident et fermai les yeux pour chasser cette image.

Putain de merde. Ça arrive vraiment ? J'ai mes règles ou quoi ? Est-ce que c'est la bonne période du mois, au moins ? Je suis en train de mourir ? Les cieux m'ont rejetée et je suis coincée sur terre avec les déluges, les tempêtes et des démons qui portent la peau de mes amants ?

— Punk ?

Je gardai le silence.

— Il se passe quoi, là ? Regarde-moi !

— Non !

Je sentis les doigts épais et cruels de Knight m'enserrer le biceps.

— Ouvre tes yeux, bordel, ou je jure devant Dieu que je vais te forcer à le faire !

Apeurée, je soufflai à fond, j'inhalai son parfum de cannelle et je m'obligeai à me fier à lui. D'abord, je ne fis qu'entrouvrir les yeux et, comme je ne vis ni cornes de diable ni hémoglobine, je les ouvris complètement. Knight avait l'air tout à fait normal – en colère bien sûr, mais c'était normal chez lui. Seule différence : la lumière rouge du panneau sortie illuminait désormais la partie inférieure de son visage.

Soulagée, je vidai mes poumons.

Dieu merci.

Knight forma un flingue avec ses doigts et me braqua la tempe en rugissant furieusement :

— Ma parole ! Mais t'es complètement défoncée !

Je refermai aussitôt les yeux et j'enfouis le visage dans mes mains.

Oh, merde, fait chier, fait chier, fait chier !

— T'as vu la taille de tes pupilles ? Sans déconner, qu'est-ce que t'as pris ?

— Il fait tout noir, ici, parvins-je à articuler.

Knight serra davantage mon bras et se mit à hurler :

— Regarde-moi dans les yeux et dis-moi que tu t'es pas défoncée !

Je fis non de la tête. Knight me secoua violemment.

— Qu'est-ce qu'il t'a fait prendre ? Il est où, putain ?

— J'en sais rien ! criai-je en flanquant des gifles sur son torse.

Il ne bougea pas d'un iota, mais au moins il arrêta de me secouer.

— Je vais bien ! repris-je. Je gère, OK ? C'est presque terminé.

— Putain, loin de là !

Dépassée et indignée, je lui assénai une nouvelle gifle et poignardai le tatouage de son torse avec l'index.

— T'as pas le droit de faire ça ! l'apostrophai-je. Tu peux pas réapparaître tout d'un coup et faire comme si je t'appartenais !

Son expression passa de colérique à sinistre.

— Oh, mais c'est le cas, déclara-t-il, un rictus amusé au coin des lèvres. Tu m'appartiens. Je te l'ai déjà dit, Punk, tu es à moi jusqu'à ce que je dise le contraire.

Il rapprocha son visage du mien et ils se touchèrent presque. Son souffle chargé de whisky se mêlait à mon haleine de jus d'orange.

— Maintenant, tu vas appeler ta putain de mère. Dis-lui que tu dors chez Juliet. Tu ne reprendras pas le volant dans cet état.

Chier ! Le couvre-feu !

Je plongeai vers mon sac pour y piocher mon portable. L'écran indiquait 22 h 51. Putain ! J'étais à l'autre bout de la ville et je devais être rentrée dans moins de dix minutes ! Qu'est-ce qui ne tournait pas rond chez moi ?

Mes doigts virevoltèrent sur les touches pour composer le numéro de la maison.

Dès que ma mère décrocha, Knight forma des mots silencieux. *Dis-lui que c'est à cause de l'averse !*

Balbutiante, je dis à maman que je me trouvais chez Juliet et que je n'étais pas encore partie à cause de la météo. J'eus peur qu'elle ne s'énerve mais elle m'apprit que les routes étaient en partie inondées et que l'idée que je puisse être au volant dans ce « foutoir » la rendait morte d'inquiétude. Elle me dit de rester dormir chez Juliet et qu'elle était fière de ma prudence.

Si elle savait.

Ce fut tout.

Je pressai le bouton off et mes yeux se chargèrent de larmes de soulagement. Knight était peut-être un sale connard mais grâce à lui je ne passerai pas tout l'été privée de voiture – ou emboutie dans un tronc d'arbre après avoir tapé un contre-la-montre pour arriver chez moi dans les temps. Harley n'en avait jamais rien à foutre de me faire courir des risques ou de m'exposer à des problèmes. Il me pliait à sa volonté et, quand venait l'heure d'affronter les conséquences de ses actes, il s'envolait.

Je fixai le regard froid comme l'acier de Knight et des mots m'échappèrent :

— Je t'aime.

Je n'avais pas eu l'intention de les prononcer à haute voix, mais c'était sincère. En dépit de son caractère de merde, de sa psychose possessive et de son tempérament violent, j'aimais cet enfoiré – du fond du cœur. Je l'aimais car, sous son armure, Knight était l'homme le plus doux que je connaisse. Il faisait à la fois l'amour et la guerre. C'était un tueur et un sauveur. Et pour me sauver de moi-même, il était toujours en première ligne.

Il m'adressa un bref sourire.

— Je le sais. J'ai eu ta lettre.

Je lui rendis son sourire. Au moins, nous avions toujours ça. Peut-être que je ne pouvais pas prétendre que Knight était le seul garçon avec lequel j'avais couché, mais, à ce moment-là, je pouvais affirmer qu'il était le seul dont j'étais tombée amoureuse. Tant de fois j'avais voulu que mes sentiments pour Harley soient de l'amour, mais ce n'en était pas. C'était juste de la gratitude. Je lui étais reconnaissante de m'avoir changé les idées, pour toute l'euphorie et pour ses délicates attentions. J'aimais Harley pour ce qu'il me faisait ressentir, mais pas pour sa vraie nature.

Qu'il aille se faire mettre, cet enfoiré !

Knight me souleva et enroula mes jambes autour

de son bassin avant de déposer un court mais langoureux baiser sur mes lèvres.

— Je t'aime.

— Je sais, murmurai-je tout contre sa bouche. J'ai reçu tes lettres, moi aussi.

*

Environ deux heures et quatorze orgasmes plus tard, Knight et moi réussîmes à avoir une vraie conversation, sans qu'une des parties du corps de l'un vienne l'interrompre en s'insérant dans la bouche de l'autre. Comme j'avais attrapé froid – quelle surprise – et que mes fringues étaient encore trempées, Knight se rendit de l'autre côté du comptoir et me rapporta un large tee-shirt de Terminus City Tatoo, identique à celui qu'il portait plus tôt. Mais il ne portait plus le sien – en fait, il ne s'était même pas rhabillé. Heureusement, sinon nous aurions eu l'air d'un couple assorti et cela aurait été très gênant.

Knight s'était installé dans le fauteuil incliné sur lequel il tatouait ses clients et j'étais allongée sur lui de dos en me posant des questions. Fixait-on la même tache d'humidité au plafond ? Quelle dose de désinfectant serait nécessaire pour nettoyer ce fauteuil après ce que nous avions fait dessus ? Et combien de temps avait-il fallu à Knight avant qu'il ne se décide à m'appeler ?

Je pris une voix nonchalante :

— Depuis quand es-tu revenu ?

— Depuis hier, répondit-il en faisant courir distraitement ses doigts le long de mes côtes qui saillaient de ma cage thoracique comme les barreaux d'une échelle. Peg est venue me chercher à l'aéroport et m'a ramené à la maison, mais j'y avais à peine mis le pied que… Je ne sais pas… Il fallait que je me tire de là. Bobby m'a parlé d'une nana dont je devais finir le tatouage et qui n'arrêtait pas de la soûler avec ça. Comme ça urgeait, je suis venu ici pendant la soirée et j'ai fini le boulot.

Je ris.

— Tracey ?

— Ouais, Tracey, confirma-t-il, un sourire dans la voix. Elle m'a dit que vous vous connaissiez. En fait, elle m'a même conseillé de t'appeler. Elle a aussi dit que, si je ne le faisais pas, elle reviendrait ici pour m'enfoncer ma machine à tatouer dans le cul.

Mon hilarité redoubla.

— Ce serait justifié.

— Elle est cool, son mec aussi. Je n'ai pas accepté leur fric, alors ils m'ont payé un coup.

— Au Spirit of Sixty Nine ?

Nom de Dieu. À la manière dont j'avais prononcé ces mots, c'était comme s'ils l'avaient emmené dans un bordel.

De toute façon, ils auraient parfaitement pu lui proposer, ce n'était pas mon problème. Knight n'était même pas mon petit copain.

Mais étais-je seulement célibataire ? Je n'avais pas officiellement rompu avec Harley mais, dans ma tête, c'était tout comme. C'était pas cool de m'avoir caché l'identité de la fille qui avait passé la nuit chez lui. Disparaître pendant un mois, c'était encore pire. Mais me faire prendre du LSD, m'emmener dans un billard où je n'avais jamais foutu les pieds et me laisser en plan juste après une fusillade ? Vu de ma fenêtre, c'était un vrai motif de rupture. Il ne valait même pas la peine que je le largue par téléphone. En gros, la meilleure manière d'être débarrassée de lui, c'était de ne rien faire.

En dépit de la chaleur qui irradiait de son corps, la voix profonde de Knight envoya un frisson le long de mon échine :

— Ouais, confirma-t-il. Au Spirit.

Je m'assis entre ses jambes et me retournai pour lui faire face. L'espace ouvert du salon était plongé dans le noir mais, grâce aux lampadaires, aux phares et aux enseignes des magasins de l'autre côté de la vitrine, on y voyait bien mieux que dans le couloir.

Je scrutai son visage et demandai :

— Que s'est-il passé ?

Knight était tel que dans mon souvenir, mais il semblait plus âgé. Usé.

Je repris :

— Tout à l'heure, tu m'as parlé d'une dure soirée.

— Je me rappelle pas.

Knight s'assit à son tour et je basculai mes jambes par-dessus le rebord. Il m'imita, s'assit près de moi et garda le regard braqué vers l'avant.

— J'ai juste bu quelques verres de Southern Comfort, expliqua-t-il. Mais la dernière chose dont je me souviens, c'est que les trois barmen m'ont foutu dehors en me tenant par les bras et les jambes. Il paraît que j'ai cassé une bouteille sur le bar et que j'ai agressé un type sans aucune raison.

Knight bondit au bas du fauteuil, ramassa son pantalon et l'enfila avant de continuer :

— Je ne les ai pas crus, mais j'ai baissé les yeux et j'ai vu que je tenais encore le reste de bouteille dans la main. Alors…

Knight haussa les épaules et fouilla dans ses poches à la recherche de ses cigarettes. Il avait beau minimiser cette histoire, je le connaissais bien. Knight était un obsédé du contrôle. Il était habité par une rage infernale et il s'enorgueillissait d'arriver à la contenir. Avant l'armée, quand Knight se lançait dans une bagarre – autant dire souvent – il se montrait systématiquement étrangement calme et calculateur.

En revanche, quand il perdait le contrôle de lui-même, c'était comme ouvrir la boîte de Pandore. Je ne pouvais qu'imaginer ce qu'il s'était passé au Spirit of Sixty Nine plus tôt dans la soirée.

— Tu as fait un black-out, dis-je, énonçant une évidence.

Knight coinça une cigarette entre ses lèvres.

— On dirait bien, dit-il avant de désigner la direction du couloir. Tu viens ?

Je descendis du fauteuil, le suivis dans le couloir que nous avions baptisé de nos ébats et l'accompagnai jusqu'en bas de l'escalier de secours.

Knight me tendit son paquet de Camel Light et j'en tirai une en posant ma question :

— Est-ce qu'il t'arrive d'avoir des flash-back ou des genres de crises d'angoisse ?

Il alluma ma cigarette puis la sienne avant de répondre :

— Ouais, je crois. Enfin, il arrive que certaines

saloperies fassent remonter des souvenirs. Mais c'est la vie, hein ?

— Je pense que tu souffres d'un syndrome de choc post-traumatique, expliquai-je du ton le plus détaché possible. J'en ai parlé à mon prof de psycho et c'est son avis, en tout cas. Il a fait le Viêtnam, et il en a souffert lui aussi. Si jamais tu veux en parler, il m'a confié quelques astuces qui pourraient t'aider.

Knight leva les yeux au ciel et souffla un long filet de fumée. Je m'attendais à ce qu'il se referme complètement sur lui, comme il en avait l'habitude, mais cela ne fut pas le cas.

— Ouais, dit-il. Le médecin des vétérans m'en a parlé, aussi.

Je dressai mes sourcils vers le ciel.

— Tu as parlé à un médecin ?

— Ouais. J'ai pas eu trop le choix. J'ai tapé une crise de claustrophobie dans un tank.

Seigneur.

J'avais envie de grimacer, de réagir, mais je suivis les conseils du docteur Raines. J'écoutai Knight. Sans l'interrompre et sans jugement.

Il exhala et reprit :

— Tu sais ce que m'a dit le toubib ? Que c'était pas dû aux combats. Quand j'étais petit, on m'enfermait.

Enfermé ? Dans quoi ?

Je fus prise de nausée. D'envie de meurtre. Je voulais…

Ne réagis pas. Surtout, reste placide. Fume et hoche la tête. Fume. Hoche la tête.

Je tirai une nouvelle bouffée de tabac, sans hocher la tête.

Knight porta le regard vers le parking de l'autre côté de la ruelle, comme perdu dans ses pensées. J'étais à deux doigts de m'éclaircir la gorge, ou de prendre mes jambes à mon cou avant de flipper, lorsque Knight reprit son récit :

— Candi traînait tout le temps dans des putain de bars de bikers. Elle se cherchait sûrement de la dope ou un nouveau mec – j'en sais foutre rien. Tout ce que je sais, c'est qu'au lieu de raquer pour une baby-sitter elle me laissait enfermé dans la bagnole pendant des heures. Quand je suis devenu assez vieux pour ouvrir les portières tout seul, elle a commencé à inventer tout un tas d'histoires flippantes sur ce qui pourrait m'arriver si jamais je sortais de la voiture.

Le regard fixé sur l'abîme, Knight tira une autre bouffée de tabac, comme un robot. L'humidité dans l'air faisait stagner la fumée. Elle tourbillonnait autour de lui, comme tous ces souvenirs atroces dont il ne parvenait pas à se défaire.

— Quand j'ai été assez vieux pour comprendre que mam…

Il s'interrompit et se corrigea.

— Quand j'ai finalement compris que Candi ne racontait que de la merde, j'ai commencé à faire des fugues. Alors elle m'enfermait tout seul dans je ne sais plus quelle caravane ou taudis dans lequel on vivait.

Je faillis tendre la main vers lui pour le toucher, mais Knight s'était détourné de moi. Il était comme dans un état second et la dernière chose dont j'avais envie, c'était de l'en tirer prématurément.

— Une fois, je devais avoir sept ans, j'ai eu la dalle et j'ai essayé de me faire cuire des macaronis au fromage. Mais, comme j'en avais marre d'attendre que l'eau bouille, je suis allé regarder des dessins animés. Je n'ai pas réalisé qu'il y avait le feu avant que la cuisine soit à moitié en train de cramer.

— Oh, mon Dieu ! lâchai-je en couvrant aussitôt ma bouche avec mes mains.

Knight ne releva pas ma vive émotion. Il était tellement immergé dans son souvenir que je doutais même qu'il puisse m'entendre.

D'une voix robotique, il poursuivit :

— Je ne pouvais pas sortir. Et notre seul téléphone était dans la cuisine.

Je ne pouvais pas rester là sans rien dire. Intentionnellement, je posai une question :

— Tu as fait quoi ?

Les mains de Knight pendaient le long de son corps. Sa cigarette devenait cendres. Il avait complètement déserté son corps. Je savais l'effet que cela faisait. Était-il en train de planer au-dessus de notre conversation ?

— J'ai essayé d'ouvrir toutes les fenêtres, répondit-il avec une voix de robot. Comme je n'y arrivais pas, j'ai pris un balai et je m'en suis servi pour décrocher le téléphone du mur et pour le tirer le plus possible jusqu'à moi. J'ai appelé le 911. J'avais appris le numéro à l'école. Les pompiers sont venus et m'ont tiré de là. Je trouvais ça cool d'être dans leur camion, mais on ne m'a pas laissé rentrer ensuite, même après que Candi est finalement venue me chercher. Personne n'a pris la peine de m'expliquer le merdier. On m'a placé dans une espèce d'institut le temps que Candi sorte de cure et puisse à nouveau réclamer ma garde. Mais, pendant tout ce temps, j'étais persuadé qu'on m'avait foutu en prison pour avoir déclenché un incendie. Qu'on m'avait arraché à ma mère parce que j'avais été méchant.

Je restai plantée là, impuissante, pendant que la cendre de sa cigarette, qui pendait mollement entre ses doigts sans vie, tombait sur le sol de béton. Knight était parti. Il avait laissé son corps réciter une histoire préenregistrée, mais le reste de sa personne – son cœur et son âme – s'était évanoui. Cela me brisait le cœur de le voir ainsi, mais les mots qu'il prononça juste après le réduisirent littéralement en morceaux :

— C'est là qu'elle a commencé à m'enfermer dans le placard.

D'une pichenette, je balançai mon mégot dans l'allée inondée de pluie et me jetai dans ses bras, passant les miens autour de sa taille. Je pressai ma joue contre son dos nu et l'enserrai avec tout mon amour. En vain. Son grand corps, robuste et tatoué, était creux. Peut-être qu'il s'était fait tatouer sur le dos l'emblème des McKnight sous couvert de fierté familiale, mais je connaissais la vérité. Knight n'avait pas de famille : il avait juste besoin d'un bouclier.

Je fis appel aux souvenirs de ce qu'il m'avait raconté et recollai les morceaux. Knight m'avait parlé des mecs de Candi, qui se montraient violents et abusifs envers lui, et elle-même avait un passif avec l'alcool et la drogue, mais je ne me doutais pas que son enfance ait pu être aussi traumatisante. Pas étonnant qu'il n'ait pas voulu s'emmerder à me dessiner un dragon.

Knight ne dessinait pas les dragons : il les chassait.

Cette pensée me donna une idée. Le genre d'idée stupide qu'il ne faut pas essayer seul chez soi.

Je le pris par la main.

— Viens avec moi.

Il ne se rebiffa pas et ne posa aucune question. Quel que soit l'état d'hypnose dans lequel il s'était plongé pour se protéger, il fonctionnait encore à plein régime.

Je le ramenai dans l'atelier où nous fîmes face au fauteuil de dentiste en vinyle noir dans lequel il accueillait ses clients. Dans l'espace ouvert se trouvaient sept autres fauteuils identiques, quatre de chaque côté, tous boulonnés au sol. Chaque espace de travail était équipé d'un coffre d'accessoires rouge et d'un grand miroir. Celui de Knight était situé dans le fond et le seul détail qui le différenciait des sept autres, c'était une photo encadrée de deux ados au crâne rasé, posant devant un faux sapin de Noël tout ringard.

J'observai son regard vitreux, sa mâchoire contractée, et je m'exprimai lentement d'une voix forte, comme s'il souffrait d'un trouble auditif qui nécessitait qu'on lui parle en détachant chaque mot.

— Knight, j'aimerais que tu essaies un truc. Je pense que ça pourrait t'aider à te sentir mieux. Tu es d'accord ?

Il ne répondit pas.

Sa main sans vie dans la mienne, je continuai :

— C'est une technique thérapeutique qui s'appelle la chaise vide. Je veux que tu fasses comme si ta mère était assise dans ce fauteuil. Puis je veux que tu lui dises tout ce que tu as sur le cœur. Tu peux la traiter de salope. Tu peux lui dire que tu la détestes. Tu peux lui dire que tu l'aimes. Tu peux même lui foutre un pain dans le vide, si tu en as envie. Tu peux te débarrasser de toute cette merde qui t'angoisse, ici et maintenant. Tu es à l'abri et personne ne sera blessé.

Toujours aucune réponse.

Je battis en retraite vers la sortie de secours et j'ajoutai :

— Je… Je te laisse un peu d'intimité.

Au bout du couloir, je tirai une cigarette de mon sac – une verte, ce coup-ci – et sortis m'installer sur l'escalier de secours. Tandis que j'étais là, à fumer, en pleine nuit au cœur de Little Five Points, vêtue seulement d'un tee-shirt trop grand, je commençai à assimiler à quel point Knight était un homme brisé.

Je ne suis qu'une putain d'idiote. Je ne peux pas le réparer. En l'espace d'une nuit, il s'est fait un black-out, a tenté d'étriper un mec avec une bouteille de bière cassée et voilà qu'il est complètement catatonique. Peut-être faudrait-il l'emmener à l'hosto ? Je suis bien redescendue de mon trip, je pourrais sûrement l'y conduire sans…

Je fus tirée de mes pensées par un vacarme métallique. Mes pieds s'activèrent et je me ruai dans le salon. Je dérapai et freinai des quatre fers à la seconde où je découvris l'origine de ce raffut. Knight avait arraché son fauteuil du sol et l'avait balancé au milieu de la boutique. Agenouillé dessus, il était en train de le tailler en lanières à l'aide du couteau papillon qu'il gardait en permanence dans sa poche. Son dos et ses épaules étaient luisants de sueur et ses muscles se contractaient chaque fois qu'il poignardait et lacérait l'innocent fauteuil.

Soudain, il leva la lame en l'air et elle étincela tandis que son poignet effectuait un ensemble de torsions théâtrales pour la replier. Quand il la rempocha, je poussai un soupir de soulagement, aussitôt suivi d'un hoquet de surprise lorsque Knight se mit à arracher à mains nues de la structure métallique des poignées entières de vinyle et de mousse. Tandis qu'il ôtait la vie à son fauteuil, je l'entendis marmonner dans sa barbe et je perçus certains mots plus que d'autres : « putain », « salope » et « inutile », en particulier.

Je restai muette de stupéfaction, tandis qu'un gouffre de souffrance et de peur s'ouvrait dans ma poitrine, menaçant de m'engloutir tout entière. Je ne savais pas quoi faire. Ni comment réparer les dégâts que j'avais occasionnés. À cause de moi, Knight donnait libre cours à une chose qui l'avait effrayé toute sa vie durant. La seule qu'il ait gardée enfouie sous toutes les autres. Son souhait le plus secret. Son désir le plus pervers.

Knight voulait tuer sa mère.

À mains nues.

Il fallait que je trouve un moyen de remettre ce monstre en cage – ou mieux encore, le libérer – sans qu'il se retourne contre moi. Ou pire : contre lui-même. Alors que la mousse s'entassait sur le sol, je fermai les yeux et visualisai mon manuel de psycho dont je tournai mentalement les pages jusqu'à trouver ce que je cherchais.

Lorsque je rouvris les yeux, la destruction avait pris fin. Le corps à demi nu et couvert de sueur, Knight se dressait au-dessus des restes du fauteuil, ahanant comme s'il venait de courir un marathon.

D'un pas hésitant, je m'avançai vers lui et posai une main tremblante sur son épaule voûtée. Je pris une longue inspiration, rassemblant tout le courage, la tolérance et la fausse confiance dont j'étais capable, et pris la parole :

— Maintenant, on va l'enterrer.

Sans un mot, Knight et moi ramassâmes les morceaux du fauteuil, sortîmes dans la ruelle et jetâmes le tout dans la benne. Une fois toute la mousse et les débris balancés à l'intérieur, je baissai la tête, récitai l'unique prière que je connaissais et refermai délicatement le couvercle.

Je pivotai sur mes talons pour regarder Knight et fus soulagée de constater qu'il me rendait mon regard. Il était bien là, à me fixer. Et j'eus l'impression que ses yeux gris se mettaient à fondre.

Merde.

— Hé, dis-je en faisant un pas vers lui. Je suis désolée. Tellement déso…

— La ferme.

Depuis le coup de la catatonie, c'étaient les premiers mots qu'il prononçait.

Mais je ne pouvais pas me taire.

— J'aurais pas dû… Je ne savais pas ce que je faisais. Dis à Bobby que je rembourserai les…

— Ferme ta putain de gueule !

Il marcha à grands pas vers moi et me saisit les épaules.

— Ferme ta putain de gueule, Punk !

Je voulais fermer les yeux, mais je n'arrivais pas à détacher mon regard de la larme égarée suspendue à ses cils blonds et épais. Quoi qu'il puisse s'apprêter à me faire ou à me dire, je l'avais amplement mérité.

— Ce que tu as fait là-bas, commença-t-il avant de me lâcher et de pointer son doigt en direction du salon de tatouage. Jamais tu n'auras à t'en excuser, est-ce que c'est clair ?

Avec un clignement des paupières, je chassai mes propres larmes qui menaçaient et le dévisageai sans comprendre.

— Il s'est passé un truc, dit Knight avant de se poignarder le torse avec l'index. *Là-dedans !* Je viens tout jute d'expurger dix-neuf années de haine, de colère... Tout ce putain de poison est sorti de mon corps et le seul qui en a payé les frais, c'est ce fauteuil à la con. Comment tu as fait ?

Je reniflai pour refouler mes émotions.

— C'est toi qui l'as fait, dis-je. Knight, c'est uniquement grâce à toi si tu te sens mieux. Tu t'es confié à moi. Rien ne t'y forçait. Tu t'es même épanché auprès de ta mère – enfin, avant de la zigouiller, quoi...

Ce fut alors qu'il apparut. Ce sourire pour lequel j'aurais remué ciel et terre, uniquement suscité par ma petite blague pourrie. Ses lèvres superbement ciselées s'ouvrirent sur un sourire aux dents parfaitement blanches et alignées. Frappés par la lumière émanant du parking, ses yeux pâles étincelèrent comme des diamants incolores. Et je fus rassurée d'entendre son rire grave et enfantin à la fois.

Ce rire me disait que tout irait bien.

Que tout irait pour *nous deux.*

Quel putain de mensonge.

40

Le lendemain matin, je m'éveillai dans mon coin de bonheur – allongée sur le canapé en cuir de la salle de repos de Terminal City Tatoo, lovée contre le torse de Knight. J'avais dormi de nombreuses fois dans cette position et je ne m'en lassais jamais. Il y avait quelque chose de divin dans le fait de sentir le corps d'un autre respirer, bourdonner et battre à l'unisson avec le vôtre – c'était une forme ancienne de magie. Je demeurai ainsi à m'en imprégner jusqu'à avoir des fourmis et que ma vessie menace d'exploser.

Je consultai l'heure sur le micro-ondes, seule source de lumière dans la pièce, 8 h 52. Pourquoi m'étais-je réveillée aussi tôt ?

Le dimanche, la boutique n'ouvrait pas avant midi mais je décidai tout de même de me lever. Quand Bobby arriverait, elle découvrirait l'état dans lequel Knight avait réduit son fauteuil et je refusais de me trouver dans un rayon de moins de huit kilomètres quand cela arriverait.

Je détachai mon corps nu de celui de Knight, nu lui aussi, et quand je fus debout le monde dégringola subitement vers la droite. Dieu merci, je parvins *in extremis* à me rattraper à l'accoudoir avant de chavirer. Je me laissai glisser au sol et m'adossai au canapé le temps que la sensation de vertige se dissipe.

Il allait peut-être falloir que je me force à manger un bout. Non pas que Knight me laisserait le choix. À peine levé, il allait me forcer à avaler un petit déjeuner. Comme chaque fois. Connard de tyran.

Je songeai à toutes les fois où il m'avait forcée à manger devant lui. Je l'avais détesté pour ça – au point de pleurer et de tirer la gueule – mais je comprenais ses raisons, à présent. C'était sa façon à lui de m'aimer. Knight était le seul à avoir remarqué mes troubles alimentaires. L'année précédente, quand l'infirmière de l'hôpital nous avait annoncé le diagnostic à maman et moi, névrose anorexique, cela avait été un choc pour nous deux. Mais Knight l'avait deviné bien avant. Et plus important encore : il s'en était occupé.

Harley ne s'était jamais soucié de mes problèmes de poids. Que je m'alimente ou pas lui importait peu. Sûrement parce qu'il se foutait de tout et de tout le monde – moi y compris.

Harley.

Rien que penser à lui me faisait grimacer.

Je tentai à nouveau de me lever – plus lentement cette fois, et avec plus de succès. Je me rendis à tâtons vers la droite de la boutique, là où je savais que se trouvait le comptoir. Sans le moindre bruit, je tendis la main au-dessus du micro-ondes pour y récupérer une petite boîte : un nécessaire de toilette. Cela faisait neuf mois et Knight ne l'avait toujours pas jetée. Cette pensée me fit sourire.

J'emportai la boîte dans la salle de repos au bout du couloir et fis pipi avant de me nettoyer les dents avec sa brosse. Je croisai mon reflet dans la glace et faillis crier. À l'exception de traces de seringue, j'avais tout d'une junkie. La pluie avait fait couler tout mon mascara noir. Avec mes boucles blondes frisées par la pluie, j'avais l'air d'un Robert Smith[1] afro. Mes racines d'un brun rougeâtre avaient poussé d'environ cinq centimètres. Une croûte s'était formée sur mon épaule, là où Knight avait joué les vampires la veille au soir. Et mon corps ressemblait à celui d'un squelette de cours d'anatomie emballé dans une peau translucide et mouchetée.

Nom de Dieu.

Dire que deux semaines plus tard, cette fille allait recevoir son bac avec un an d'avance et avec mention. Jamais on avait vu une ratée plus en état de marche que moi.

Je pris mon sac, mes fringues et sortis dans le couloir pour m'arranger au mieux. Mon débardeur étant encore bien humide, je renfilai le tee-shirt de la boutique, roulai les manches et le nouai à la ceinture. Je me lavai le visage, mis quelques barrettes dans mes cheveux et m'appliquai le peu de maquillage que j'avais sur moi – blush, rouge à lèvres et anticernes. Pas du grand art, mais au moins je n'avais plus l'air de sortir de *La Nuit des morts vivants.*

De retour à la salle de repos, je remis le nécessaire de toilette à sa place avant de retourner vers Knight

1. Chanteur du groupe The Cure, à la célèbre chevelure hirsute.

que j'essayai de réveiller en lui secouant doucement l'épaule. Il dormait à poings fermés. Je consultai l'heure à nouveau et décidai de le laisser dormir. Pour lui, la nuit avait été dure. Tout comme les dix-neuf dernières années de sa vie.

Tandis que je passais mon sac sur mon épaule et que j'enfilais mes pompes, je pris la décision de surprendre Knight avec un petit déjeuner à emporter. Comme autrefois, je calai la porte avec le même gros morceau de ciment et dégainai mon portable en marchant au milieu des mares d'eau de pluie qui me séparaient de ma voiture. Je n'en revenais pas que ce machin fonctionne encore. Tout aussi incroyable, j'avais trois appels en absence d'Harley. J'étais partie du principe que je n'allais plus jamais entendre parler de lui. Peut-être que c'était mon agaçante sonnerie qui m'avait tirée du sommeil...

— Tiens ? Mais c'est ma petite esclave !

Je me figeai au son de sa voix. Elle était rauque, plus graveleuse que jamais, comme s'il avait passé la nuit à fumer des éclats de verre et à se gargariser avec de l'essence.

Je levai lentement la tête. Adossé à la portière de sa voiture, Harley se tenait face à moi. Il s'était garé juste à côté de ma voiture – à la lumière du jour, je découvris que je m'étais garée près de la camionnette de Knight.

Harley demanda :

— Tu veux bien m'expliquer pourquoi ta 5.0 et la bagnole de plouc de cet allumé sont garées côte à côte, là tout de suite ?

Euh...

— Je t'avais dit de pas bouger ! cracha-t-il en pointant sur moi son doigt accusateur. Et toi, tu fais quoi ? Tu fais quoi, putain ? Tu viens *ici* ? Pour te faire sauter par cette espèce de taré de skinhead ?

Je voulais tourner les talons et courir m'abriter à l'intérieur. Ou lui gueuler dessus et lui dire à quel point il était nul comme petit ami. Mais je renonçai, terrifiée par les deux options, et je me remuai les méninges pour trouver un moyen de le calmer.

En dépit des assourdissantes sirènes d'alarme qui résonnaient dans ma tête, je m'exprimai sans hausser la voix.

— Harley, ce que tu dis n'a aucun sens. Il est 9 heures du mat', bébé. Le billard est fermé. Tu es crevé et il faut que tu rentres, tu as besoin de…

Sa main tachée de cambouis m'agrippa le menton et me releva le visage. D'ordinaire si beaux, ses petits yeux de chien battu étaient méconnaissables. Deux pupilles noires et sans âme avaient éclipsé leur éclat bleu et scintillant. Leur blanc était assombri et injecté de sang. Son expression n'avait rien de suppliant ou d'espiègle. Elle était exigeante. Cruelle.

Cruelle et folle.

Il serra ma mâchoire et cria :

— Te fous pas de ma gueule ! Tu te crois plus maline que moi parce que tu vas aller dans une belle université et que je ne suis qu'un con qui a abandonné l'école ? Eh ben, figurez-vous que je sais quand même quelques trucs, madame. Par exemple, je sais que tu mens comme tu respires !

Harley se rapprocha si près de moi que je sentis son haleine chargée d'alcool et que je pouvais voir la croûte de poudre blanche autour de ses narines. Je fermai les yeux et tentai de détourner le visage mais il me força à le regarder en face.

— Vous aimez qu'on vous scarifie, madame ? C'est ça qui te manque ? En ce cas, je prendrai un grand plaisir à te…

Harley n'eut pas le loisir de finir sa menace. Sa main fut arrachée à mon visage par une force si puissante que je fis un demi-tour sur moi-même. Je me retournai et découvris Knight, torse nu, à cheval sur Harley. Il le plaquait au sol et le rouait de coups avec ses poings.

Putain, non ! Knight, ne fais pas ça ! Harley est peut-être ar…

Une détonation assourdissante résonna sur le parking et se réverbéra dans mon âme. L'instant d'après, je réalisai que je tombais.

Une chute au ralenti.

Oh, mon Dieu. On m'a tiré dessus ? Il y a eu un coup de feu et voilà que je tombe, alors… on dirait bien que oui. Pourquoi ça ne fait pas mal, alors ? Je ne sens rien du tout. Sauf qu'on est en train de me tirer le poignet. Une minute… Je ne tombe pas du tout : on me tire !

Je me protégeai, prête à heurter violemment l'asphalte crevassé. Mais j'atterris sur quelque chose de chaud et mou.

Un corps.

Je poussai un cri strident tandis qu'un sentiment d'épouvante dégoulinait dans mes veines jusque dans mes extrémités et me comprimait les poumons.

Non. Mon Dieu, non. Je vous en supplie !

J'ouvris les yeux, prête à découvrir Knight couvert de sang, haletant par terre comme un poisson hors de l'eau, mais il se tenait à genoux devant moi, bel et bien vivant. Ses narines frémissaient à chaque respiration. Son regard de zombie était d'un blanc incandescent. Et il serrait les dents plus fort qu'un piège à ours. J'avais déjà vu cette expression sur son visage. Juste après qu'il avait commis un meurtre pour me protéger.

Des images remontant au mois de mai dernier se déversèrent dans mon esprit : un chien de garde léchant le sang de son maître, une batte de base-ball couverte de sang cramoisi ; un sweat à capuche éclaboussé d'un fluide écarlate. Je ne pus me résoudre à baisser les yeux sur le corps, et je n'eus pas à le faire. Knight braqua son regard meurtrier par-dessus mon épaule et leva les mains en l'air. À cet instant précis, je compris qu'Harley était toujours vivant.

Et, lorsque je sentis la chaleur du canon de son Glock contre ma tempe, je compris autre chose : je l'avais dans l'os.

41

Il paraît que lorsqu'on est sur le point de mourir, toute notre vie défile devant nos yeux. Eh bien, c'est des conneries. Mais je ne parle que de mon expérience. Peut-être que les anges chargés de mon cas sont des glandeurs, mais je n'eus droit à aucun défilé de diapos compilant mes plus grands succès et mes meilleurs moments passés sur cette terre. Ces petits bâtards s'étaient contentés d'appuyer sur le bouton pause. Sur l'instant présent.

Pause.

Tiens, regarde ! On a la tête à l'envers !

C'est quoi, tout ce verre cassé ?

C'est un camion-benne ?

Et qui est-ce qui gueule comme ça ?

Oups, c'est moi. Désolée.

J'arrive pas à croire que la Boss va se faire écrabouiller. J'adorais cette caisse, putain !

J'arrive pas à croire qu'Harley m'ait pointé un flingue dessus et m'ait forcée à le suivre.

J'espère qu'il vivra, pour que je puisse revenir le hanter.

Mais, s'il est vivant, Knight va le tuer et il finira ses jours dans une prison militaire. Ce serait peut-être mieux si on mourait ensemble.

Ce serait de bonne guerre, non ? Après tout, on se mérite bien, tous les deux.

Je me demande si ça va faire mal.

Est-ce que le légiste va parler de mes piercings à mes parents ?

Et mes parents, ils vont s'en remettre ?

J'espère pouvoir revenir traîner avec maman. Pas comme un fantôme qui fait flipper mais plutôt genre : « Je sais que tu ne peux ni me voir ni m'entendre, mais on peut quand même se mater des redifs de Seinfeld[1] *sur le canapé. »*

Pauvre maman.

Merde, j'ai sacrément merdé, non ?

C'est la faute de Knight. S'il n'était pas parti s'engager dans les Marines, on serait restés ensemble et rien de tout ça ne serait arrivé.

Soyons honnêtes : quand j'étais avec Knight, ce genre d'embrouilles arrivait, quoi... une fois par mois ? Je dirais plutôt... que c'est la faute d'Harley.

Mais ouais ! On l'emmerde !

Oh, mon Dieu ! C'est une lumière ? C'est une putain de blague ou quoi ?

On y est.

C'est tout ce à quoi j'ai droit ?

Un moment de réflexion avant de marcher en direction de la lumière !

Dès que je trouve mon enfoiré d'ange gardien, je le vire !

— Mademoiselle Bradley ? Vous m'entendez, made-

1. Sitcom américaine comique mettant en scène l'artiste de stand-up Jerry Seinfeld.

moiselle Bradley ? Pouvez-vous me dire où vous avez mal ?

À mon ego. À cause de cette production toute pourrie que vous m'avez réservée. Je veux dire, sérieusement ? J'ai même pas eu droit à de la harpe !

— Réveillez-vous, mademoiselle Bradley ! Il faut me dire où vous avez mal !

Mes paupières papillonnèrent et la lumière vers laquelle j'avançai m'aveugla soudainement. Je refermai aussitôt les yeux. Je ne savais pas où j'étais, mais il y avait bien trop de lumière. Avec une grimace, j'essayai de respirer mais une douleur fulgurante me poignarda le flanc.

Je portai ma main gauche en direction de la douleur mais le propriétaire de la voix me retint et m'ordonna de ne pas bouger.

Je répondis en hoquetant.

— Mes… mes côtes…

— Mademoiselle Bradley, savez-vous où vous êtes ? me demanda une voix de femme avec un adorable accent du Sud.

Je secouai la tête, aussi incapable d'ouvrir les yeux que j'y étais réticente.

— Vous êtes dans une ambulance, ma grande. Vous et votre petit copain avez eu un accident de voiture.

— Où… Où est-il ? demandai-je d'une voix étranglée.

— Dans une autre ambulance, mais rassurez-vous il va s'en sortir. Il a juste le bras cassé et quelques dents en moins. On dirait que vous avez la tête dure, vous !

Juste après ça, une douleur cuisante commença à palpiter du côté gauche de ma tête. Je portai la main vers mon crâne.

— N'y touchez pas, m'avertit la gentille dame. Vous avez une belle bosse. Désolée, mademoiselle Bradley, mais je vais devoir découper vos vêtements, maintenant. D'accord ?

J'acquiesçai mais ça ne me fit vraiment pas plaisir.

Il allait me manquer, ce short !

Et ce tee-shirt de Terminal City Tatoo aussi !

La gentille dame découpa mon soutien-gorge et poussa une exclamation :

— Eh ben, dis donc, matez-moi ces piercings !

J'eus envie de rire mais la douleur dans mes côtes me fit bien vite renoncer.

— Il va falloir que je vous les enlève, mademoiselle Bradley… Enfin, si j'arrive à les ouvrir, ajouta-t-elle en gloussant.

— Ne… Ne les perdez pas, suppliai-je.

— Ne vous inquiétez pas, ma grande. Vous avez d'autres bijoux dont je devrais avoir connaissance ?

Cette fois, je ris malgré la douleur. J'avais hâte de savoir ce qu'elle aurait à dire sur mes *autres bijoux*.

42

Je passai les vingt-quatre heures qui suivirent dans les vapes sans jamais vraiment reprendre totalement connaissance. Je perçus quelques mots de-ci de-là, mais ce ne fut que l'après-midi suivant que j'ouvris pleinement les yeux et que je scrutai ce qui m'entourait. J'étais à l'hôpital, reliée à tellement de tubes et de câbles que j'avais l'air d'une méduse émaciée.

L'un de ces tubes saillait entre deux de mes côtes sur mon flanc droit. Il était transparent et aussi épais qu'un tuyau d'arrosage. Enfin, il avait dû être transparent à un moment, mais il était à présent rempli de sang coagulé.

Un tuyau plus fin serpentait d'entre mes jambes et d'autres reliaient mes poignets et mes coudes à des poches suspendues au-dessus du lit. Une douleur sourde cognait sur le côté gauche de mon crâne et une plus aiguë m'élançait le flanc droit.

Alors que j'y portais la main pour jauger les dégâts, maman, assise dans un fauteuil près de la fenêtre devant un magazine, remarqua le mouvement du drap et vint à mon chevet.

Elle avait l'air épuisée. Au bout du rouleau.

— Salut, mon bébé, dit-elle d'une voix pleine d'empathie. Comment tu te sens ?

— Mal.

Ce seul mot m'essouffla.

Maman s'apprêta à s'asseoir au bord du lit mais elle renonça au dernier moment. Elle rabattit le drap vers mes pieds et s'assura qu'elle n'allait pas écraser l'immonde tube ensanglanté qui me sortait d'entre les côtes.

Le souffle coupé, je pointai cette horreur du doigt.

— C'est… C'est quoi, ce truc ?

— On appelle ça un drain thoracique, expliqua-t-elle en repoussant le tube au pied du lit pour pouvoir s'asseoir près de moi. Tu as des côtes cassées, ma puce, et un poumon perforé. Il y a du sang dedans et on t'a mis ce drain pour le pomper.

La description de mes blessures m'arracha une grimace de dégoût. *Bon Dieu.*

— Que… Qu'est-ce qui s'est passé ?

— Tout ce qu'on m'a dit, c'est qu'Harley a perdu le contrôle du véhicule qui a fait un tête-à-queue juste devant un camion-benne. Il t'a percuté le flanc. D'après les ambulanciers, tu as de la chance d'être en vie, mon cœur.

En bonne catholique irlandaise de souche, maman me prit la main et déposa un baiser sur mon front avant d'ajouter :

— Un ange gardien veillait sur toi.

L'émotion dans sa voix me serra la gorge et mes yeux me brûlèrent. Je serrai sa main en retour et, lorsqu'elle baissa les yeux sur moi, je lui adressai un bref sourire.

Elle me le rendit et inclina la tête sur le côté.

— Oh, au fait. L'ambulancière à qui j'ai parlé m'a donné un petit sachet contenant tous tes bijoux.

Je sentis mon visage s'empourprer avec la chaleur de mille soleils.

Puis maman ajouta :

— Je les ai rangés dans ton sac. Avec ta *pilule.*

Oh, mon Dieu !

— Euh, merci, dis-je d'une voix râpeuse.

J'avais envie de me cacher sous la couverture. Ou de mourir pour de vrai.

Maman se mit alors à rire.

— Tu imagines si on avait donné tout ça à ton père ? dit-elle. Il nous aurait fait une attaque dans la seconde ! Et ils te l'auraient amené ici pour qu'il partage ta chambre, ajouta-t-elle avec une hilarité redoublée.

J'avais bien trop mal pour rire, mais je pouvais sourire. Je souris et souris encore, puis je fermai les yeux et j'étreignis sa main en remerciant intérieurement mon glandeur d'ange gardien grâce à qui je pouvais à nouveau entendre le rire de cette femme.

Et je lui présentai aussi mes excuses pour avoir failli le virer la veille.

Quelques instants plus tard, alors que maman était sortie chercher à manger – et probablement fumer un cône dans sa bagnole, aussi –, on frappa à la porte et une policière entra dans la chambre. Elle avait une coupe afro et était de petite taille. Et, si j'en jugeais par sa mine renfrognée, elle devait aussi avoir son petit caractère.

— Mademoiselle Bradley, je suis l'officier Hoover.

J'aimerais vous poser quelques questions à propos de l'accident d'hier.

Oh, putain de merde.

— Est-ce que… c'est légal ? Je n'ai que seize ans. Vous n'êtes pas censée m'interroger en présence d'un avocat ou de mes parents ?

Bien joué, BB. T'as pas l'air coupable du tout avec cette question.

L'officier Hoover me toisa en levant un sourcil.

— Non, m'dame. Vous n'êtes pas en état d'arrestation et vos tests sérologiques sont tous revenus négatifs. Nous enquêtons actuellement sur une affaire impliquant Harley James et je suis venue vous demander votre coopération.

Mes tests sérologiques ? On m'a dépistée pour la drogue et c'est revenu négatif ?

— Euh… d'accord.

— Mademoiselle Bradley, monsieur James a été retrouvé inconscient sur les lieux de l'accident avec un taux d'alcool dans le sang de 0,15 %. C'est presque deux fois supérieur au taux légal[1].

Nom de Dieu.

— Il était aussi sous l'influence de cocaïne et de marijuana, ajouta la policière.

On dirait que leurs tests ne décèlent pas le LSD.

L'officier Hoover prit place sur le tabouret à roulettes dont se servaient habituellement les infirmières. Bizarrement, cela ne fit qu'accentuer mon malaise.

— Normalement, pour conduite sous influence,

1. Mesures américaines. Le taux légal d'alcool dans le sang aux États-Unis est de 0,08 %.

M. James devrait payer une caution et comparaître devant le juge ; cependant, étant donné qu'il était déjà en liberté conditionnelle à la suite d'un vol de voiture, il restera en détention jusqu'à son jugement, sans possibilité de caution. Sur les lieux de l'accident, M. James a également été arrêté en possession d'armes illégales, ainsi que d'une fiole d'acide lysergique diéthylamide suffisamment remplie pour qu'on puisse l'inculper d'intention de vente.

Bon.

Dieu.

De.

Merde.

L'officier Hoover se pinça l'arête du nez, prit une longue inspiration et se pencha pour être à mon niveau.

— Mademoiselle Bradley, Harley James ne doit plus sévir dans les rues d'Atlanta. Il constitue un danger pour lui-même et pour les autres. Sachez que nous avons interrogé un témoin, qui assure que vous avez été menacée d'une arme et entraînée de force dans cette voiture. Si on ajoute le kidnapping aux charges qui pèsent déjà sur lui, je pense que nous serons débarrassés de M. James pour un long, long moment. Peut-être même à vie.

Kidnapping ?

Kidnapping !

J'ai été kidnappée.

— Mademoiselle Bradley ?

— Hein ?

— M. James vous a-t-il emmenée contre votre gré ?

— Je…

Putain, qu'est-ce que je dois faire ?

— Je…

Je ne vais pas l'envoyer en prison à perpète, si ?

— Je…

Je me demande si c'est Knight, le témoin en question ? Il est venu me voir ? A-t-il été témoin de l'accident ?

— Je… Je voudrais parler à mon avocat.

Le visage de l'officier Hoover se durcit et elle ouvrit la bouche pour dire quelque chose lorsqu'un autre policier frappa à la porte et passa la tête dans l'ouverture.

— On se tire, dit-il. Ils l'ont libéré.

À l'extérieur, debout derrière le flic, se tenait Harley James. Tel que je m'en souvenais. Avec ses yeux bleus de petit chien battu et sa lèvre charnue et boudeuse. Il n'avait plus son anneau – probablement fourré dans un sachet quelconque – et il avait une expression misérable sur le visage. Pendant une seconde, mon cœur cessa de battre et, lorsque je me souvins de ce qu'Harley m'avait fait, il reprit vie, ivre de vengeance. Si j'avais été reliée à un moniteur cardiaque, il aurait explosé.

Son bras gauche était plâtré du poignet jusqu'à l'épaule et il portait des menottes.

En silence, nous échangeâmes un regard triste et, en cet instant, je crus que tout était dit entre nous. Ses yeux murmuraient des excuses, confessaient sa honte et suppliaient que je lui pardonne.

Les miens murmuraient autre chose : « Va te faire foutre. »

En se levant pour les rejoindre, l'officier Hoover sortit une carte de sa poche et me la tendit. Elle contenait toutes les informations pour la joindre.

— On reste en contact, mademoiselle Bradley.

Puis elle pivota sur ses talons et s'en alla.

Le trio était parti depuis suffisamment longtemps pour que je me vide les poumons et rejoue toute cette conversation dans ma tête, quand, soudain, j'entendis le cri du policier dans le couloir :

— Hé ! Arrêtez-le !

Deux secondes plus tard, Harley était à mon chevet. La dernière fois qu'il avait été aussi proche de moi, c'était pour me braquer un flingue sur la tempe. Maintenant qu'il n'avait plus rien à perdre, je n'avais pas la moindre idée du sort qu'il me réservait. J'essayai de crier, de sautiller sur place et de me redresser, mais la douleur dans mes côtes et mon poumon était trop insupportable et je ne pus rien faire à part grimacer de douleur et ahaner comme un poisson hors de l'eau.

Les poignets menottés et les flics sur les talons, Harley plongea les deux mains dans sa poche et en tira la petite bague de fiançailles en diamant.

— Je veux que tu la gardes, déclara-t-il, sa lèvre boudeuse débordant de sincérité. Pour ce que ça vaut, mes demandes en mariage, c'était pas pour déconner. Je vous aime pour de vrai, madame, ajouta-t-il en m'envoyant la bague à l'aide d'une pichenette.

Puis il se retourna et leva les mains en l'air autant que ces liens le lui permettaient, juste avant que la police ne le flanque par terre.

Je ramassai cette babiole et l'examinai pendant qu'ils emmenaient Harley. C'était vraiment une jolie bague.

J'avais hâte de la mettre au clou.

43

Je passai les jours suivants à l'hôpital, principalement à dormir, à picorer les plats insipides de la cafétéria qu'on tenait tant à me faire avaler et à attendre les visites de Knight. Il vint me voir chaque après-midi pour m'accompagner dans ma balade quotidienne le long du couloir, mais il semblait différent. Distant. J'en ignorais la raison. Pourtant, Knight aurait dû être aux anges. Harley était en taule et il était probable qu'il y reste à perpète. Pour moi, ça allait bien, toutes proportions gardées. Knight s'était enfin débarrassé de la rancune de merde qu'il avait envers sa mère. Et nous étions de nouveau ensemble.

Pas vrai ?

Il devait sûrement s'en vouloir à mort pour l'accident. Je savais combien Knight pouvait se dénigrer. Il avait probablement trouvé un moyen de se faire porter le chapeau. Ou peut-être qu'il se sentait mal à l'aise d'être en présence de mes parents. Il y avait toujours au moins un des deux à l'hôpital et Knight savait combien ils le détestaient. Bien sûr, ils détestaient encore plus Harley, mais je doutais que cela le fasse se sentir mieux.

Pour quelque raison que ce soit, chaque fois qu'il

entrait dans ma chambre, j'avais des papillons dans le ventre. Peu importe que je ne sois pas maquillée ou que je n'aie pas pris de bain depuis presque une semaine. La manière dont il me regardait, dont il m'aidait à sortir du lit en s'assurant qu'aucun tube n'allait se débrancher, la façon dont il me tenait la main pendant mes marches et ses « je t'aime » au creux de mon oreille, chaque soir avant de partir... Toutes ces conneries me donnaient l'impression d'être belle.

Le sixième jour, je parvins enfin à souffler assez fort dans le tube qu'on me présentait quotidiennement et poussai l'aiguille jusqu'au bout du cadran – un test pour vérifier mes capacités pulmonaires. On m'avait dit qu'une fois que je serais capable de pousser l'aiguille jusqu'à un certain point je pourrais rentrer à la maison. Et j'étais prête à plus d'un titre. Prête à dormir dans mon lit, à prendre une douche et toute prête à tester les capacités de mon poumon regonflé à bloc avec une Camel Light bien méritée.

Grimaçant de douleur à chaque mouvement, j'enfilai prudemment les fringues que maman m'avait ramenées et nous nous rendîmes toutes deux au parking. Juste devant moi se trouvait ma Mustang, qui m'avait sagement attendue.

— Knight et sa collègue te l'ont rapportée, m'expliqua maman d'un ton sec. Pour t'éviter d'avoir à la récupérer.

Comme Knight m'avait rapporté la voiture, elle avait dû comprendre que je n'étais pas chez Juliet la veille de l'accident. Maman reprit :

— En toute logique, je devrais te priver de sortie,

mais avec tes côtes cassées je pense que tu es suffisamment punie comme ça.

Honteuse, je sentis mes joues s'empourprer et j'acquiesçai, passant mon bras autour de son épaule pour lui accorder une étreinte douloureuse mais reconnaissante.

— Je vais juste passer au boulot récupérer ma paie avant de rentrer, OK ?

— D'accord, dit maman avant de me rappeler de ne pas me fatiguer et qu'elle voulait que je sois rentrée pour l'heure du dîner.

Je traînai des pieds jusqu'à ma bien-aimée voiture et passai cinq longues minutes à trouver un moyen d'y grimper sans avoir l'impression qu'un pic à glace me déchirait le flanc. Tandis que je me débattais avec moi-même, mon sac à main se mit à pousser la chansonnette :

Dilidilidilidili.

J'atterris sur le siège conducteur avec un glapissement et je piochai mon portable dans mon sac. C'était le numéro de fixe d'Harley.

Qu'est-ce que…

Je décrochai à la seconde sonnerie.

— Allô ?

— Yo, BB, quoi de neuf ?

— Dave ?

— Le seul et l'unique. Tu fous quoi, là ?

— Euh, rien. Pourquoi ?

— Je me demandais si tu pouvais passer à la maison et m'aider à virer les affaires d'Angel par la fenêtre. J'en peux plus, de cette tarée, je la fous dehors.

Je savais que j'étais sous antidouleurs et que les derniers jours avaient été durs, mais les mots de Dave n'avaient pas le moindre sens.

— Attends, je répète : tu as besoin de mon aide pour foutre quelqu'un dehors ? Dave, j'ai eu un accident de voiture à cause de ton frère. T'es au courant, pas vrai ? Je suis sur le parking de l'hosto, là !

— Ouais, et c'est justement pour ça que je te propose de venir m'aider à dégager la salope qui vivait avec lui.

Je fixai mon pare-brise pendant cinq bonnes secondes, à attendre qu'une pensée ou une émotion se manifeste. Mais rien. J'étais à cent pour cent incapable de trouver un sens à cette phrase. Je me contentai d'admirer la sonorité de ses syllabes en clignant des yeux.

— BB ?

— Pardon. Comment tu dis qu'elle s'appelle ?

— Angel. Mais cette connasse n'a rien d'un ange. On dirait plutôt une racaille démoniaque des marais, si tu veux mon avis.

— J'arrive dans vingt minutes.

*

Dave vint m'ouvrir au bout de deux sonneries. Pour un type dont le frère risquait la prison à perpétuité, il était d'une surprenante bonne humeur. Il portait un marcel blanc, un jean Wrangler ajusté et son éternelle casquette de pêche avec l'hameçon accroché sur la visière qui cachait ses beaux yeux bleus.

— Content de te voir, meuf. Entre !

Il fit un mouvement pour me faire un câlin mais je l'arrêtai en levant la main et il se ravisa.

— Ah ouais, c'est vrai. Pardon. Tu vas bien ?

J'acquiesçai et je tentai de lui rendre son sourire en dépit de l'océan de terreur acide qui bouillonnait dans mes tripes.

— Merci d'avoir appelé.

Dave s'écarta pour me laisser entrer.

— Ça me manque de plus t'avoir ici, meuf. T'es bien plus cool que l'autre connasse ! Une fois Harley au trou, je pensais qu'elle allait se tirer, mais elle arrête pas de se repointer. Hier soir, elle a même voulu *baiser avec moi* pour me convaincre de la laisser rester ! Je suis pas du genre à cracher sur un plan cul, mais c'est pas ça qui paie le loyer.

Je scrutai l'intérieur de la maison en quête de preuves de sa présence auxquelles je n'aurais pas fait attention.

Comment ai-je pu être aussi aveugle ?

— Depuis combien de temps elle squatte ici ?

— Je sais pas exactement, répondit Dave. Au début, elle faisait que passer, mais elle squatte depuis que tu viens plus. J'ai pensé que tu avais appris pour elle et Harley, et que tu avais rompu à cause de ça. Puis, quand je t'ai vue au Empty Pockets, j'ai compris que cet enfoiré te la faisait à l'envers.

Dave sortit deux cannettes de bière du frigo, les décapsula, et m'en tendit une. C'était mal de mélanger l'alcool et les médicaments. Mais tant pis. J'avais grave besoin de boire un coup.

Je lui adressai un bref sourire.

— Merci, dis-je avant d'errer sans but dans le salon.

Je repensais à la dernière fois où j'avais vu Angel – c'était sur la piste. Je me souvenais d'avoir pensé que sa présence là-bas était étrange. Tout comme il était étrange qu'Harley soit allé lui hurler dessus et que les lascars de la bande de son frère ne soient pas intervenus, comme s'ils étaient potes avec lui.

Tout devint clair : Angel était sa petite nana bonus et, à part moi, tout le monde était au courant.

— Désolé, B, fit Dave en me suivant au salon. J'aime Harley, mais c'est un bel enfoiré. Il l'a toujours été.

Je fis volte-face, j'effectuai les trois pas qui me séparaient de Dave et je lui entourai la taille. Terrifié à l'idée de me toucher, il leva la main, puis il me prit délicatement dans ses bras pendant que je réprimais mes pleurs en serrant les dents.

— Merci de m'avoir prévenue, murmurai-je tout contre son marcel. Je me sens tellement conne.

Dave me flanqua une petite bourrade.

— Je connais un truc qui pourrait te remonter le moral.

— Même pas en rêve, gloussai-je.

Dave ricana.

— Merde, alors ! J'aurais essayé… Bon, et si on balançait les affaires de cette conne sur la pelouse ?

— Ça me va !

Je fonçai droit en direction de la salle de bains. Vu mon état, je ne pouvais pas soulever de trucs lourds, mais au lancer de brosse à dents violette j'étais la meilleure.

Une fois toutes les affaires et les fringues d'Angel éparpillées dans le jardin devant la maison, nous prîmes place sur des chaises longues sous le chêne pour admirer notre travail. La petite piscine pour enfants était pleine de moisissures et le palmier gonflable était à plat depuis longtemps mais c'était quand même agréable de pouvoir s'allonger peinarde pour boire une bière avec ce petit pervers de Dave. L'effet des antidouleurs était assez cool, aussi.

Je demandai :

— Bon, qu'est-ce qui s'est passé au billard ?

— Ce putain de Smoke a été libéré sur parole, voilà ce qui s'est passé, répondit Dave en crachant par terre. Il gérait tout le trafic d'armes à feu du coin, mais l'an dernier il a été envoyé en taule pour détention, ou je sais pas quoi. Comme il était hors jeu, certains entrepreneurs – dont ton serviteur – ont vu une opportunité de se faire un peu de fric. C'est l'offre et la demande, tu vois le genre ?

Je ne voyais pas du tout et je ne fis même pas semblant de savoir.

Dave reprit :

— Bref, dès qu'il est sorti de taule, Smoke l'a bien fait savoir à tous ceux qui vendaient de la marchandise sur son territoire. La petite fusillade au billard, c'était sa manière à lui d'informer le monde qu'il reprenait les rênes à partir de maintenant.

Dave leva les yeux au ciel et sirota sa bière.

Je demandai :

— T'es pas inquiet ?

Il haussa les épaules.

— Je songeai plus ou moins à me retirer des

affaires, de toute façon, répondit-il avec une note de tristesse dans la voix.

J'étudiai son visage.

— Et pour Harley ?

— Harley ? répliqua-t-il en tournant son visage vers moi. Pas du tout. En taule, il est comme un roi, ce con-là. Là-dehors, il faut avoir un taf et se farcir tout un tas de conneries mais, quand t'es en zonzon, l'arnaque, c'est un vrai mode de vie. Et Harley, c'est le roi des arnaqueurs !

J'avalai de travers.

— Bon Dieu, combien de fois il a été en taule ?

Dave renifla.

— T'as probablement pas assez de doigts et d'orteils pour compter. En fait, il était en train de vivre sa plus longue période de liberté depuis l'enfance. Il arrêtait pas de se faire gauler pour vol de voiture.

Nom de Dieu, mais quelle conne ! Voilà d'où il tirait tout ce fric !

— C'est comme ça qu'il a eu la Boss ?

J'aurais dû la fermer, je le savais. Toute cette merde ne me regardait pas et je posais bien trop de questions, mais celle-ci m'accablait depuis que j'avais rencontré Harley – un mécano de vingt et un ans qui conduisait une caisse à cent mille dollars. J'aurais pu directement lui poser la question, mais j'avais eu peur de sa réponse. Peur qu'il me mente.

Peur qu'il me dise la vérité.

Le visage de Dave s'assombrit.

— En fait, Harley a entièrement retapé cette saloperie lui-même. On n'a pas vraiment connu notre paternel, mais quand il est mort Harley et moi avons chacun hérité d'une vieille épave toute rouillée qu'il gardait dans son garage. On n'avait même pas l'âge de conduire, mais maman était d'accord pour qu'on les foute dans la grange derrière la baraque. J'ai eu la camionnette et Harley a eu la Boss.

J'en restai bouche bée. Je ne savais pas quoi dire. J'ignorais tout de cette histoire. Comme avais-je pu sortir avec un mec pendant presque un an sans savoir que son père était mort ? Il m'en aurait certainement parlé.

Il faut dire que je n'avais pas vraiment pris la peine de lui demander.

Dave sirota une gorgée de bière et il fixa les bois d'un air absent.

— Pour Harley, réparer ces vieilles tires, c'était devenu une vraie obsession. Ce con séchait même les cours pour aller piquer des pièces détachées à la décharge et il apprenait tout seul à quoi elles servaient. Quand il a eu seize ans, les deux bagnoles marchaient du tonnerre. Évidemment, entre-temps, il était allé au moins trois fois en maison de correction. Même après l'avoir foutu dehors, maman a permis qu'il laisse la caisse dans sa grange. Elle savait combien c'était important pour lui.

Eh bien, je me sentais vraiment comme une conne !

— Putain, Dave. Je suis désolée. Je n'avais aucune idée de…

— C'est pas grave, m'interrompt-il. Comme je te le disais, on n'était pas vraiment proches de notre daron.

J'eus l'étrange impression que ce n'était qu'une demi-vérité.

Ne sachant quoi dire de plus, Dave et moi observâmes un silence gêné pendant quelques minutes durant lesquelles nous vidâmes nos bières en admirant l'océan de bazar violet qui jonchait la pelouse devant nous. Peut-être que c'était à cause du mélange d'alcool bon marché et de Vicodin, mais je me sentais… étourdie. D'un point de vue moral, je savais que j'aurais dû me sentir furieuse d'avoir été trompée, triste pour Dave qui après avoir perdu son père perdait désormais son frère, perturbée qu'Harley finisse en prison, inquiète que Knight se montre si distant envers moi et complètement flippée pour les examens qui approchaient, ainsi que pour mon discours de fin d'études, mais rien à faire. Je ne ressentais rien.

Du moins jusqu'à ce qu'une Buick Regal Low Rider blanc cassé et toute défoncée se gare dans l'allée. Toutes mes émotions remontèrent d'un coup. Submergée par la peur, je sentis une étincelle s'embraser en moi.

Dave frappa dans ses mains et bondit pour accueillir l'intruse.

— Ah ! Voilà la connasse de service !

Un flot d'adrénaline fut propulsé jusque dans mes extrémités pour qu'elles se tiennent prêtes à fuir ou à se battre. Mais, avec mes côtes cassées, je n'étais apte à ni l'un ni l'autre. Je songeai à me tenir près de Dave pour former un front commun face à l'ennemi, mais je décidai finalement de rester allongée sur ma chaise longue. Déjà, parce que me lever allait me faire un mal de chien. Et, si je restais allongée, aucune chance qu'elle puisse me foutre par terre. En plus, j'aurais probablement l'air plus badass. Mais il était difficile d'avoir l'air badass quand on ne portait pas de maquillage, qu'on ne s'était pas douchée depuis une semaine, qu'on pesait quarante-cinq kilos toute mouillée et qu'on portait un tee-shirt « I Love New York » rapporté à l'hôpital par votre mère.

Tandis qu'Angel se garait, je me tins prête à affronter son courroux. Je n'en revenais pas, on recommençait le même cirque que l'année précédente. J'étais sur le point de me faire rétamer par la même connasse qui avait essayé de me piquer mon mec. *Deux fois !*

— C'est quoi tout ce bordel ? cria Angel en contournant par l'avant la guimbarde d'occasion que son frère lui avait probablement donnée.

Elle portait un baggy Dickies très large, peut-être celui d'Harley, et un petit haut blanc qui contenait tout juste sa généreuse poitrine. Sous une casquette des Lakers de L.A. portée à l'envers, ses longs cheveux noirs clairsemés lui tombaient presque au niveau des coudes. Le feu me monta aux joues et mon pouls s'accéléra tandis que je repensais au moment où j'avais confronté Harley, une poignée de cette chevelure serrée dans la main. Si j'avais su à l'époque que ces putain de cheveux étaient ceux d'Angel Alvarez, je l'aurais probablement étranglé avec.

Sale connard !

— Désolé, sucre d'orge, s'excusa Dave avec un haussement d'épaules. On dirait que tu viens de te faire expulser !

Depuis ma position, je ne pouvais pas voir son visage mais le sarcasme dans sa voix ne faisait aucun doute.

Les yeux écarquillés, Angel balaya du regard la pelouse mal entretenue sur laquelle son bordel était éparpillé. Puis il se posa sur moi.

Elle pointa un index accusateur et finement manucuré dans ma direction et se mit à hurler :

— Toi ! Tout ça, c'est ta faute !

Vers la fin de sa phrase, la note stridente dans sa voix m'informa qu'elle était au bord de l'hystérie.

Dave s'avança d'un pas et fit barrage entre nous.

— Chiquita, t'as cinq minutes pour ramasser ton bordel et te tirer, ou je commence à faire cramer tes maillots de Kobe Bryant.

Angel ne fit même pas attention à lui. Ses yeux marron étaient fixés sur moi et moi seule.

— Pourquoi tu me fais tout le temps ça ? cria-t-elle d'une voix hystérique. C'est pas juste ! T'as pas besoin d'eux ! T'as jamais eu besoin de rien !

— Moi ? Qu'est-ce que je t'ai fait ?

Oups. J'ai réveillé le dragon.

Angela caqueta et leva les yeux au ciel.

— T'as une vie parfaite, putain ! T'as pas besoin que quelqu'un te protège. Personne te prostitue à des dealers et des gangsters dans ta propre baraque ! On te colle pas des pains dans la gueule quand t'essaies de dire non ! J'ai besoin d'un mec qui n'ait pas peur de s'interposer et, chaque fois que j'en ai trouvé un, il a fallu que tu tortilles du cul la première !

Dave fit mine de bâiller et consulta sa montre.

— Quatre minutes, connasse.

Je m'exprimai avec la même voix douce et apaisante que j'employais pour calmer Knight :

— Je suis désolée que ça craigne chez toi, Angel.

Je te le jure. Mais je connais plein de gens qui ont des problèmes, et ils n'essaient pas de me piquer mes mecs pour autant !

Tant pis pour la douceur.

— Va te faire foutre, salope ! Viens, on règle ça !

Les bras écartés, Angel se précipita vers moi en dardant des nichons, comme si elle voulait se battre.

Dave fit barrage avec son corps et me jeta un regard par-dessus son épaule.

— BB, sois un ange et apporte-moi mon fusil. On dirait bien qu'on a une intruse.

Je savais ce que Dave était en train de faire : il me sauvait les miches, et comme je l'aimais pour ça ! Je me levai en prenant garde à dissimuler à Angel mes tremblements de peur et ma grimace de douleur, lui adressai un bref sourire provocateur et partis d'un pas nonchalant vers la maison pendant qu'elle s'époumonait en me couvrant d'insultes derrière la silhouette protectrice de Dave.

Aussitôt la porte refermée derrière moi, je m'y appuyai et fondis en larmes. L'adrénaline faisait trembler mes mains. Mon poumon fraîchement regonflé me brûlait à chaque hoquet et à chaque sanglot. J'étais folle de rage, et je me sentais si faible. Je détestais de ne pas avoir su me défendre toute seule, de ne pas lui avoir rétamé la gueule. Si Dave n'avait pas été là, je ne sais pas ce que je serais devenue. D'après Angel, je n'avais pas besoin qu'un homme me protège, sauf que si.

Contre *elle.*

Je jetai un œil à travers les rideaux en plastique jaune de la fenêtre située près de la porte et vis

Angel galoper sur la pelouse en ramassant ses fringues, invectivant Dave en continu. Il se contenta de lui décocher son sourire de petit malin en lui indiquant les fringues qu'elle avait loupées. La cloison était fine et j'entendais chaque petite mesquinerie qu'il lui balançait :

— Et oublie pas ta brosse à dents ! Je crois qu'elle a atterri là-bas, sur la grosse merde de chien ! Et on n'a même pas de chien ! Tu le crois, ça ?

— Tu te prétends fan des Lakers et t'as même pas un maillot de Shaquille O'Neal ? C'est quoi ce délire ? Tu te crois trop cool pour le Shaq Attack[1] ?

— Non, je m'enfuirai pas avec toi pour être ton nouvel amant ! Et arrête d'insister. Ça devient gênant, à force.

Le temps qu'Angel ramasse ses fringues, les foute dans son coffre et s'en aille sans demander son reste, mes poumons me brûlaient, non à cause des larmes, mais d'une crise de rire.

Dave la salua d'un doigt d'honneur et se dirigea avec nonchalance vers la maison, le torse gonflé de fierté, comme un type qui compense son manque de virilité par une grande gueule.

J'essuyai mes larmes sur mon immonde tee-shirt souvenir et, aussitôt que Dave pénétra dans la maison, je l'accueillis avec un grand sourire.

— Bon, dit-il en claquant dans ses mains d'un geste théâtral. On dirait que je vais avoir besoin d'un nouveau colocataire. T'es partante ?

---

1. Célèbre dunk, souvent violent, du joueur de basket-ball Shaquille O'Neal, réputé pour détruire les paniers.

Je souris.

— Pas après ce qui est arrivé aux deux derniers.

Nous nous fîmes nos adieux et je rentrai chez moi un peu plus forte, un peu plus courageuse et bien plus chargée qu'à l'allée. *Au sens propre.* À l'envers sur le siège passager se trouvait une chaise en bois décorée d'un squelette, et sur la banquette arrière un jackalope coiffé d'un bandana violet bouclé derrière la ceinture de sécurité.

44

Tout en grattant nerveusement le coin de mes fiches, je balayai du regard les gradins du terrain de basket à la recherche de visages familiers. Par chance, nous étions si peu de lycéens à être parvenus à décrocher nos diplômes d'admission à la fac d'East Atlanta que ma classe entière tenait sur une estrade mobile au beau milieu du gymnase. Si j'avais obtenu mon bac au lycée de Peach State, j'aurais prononcé mon discours face à un stade de foot plein à craquer. Cette pensée me rendit un peu moins nerveuse. Cela aurait pu être pire.

Je repérai aussitôt Juliet et la Goth dans l'assistance. Elles s'étaient installées dans le fond – trop cool pour ces conneries, comme d'habitude – mais elles brandissaient des pancartes faites main. « Votez BB ! » et « BB présidente ! ». C'étaient vraiment les pom-pom girls les moins enthousiastes du monde. Putain, j'adorais ces filles !

Mes parents aussi étaient dans le fond. Ils étaient arrivés grave à la bourre – comme à leur habitude.

Je continuai de scanner la foule, espérant y trouver une mine de zombie renfrogné aux yeux grisâtres, mais je savais qu'il ne viendrait pas. En fait, j'avais même reçu confirmation par courrier – une lettre bien planquée dans la console centrale de ma caisse.

J'avais à peine commencé à relire mes notes pour pouvoir les réciter de tête que le docteur Raines, mon cher professeur de psycho, me présenta. Il régala l'audience avec des anecdotes concernant mon dévouement sans faille – comment je m'étais présentée chaque semaine en avance à son cours pour tout apprendre des techniques de thérapie avancée et comment, en dépit de deux semaines d'absence dues à mon accident de voiture, j'étais parvenue à avoir mes examens haut la main. En revanche, ce qu'il ne leur dit pas – car il n'était pas au courant –, c'était que j'avais triché en copiant sur d'autres étudiants. Je m'en serais probablement très bien tirée par mes propres moyens, mais pourquoi courir le risque ? Les A, ça pousse pas sur les arbres.

Au moment de poser le pied sur la tribune, je le sentis. Comme un crépitement dans l'air. Un doux arôme de cannelle s'imposa aux limites de ma conscience. Ce fut suffisant pour faire naître un espoir en moi.

Je baissai les yeux sur les fiches que je tenais, pris une profonde inspiration et levai la tête pour regarder mes parents. Le son éclatant de ma voix dans les haut-parleurs m'arracha une petite grimace :

— Quand je me suis inscrite à la fac d'East Atlanta, je n'avais qu'un but en tête : valider mes UE et me barrer vite fait !

Cette entrée en matière me valut quelques rires

dans l'assistance. Je ris moi-même en voyant maman se couvrir le visage de honte.

— Mais j'ai obtenu bien plus que ça, ajoutai-je avec un regard pour Juliet et la Goth.

Elles brandirent leurs pancartes et poussèrent un hululement dénué d'enthousiasme.

— Youhou.

— J'ai aussi obtenu une véritable éducation, continuai-je en adressant un regard au docteur Raines, qui me sourit et redressa ses lunettes sur son nez transpirant. Et je ne vous parle pas d'une liste de noms et de dates qu'on bachote pour passer un examen. Pas plus que quelques formules mathématiques qui, dans ma vie d'adulte, ne me serviront jamais – *au grand jamais* !

Nouveaux ricanements dans l'assistance.

— Vous savez de quoi je parle, repris-je en souriant à mon père, qui semblait on ne peut plus d'accord avec moi. Je parle d'une *vraie* éducation. De choses bien plus importantes et qu'on ne trouve pas dans un programme scolaire, ou dans un QCM. J'ai appris ce qu'était *la vie.*

Ainsi que l'imminence de la mort et comment on s'imagine être enterrée dans un camion-benne.

— J'ai appris ce qu'était *l'amour.*

Je jetai un coup d'œil vers mes parents, qui s'étaient sans cesse relayés à mon chevet à l'hôpital, puis vers le visage débordant d'ennui de Juliet, et je songeai à toutes les fois où je m'étais sentie apaisée en la voyant tenir Romeo dans ses bras. Et je songeai à Knight. J'y songerai toute ma vie.

— Et j'ai aussi appris des choses sur *les gens*. Parfois, les membres les plus braves et courageux de nos sociétés sont les plus susceptibles de perdre pied. Il arrive aussi que les plus modestes et fragiles d'entre nous soient en réalité... de vrais durs à cuire. Ici, j'ai aussi beaucoup appris de *l'humanité* – que ce soit la mienne ou la vôtre. J'imagine que c'est pour ça qu'on appelle ce département les *sciences humaines.* Ça aussi, j'ai fini par comprendre pourquoi.

Tandis que l'audience rigolait de bonne grâce devant cette grotesque tentative d'humour, mon regard se posa sur une paire d'yeux gris et pâles, tout près d'une des sorties de secours du gymnase. Je réalisai soudain pourquoi je ne les avais pas repérés avant.

Il avait le regard rieur.

Je présentai mes félicitations à la promotion de 1999 et, avec un hochement de tête de la part du doyen, nous jetâmes tous nos chapeaux de diplômés dans les airs. Puis, avant qu'ils ne nous retombent dessus, nous nous abritâmes pour ne pas nous faire éborgner par leurs bords pointus.

Diplôme en main, je fendis la foule à coups de sourires, d'accolades, de hochements de tête et de remerciements, prête à tout pour atteindre la porte de secours près de laquelle se tenait la seule et unique personne dans ce gymnase qui n'avait pas envie de me voir. Dès que l'air humide de la fin mai frappa mon visage, je me crus rendue à destination mais, alors que j'allais m'élancer sur le parking à la recherche d'une certaine camionnette monstrueuse et blanche, j'entendis quelqu'un m'appeler.

Je fis volte-face et découvris Juliet et la Goth, adossées contre le mur de brique du gymnase, accompagnées de mes parents. Ma mère était la seule à s'essuyer les yeux, ce qui me fit sourire. Cette femme riait quand tout le monde pleurait et pleurait quand tout le monde était heureux.

Après avoir accepté le câlin de maman, la tape dans le dos de papa et les félicitations monotones de mes copines, j'acceptai aussi le départ de Knight. Il était parti. Encore.

J'affichai un sourire forcé et je consentis à rejoindre tout ce petit monde au coin de la rue, dans mon restaurant italien favori, après un rapide détour par la Mustang. De guerre lasse, je tournai les talons et marchai en direction de ma voiture, garée au beau milieu du parking.

Arrête de penser à lui, me sermonnai-je. *Cesse, espèce de conne ! Tu viens d'avoir ton bac ! Tu es contente. Sois heureuse ! Allez, essaie d'aller jusqu'à la voiture sans penser à lui ! T'es prête ? C'est parti !*

Je me mis à énumérer les fabricants des voitures qui me séparaient de ma petite Mustang noire :

Honda, Nissan, Mazda, Honda, Honda, BMW, Chevrolet…

Puis j'oubliai complètement ce que j'étais en train de faire. J'oubliai de cligner des yeux. De respirer. Sur mon pare-brise, coincée sous l'essuie-glace, se trouvait une rose en papier, confectionnée à partir d'une des brochures vertes de la cérémonie.

Je m'en emparai et, en m'installant derrière le volant, je la portai à mon nez pour en capturer les dernières fragrances de tabac et de cannelle.

En guerre contre moi-même, je fixai le pare-brise tandis qu'une boule d'émotion se formait dans ma gorge.

Juste une dernière fois. Je lis ce truc, mais après j'arrête.

21 mai 1999

Chère Punk,

Désolé si je me suis fait rare après ton accident. J'ai quelque chose à te dire et j'avais trop la trouille de te l'avouer en face. Pourtant, je le voulais. J'ai vraiment essayé. Mais tu semblais si heureuse à chacune de mes visites que je n'ai pas eu le courage de me lancer. De toute ma chienne de vie, personne n'a jamais été heureux de me voir. Personne à part toi.

Comment pouvais-je affronter tes sourires, ton corps meurtri et t'avouer que c'était moi le responsable ?

Comment pouvais-je te tenir la main, t'aider à marcher et en même temps reconnaître que, quand Harley t'a emmenée, j'ai fait un nouveau black-out ? Que la seule chose dont je me souviens, c'est d'avoir couru dans les bois et d'avoir découvert sa bagnole encastrée dans un arbre ? Que je t'ai hurlé dessus pour te réveiller, en vain ? Que j'ai regardé les ambulanciers tirer ton corps inconscient de la voiture ? Comment t'avouer en face que, lorsque je suis revenu à ma camionnette, j'ai découvert de la peinture noire sur mon pare-chocs avant ?

C'est moi qui ai provoqué cet accident, Punk. J'en suis sûr.

Aussi sûr que j'ai failli planter ce mec au bar, l'autre soir.

Aussi sûr que j'ai éclaté le téléphone et le fauteuil de Bobby sans même m'en rendre compte.

Je ne me maîtrise plus. Avant, j'y arrivais, mais je viens de passer neuf mois d'entraînement à le désapprendre. Et maintenant je ne peux plus l'arrêter.

Alors, j'ai signé pour retourner en mission.

Je suis désolé, Punk. Vraiment désolé. Crois-moi si je te dis qu'il n'y a rien au monde que je veuille plus que rester ici à m'encroûter près de toi, enlacé dans tes membres maigrichons, en faisant semblant de ne pas avoir envie de détruire tout ce que je touche. Mais je ne peux pas.

Parce que cette fois, ça a failli te coûter la vie.

Je ne peux plus être un civil, désormais. J'étais malheureux à la guerre, mais au moins j'avais un but. Je pouvais mettre toute ma rage et ma colère au service d'une bonne cause. Ici, je n'ai aucun exutoire. Ma haine ne fait que grandir et grandir jusqu'à ce que j'explose ou fasse un black-out. Au moins, là-bas, je pourrais protéger et servir notre pays tout entier. Tandis qu'ici je ne peux même pas te protéger de moi, toi, la seule personne au monde que j'aime. Je déteste devoir l'admettre, mais ma place est là-bas.

La tienne est ici.

Je suis si fier de toi pour ton bac. Tu seras un psy d'enfer, Punk. Tu l'es déjà. Je sais que ça n'en a pas l'air, mais tu m'as aidé à digérer un paquet de saloperies que je me traînais depuis l'enfance. C'est grâce à toi si je veux faire quelque chose d'utile de ma vie. Et, quand je serai à nouveau au bout du monde, c'est pour toi que je me battrai.

Je t'aime. Ne me hais pas, s'il te plaît.
Knight

Je m'autorisai à relire la lettre une seconde fois, puis je la repliai consciencieusement en glissant le bout de mes doigts osseux sur les pliures que Knight avait effectuées avec ses doigts épais. Je pouvais sentir toute sa résignation et ses remords irradier de la feuille. J'essayai de les assimiler, de les ponctionner par les pores de ma peau.

Je piochai une clope dans mon paquet, je la coinçai entre mes lèvres et j'allumai mon briquet. Tandis que je fixais la flamme, je sentis la résignation de Knight faire son chemin jusque dans ma poitrine, enveloppant mon cœur telle une couette bien trop épaisse pour la saison estivale. Elle avait beau être étouffante, si je la retirais, ce serait comme ouvrir la porte à des monstres qui allaient s'en prendre à moi. Ils me prendraient tout : mon innocence, ma dévotion, ma liberté, ma maîtrise de moi. Si Knight me l'avait demandé, j'aurais livré mon avenir tout entier à l'un de ces monstres. Mais il n'en avait rien fait. Au lieu de ça, il était parti. Comme il le faisait toujours. Pendant un an, j'avais porté son deuil, alors même qu'il était encore présent dans ma vie. À grand-peine, j'étais parvenue à m'extraire des fosses du désespoir, à atteindre les sommets des fausses attentes et, après avoir traversé les champs de bataille de la haine, c'était avec résignation que j'avais fini par accepter notre destin.

Mais je n'ai jamais éprouvé le moindre remords.

Pas même lorsque je mis le feu à l'ultime confession de Knight, dont les flamboyantes excuses me servirent à allumer ma cigarette.

Épilogue

Le début de l'été 1999 fut très similaire à l'été 1998. Je fêtai mes dix-sept ans avec un gâteau asymétrique et trop cuit, surmonté d'une allumette en guise de bougie. Je passai mes journées au lit, à fumer des clopes en glandant devant la télé. Et j'étais à nouveau à l'agonie.

Sauf que, ce coup-ci, c'était d'ennui que je mourais.

Après l'accident, en dehors de la cérémonie de remise des diplômes, mes parents m'avaient assignée à domicile pour six semaines – le délai de repos fixé par les médecins pour une guérison totale. J'escomptais pouvoir commencer les cours à la fac de Georgia State cet été, mais *noooon.* Pas de cours. Pas de boulot. Plus de vie.

Alors, quand la Goth m'appela le jour de la fête nationale pour me convier à une soirée bière chez son nouveau mec, je bondis aussi sec sur mon calendrier pour faire le calcul.

— 4 Juillet ! C'est la septième semaine ! J'en suis, putain !

Deux mois plus tôt, la Goth était allée au concert de Marilyn Manson, où elle avait fait la connaissance d'un mec – qu'elle s'était tapé dans la foulée. Depuis, ils étaient inséparables. Il s'appelait Steven, mais je l'avais baptisé le Goth – en tout cas, je l'appelais comme ça dans ma tête. Je ne l'avais pas encore rencontré mais, comme il avait sa propre baraque et qu'il organisait des sauteries entre ados, il me plaisait déjà. C'était une méga-teuf en perspective ! Avec un groupe, et tout ! Enfin, pas un groupe connu, juste un groupe du coin : les Phantom Limb. Mais c'était quand même un groupe, quoi !

Merde.

Je léchai le bout d'un coton-tige et tentai de rattraper mon eye-liner. Encore.

Comment t'as pu oublier un truc aussi simple ?

La ferme ! Ça fait genre un mois que je ne me suis pas maquillée.

Des excuses, toujours des excuses.

Super ! Voilà que je fais un pâté sur l'œil droit maintenant !

Et on recommence.

Je n'ai qu'à épaissir le côté gauche pour égaliser.

C'était déjà le plan pour le côté droit.

Après avoir appliqué un ultime coup, je me forçai à reposer l'eye-liner pour trouver autre chose sur quoi faire une fixette. Je n'eus pas à chercher longtemps. Cela faisait des semaines que je n'étais pas sortie de la maison et cela se voyait. J'eus du mal à rentrer dans mon jean slim et mes compétences en maquillage étaient complètement rouillées… Quant à mes cheveux…

Oh, mon Dieu, mes cheveux !

Mon dernier coup de tondeuse remontait à un an.

Ma frange me tombait au niveau de la mâchoire, de chaque côté de ma tête mes mèches m'arrivaient aux clavicules et mes cheveux autrefois coupés ras formaient à présent un ensemble anarchique de vaguelettes buissonnantes, hirsutes et négligées. Je n'avais même pas remarqué à quel point ils avaient poussé. Pendant tout ce temps, je n'avais fait que les plaquer sur le côté et les maintenir avec des barrettes.

Pas question de mettre un pied dehors avec une telle tignasse. Quand l'humidité s'en mêlerait, je risquais de suffoquer dans mes propres cheveux. Ou d'étouffer quelqu'un avec. Ce fut alors que, pour la première fois depuis une éternité, j'entendis une voix murmurer dans ma tête – cette même voix qui se foutait complètement de l'avis des autres et qui était restée muette depuis que Lance Hightower m'avait dit que je ressemblais à un garçon.

— Sors tes ciseaux, pétasse.

*

La maison du Goth n'était même pas encore en vue qu'on pouvait déjà entendre le groupe jouer depuis le quartier voisin. Pourtant, je roulais fenêtres ouvertes – et avec l'autoradio à fond. Le vacarme provenait d'une charmante petite maison jaune à un étage située dans une banlieue familiale. Pas vraiment ce à quoi je m'attendais de la part d'un fan de Marilyn Manson âgé d'une vingtaine d'années. Peut-être qu'il avait besoin d'espace pour planquer les corps de ses victimes ?

Dès que j'ouvris la portière, la Goth se précipita vers moi.

— Je kiffe tes cheveux ! dit-elle. J'aime bien cette coupe à la garçonne, tu me fais penser à Drew Barrymore à l'époque où elle s'est tout fait couper !

Elle arborait ses atours gothiques les plus flamboyants : robe babydoll noire, une paire de Mary Jane noires compensées et un maquillage qui lui donnait les airs d'une effrayante poupée de porcelaine. Soudain, je remis en question la pertinence d'avoir enfilé mon petit haut déchiré des Black Flag, avec le col percé d'épingles. Mais bon… Au moins, j'avais un pantalon en cuir. À en juger par la faune locale que j'apercevais dans la maison, j'avais partiellement respecté le dress code.

Je franchis le palier et pénétrai dans un salon enténébré avec un éclairage clignotant et psychédélique, et où on écoutait du metal à fond. Les meubles avaient été repoussés contre les murs et, dans un coin de la pièce, une douzaine de silhouettes pogotaient et headbanguaient[1] devant un groupe composé de quatre membres. Pendant que mes yeux s'habituaient à l'obscurité, la Goth interpella quelqu'un :

— Steven !

Un type mince émergea de la foule. Ses cheveux noirs lui tombaient au niveau des épaules et il avait une barbiche pointue. Il portait un tee-shirt noir

---

1. Le pogo et le headbang sont deux pratiques en vogue lors des concerts metal. Le premier consiste à se bousculer violemment, le second à balancer la tête d'avant en arrière en rythme avec la musique.

transparent et un pantalon en vinyle trop large. Il me rappelait Lord Licorice dans le jeu Candyland[1].

Dès qu'il fut à portée de voix, la Goth se pencha à son oreille :

— C'est ma pote BB ! Tu trouves pas qu'elle a un air de Drew Barrymore ?

Puis elle me sourit et souleva une fausse mèche blonde d'environ quatre centimètres de ma coupe de garçon manqué coiffé à la va-vite.

Le Goth me regarda des pieds à la tête, ce qui me donna la sensation d'être toute petite.

Puis il répliqua par-dessus la musique :

— Les nichons en moins, peut-être…

OK. Le Goth pouvait donc bien aller se faire mettre. *Connard.*

La Goth fit semblant de lui flanquer une gifle, puis elle gloussa et lui prit le bras avant de disparaître avec lui dans la foule.

Génial.

J'avais besoin d'un verre. Ensuite, j'irais planquer des denrées périssables tout autour de sa baraque pour me soulager. Peut-être trouverai-je des œufs dans le frigo ? Au bout de quelques jours, ils seraient bien pourris et la maison allait cocotter sévère.

Tandis que je me frayais un chemin au milieu d'anonymes transpirants en direction de ce que j'espérais être la cuisine, le vacarme assourdissant diminua, remplacé par une chanson langoureuse et éthérée que je connaissais. Et que j'aimais beaucoup : *Sanctified*, de Nine Inch Nails. Je me retournai vers le

1. Jeu de plateau américain pour les enfants.

chanteur des Phantom Limb – un petit machin tout maigre aux cheveux noirs coupés au bol, fendus par une raie au milieu – au moment où il entonnait les paroles en grognant. Ce type ne payait pas de mine, mais il dégageait une confiance en lui parfaitement déconcertante.

Le guitariste était un gars trapu qui essayait à la fois de se cacher derrière le chanteur et derrière ses longs cheveux gras, qui lui tombaient au niveau du menton. Le batteur disparaissait complètement derrière un kit de batterie dont les cymbales, les toms et les pads étaient agencés de manière complexe. En revanche, le bassiste était un véritable géant. Le fait que le reste de son line-up soit composé de nabots ne faisait qu'accentuer sa grande taille.

Bien qu'il ne fît pas d'effort particulier pour qu'on le remarque, je fus surprise de lui prêter bien plus d'attention qu'au chanteur. Il semblait littéralement transporté par son riff de basse. J'adorais observer les gens qui ignoraient complètement qu'on les regardait, et ce mec se comportait comme s'il n'y avait personne d'autre que lui dans la pièce.

La chanson se termina et le groupe rompit la magie du moment en enchaînant aussitôt sur un autre morceau plus trash qui m'était inconnu. J'errai jusqu'à la cuisine et fis la queue pour me servir une bière, juste derrière une fille blonde avec des couettes et un tee-shirt taille XL du groupe Korn. Pas de bol pour moi : la blonde se lança dans un numéro de poirier sur le fût. Les badauds s'amassèrent pour assister au spectacle et je me retrouvai tout à coup éjectée de la file d'attente.

Formidable.

Le temps de jouer des pieds et des mains pour atteindre le fût, le concert avait cessé, remplacé par de la musique techno, et le public entier semblait s'être rué dans la cuisine. Je remplis mon gobelet rouge avec une bière à l'allure de pisse d'âne et tournai les talons, heurtant de plein fouet un mur de muscles bouillants et suintants de sueur.

En trébuchant en arrière, je regardai se déverser avec horreur la moitié de mon verre, qui vint éclabousser de manière spectaculaire une des gigantesques Adidas noires de l'armoire à glace que je venais de heurter. Par chance, le géant m'agrippa *in extremis* par le bras, m'empêchant ainsi d'aller m'éclater le cul sur le lino.

Pendant que mon regard courait de ses pieds grands comme des bateaux à son visage, je fis une rapide évaluation mentale. *Baggy noir à rayures, portefeuille à chaînette, marcel légèrement mouillé qui colle sur des abdos en béton armé et, comme je ne suis pas encore arrivée jusqu'à son visage, il est manifestement très grand…*

Oh, mon Dieu : c'est le putain de bassiste !

Dans l'espoir d'avoir affaire à un gentil géant, j'affichai mon sourire le plus convaincant, du genre « ne me mangez pas s'il vous plaît » tout en continuant à me tordre le cou jusqu'à enfin tomber sur son visage menaçant. Ce type aurait pu sans aucun problème être figurant dans la bande de terroristes allemands d'un *Die Hard*[1]. Ses traits étaient sévères. Il avait des

1. Série de films d'action avec Bruce Willis.

cheveux noir de jais, violemment rabattus en avant et dont les pointes pleines de sueur formaient de petites lances pointues. Un bijou en argent était empalé à travers son épaisse arcade sourcilière et son nez était proéminent. Mais ses yeux bleu-gris chargés d'espièglerie et son sourire poli creusé de fossettes bataillaient ferme pour s'imposer au milieu de son visage de crapule.

Le simple fait de le regarder me donnait l'impression d'être sous un réverbère en pleine nuit d'été. Il avait beau être grand, svelte, ténébreux et d'allure sévère, la lumière qu'il projetait sur moi était au moins aussi réconfortante que celle du soleil.

— Salut, Clochette. Tu vas quelque part ?

D'une voix étranglée, je parvins à lui présenter mes excuses mais, alors que j'effectuais un pas de côté pour m'écarter de son chemin, le géant ricana et me coinça sous son bras en me pressant fermement contre lui. Ses longs doigts puissants et couverts de cals me saisirent l'épaule et il me ramena au salon. C'était une attitude plutôt bizarre mais, sans savoir pourquoi, je fus incapable d'empêcher mes rangers coquées de suivre son mouvement. C'était comme si j'avais été happée par son aura, douce et sans prétention, et que je me retrouvais en suspension dans un monde magique où les hommes à l'allure étrange n'abusaient pas des jeunes fêtardes trop soûles. De plus, vu notre différence de taille, ma tête se lovait agréablement sous son bras tatoué.

Mmm...

Le metalleux au cheveux noir corbeau me guida jusqu'au canapé en cuir du Goth, mais au lieu de me relâcher il se laissa tomber dessus sans le moindre effort, le bras toujours passé autour de mes épaules, me faisant basculer pour que j'atterrisse à ses côtés. Pendant que nous amorcions notre descente, il était parvenu à faire en sorte que mes jambes atterrissent sur ses genoux. Sa main se posa sur ma cuisse.

Bon Dieu de merde, il est doué, celui-là.

— Alors, Clochette, c'est quoi ton petit nom ?

Pendant que ce beau diable à fossettes m'adressait un sourire radieux, je devins de plus en plus consciente des cercles qu'il traçait nonchalamment sur ma cuisse avec son pouce. Mon cerveau ne traita plus aucune information, à l'exception du rythme et de la chaleur – la chaleur sur mon visage, celle de mon corps distraitement malaxé par sa main de géant qui attisait virtuellement un brasier dans mon ventre, ainsi que le tempo de ses doigts pianotant sur ma cuisse en parfaite harmonie avec le sang qui me battait l'entrejambe, quelques centimètres plus loin.

Lorsque mon cerveau se remit à fonctionner, son expression impatiente m'informa qu'il attendait que je réponde à sa question. Je me creusai les méninges afin de me souvenir de quoi il s'agissait.

Il disait quoi ? Machin, truc, bidule, Clochette, bla-bla-bla…

Merde !

J'y allai au pif :

— BB, éructai-je avant de déglutir et de me forcer à plonger à nouveau dans ce regard bleu comme l'acier. Je m'appelle BB… Salut.

Joli coup, t'as encore bien merdé !

— Dis-moi, Bumblebee, pourquoi tu es allée te

servir de la bière dans la cuisine ? T'es pas au courant ? Les jolies filles n'ont pas la permission d'aller prendre à boire elles-mêmes. T'as du bol que je sois tombé sur toi.

Redis-le, juste une fois.

C'était complètement ringard, mais ce beau ténébreux tatoué avait dégainé sa réplique avec une telle espièglerie et une telle tchatche que je me sentis aussitôt détendue.

Je souris et levai les yeux au ciel.

— Ouais, sauf que je ne vois pas qui se serait proposé pour aller m'en…

— Moi, m'interrompit-il avec un rictus. À partir de maintenant, je dirais même que c'est moi qui irai te chercher chacun de tes verres, Bumblebee.

Il n'y avait aucune arrogance dans sa voix et je n'eus aucunement l'impression qu'il me prenait pour une fille facile. On aurait plutôt dit qu'il énonçait un fait avéré. Comme si, *entre nous*, les choses coulaient de source.

Je partis d'un rire moqueur et tâchai de garder mon sang-froid.

— Je ne sais même pas comment tu t'appelles.

Le grand tatoué ténébreux me décocha un sourire radieux. Ses dents blanches brillaient. Ses fossettes se creusaient. Mon pouls grimpa en flèche et je sentis mes paumes devenir moites.

Sans une once d'ego, il se présenta :

— Je m'appelle Hans. Je suis bassiste.

FIN

PLAYLIST

Les morceaux issus de la playlist ci-dessous – des titres nostalgiques des années 1990 et d'autres plus modernes – parlent tous de bolides, de routes ouvertes et d'amours rebelles. Ces chansons m'ont inspiré des heures durant pendant l'écriture de ce roman, et j'éprouve une gratitude éternelle envers leurs magistraux interprètes. Vous pouvez retrouver cette playlist sur Spotify :

https://open.spotify.com/user/bbeaston/playlist/0bQsSR9rlqdV3siHRdq33N

14 Faces, de Lewis Del Mar
Army of Me, de Björk
Bad Habit, de The Kooks
Bad Things, de K. Flay
Beat-Up Car, de Taking Back Sunday
Break The Rules, de Charli XCX
Breaking Free, de Night Riots
Drive, de Halsey

Drive, de Miley Cyrus
Driving Fast in My Car, de Paramore
Glitches, de Flint Eastwood
Go With the Flow, de Queen of the Stone Age
Green Light, de Lorde
Highway, de Bleeker
Joke, de Chastity Belt
Lurk, de The Neighbourhood
Messin' with My Head, de K. Flay
Midnight City, de M83
Muthafucka, de Beware of Darkness
Next in Line, de Walk the Moon
Slow It Down, de The Lumineers
The Getaway, de Red Hot Chili Peppers
The Sharp Hint of New Tears, de Dashbord Confessional
Title and Registration, de Death Cab for Cutie
West End Kids, de New Politics
You're Mine, de Phantograme

Le Livre de Poche s'engage pour l'environnement en réduisant l'empreinte carbone de ses livres. Celle de cet exemplaire est de :
350 g éq. CO_2
Rendez-vous sur
www.livredepoche-durable.fr

PAPIER À BASE DE
FIBRES CERTIFIÉES

Composition réalisée par NORD COMPO

Achevé d'imprimer en France par
CPI BRODARD & TAUPIN (72200 La Flèche)
en février 2022
N° d'impression : 3047694
Dépôt légal 1re publication : mars 2022
LIBRAIRIE GÉNÉRALE FRANÇAISE
21, rue du Montparnasse – 75298 Paris Cedex 06